Knaur.

Knaur.

Im Knaur Taschenbuch Verlag sind bereits folgende Bücher der Autorin erschienen:
Allein mit deinem Mörder
Das Zeichen auf der Stirn

Über die Autorin:
Nicole Drawer war Oberkommissarin beim Landeskriminalamt in Hamburg. Sie hat als verdeckte Ermittlerin beim Staatsschutz gearbeitet. Da sie fließend Türkisch und Arabisch spricht, wurde sie besonders mit Fällen betraut, die unter dem Oberbegriff »Nahostkonflikt« zu fassen sind. Später studierte sie dann Kriminalistik, Kriminologie und Psychologie und beschäftigte sich hauptsächlich mit psychischen Störungen von Serienmördern.

Nicole Drawer

Das Messer in der Hand

Kriminalroman

Knaur Taschenbuch Verlag

Besuchen Sie uns im Internet:
www.knaur.de

Originalausgabe September 2008

Ein Unternehmen der Droemerschen Verlagsanstalt
Th. Knaur Nachf. GmbH & Co. KG, München

Redaktion: Maria Hochsieder
Umschlaggestaltung: ZERO Werbeagentur, München
Umschlagabbildung: mauritius images/Busse Yankushev
Satz: Uhl + Massopust, Aalen
Druck und Bindung: GGP Media GmbH, Pößneck
Printed in Germany
ISBN 978-3-426-63885-9

2 4 5 3 1

Wieder für Chris Kevin.
Wir sind ein verdammt gutes Team.

1

Er betrat den Raum erst, nachdem er auf sein leises Klopfen hin hineingebeten wurde. Dann blieb er respektvoll an der Tür stehen und wartete, bis er angesprochen wurde.
Der Mann hinter dem wuchtigen Schreibtisch ließ sich einen Moment Zeit und beachtete den jungen Mann nicht, der mit vor dem Körper verschränkten Armen am anderen Ende des Raumes stand.
Das Büro wurde von schweren Möbeln dominiert und nur durch die Schreibtischlampe beleuchtet. Die Schatten nahmen jede Bewegung des sitzenden Mannes auf und vergrößerten sie grotesk.
»Ja?«
Der ältere Mann am Schreibtisch sah nicht auf, als er seinen Mitarbeiter knapp ansprach. Der muskulöse Mann an der Tür wusste, dass dies keine Aufforderung war, näher zu treten. Sein Job bestand lediglich darin, seinem Chef Bericht zu erstatten, und das tat er ungerührt.
»Die Ware wird im Laufe der Nacht eintreffen.«
»Ist alles vorbereitet?«
»Ja. Kurz bevor der Fahrer die Spedition erreicht, wird er uns informieren. Unsere Leute werden bereitstehen und die Ware in Empfang nehmen.«
»Wie viele sind es dieses Mal?«
»Zwölf.«
»Qualität?«

»Zum Teil recht gut. Die Besten behalten wir, der Rest wird verteilt.«
»Gut.« Der ältere Mann hinter dem Tisch legte seinen Stift beiseite und sah das erste Mal auf. Er betrachtete den jungen Mann, der nicht nur seine rechte Hand, sondern auch sein Bodyguard war. »Gibt es noch etwas?«
Der junge Mann zögerte. Er hasste es, seinem Chef unangenehme Nachrichten zu überbringen.
»Der Schnüffler lässt nicht locker.«
»Hat er zu jemandem Kontakt aufgenommen?«
»Wir sind uns nicht sicher. Er hat telefoniert und für morgen Abend eine Verabredung getroffen.«
»Mit wem?« Der ältere Mann runzelte die Stirn.
»Das wissen wir nicht. Er hat keinen Namen genannt. Er will sich mit der betreffenden Person jedenfalls morgen in einem Musical treffen. ›Der König der Löwen‹.«
»Ein schönes Stück. Ich habe es gesehen. Sie auch, Matthias?« Er fuhr fort, ohne eine Antwort abzuwarten. »Beobachten Sie ihn weiterhin und finden Sie heraus, mit wem er sich trifft. Dann erledigen Sie beide.« Der junge Mann, den er mit Matthias angesprochen hatte, verneigte sich knapp und schickte sich an zu gehen, als ihn die Stimme seines Chefs zurückhielt.
»Nein, warten Sie. Wenn Sie wissen, wer seine Kontaktperson ist, rufen Sie mich erst an.«
Matthias nickte, obwohl sich der ältere Mann wieder seinen Akten auf dem Schreibtisch zugewandt hatte. Als er den Raum verließ, glaubte er, seinen Chef die Eröffnungsmelodie von ›Der König der Löwen‹ summen zu hören.

Zitternd hatte sie den Hörer aufgelegt. Nun gab es kein Zurück mehr, obwohl sie an einem Punkt angelangt war, an dem sie lieber einen Rückzieher gemacht hätte, aber dafür war es nun zu spät. Es gab nichts mehr, was sie hätte tun können, und dies war die einzige Möglichkeit, die Wahrheit herauszufinden.
Nicht zum ersten Mal wünschte sie sich, dass sie nicht alle Kontakte von früher abgebrochen hätte. Sie fühlte sich schrecklich allein. Es gab niemanden, dem sie sich hätte anvertrauen können. Vielleicht hätte sie einfach die Augen vor den Aktivitäten ihres Mannes verschließen sollen, so wie es andere Frauen auch taten. Aber das konnte sie nicht. Das hieße, sich endgültig zu verkaufen. Nicht das bequeme Leben hatte sie damals gelockt, zumindest nicht nur, sondern die Liebe dieses Mannes, der so viel Charisma hatte. Er hatte um sie geworben, und das hatte ihr imponiert. Als sie ihn näher kennenlernte, war aus Bewunderung Liebe geworden, und als er sie schließlich bat, ihn zu heiraten, hatte sie nicht eine Sekunde gezögert. Sie hatte alles aufgegeben, ohne Bedauern, aber heute kam sie sich vor wie ein Möbelstück, das sein Besitzer irgendwann auf den Speicher stellt. Schon lange hatte er kein Interesse mehr an ihr gezeigt. Nach nur sechs Jahren Ehe hatten sich ihre Kontakte auf ein Minimum reduziert. Er überwies ihr regelmäßig Geld, und sie gab es aus. Schnell hatte sie erkannt, dass er nur ein schönes und intelligentes Anhängsel brauchte, und das hatte er mit ihr bekommen. Nein, sie schüttelte den Kopf. Er hatte es nicht einfach bekommen, er hatte es gekauft. Er hatte *sie* gekauft.

Johanna blickte zum wiederholten Male auf das Zifferblatt ihrer Uhr. Das Zimmer lag im Halbdunkel. Die einzige Lichtquelle befand sich direkt neben ihr und war kaum mehr als ein schwacher Lichtschein. Die Geräte, die um das Bett ihrer Mutter herum aufgebaut waren und zum Teil rhythmisch piepten, spendeten ein diffuses, unwirkliches Licht.
Sie warf einen kurzen Blick auf die ältere Frau. Die schmale Gestalt unter der Bettdecke wirkte klein und zerbrechlich, das Gesicht blass. Die Haare, sonst immer so perfekt frisiert, waren ungekämmt und strähnig.
Eigentlich hatte sie keine Ahnung, warum sie überhaupt hier war. Ihre Mutter war bewusstlos und nahm wahrscheinlich gar nicht wahr, wer sie besuchte. Sie wäre auch gar nicht hier, wenn ihr Onkel sie nicht angerufen hätte.

»Johanna, deine Mutter ist im Krankenhaus.«
»Ach?« Eher gelangweilt hatte sie diese Nachricht aufgenommen. Aller Wahrscheinlichkeit nach wäre es eines der eingebildeten Leiden ihrer Mutter, mit denen sie immer wieder die Aufmerksamkeit auf sich zu ziehen wusste.
»Sie ist vor vier Tagen aus Spanien zurückgekommen und hatte in ihrer Wohnung einen Herzanfall. Ihre Putzfrau hat sie gefunden.«
»Und? Wie geht es ihr?« Johanna hatte die Frage in erster Linie deshalb gestellt, weil ihr Onkel sie von ihr erwartete.
»Nicht besonders gut. Die Ärzte haben sie gestern operiert. Sie hat drei Bypässe bekommen.«

»Und vorher hat sie dir das Versprechen abgenommen, mich nicht zu informieren, richtig?« Johanna hatte zu ihren eigenen Worten genickt.

»Nein, Johanna, das hat sie nicht«, Onkel Winfried hatte geduldig gesprochen wie zu einem kleinen ungezogenen Kind. »Johanna, sie hatte Angst, und du solltest vielleicht besser zu ihr.«

»Oh bitte, Onkel Winnie. Wenn meine Mutter eines nicht hat, dann ist es Angst.«

»Sie ist die Witwe meines Bruders, und sie ist immer noch deine Mutter. Also bitte tu mir den Gefallen und fahr hin, okay?«

Johanna hatte geseufzt. Er hatte ja recht. Gerda Jensen war ihre Mutter. Sie musste an das Krankenbett eilen, auch wenn es weder ihrer Mutter noch ihr selbst etwas bedeutete. Mitunter fragte sie sich, woher diese Kälte kam. Nach allem, was ihre Mutter in den Herzen ihrer Familie angerichtet hatte, so war sie doch noch immer die Frau, die sie auf die Welt gebracht hatte. Und trotzdem fiel es Johanna schwer, so etwas wie zärtliche Gefühle für diese Frau aufzubringen. Zu viel war zerbrochen, zu viele Illusionen geraubt, zu viel Schmerz zugefügt worden, als dass Johanna noch irgendetwas empfinden konnte.

Außer Gleichgültigkeit.

»Also, gut. Wo liegt sie?« Sie hatte einen Stift und einen Zettel genommen und den Namen des Krankenhauses aufgeschrieben.

»Frau Dr. Jensen?«
Johanna fuhr herum. Sie hatte nicht gehört, dass hinter ihr jemand das Zimmer betreten hatte.
»Ja?«
Der Mann in der blauen Krankenhauskluft, der im Türrahmen stand, lächelte sie freundlich an. Er kam mit ausgestreckter Hand auf sie zu.
»Mein Name ist Witt. Ich habe Ihre Mutter operiert.«
Sie hatte immer gedacht, dass die Ärzte weiße Kittel trugen. Hier, auf der Intensivstation, trugen alle sackartige blaue Hemden mit passenden Hosen.
Sie schüttelte ihm die Hand und erwiderte sein Lächeln.
Dr. Witt warf einen kurzen Blick auf die Apparaturen, die Gerda Jensen am Leben hielten, und wandte sich dann wieder Johanna zu.
»Ich wollte nur kurz mit Ihnen sprechen. Begleiten Sie mich auf den Flur?«
Johanna nickte. »Sicher.«
Sie folgte ihm hinaus, und beide blieben vor der breiten geöffneten Tür des Krankenzimmers stehen.
Der Flur war hell erleuchtet und wurde beherrscht von einem breiten Tresen, der eher in ein Hotel zu gehören schien als in ein Krankenhaus.
Unter der Theke standen Monitore, die die Vitalfunktionen der Patienten überwachten und bei dem geringsten Problem Alarm gaben.
Krankenschwestern eilten hin und her, maßen bei den Patienten Blutdruck, wechselten Infusionsflaschen aus oder zogen einfach nur die Decken glatt.

Hier draußen auf dem Flur herrschte eine fast heitere Stimmung, nicht zuletzt ausgelöst durch verhaltenes Gelächter, das aus der Teeküche im hinteren Teil des Flures drang.
»Also.« Dr. Witt legte die Handflächen aneinander und bemühte sich um ein aufmunterndes Lächeln. Trotzdem erkannte Johanna die Müdigkeit in seinen Augen.
»Zunächst einmal: Sie müssen sich keine Sorgen um Ihre Mutter machen. Sie hatte nach einer KHK einen Infarkt. Bei einer Koronarangiographie stellten wir drei Stenosen fest, aufgrund deren ihre Mutter dann einen dreifachen ACVB bekommen hat. Derzeit sieht es so aus …«
»Halt.« Johanna hatte die Hände abwehrend erhoben, als wolle sie nicht den Redeschwall eines Arztes, sondern einen herannahenden Bus stoppen. »Das sind für mich böhmische Dörfer. Vielleicht könnten Sie mir das Ganze noch einmal in einfachen Worten erklären.«
Dr. Witt sah sie erstaunt an. »Aber ich dachte … Sie sind doch … Ich meine, *Dr.* Jensen?«
Johanna lächelte ihn freundlich an. »Sie, Herr Dr. Witt, reparieren Herzen, ich für meinen Teil helfe, die Seele zu flicken. Ich bin Psychologin«, setzte sie hinzu.
Witt lächelte, und nun, da er wusste, dass er keine Kollegin vor sich hatte, schlich sich eine Spur von Überheblichkeit in seinen Blick. »Tut mir leid, dann muss sich das Ganze für Sie unverständlich angehört haben. Also, Ihre Mutter hatte einen Herzinfarkt aufgrund verstopfter Herzkranzgefäße. Wir haben drei Bypässe gelegt. Wissen Sie, was das ist?«
Johanna nickte. »Werden da nicht Venen aus den Unterschenkeln entnommen, die dann am Herzen eingesetzt

werden, um die Funktion der erkrankten Gefäße zu übernehmen?«
Der Arzt nickte. »Korrekt. Es geht ihr den Umständen entsprechend gut. In ein paar Tagen wird sie auf die normale Station verlegt. Nach einer Reha wird sie bald wieder die Alte sein.«
Daran zweifle ich nicht, dachte Johanna grimmig.
Ein peinliches Schweigen trat ein. Dr. Witt musterte Johanna irritiert. Vermutlich wurde er in ähnlichen Situationen von den Angehörigen mit Fragen überhäuft und konnte sich Johannas Gelassenheit nicht erklären. Er beschloss offenbar, ihr auf die Sprünge zu helfen.
»Haben Sie noch Fragen?«
Johanna schüttelte den Kopf. »Im Moment nicht. Ich danke Ihnen vielmals.«
Sie ließ den Arzt verwirrt stehen und betrat wieder das Zimmer ihrer Mutter.
Sie lag genauso da, wie Johanna sie ein paar Minuten zuvor zurückgelassen hatte.
Johanna nahm ihre Tasche und ging.
Als sie vor dem Eingang des Krankenhauses stand, holte sie tief Luft. Sie fragte sich, ob ihre Mutter überleben und was sie selbst dabei empfinden würde.
Sie wusste es nicht.

Eigentlich sollten sie Streife fahren, aber irgendwann, so gegen drei Uhr morgens, nahmen sie sich eine kleine Auszeit und stellten sich an die Elbe. Der Streifenwagen stand mit abgeblendeten Scheinwerfern auf dem Wanderweg oberhalb des Wassers, und die beiden Insassen starrten müde auf den Fluss, der zäh wie Öl dahinfloss. Um sie herum herrschte jene Stille, die mit der Dunkelheit einherging und etwas Unwirkliches an sich hatte. Die beiden Beamten nahmen diese Stimmung nicht wahr, jeder hing seinen eigenen Gedanken nach.

Der ältere der beiden unterbrach als Erster die Stille.

»Und. Ulli, wie läuft's mit Sabine?«

Ulli zuckte mit den Schultern. »Wie soll es schon laufen? Sie will unbedingt heiraten. Hab' ich aber irgendwie keinen Bock drauf.«

»Mensch, Junge, fass dir ein Herz und frag sie. Is' nie verkehrt.«

Ulli lachte leise in sich hinein. »Das sagst ausgerechnet du, Didi. Du bist mittlerweile zum dritten Mal verheiratet.«

Der Ältere fiel in das Gelächter seines jungen Kollegen ein. »Sach ich doch. Is' nie verkehrt.«

Beide kicherten noch ein wenig vor sich hin und verstummten dann wieder, bis Ulli aus den Augenwinkeln eine Bewegung wahrnahm. Er blickte aus dem Seitenfenster und stieß seinen Kollegen an.

»Kuck mal, Didi, da hat einer aber schwer geladen.«

Beide sahen aus dem Dunkeln eine Person auftauchen, die augenscheinlich betrunken war. Zumindest ließ der Gang darauf schließen. Als der vermeintlich Betrunkene näher kam, erkannten sie die Silhouette einer Frau.

»Mensch, mich laust der Affe. Das is' 'ne Frau. Mann, ich

hasse besoffene Weiber.« Ulli wandte sich angeekelt ab. Didi sah etwas genauer hin. Die Frau hatte lange blonde Haare und war für die Jahreszeit, es war immerhin erst Februar, viel zu dünn angezogen. Sie trug einen leichten Mantel, der vorne offen war. Außerdem hinkte sie. Den Kopf hielt sie gesenkt. Sogleich erwachte in ihm der Ordnungshüter.

»Komm schon, die sehen wir uns mal genauer an. Die braucht Hilfe, so wie's aussieht.« Widerstrebend stieg der Jüngere aus und näherte sich der Frau. Didi folgte langsam. Ulli setzte ein überhebliches Lächeln auf.

»Na, Mutti, einen zu viel gesoffen? Dann komm ma' mit. Wir bring'n dich nach Hause.« Er fasste sie am Arm, und die Frau blieb stehen, ohne den Blick zu heben. Ulli bemerkte, dass die Frau schmutzig war, und betrachtete sie genauer. Sie hielt etwas in der rechten Hand. Als er näher hinsah, erkannte er ein großes Messer. Er schreckte zurück, kam ins Stolpern und stürzte. Noch während er sich aufrappelte, nestelte er an seinem Holster und fingerte seine Waffe heraus.

»Didi, die hat 'n Messer.« Seine Stimme klang selbst in seinen Ohren schrill und fremd. Zu der Frau gewandt schrie er: »Legen Sie das Messer weg, los jetzt, Messer weg.«

»Bleib ruhig, Junge.« Aus dem Augenwinkel sah Ulli Didi an der linken Seite der Frau auftauchen. Er sprach ruhig auf die Frau ein. Was er sagte, konnte Ulli nicht verstehen. Er hatte tatsächlich für einen Moment gedacht, dass er sich in die Hose pinkeln würde. Didi pirschte sich vorsichtig an die Frau heran, die sich noch immer nicht gerührt hatte. Als er bei ihr anlangte, griff er langsam nach dem Messer und

nahm es ihr aus der Hand. Schlaff hingen ihre Arme seitlich am Körper herab. Sie schien nichts von dem, was um sie herum vor sich ging, mitzubekommen.
Ulli sah nun, dass die Frau blutüberströmt war, und er realisierte, dass es hätte schiefgehen können. Dass von einem auf den anderen Moment alles hätte vorbei sein können.
Erst als die Frau mit einem Krankenwagen weggebracht wurde, ließ seine Anspannung ein wenig nach.
Und er beschloss, Sabine noch am selben Tag zu fragen, ob sie ihn heiraten wolle.

2

Johanna kam gar nicht bis in ihr Büro. Schon im Vorzimmer wurde sie von ihrer Assistentin Jutta abgefangen.
»Sie brauchen sich gar nicht erst den Mantel auszuziehen. Diekmann bittet Sie, gleich zu ihm zu kommen.«
»Auch Ihnen einen guten Morgen, Jutta. Hat er mich wirklich *gebeten?*«
Jutta lächelte grimmig. »Ja, hat er. Ich konnte es auch kaum fassen. Es geschehen noch Zeichen und Wunder. Ach, und machen Sie sich keine Sorgen um Ihre Termine. Die habe ich alle verlegt beziehungsweise abgesagt. Der Fachbereichsleiter war zwar nicht gerade begeistert, dass die Besprechung abgesagt wurde, aber ich glaube kaum, dass es Sie sehr stört, oder?«
Johanna seufzte. Sie hatte vor einigen Monaten eine Dozentenstelle an der Fachhochschule für den gehobenen Polizeidienst angenommen, und anscheinend fiel ihre Art und Weise, die Studenten zu unterrichten, beim Fachbereichsleiter unangenehm auf. Er hatte für den heutigen Tag um ein erneutes Gespräch gebeten. Allerdings nahm Johanna seine Beschwerden nicht besonders ernst, denn sie wusste, dass er außer ihr niemanden hatte, dem er die psychologische Ausbildung seiner Studenten anvertrauen konnte. Nachdem mehrere Dozenten das Feld hatten räumen müssen, hatte er zähneknirschend bei ihr angefragt, ob sie den Job nicht wolle.

»Wenn ich ehrlich bin, würde ich meinen Vormittag lieber mit sinnlosem Gelaber bei Fachbereichsleiter Gerdau als mit Sven Diekmann verbringen. Es ist früh am Morgen, und ich habe eigentlich keine Lust, mich mit ihm zu streiten.«

Jutta tätschelte ihr leise lächelnd die Schulter, als entließe sie ihre Chefin mit dieser Geste.

Mit einem letzten Seufzer stellte Johanna ihre Aktentasche neben ihren Schreibtisch und machte sich wieder auf den Weg. Sie musste einmal quer über das weitläufige Polizeigelände, und eine knappe Viertelstunde später stand sie bei Diekmann in der Tür. Er telefonierte, und als er den Blick hob und sie bemerkte, bedeutete er ihr, Platz zu nehmen. Trotz seiner gefurchten Stirn schien er entspannt und gut gelaunt. Ein paar Minuten später legte er auf und wandte sich beschwingt Johanna zu.

»Guten Morgen, Johanna. Du siehst müde aus. Alles in Ordnung?«

»Auch dir einen guten Morgen. Du wirkst so heiter. Ist mit *dir* alles in Ordnung?« Sie lächelte ihn zuckersüß an. Eigentlich war das der ideale Start in einen fruchtlosen Streit, aber sie hatte es sich nicht verkneifen können. Allerdings schien Sven heute nicht auf eine Kontroverse eingestellt zu sein. Er erwiderte ihr Lächeln. »Immer einen lustigen Spruch auf den Lippen. Das lob' ich mir. Möchtest du einen Kaffee?«

Sie winkte ab. »Ein Früchtetee wäre mir lieber.«

Er sah sie erstaunt an. »Was ist los? Vor ein paar Wochen war es noch heiße Schokolade.«

»Ich versuche nur, das ideale Getränk zu finden. Also, was liegt an? Du wolltest mich sprechen.«
»Dann also in medias res.« Er wühlte in einem der Papierstöße auf seinem gewohnt unordentlichen Schreibtisch und zog einen roten Aktendeckel hervor. »Eigentlich eine eindeutige Sache, allerdings mit einem klitzekleinen Problem. Aber am besten, ich fange von vorne an. Vergangene Nacht wurde eine unbekannte Frau auf dem Elbwanderweg von einer Streifenwagenbesatzung aufgegriffen. Sie war blutverschmiert, hielt ein blutbesudeltes Messer in der Hand und schien verwirrt. Sie hatte keine Ausweispapiere bei sich und sprach nicht. Man brachte sie ins Krankenhaus. Dort stellte man fest, dass es sich kaum um ihr Blut handeln könne, da sie keinerlei Verletzungen aufwies. Der behandelnde Arzt zog einen Psychiater hinzu, der ihr nach kurzer Untersuchung Haldol verschrieb und wieder verschwand. Die Kollegen versuchten über die Vermisstenmeldungen mehr herauszufinden, aber Fehlanzeige. Diese Frau wurde entweder von niemandem vermisst, oder es war noch niemandem aufgefallen. Es wurde beschlossen, sie heute in eine psychiatrische Klinik einweisen zu lassen. Heute Morgen dann, gegen sieben Uhr, wurde eine männliche Leiche gefunden. Um genauer zu sein, ein Mordopfer. Der Mann wurde erstochen, seine Leiche lag auf der anderen Seite der Elbe, nämlich auf dem Parkplatz des Musicaltheaters ›Der König der Löwen‹. Zwar fanden die Kollegen keine Tatwaffe, dafür aber etwas Besseres. Unter dem Toten lag eine Handtasche, und in dieser Handtasche lagen eine Eintrittskarte für das Musical und ein Personalausweis.

Und jetzt rate mal, wem die Handtasche gehört?« Diekmann gestattete sich erneut ein kleines Lächeln. Johanna begann zu verstehen, warum er so guter Laune war. Sie zog die Augenbrauen in die Höhe und sah ihn mit schiefgelegtem Kopf an.
»Der verletzten Frau im Krankenhaus?«
»Korrekt.« Diekmann nickte triumphierend. »Das Blut an ihren Kleidern und am Messer ist das Blut des Toten, und die Stichwunden passen exakt zum Messer. Damit haben wir Täter und Tatwaffe.«
»Und was habe ich damit zu tun?«
»Sie ist noch im Krankenhaus, mittlerweile unter Polizeibewachung, und spricht noch immer kein Wort. Wir werden früher oder später einen Gutachter brauchen, und da habe ich mir überlegt, dass es besser ist, wenn du dich gleich darum kümmerst. Ich gehe mal davon aus, dass sie absichtlich schweigt.«
»Du willst also, dass ich ihr Haftfähigkeit attestiere?«
»Genau.«
»Gibt es ein erkennbares Motiv für die Tat?«
Sven zuckte mit den Schultern. »Das wissen wir noch nicht. Bisher wissen wir nicht besonders viel, aber zum Teil ist es durchaus brisant.« Sein Gesicht verdüsterte sich ein wenig. »Der Mann war ein gewisser Frederik Dabelstein. Allem Anschein nach war auch er ein Besucher, denn er hatte ebenfalls eine Eintrittskarte für die Vorstellung bei sich. Allerdings, und jetzt kommt der brisante Teil, wissen wir ganz genau, wer die Frau ist.«
Johanna sah ihn erwartungsvoll an. Zuweilen schien er es

zu genießen, andere auf die Folter zu spannen. »Manuela Kranz.«
»Kranz? Der Name kommt mir bekannt vor.«
»Sollte er auch. Ihr Mann Karl-Heinz ist der größte und reichste Bauunternehmer und Immobilienhai Hamburgs. Soweit ich weiß, hatte er seine Finger auch beim Bau des neuen Polizeipräsidiums im Spiel.«
Johanna schnalzte mit der Zunge. »Autsch. Wenn ich richtig informiert bin, spielt der gute Mann Golf mit unserem Innensenator.«
Sven nickte. »Nicht nur mit dem. Das Ganze könnte ziemlich peinlich werden. Daher müssen wir uns nach allen Seiten absichern. Gehst du ins Krankenhaus? Ich muss noch den Bericht für Staatsanwalt Pohlmann fertig machen. Ich brauche einen Haftbefehl.«
Johanna nickte. »Ich sehe sie mir mal an. Wo liegt sie?«
»Im Krankenhaus in Altona.«
Johanna stand auf und schickte sich an, das Büro zu verlassen. »Ich melde mich bei dir, wenn ich Näheres weiß.«

Erst als Johannas Schritte auf dem Flur verhallten, entspannte sich Sven. Er hatte sich vor der Begegnung ein wenig gefürchtet, in letzter Zeit waren sie sich geflissentlich aus dem Weg gegangen. Während des ganzen Gesprächs hatte er versucht, Gelassenheit zu demonstrieren, sein Herz jedoch hatte Ähnlichkeit mit dem Flügelschlag eines Kolibris gehabt.

Vieles hatte sich in den letzten Monaten verändert. Nicht zuletzt seine kurze Haft hatte ihn gezwungen, über sein Leben nachzudenken. Dort hatte er sich nicht mit Oberflächlichkeiten aufhalten können. Sein Leben war an ihm vorbeigezogen, seine Ehe, seine vielen, meist kurzen Beziehungen und auch die Affäre mit Johanna, die, so schien es ihm im Nachhinein, nicht zu verhindern gewesen war. Seine Gefühle für sie konnte er nicht benennen. Er hatte keine Ahnung, was sie ihm bedeutete, und er wollte nicht darüber nachdenken. Er hatte begriffen, dass sich in seinem Leben etwas ändern musste, nur wusste er nicht, wie er das bewerkstelligen sollte. Er liebte seinen Beruf und hatte sich nach der Trennung von seiner Frau in der Arbeit vergraben. Auch um sich zu betäuben. Im Laufe der Jahre war die Arbeit zu seinem einzigen Lebensinhalt geworden, und er fühlte nun, dass sie ihn vom eigentlichen Leben abgelenkt hatte. Frauen, die er kennenlernte, hatten keinen Zugang zu seinem Leben. Nur zu seinem Bett. Und er suchte sich auch immer Frauen aus, die keine tiefgründige Beziehung wollten und die, wie er es nannte, unkompliziert waren. Er wusste nun, dass er Unkompliziertheit mit Oberflächlichkeit verwechselt hatte. An manche Namen konnte er sich nicht einmal erinnern.

Sein Verhältnis *zu* Johanna war alles andere als unkompliziert; aber sein Verhältnis *mit* ihr lag jenseits seines Horizonts.

Über eines nur war er sich im Klaren: Es musste etwas passieren. Die Begegnung mit Johanna hatte ihm gezeigt, dass es nicht so weitergehen konnte. Auch wenn ihr Verhältnis

immer schwierig gewesen war – und der Sex hatte alles nur noch schlimmer gemacht –, so hatte sie doch zu ihm gehalten, als andere ihn schon aufgegeben hatten. Er hatte das Gefühl, dass er Schiffbruch erlitten hatte, und genau daran wollte er etwas ändern.
Er würde versuchen seinem Leben eine Richtung zu geben, egal, wohin sie ihn führte.

»Ich bin ja der Meinung, dass sie simuliert. Sie versteht uns und könnte auch sprechen, aber sie schweigt, um sich eine gute Geschichte auszudenken. Meinen Sie nicht auch?« Der junge Mediziner, dessen Namensschild ihn als AiP, Arzt im Praktikum, auswies, gehörte zu den Leuten, die nach dem Motto lebten: »Ich kenn alles, ich weiß alles, ich war schon überall.« Johanna war sich sicher, dass er kaum in der Lage war, einen Schnupfen zu diagnostizieren, und dennoch wagte er sich an die Beurteilung der Psyche einer möglicherweise verstörten Frau. Sie war verärgert, ließ sich aber nichts anmerken.
»Hat sie Medikamente bekommen?«
Der junge Arzt sah auf seinem Klemmbrett nach, das er betont lässig in der Linken hielt. »Hier steht, sie habe Haldol bekommen. Na ja, ist wohl das einzig Richtige für eine psychopathische Mörderin, nicht?«
Am liebsten hätte Johanna ihn geschlagen. Aus ihm würde nie ein guter Arzt werden.
»Vielen Dank, dass Sie sich die Zeit genommen haben, mich

über den Zustand der Patientin zu unterrichten, aber jetzt komme ich allein klar.«

Er öffnete den Mund, um noch etwas zu sagen, besann sich dann aber eines Besseren. Wenigstens schien er zu merken, dass sie ihn loswerden wollte. Mit einem fast beleidigten Gesichtsausdruck schlich er von dannen.

Johanna wies sich dem vor der Tür postierten Streifenbeamten als Mitarbeiterin der Polizei aus und ging in das Zimmer. Die Jalousien waren zur Hälfte hinuntergelassen, und die Frau lag auf der dem Fenster zugewandten Seite. Es war ein nüchternes Krankenzimmer. Das zweite Bett würde unbenutzt bleiben. Zwar war die Frau in einem Krankenhaus, aber tatsächlich stand sie als Tatverdächtige unter Arrest. Johanna fragte sich, ob sie das wusste. Sie konnte von der Tür aus nicht sehen, ob die Frau schlief, und ging leise um das Bett herum.

»Frau Kranz?« Langsam hob sich ein Blick aus blauen Augen und von langen blonden Haaren eingerahmt zu ihr empor. Die Frau war wach, aber sie antwortete nicht. Johanna versuchte es mit einem kleinen Lächeln, aber schon wandte sich ihr Gegenüber ab und richtete den Blick wieder auf das Fenster. Wahrscheinlich war sie bereits von einem Polizisten der Mordkommission besucht worden und war sich ihrer Lage bewusst. Johanna gehörte in den Augen von Manuela Kranz vermutlich genauso dazu, und deshalb würde sie der neuerlichen Besucherin keine weitere Aufmerksamkeit schenken. Johanna hatte derartige Situationen zu oft erlebt. Sie würde von Anfang an mit offenen Karten spielen.

»Frau Kranz, mein Name ist Johanna Jensen, und ich bin Psychologin. Ich möchte wissen, wie es Ihnen geht?«
Die Augen von Manuela Kranz blieben unverwandt auf das Fenster gerichtet.
»Ich bin zwar im Auftrag der Polizei hier, aber ich sehe, dass es Ihnen nicht gutgeht. Möchten Sie mir sagen, wie Sie sich fühlen?«
Keine Reaktion.
Johanna nahm auf einem Stuhl Platz und sah die Frau freundlich an. Sie sah Angst und Trauer in den Augen der anderen, aber auch Trotz.
»Ich weiß, was Ihnen im Kopf herumgeht. Sie glauben, dass ich Ihnen eine Falle stellen will, weil ich für die Polizei arbeite, aber dem ist nicht so. Ich will nicht wissen, was passiert ist, das ist nicht mein Metier. Sie haben eine Menge durchgemacht, und ich frage mich, wie Sie damit zurechtkommen?« Johannas Stimme war kaum mehr als ein Flüstern. Sie konnte sehen, dass sich eine Träne aus Manuela Kranz' Augen löste und über ihre Wange lief. Johanna beugte sich vor und drückte die Hand der jungen Frau. Sie war eiskalt.
»Ich weiß, dass Sie durcheinander sind, wahrscheinlich fürchten Sie sich sogar, aber ich werde Ihnen nichts tun. Wenn Sie jetzt nicht mit mir reden wollen, dann ist das in Ordnung. Sie können mich anrufen, jederzeit. Warten Sie, ich gebe Ihnen meine Nummer.« Johanna nahm eine Visitenkarte aus ihrer Tasche und legte sie auf den Tisch neben dem Bett. Direkt neben die unberührte Wasserflasche. Stilles Wasser. Johanna schüttelte sich unwillkürlich.

»Wenn Sie nichts dagegen haben, besuche ich Sie morgen wieder. Und ich weiß ja nicht, wie es Ihnen geht«, sie lachte leise, »aber ich verabscheue stilles Wasser. Ich werde Ihnen etwas anderes mitbringen. Brauchen Sie noch etwas? Schokolade? Frisches Obst? Make-up?«
Noch immer keine Reaktion.
»Egal. Sie können mich anrufen und es mir sagen. Fürs Erste«, Johanna wühlte erneut in ihrer Tasche. Sie wusste nicht, wonach sie suchte, bis sie es fand. »Fürs Erste habe ich nur eine Tüte Bonbons. Sanddorn. Wirklich lecker.« Sie war sich sicher, dass es funktionieren würde, und stand auf.
»Ich komme morgen wieder. Erholen Sie sich.« Sie drückte noch einmal die Hand der Frau und ging Richtung Tür, als eine leise Stimme sie aufhielt.
»Ich weiß nicht, wer ich bin.«

Sie hatte keine Ahnung, wie viel Zeit vergangen war. Aber nicht nur ihr Zeitgefühl war gestört, alle Emotionen waren wie tot. Zuerst, als man sie hergebracht hatte, waren alle bemüht gewesen, hatten sich um sie gekümmert. Aber sie war verwirrt, wusste nicht, wie sie hierhergekommen war. Sie beobachtete alles wie durch einen Schleier. Staunend wie ein Kind verfolgte sie die Aktivitäten des Pflegepersonals, nahm die Besorgnis, die man ihr entgegenbrachte, zur Kenntnis, fühlte Wärme. Sie hatte gar nicht gemerkt, dass sie gefroren hatte. Innerlich.
Etwas, irgendetwas war passiert. Der Arzt war nett gewesen. Er gab ihr etwas, ein Medikament, und lächelte sie unaufhörlich an, während er ihr die Hand hielt. Sie schluckte

gehorsam die Tablette und spürte bald eine Wirkung. Sie versuchte, die Hände zu heben, was ihr schwerfiel, und sah Farbe. Rote Farbe. Irgendjemand sagte, dass es Blut sei. Sie war nackt. War sie das schon die ganze Zeit? Sie konnte sich nicht erinnern, was sie angehabt hatte. Der Arzt fragte, ob sie Schmerzen hätte? Schmerzen? Sie sah ihn an. Was meinte er? Schließlich schlief sie ein, aber nicht für lange. Als sie wach wurde, standen Leute um sie herum und sahen sie ernst an. Sie befragten sie. Ob sie jemanden getötet hätte? Wo sie gewesen war? Warum sie nicht antwortete? Der Arzt war auch da, aber er lächelte nicht mehr. Wieder schlief sie ein. Als sie wach wurde, stand eine Schwester neben ihrem Bett, aber sie lächelte nicht, und sie sprach auch nicht. Es war wie ein Traum. Ein böser Traum. Sie war sicher, sie würde gleich aufwachen und dann … Ja, was dann? Niemand sprach mehr, niemand war freundlich. Und wieder kamen Leute, Polizisten, die sie fragten, wie es passiert war.

Was?

Und dann kam diese Frau. Und sie lächelte. Sie wollte nicht wissen, was passiert war. Sie war wie die gute Fee in einem bösen Traum. Sie schien nett zu sein, aber auch sie war von der Polizei. Aber sie war nett. Psychologin. War sie verrückt? Die Frau, Johanna Jensen, wollte wiederkommen. Aber sie sollte nicht gehen, sie nicht wieder allein lassen. Sie sollte bleiben.

Sie öffnete den Mund und hörte ihre Stimme, als sei es das erste Mal.

»Ich weiß nicht, wer ich bin.«

Johanna atmete gepresst aus. Es hatte funktioniert. Sie schloss die Augen, aber nur für einen kurzen Moment. Dann drehte sie sich langsam um und ging die paar Meter zu dem Stuhl am Bett zurück. Sie setzte sich und beugte sich zu der Frau hinunter. Der Trotz war aus dem Blick verschwunden. Zurück blieb die Angst.

»Ihr Name ist Manuela Kranz, und Sie sind hier in einem Krankenhaus in Hamburg-Altona. Sie haben einen schweren Schock erlitten.« Es war offensichtlich, dass die Frau schwer traumatisiert war, und Johanna sah keinen Grund, alles zu erzählen. Wenn sie die Situation richtig einschätzte, hatten das andere bereits erledigt.

»Manuela Kranz.« Die Lippen der Frau sprachen den Namen aus, als müssten sie ihn üben, so als wäre es eine fremde Sprache.

»Ich habe jemanden getötet, nicht wahr? Das sagen hier alle.«

Johanna fluchte innerlich. Sie hatte recht gehabt. »Das ist noch nicht raus. Was sagen Sie denn?«

Manuela Kranz wandte sie ab. Jetzt strömten ihr die Tränen ungehindert über die Wangen. »Ich habe keine Ahnung. Ich weiß nicht, wer ich bin. Ich weiß nicht, wie ich hierhergekommen bin, ich weiß nicht einmal, wie ich aussehe.«

Johanna griff erneut nach ihrer Tasche. Sie war froh, dass es sich hierbei mehr um einen Seesack als um eine Handtasche handelte. Sie zog einen kleinen Handspiegel heraus und hielt ihn Manuela Kranz mit einem leichten Lächeln hin.

»Reicht das für den Anfang?«

»Wir mussten ein Exempel statuieren. Es ließ sich leider nicht vermeiden.« Matthias' Stimme klang unterwürfig, aber er hatte keine Angst vor seinem Chef. Doch er wusste, wozu der fähig war.

»Ein dummes Missgeschick. Und die Leiche?« Die Stimme klang angespannt und unzufrieden.

Matthias lächelte. In der Dunkelheit, die in dem Zimmer herrschte, war das jedoch nicht zu sehen. »Haben wir entsorgt. Man wird sie finden, aber das soll uns nicht stören. Es gibt keine Verbindung zu uns.«

Für einen Moment herrschte Stille. Nur ein leichtes Schniefen war zu hören. Matthias' Lächeln wurde geringschätzig. Puderte sich sein Chef mal wieder die Nase? Die Gerüchte hierüber hörten nicht auf. Manche sahen in der Kokainsucht des Chefs eine Schwäche, so auch er, Matthias, aber der Alte sah darin vermutlich die Freiheit zu tun, was er wollte. Wie so vieles, was er tat. Die Nächte mit den Prostituierten, die illegalen Kartenspiele. Für ihn, die graue Eminenz, war es wie ein Zwang, allen zu zeigen, dass er frei in seinem Handeln war. Ein Ausdruck von Überlegenheit und Stärke. Matthias verachtete ihn insgeheim. Als ob der regelmäßige Konsum von Kokain ein Ausdruck von Macht war. Lächerlich.

Trotzdem hatte er noch alles im Griff, und er zahlte gut. Und alles andere war unwichtig, denn Matthias war, wie so viele Gefolgsleute des Chefs, käuflich. Ein Söldner. Dies war nicht sein Krieg, und er war ihm egal. Hauptsache, das Geld stimmte.

»Und was ist mit dieser anderen unleidigen Angelegenheit?«

Matthias klopfte sich selbst auf die Schulter. Diese Aktion hatte er selbst durchgeführt. »Erledigt. Zwei Fliegen mit einer Klappe. Wir haben …«
»Ich will es gar nicht wissen. Ich bin sicher, Sie haben das ganz in meinem Sinne geregelt. Verschonen Sie mich.«
Fast glaubte Matthias zu sehen, wie sein Chef abwehrend die Hand hob. Dieser Feigling. Wie so viele Leute in seiner Position war er feige. Wollte seine Anweisungen ausgeführt sehen, aber sich nie selbst die Hände schmutzig machen. Allein das Wissen befleckte ihn. Egal. Matthias war hier, um zu arbeiten, um das zu tun, was er am besten konnte. Probleme lösen. Egal wie. Und er war hier, um …, er lächelte hämisch, …
… um zu lernen.

Mitunter verfluchte er diesen Job. Natürlich, er konnte die Aufgaben delegieren, aber er hatte seinen Mitarbeitern klargemacht, dass es Fälle gab, bei denen er persönlich, wenn es sein musste auch nachts, informiert werden wollte.
Dies war so ein Fall.
Der Frühling war noch weit entfernt, und als er an der Elbe aus dem Wagen stieg, stach ihm der eiskalte Wind wie winzige Nadeln ins Gesicht. Seine Haut spannte sich schmerzhaft.
Dem Posten an dem weiß-roten Flatterband hielt er nur den Dienstausweis unter die Nase und stapfte dann weiter in

Richtung der grellen Lampen, die, obwohl es Tag war, aufgestellt worden waren. Der Tag war trübe, und man musste sichergehen, dass nicht die kleinste Spur übersehen wurde.
»Und? Was gibt's?«
Er kannte alle Gesichter der Mordkommission, aber er war erleichtert, als er Julika vor sich sah. Sie war ein Garant für Objektivität. Als sie ihn jetzt ansah, lächelte sie nicht. Er wusste, das war ein Zeichen für ihre Konzentration.
Julika verzichtete darauf, auf ihre Notizen zu blicken. Wie immer hatte sie alles im Kopf. »Weibliche Leiche, schätzungsweise Anfang zwanzig, unbekleidet, keine Papiere. Sie wurde mit einem Schuss in den Hinterkopf getötet.«
Diekmann hob die Augenbrauen. »Kopfschuss in den Hinterkopf? Hört sich fast nach einer Hinrichtung an.«
Julika nickte. »Scheint mir auch so. Näheres wissen wir natürlich erst nach der Obduktion. Bisher können wir nicht sehr viel sagen. Zeugen gibt es keine, und gefunden wurde sie von Spaziergängern, die auf dem Weg zum Brunch im Hotel waren.«
»Dann war der Leichnam nicht versteckt?«
»Nein«, Julika schüttelte den Kopf, »und so wie es aussieht, ist sie nicht einmal hier getötet worden. Es findet sich kaum Blut am Fundort der Leiche. Ich vermute, dass sie woanders getötet und hier abgelegt wurde.«
Diekmann seufzte. Das hatte ihm gerade noch gefehlt. Die Tat wies Züge einer Hinrichtung auf, die Tote war unbekleidet, und damit gab es keinen Anhaltspunkt, wer sie sein könnte. Hier waren offenbar Profis am Werk gewesen. Er dankte Julika mit einem leichten Nicken und näherte

sich der Stelle, an der die Leiche lag. Die Frau lag auf dem Rücken mit seltsam verdrehten Gliedern. Einzelne dunkle Haarsträhnen bewegten sich im Wind, und fast erwartete Sven, dass sich die Frau die Haare aus dem Gesicht streichen würde. Gesichtszüge konnte er nicht erkennen. Genau genommen gab es kein Gesicht mehr. Für einen Moment blieb er, mit den Händen in den Jackentaschen, bewegungslos stehen. Egal, wie lange er schon Polizist war oder wie viele Leichen er schon gesehen hatte, es gab immer einen Moment, in dem er versuchte, stellvertretend für andere Abschied zu nehmen. Die Menschen starben einsam, das galt insbesondere für die Opfer eines Mordes, und dieser Gedanke machte ihm Angst. Aber dieses Bewusstsein ließ noch ein anderes Gefühl zu.
Einen kurzen Moment der Trauer.

Johanna konnte sich nicht einmal im Ansatz vorstellen, was diese junge Frau durchmachte, wenn sie wirklich das Gedächtnis verloren hatte, und daran war eigentlich kein Zweifel. Noch nicht einmal zu wissen, wie man aussah, keine Vergangenheit zu haben, sich nicht an den eigenen Namen zu erinnern – all das musste zwangsläufig Panik auslösen. Manuela Kranz holte einmal tief Luft und schaute in den kleinen Spiegel. Sie betrachtete ihr eigenes Gesicht mit der Vorsicht eines Kindes, das befürchtet, von einem imaginären Monster angegriffen zu werden. Johanna wusste nicht, was Manuela Kranz erwartet hatte, aber nachdem sie

sich betrachtet hatte, entspannten sich ihre Gesichtszüge ein wenig. Sie versuchte zu lächeln.
»Wenigstens weiß ich jetzt, dass ich nicht besonders alt bin und auch nicht das Aussehen einer Gewitterhexe habe.«
Johanna erwiderte ihr Lächeln. »Und was wissen Sie noch?«
Manuela Kranz saß nun aufrecht im Bett, aber der Blick, ein unendlich trauriger Blick, wanderte wieder zum Fenster. »Die Leute, die heute Morgen hier waren, es waren Polizisten, erzählten, dass ich einen Menschen getötet habe. Stimmt das?« Sie wandte sich ihrer Gesprächspartnerin zu. Wieder hatte Johanna das Gefühl, einem Kind gegenüberzusitzen, das mit aller Macht die Bestätigung der Mutter sucht, dass alles gut wird.
»Was glauben Sie?«
»Ich weiß es nicht. Ich weiß ohnehin nicht viel. Ich kann mich erinnern, dass ich mit zwei uniformierten Polizisten irgendwo draußen stand und entsetzlich fror. Ich hatte nur einen Schuh an, und einer der Männer nahm mir ein Messer ab. Sie holten einen Krankenwagen und brachten mich hierher. Es ist, als hätte ich die ganze Zeit neben mir gestanden, als wäre das, was mit mir passiert ist, einer anderen Person geschehen.«
Plötzlich vernahm Johanna laute Stimmen, die vom Flur herrührten. Noch bevor sie aufstehen und nachsehen konnte, wurde die Tür zu dem Krankenzimmer aufgestoßen, und ein Mann Mitte fünfzig erschien im Türrahmen. Unter dem offenen Kaschmirmantel trug er eine Anzughose und ein Seidenhemd, allerdings ohne Krawatte.

»Manuela, was ist passiert? Dieser Idiot vor der Tür wollte mich nicht ... Wer zum Teufel sind Sie?« Er hatte Johanna bemerkt und funkelte sie mit unverhohlener Aggression an.
»Mein Name ist Jensen, ich bin Psychologin.«
»Psychologin? Was soll der Unfug?« Er schien sich auf den Grund seines Besuches zu besinnen und trat an das Bett. »Manuela, Liebes, bist du verletzt? Die Polizisten sagten, dass du blutverschmiert aufgegriffen wurdest. Was ist passiert?«
Manuela Kranz ließ zu, dass der Mann nach ihrer Hand griff, und lächelte unsicher. Es war eindeutig, dass sie den Mann nicht wiedererkannte. Johanna jedoch hatte ihn erkannt. Sie hatte das Gesicht schon in diversen Zeitungen gesehen.
Der Mann war Karl-Heinz Kranz. Manuelas Ehemann.

Nur mit Mühe hatte sie Karl-Heinz Kranz dazu überreden können, mit ihr unter vier Augen zu sprechen. Nun stand Johanna mit ihm vor dem Krankenzimmer und versuchte, ihm den Zustand seiner Frau zu erklären.
»Herr Kranz, nicht wahr?«
»Ja.« Er wirkte ungeduldig. »Also, was wollen Sie?«
»Wie gesagt, ich bin Psychologin und arbeite für die Polizei. Man hat mich gebeten, mit Ihrer Frau zu sprechen. So wie sich mir die Sache darstellt, leidet Ihre Frau unter Amnesie. Sie hat, so scheint es, ein schreckliches Erlebnis gehabt und kann sich an nichts erinnern.«

Kranz runzelte die Stirn. »Was heißt, sie kann sich an nichts erinnern?«
»Sie kann sich weder an die Vorkommnisse der letzten Nacht noch an irgendetwas anderes erinnern. Sie weiß nicht mal mehr ihren eigenen Namen und …«, Johanna stockte einen Moment, »Herr Kranz, Ihre Frau erkennt nicht einmal Sie.«
»Großer Gott.« Überheblichkeit und Arroganz waren aus dem Gesicht des Mannes gewichen, und er fuhr sich mit der Hand durch die Haare. »Aber sie wird doch wieder gesund, oder?«
»Nun, Ihre Frau ist nicht krank. Aber sie hat etwas Furchtbares erlebt, und ihr Geist schützt sich mit dem Gedächtnisverlust. Nur so hat sie die Möglichkeit, sich zu erholen.«
»Und wie lange wird das dauern?«
»Schwer zu sagen. Solch ein Zustand kann Stunden, aber auch Tage oder Wochen anhalten.«
»Aber es wird doch verschwinden, oder?« Es hörte sich an, als späche er über einen unangenehmen Hautausschlag.
»Das wird sich zeigen.«
Plötzlich wurde der Mann wieder aggressiv. »Hören Sie mit diesem Scheiß auf. Ich nehme meine Frau jetzt mit und bringe sie zu einem Fachmann.«
»Ich glaube kaum, dass Sie Ihre Frau mitnehmen können.« Sie versuchte, sich vorsichtig auszudrücken. »Nach den Ereignissen der vergangenen Nacht steht Ihre Frau gewissermaßen unter Beobachtung.«
»Und wer beobachtet sie, wenn ich fragen darf? Der Bulle vor der Tür?«

Johanna vermied es, sich mit Kranz auf ein verbales Scharmützel einzulassen.
»Tut mir leid, mehr kann ich Ihnen zum jetzigen Zeitpunkt nicht sagen.«

»Vergiss es.«
Sie hatte einen wutschnaubenden Ehemann und eine verzweifelte, verängstigte Frau zurückgelassen. Und nun stand sie Sven gegenüber, der alles andere als zugänglich war. Es war mittlerweile Mittagszeit, und etwas schien seit dem Morgen vorgefallen zu sein. Seine gute Laune jedenfalls war wie weggeblasen.
»Sven, sie leidet unter Amnesie, und wir sollten sie erst einmal beobachten, am besten in einer psychiatrischen Klinik. Die Frau ist verunsichert, und ich glaube kaum, dass sie eine Untersuchungshaft unbeschadet überstehen würde.«
»Ehrlich gesagt, ist mir das ziemlich egal. Der DNA-Schnelltest hat ergeben, dass das Blut auf ihrer Kleidung das Blut des Opfers ist. Das Messer, das sie in der Hand hielt, war laut Rechtsmediziner eindeutig die Tatwaffe. Sie ist eine Mörderin, und du sorgst dich, ob sie die Haft übersteht! Sie hat dir etwas vorgemacht. Ich weiß genau, worauf sie hinauswill. Unzurechnungsfähigkeit, verminderte Schuldfähigkeit oder was auch immer, und du fällst drauf rein.«
»Der Ehemann wird einen Gutachter beauftragen, und dann kommt sie aller Wahrscheinlichkeit nach eh aus der Haft. Warum machen wir es also nicht gleich?«

»Richter Klauck wird sich auf so etwas nicht einlassen. Er ist, wie du weißt, sehr polizeifreundlich und wird nicht zögern, den Haftbefehl auszustellen. Und jetzt entschuldige. Ich habe einen weiteren Mord zu bearbeiten. Heute Morgen wurde die Leiche einer jungen Frau gefunden. Und im Gegensatz zu Manuela Kranz habe ich den Mörder diesmal leider nicht auf dem Silbertablett präsentiert bekommen.«

»Sven, denk doch einmal logisch. Wenn sie wirklich eine eiskalte Mörderin ist, warum hat sie dann die Handtasche mit ihrem Personalausweis am Tatort zurückgelassen?«

»Sie hat sie in der Eile vergessen.«

»In der Eile? Sie hatte doch alle Zeit der Welt! Auf dem Parkplatz eines abgelegenen Musicaltheaters ist während einer Vorstellung nicht gerade viel Betrieb. Und, Sven, sie ist verstört. Glaubst du wirklich, wenn sie den Mord vorsätzlich begangen hätte, dass sie dann so verstört wäre?«

»Ich habe dir doch gesagt, sie hat dich reingelegt.«

»Du hast die Berichte der Polizisten gelesen, die sie aufgegriffen haben, und den des behandelnden Arztes im Krankenhaus. Sie ist verstört.«

Während des Gespräches hatte Sven scheinbar gelangweilt in seinen Unterlagen gewühlt. Nun hielt er inne und schaute auf. »Johanna, ich weiß nicht, wie es dir geht, aber ich habe wirklich einiges zu tun. Wenn du mich bitte entschuldigen würdest.«

Ohne sie noch eines Blickes zu würdigen, erhob er sich und rauschte aus dem Zimmer. Und ließ sie einfach stehen.

Drei Stunden später hatte Johanna, was sie wollte. Sie hatte sich persönlich an Richter Klauck gewandt und ihm klargemacht, dass sie mit einem potenziellen Gutachten der Verteidigung von Manuela Kranz konform gehen und von einer Haft abraten würde. Aufgrund des Bekanntheitsgrades der Familie Kranz könnte es andernfalls peinlich werden, wenn selbst die Polizeipsychologin von einer Haft abgeraten habe. Klauck war, wie Sven betont hatte, sehr schnell mit Haftbefehlen bei der Hand, aber eine negative Presse wollte er nicht riskieren.
Er sagte Johanna zu, auf einen Haftbefehl zu verzichten und stattdessen die Unterbringung in einer psychiatrischen Klinik zu veranlassen.
Als Johanna das Gerichtsgebäude verließ, war ihr dennoch unwohl. Sie hatte urplötzlich das Gefühl, einen Riesenfehler begangen zu haben.
Gebe Gott, dass sie richtig gehandelt hatte.

3

Er hatte Julika noch gestern gebeten, die Vermisstenmeldungen durchzugehen, allerdings war dabei nichts herausgekommen. Nirgendwo wurde eine Frau vermisst, die der Beschreibung der unbekannten Toten entsprach. Das passte auch zu dem, was der Rechtsmediziner Professor Reuschel herausgefunden hatte.

Er hatte die Frau sofort untersucht und ein paar Anhaltspunkte, auf die sich die Ermittler stützen konnten, gefunden. Die junge Frau war seiner Meinung nach, obwohl sie wesentlich jünger aussah, um die dreißig Jahre alt. Sie war etwa ein Meter siebzig und ziemlich dünn, wenn nicht gar mager. Interessant war, dass sie Zahnfüllungen aufwies, die relativ neu aussahen, seiner Meinung nach jedoch nicht in Deutschland angefertigt worden waren. Das verwendete Material – Sven überlas den ellenlangen Fachausdruck geflissentlich – wurde nach Meinung Professor Reuschels nur noch in Russland beziehungsweise den Staaten der ehemaligen UdSSR verwendet. Das, was von dem Gesicht übriggeblieben war, trug slawische Züge. Der Bruch des rechten Arms war schon alt und sehr gut verheilt. Sie hatte außerdem eine lange Narbe am Kinn, die wahrscheinlich noch aus der Kindheit stammte. Den Todeszeitpunkt bestimmte er auf die vorvergangene Nacht zwischen ein und zwei Uhr. Sven rechnete nach. Ungefähr zehn, elf Stunden später war sie gefunden worden. Er wusste, wie wichtig es war, in den

ersten achtundvierzig Stunden eine heiße Spur zu haben, und jetzt, nachdem die halbe Frist verstrichen war, hatte er fast nichts in der Hand. Gerade mal genug für die Anfangsermittlungen. Julika sollte sich heute mit dem Bundeskriminalamt in Verbindung setzen, um Kontakt zu Interpol aufzunehmen, die sich wiederum mit den Behörden der Staaten der ehemaligen Sowjetunion kurzschließen würde. Sven seufzte. Es würde Wochen dauern, bis etwas Vernünftiges dabei herauskäme, aber es war seine einzige Chance.
Als er die Vermutung des Mediziners las, dass es sich bei der unbekannten Person um eine Russin handeln könnte, dachte er im ersten Moment an eine Prostituierte, allerdings ergaben sich bei der Toten keine Hinweise, die diesen Verdacht gestützt hätten. Auch war sie nicht drogen- oder alkoholabhängig. Die Frau war kerngesund gewesen.
Es war frustrierend. Er wusste, dass er möglicherweise die Identität der Frau und auch den Mord niemals klären würde, aber er wollte es wenigstens versuchen.
»Chef?«
Es klopfte leise. Julika stand in der Tür mit einem unverkennbaren roten Aktendeckel in der Hand. Wahrscheinlich war es der Haftbefehl gegen Manuela Kranz, den der Staatsanwalt auf seine Anregung hin beim Richter beantragt hatte.
Sein Gesicht hellte sich ein wenig auf. Wenigstens diese Sache würde er schnell vom Tisch bekommen. »Die Akte Kranz? Immer nur her damit.«
Julika blickte unglücklich drein. »Ich fürchte, es wird Ihnen nicht gefallen.«

»Was wird mir nicht gefallen?«
»Richter Klauck hat den Antrag auf Haftbefehl abgelehnt. In der Akte steht, dass er Frau Kranz auf Anraten von Frau Dr. Jensen in eine psychiatrische Klinik einweist.«
Sven hatte das Gefühl, als habe ihm jemand Eiswasser über den Kopf gegossen.
»Dieses Miststück.« Er stand kurz davor zu explodieren. Wäre Johanna in seiner Nähe gewesen, hätte er für nichts garantieren können. Er hatte nicht übel Lust, ihr Verstand einzuprügeln. Er wusste, dass Johanna zu einigem fähig war, dass sie jedoch solch eindeutige Beweise ignorierte und hinter seinem Rücken beim Richter intervenierte war der Gipfel.
Er schnappte sich seine Jacke und ließ Julika stehen. Auf dem Weg quer über das Gelände zum psychologischen Dienst arbeitete er sich noch mehr in Rage. Als er schließlich in Johannas Büro vordrang, vorbei an Jutta, die ihn aufhalten wollte, hatte er vollends die Beherrschung verloren.
Die Tür knallte gegen die Wand, und Johanna, die am Schreibtisch gesessen und geschrieben hatte, sprang vor Schreck von ihrem Stuhl auf.
»Was soll der …«
»Halt den Mund, du verdammtes Miststück. Wie kannst du es wagen? Was hast du vor? Willst du mich bloßstellen? Willst du mich blamieren?« Johannas Gesicht war kreidebleich, aber der erste Schreck hatte sich gelegt, und in ihr wuchs die Wut.
»Wenn du auf Manuela Kranz anspielst, so habe ich nicht

vor, mit dir darüber zu reden, solange du dich aufführst wie ein Berserker. Du …«

»Du willst sie rausboxen? Du hast ihr den Scheiß abgenommen, den sie verzapft hat? Leute wie du sind das Letzte. Ihr Scheißpsychologen und Psychiater sorgt immer wieder dafür, dass überführte Mörder auf der Straße landen und weiter Menschen abschlachten …«

»Sie ist keineswegs überführt. Sie …«

»Was willst du denn noch? Wie stellst du dir einen überführten Mörder vor? Soll er sich mit einem irren Glitzern in den Augen über die noch warme Leiche beugen? Nein, selbst wenn er die Kettensäge in der Hand hielte, würdest du ihm abnehmen, dass er das Opfer reanimieren wollte.«

»Bist du fertig?« Sie hatte die Arme vor der Brust verschränkt, was ihn nur noch mehr anstachelte. Er trat einen Schritt vor und stützte sich auf dem Schreibtisch ab, während er sich zu ihr hinüberbeugte. Seine Stimme wurde mit einem Mal gefährlich leise.

»Nein, ich bin noch lange nicht fertig. Aber wenn ich mit dir fertig bin«, er zeigte mit dem Zeigefinger auf ihre Brust, »dann bist du erledigt. Du bist raus aus dem Fall, und ich sorge dafür, dass du von hier verschwindest. Das schwöre ich dir.« Mit einem letzten hasserfüllten Blick stürmte er davon, nicht ohne der Tür noch einen gewaltigen Stoß zu versetzen.

Für ein paar Augenblicke herrschte Stille, dann sah Jutta um die Ecke. »Und? Soll ich die Polizei verständigen?«

Johanna zitterte am ganzen Körper, nachdem Sven verschwunden war. Für einen Moment hatte sie tatsächlich befürchtet, er würde sie schlagen. Das Schlimme an der ganzen Geschichte war, dachte sie, dass sie es ihm nicht einmal verübeln konnte. Sie hatte hinter seinem Rücken gehandelt, obwohl sie wusste, dass er gegen ihr Vorhaben war. Sie hätte abwarten können, bis der Anwalt der Frau die nötigen Schritte eingeleitet hatte, aber sie war der Meinung, dass eine Gefängnishaft, egal wie kurz oder lang sie ausfiele, Manuela Kranz irreparablen psychischen Schaden zufügen könnte. Sie wollte die Frau untersuchen und beobachten lassen. Zwar konnte sie sich nie sicher sein, dass es sich tatsächlich um Amnesie handelte, aber sie konnte zumindest annähernd Sicherheit in diesem Punkt erlangen.
Auf jeden Fall, und darüber machte sie sich nicht die geringsten Illusionen, war das mehr oder weniger friedliche Verhältnis, das sie zu Sven aufgebaut hatte, endgültig zerstört. Er würde alles daransetzen, sie von diesem Fall fernzuhalten, vielleicht würde er tatsächlich versuchen, sie von ihrem Posten zu vertreiben; trotz allem würde sie nicht aufgeben.
»Sind Sie fit genug für ein Telefonat?« Johanna hatte Jutta überhaupt nicht hereinkommen hören und hob den Kopf.
»Kommt darauf an, wer es ist. Wenn es ein psychopathischer Killer ist, der mich töten will, schalten Sie durch, wenn es Diekmann ist, sagen Sie, ich bin verreist.«
Jutta lachte leise. »Es ist Ihre Freundin, diese Journalistin.«
Als es bei Johanna klingelte, riss sie den Hörer vom Telefon.
»Hallo, Andrea.«

»Hallo, meine Liebe. Wie schaut es aus bei dir?«
»Du weißt ja, es gibt gute und schlechte Tage. Und dann gibt es Tage, die kommen gar nicht in die Wertung. So einen habe ich erwischt.«
»Du Arme. Wir sollten mal wieder einen trinken gehen.«
Johanna musste grinsen. Sie beide hatten sich während des letzten Falles, an dem Johanna mit Diekmann gearbeitet hatte, näher kennengelernt. Bei einem der ersten privaten Treffen waren sie in einer Kneipe abgestürzt. Seitdem waren sie gute Freundinnen. Was Johanna unter anderem an Andrea schätzte, war, dass die Freundin immer schnell zur Sache kam. So wie jetzt.
»Ich habe einen bestimmten Grund, warum ich dich anrufe. Hast du heute schon Zeitung gelesen?«
»Nein. Worauf spielst du an?«
»Die Sache mit Manuela Kranz. Weißt du über den Fall Bescheid?«
Johanna seufzte. »Ich stecke mittendrin.«
»Wollen wir zusammen essen gehen? Ich wollte mit dir über den Fall reden. Oder darfst du nicht darüber sprechen?«
»Nach dem, was sich heute abgespielt hat, ist es völlig egal, ob ich darüber rede oder nicht. Jetzt gleich?«
»Warum nicht?«
»Okay. Wie ist es mit dem Lokal am Leinpfad in, sagen wir, einer Stunde?«
»Perfekt.«

Unangenehme Erinnerungen stiegen in Johanna hoch, als sie das Lokal, das an einem Seitenarm der Alster lag, betrat. Hier hatte sie das letzte Mal Markus gesehen, kurz bevor er mit seinem Lebensgefährten seine Zelte in Deutschland abgebrochen hatte und in die Türkei gezogen war. Sie hatte seit dem Umzug nichts mehr von den beiden gehört, außer einer gelegentlichen Karte von Flo, und noch immer überkam sie Trauer, wenn sie daran dachte, dass die Freundschaft zu Markus wohl zerstört war.

Kurz nach ihr traf Andrea ein. Wie immer strahlte sie. Sie schien nicht den gleichen Stimmungsschwankungen wie andere Sterbliche unterworfen zu sein, war nie schlechter Laune, und nichts konnte sie aus der Fassung bringen. Allerdings erkannte Johanna heute auch einen besorgten Zug in dem Gesicht von Andrea.

»Grüß dich, meine Liebe.« Andrea beugte sich hinunter, um ihr einen dicken Kuss auf die Wange zu drücken.

»Hast du schon etwas bestellt?«

»Nein, ich bin auch gerade erst gekommen.«

Andrea winkte die Bedienung an ihren Tisch und bestellte, ohne auf die Karte zu sehen, ein opulentes Mahl. Es schien, als habe sie seit zwei Wochen nichts mehr gegessen. Johanna beschränkte sich auf Mineralwasser und einen Salat. Zum einen hatte sie keinen allzu großen Appetit, Diekmann war wirklich die beste Diät, die man sich vorstellen konnte, und außerdem stand sie mit ihrem Gewicht noch immer leicht auf Kriegsfuß.

Als die Bedienung die Bestellung aufgenommen hatte, wandte sich Andrea ohne Umschweife an Johanna.

»Ich habe gelesen, dass Manuela Kranz in einen Mordfall verwickelt ist. Stimmt das?«
»Leider ja. Sie gilt als die Hauptverdächtige.«
»Unsinn. Ich kenne Manuela. Zwar habe ich sie seit ihrer Hochzeit vor fünf Jahren nicht mehr gesehen, aber ein Mensch verändert sich nicht so grundlegend. Sie wäre nie in der Lage, jemanden zu töten.«
»Die Beweise sprechen gegen sie.«
»Beweise? Du meinst wohl eher Indizien. Meine lieben Kollegen von der BILD haben sich ein wenig vage gehalten, deshalb gehe ich davon aus, dass es allerhöchstens Indizien gibt.«
Johanna entschloss sich nach kurzem Überlegen, Andrea alles zu erzählen. Sie wusste, sie konnte ihr vertrauen. Andrea hörte ihr zunehmend fassungslos zu.
»Was für ein blühender Unsinn! Das will ihr jemand anhängen. Und was ist mit dir? Hat man dich eingeschaltet?«
»Andrea, du weißt genau, dass ich darüber nicht reden darf.«
»Schweigepflicht, ich weiß. Und?«
Johanna dachte nach. Schließlich entschied sie, dass gegen Hypothesen nichts einzuwenden wäre.
»Ich spreche jetzt rein hypothetisch. Es kommt vor, dass Menschen, die ein schreckliches Erlebnis hatten, sich an nichts mehr erinnern können.«
»Amnesie?« Andrea beugte sich weit über den Tisch und fing aus einem unerklärlichen Grund an zu flüstern. In diesem Moment kam die Bedienung mit ihrer Bestellung, und

Andrea verstummte fast schuldbewusst. Erst als die Kellnerin weg war, sprach sie weiter. »Und woran kann man sich dann nicht mehr erinnern?«
»Nun, das ist ganz unterschiedlich. In vielen Fällen an nichts mehr. Also nicht an das Ereignis, nicht an die eigene Vergangenheit, an den eigenen Namen oder die Familie.«
»Wie lange hält das an?«
Johanna zuckte mit den Schultern. »Unterschiedlich. Stunden, Tage, Wochen oder auch Monate. In ausgesprochen seltenen Fällen kommt die Erinnerung nie mehr zurück, und die eigene Vergangenheit ist nur noch ein großes schwarzes Loch. Aber eigentlich gehe ich in diesem, wie gesagt hypothetischen Fall nicht davon aus. Was weißt du von ihr?«
»Sie war eine liebe Kollegin. Eine von denen, die das Privatleben anderer respektierte und den mittlerweile üblichen Sensationsjournalismus verabscheute.«
»Also keine Paparazza.«
»Korrekt.« Andrea nickte. »Sie machte gern auf Ungerechtigkeiten aufmerksam, kämpfte gegen Rassismus und Frauenfeindlichkeit. Eigentlich wäre sie die ideale Stellvertreterin von Alice Schwarzer. Sie war zwar vielleicht nicht ganz so dogmatisch, aber doch sehr geradeheraus und legte Wert auf Fairness und Gleichberechtigung im Beruf. Nichtsdestotrotz freute sie sich, wenn ihr ein Mann die Tür aufhielt oder im Restaurant die Rechnung übernahm. So hat er sie dann wohl auch rumgekriegt.« Andrea hatte, für sie ganz untypisch, beim letzten Satz die Mundwinkel verächtlich nach unten gezogen und schob mit der Gabel ihre Speisen auf dem Teller herum, als wolle sie diese neu sortieren.

»Wer?«

»Karl-Heinz Kranz. Sie lernte ihn vor etwas mehr als fünf Jahren im Rahmen einer Reportage kennen, die sie für das Hamburger Abendblatt schrieb.«

»Worum ging es dabei?«

»Um die Luxussanierung von Altbauten in Altona und St. Pauli. Die klassischen Arbeiterviertel werden seit Jahren von Yuppies bevölkert. Kranz sorgte dafür, dass die Wohnungen auch adäquat hergerichtet wurden. Und somit explodierten die Mieten, und die angestammte Bevölkerung musste weichen. Die beiden lernten sich also kennen, und sie traf sich öfter mit ihm. Allerdings irgendwann nicht mehr aus beruflichen Gründen. Kaum drei Monate nachdem sie sich kennengelernt hatten, waren sie verheiratet.«

»Und seitdem?«

»Nichts mehr. Sie kündigte und widmete sich fortan der anspruchsvollen Kunst des Repräsentierens neben ihrem Mann. Ich könnte schwören, dass sie auf dem letzten Bild, das ich von ihr in der Presse gesehen habe, einen größeren Busen hatte. Na, jedenfalls brach sie alle Kontakte zu Kollegen ab. Auch zu mir, und so verfolge ich ihren Lebenslauf nur noch in der Presse.«

»Macht er krumme Geschäfte?«

Andrea grinste. »Macht nicht jeder erfolgreiche Geschäftsmann krumme Geschäfte? Keine Ahnung, soweit ich weiß, nicht. Alles, was er bisher getan hat, war zwar nicht unbedingt im Interesse der breiten Öffentlichkeit, aber doch legal. Ich meine, wen kratzt es, wenn sozial schwache Familien vertrieben werden, nur weil sie sich ihre mittlerweile luxussanierte Wohnung nicht mehr leisten können, und stattdessen in Trabantenstädte gepfercht werden?«

»Kennst du ihn?«

»Nein, nicht persönlich. Er scheint jedoch ein äußerst charmanter Mann zu sein, und er sieht auch gut aus. Tja, wie gesagt, damit und mit Galanterie hat er sie sich geschnappt.«

Einen Moment hingen beide Frauen ihren Gedanken nach, bis Andrea weitersprach. »Kannst du nicht irgendetwas tun?«

Johanna lachte laut auf. Sie musste an Svens Auftritt vor ein paar Stunden denken und erzählte Andrea davon.

»Besteht denn die Gefahr, dass sie dich von diesem Fall abziehen?«

»Kommt darauf an, was Sven ins Feld führt und ob sich Staatsanwalt und Richter darauf einlassen. Wenn das tatsächlich passiert, bin ich Manuela Kranz keine große Hilfe mehr.«

»Vielleicht sollten wir uns wieder zusammentun. Was meinst du?« Andrea spielte auf den letzten Fall an, in den Johanna involviert gewesen war. Sie hatten zusammen ermittelt und schließlich den Fall gelöst.

»Und wie stellst du dir das vor?«

»Ich denke, ich kann genug Material zusammentragen, um Manuelas Unschuld zu beweisen. Wie es aussieht, hat die Polizei an solchen Ermittlungen kein Interesse. Nach diesem Gespräch mit dir bin ich mehr denn je davon überzeugt, dass ihr jemand etwas anhängen will. Wer weiß? Vielleicht ist Manuela durch ihre Heirat nicht in einem goldenen Käfig, sondern in einem Wespennest gelandet?«

Der behandelnde Arzt, Johanna hatte den Namen vergessen, versicherte ihr, dass ihre Mutter auf dem Wege der Besserung sei. Sie schlafe viel, aber sie erhole sich von Tag zu Tag mehr.
Johanna murmelte ein paar nichtssagende Worte und betrat das Krankenzimmer von Gerda Jensen. Es war helllichter Tag, und jemand hatte die Jalousie halb hochgezogen, so dass das fahle Winterlicht in das Zimmer fiel und das Gesicht in dem Bett noch bleicher aussehen ließ. Die Mutter schien zu schlafen, aber Johanna beschloss, einen Moment zu warten, nicht zuletzt, um das schlechte Gewissen zu beruhigen, das sie überkommen hätte, wenn sie sich einfach so aus dem Staub gemacht hätte.
Auf Zehenspitzen schlich sie zu dem einzigen Stuhl im Raum und legte Mantel und Tasche darauf ab. Nach einem kurzen Blick auf ihre schlafende Mutter wandte sie sich ab, schaute aus dem Fenster und ließ die jüngsten Ereignisse Revue passieren. Sie wusste nicht, wie lange sie dort gestanden hatte, als sie die heisere Stimme ihrer Mutter vernahm.
»Du hast mich immer Mutter genannt.«
Johanna drehte sich um und sah in das eingefallene Gesicht ihrer Mutter.
Sie versuchte ein leichtes Lächeln. »Mutter, du bist wach? Wie fühlst du dich? Ich hoffe, ich habe dich nicht gestört.«
»Du hast mich immer Mutter genannt«, wiederholte Gerda Jensen, und Johanna vermutete, dass sie noch nicht ganz bei sich war.
»Nun, du bist meine Mutter, nicht wahr?«

»Andere Kinder sagten *Mutti* oder *Mami*, du hast immer nur Mutter gesagt.« Für einen Moment wusste Johanna nicht, was sie antworten sollte. Es erschien ihr grotesk, dass ihre Mutter jetzt auf dieses Thema zu sprechen kam, denn schließlich hatte es sie nie interessiert, wie sie genannt wurde. Und das Merkwürdigste war, dass der üblicherweise allgegenwärtige Vorwurf in der Stimme von Gerda Jensen fehlte.

»Ich hatte den Eindruck, dass du mit dieser Anrede einverstanden warst.«

»Es hielt mich immer auf Abstand.« Wieder kein Vorwurf, nur eine Feststellung. Das war neu. So hatte Johanna ihre Mutter noch nie erlebt.

»Ich kann mich nicht erinnern, dass dir Nähe so wichtig gewesen wäre.«

Für einen Moment schwieg die Mutter, und Johanna vermutete, dass sie der bittere Ton in der Stimme der Tochter zum Schweigen gebracht hatte.

Aber sie täuschte sich.

»Schon als kleines Mädchen warst du so ein hübsches Ding. Als du auf die Welt kamst, war ich wunschlos glücklich. Ich hatte alles, was ich mir jemals gewünscht hatte. Einen gutaussehenden Ehemann und zwei Kinder. Aber immer hast du mich angeschaut, als sei ich eine Fremde. Nie hast du es zugelassen, dass ich dich auf den Schoß nahm, und wenn du gelacht hast, dann nur in den Armen deines Bruders oder deines Vaters.«

Tja, die haben mich ja auch geliebt, dachte Johanna, aber sie hütete sich, es laut auszusprechen.

»Du solltest dich ausruhen, Mutter. Zumindest solltest du dich nicht aufregen. Ich komme morgen wieder.« Sie wollte raus hier. Egal wohin, nur raus.
Sie nahm ihren Mantel und ihre Tasche und küsste ihre Mutter, wie es ihr seit Kindertagen Gewohnheit war, pflichtschuldigst auf die Wange. Sie sah, wie die alte Frau für einen Moment die Augen schloss. Als Johanna bereits an der Tür war, sprach ihre Mutter sie noch einmal an.
»Johanna?«
»Ja, Mutter?«
»Ich liebe dich, mein Kind.«

4

»Der Mann, der hier war, Sie wissen schon, mein … mein … Ehemann, hat gesagt, dass sie mich vor dem Gefängnis bewahrt haben.«
Johanna lächelte Manuela Kranz an. Sie sah ein wenig besser aus als noch zwei Tage zuvor und war auch nicht mehr ganz so verängstigt. Auch wenn sie ihren Ehemann nicht erkannt hatte, so schien es sie doch zu beruhigen, dass es jemanden gab, der ihr nahestand und zu ihr hielt. Sie war dabei, ein paar Sachen in eine Tasche zu packen.
»Nun, ganz so würde ich es nicht sehen. Spätestens Ihr Anwalt hätte dafür gesorgt, dass Sie aus der Untersuchungshaft entlassen worden wären.«
»Ich bin eine Mörderin, nicht wahr?« Die Angst war in ihre Augen zurückgekehrt. Sie sehnte sich danach, dass ihr jemand sagte, dass alles nur ein böser Traum war.
»Ich weiß es nicht, Frau Kranz. Und da Sie es anscheinend auch nicht wissen, werden wir versuchen, gemeinsam der Sache auf den Grund zu gehen. Ist Ihnen vielleicht irgendetwas eingefallen, das uns helfen könnte?«
»Nein.« Manuela Kranz schüttelte den Kopf. »Gar nichts. Ich kann mich nicht einmal an meine eigene Hochzeit erinnern. Aber er ist nett, glaube ich.«
»Wer?«
»Mein … Mann. Es ist so ein komisches Gefühl, das zu sagen, aber das ist er ja nun einmal, nicht wahr?«

»Ich habe gestern eine ehemalige Freundin von Ihnen getroffen. Sie kennt Sie noch aus der Zeit, als Sie als Journalistin tätig waren.«

»Wirklich? Kommt sie mich besuchen? Ich meine, darf ich da, wo ich jetzt hingehe, Besuch empfangen?«

»Natürlich dürfen Sie das. Ich werde Andrea fragen, ob sie Sie besucht, aber ich bin sicher, dass sie das mit Freuden tun wird.«

»Es hört sich an, als habe ich mich nicht allzu sehr um meine Freunde gekümmert.«

»Na ja, wenn man heiratet, setzt man andere Prioritäten.«

Manuela Kranz lächelte ein wenig bitter. »Soll wohl heißen, dass ich meine Freunde ziemlich vernachlässigt habe.«

Johanna lächelte zurück. »Ich würde sagen, das trifft es ganz genau.«

Die Frau hatte fertig gepackt und sah sich noch einmal im Zimmer um, dem einzigen Raum, den sie kannte. Es würde schwer sein, etwas zu verlassen, das ihr die letzten Tage Zuflucht vor einer Realität, die sie nicht kannte, gewesen war.

»Wann werde ich abgeholt?«

»Im Laufe des Tages. Allerdings werden Sie unter Polizeibewachung fahren. Sie gehen zwar nicht ins Untersuchungsgefängnis, dennoch ist es eine richterliche Einweisung. Aber keine Angst, Sie werden nicht durch den Haupteingang aus dem Krankenhaus gehen, man wird Sie durch den Keller führen.« Johanna wusste, dass jetzt nur zählte, der Frau ein Gefühl von Sicherheit zu vermitteln. Sie musste merken, dass man sich um sie kümmerte und sie nicht bedrängte; deswegen erklärte sie ihr alles ganz genau.

»In der psychiatrischen Klinik wird man ein paar neurologische Tests mit Ihnen durchführen. Sie werden dort ein Einzelzimmer bekommen und mit den anderen Patienten keinen Kontakt haben. Ich komme, so schnell ich kann. Einverstanden?«
»Hauptsache, dieser Alptraum ist bald vorbei.«

Sven empfand es immer als beklemmend, in der Wohnung eines Mordopfers zu stehen. Oft überkam ihn ein Gefühl der Verlassenheit. Die Räume wirkten auf einmal wie ausgestorben, auch wenn sich dort Sachen befanden, die ihr Besitzer gerade erst benutzt zu haben schien. Die schmutzige Kaffeetasse in der Spüle, der volle Aschenbecher auf dem Wohnzimmertisch, das ungemachte Bett.
In der Wohnung von Frederik Dabelstein befand sich nichts, was darauf schließen ließ, dass er hier tatsächlich gewohnt hatte. Zwar war die Wohnung eingerichtet, aber sie gab nichts über ihren Bewohner preis. Die Wohnung wirkte eher wie ein schönes Hotelzimmer.
Es gab zwei Räume, Wohnzimmer und Schlafzimmer, sowie Küche und Bad. Alle Einrichtungsgegenstände waren neu und wiesen so gut wie keine Gebrauchsspuren auf. Alles war sauber und aufgeräumt. Nirgends lagen Zeitungen oder Postwurfsendungen herum. Die Wäsche war entweder ordentlich im Schrank verstaut oder im Wäschekorb. Entweder hatte der Mann eine Putzfrau gehabt, oder er war selbst ein Reinlichkeitsfanatiker. Sven musste an Katharina,

seine Putzfrau, denken; sie hätte angesichts einer solchen Wohnung glänzende Augen bekommen, behauptete sie doch immer, für seine Wohnung bräuchte sie einen Gefahrenzuschlag.
Sven hatte die Wohnung schon durchsucht, aber irgendetwas störte ihn, also beschloss er, sich alles noch einmal genau anzusehen.
Ein großes Messingbett dominierte das Schlafzimmer. Es stand in der Mitte des Raumes und wurde von zwei Palmen flankiert. Der große Einbauschrank war gut ausgestattet mit Anzügen, Freizeitkleidung, Schuhen und diversen Pullovern und Hemden, eine kleine Kommode am Fußende des Bettes beinhaltete Socken und Unterwäsche. Sven betrachtete sich die Etiketten der Kleidungsstücke genauer. Dabelstein hatte einen guten Geschmack gehabt. Unter seinen Sachen gab es nichts Billiges. Im angrenzenden Badezimmer fand sich nichts außer ein paar Toilettenartikeln. Bis auf sein Rasierwasser schien Frederik Dabelstein hierbei keinen besonderen Wert auf Exklusivität gelegt zu haben. Das Duschzeug und auch das Shampoo stammten von einem Discounter.
Sven ging zurück ins Schlafzimmer und weiter in den Flur. Auf einem kleinen Bistrotisch stand das Telefon. Darüber hing ein einfacher Spiegel. Ansonsten war der Flur leer.
Im Wohnzimmer stand eine Couchgarnitur aus Leder, die eher elegant als bequem aussah, sowie ein Fernseher und ein DVD-Player. Eine kleine Stereoanlage rundete das Bild ab. Im Schrank fanden sich ein paar DVDs, CDs, Gläser und einige wenige Bücher.

Das war alles.
Bei diesem zweiten Durchgang fiel Sven ein, was ihn so sehr störte. Es gab nichts Persönliches in dieser Wohnung. Keine Bilder an den Wänden, die von dem Geschmack des Bewohners zeugten, keine Fotos oder Briefe in den Schränken und Schubladen. Lediglich ein paar Visitenkarten, die ihn als Privatermittler auswiesen.
Als Sven die Wohnung verließ, hatte er ein ungutes Gefühl.

»Also, was haben wir?« Sven Diekmann stand mit vor der Brust verschränkten Armen da und starrte Julika stirnrunzelnd an. Die ganze Sache begann ihm zunehmend auf die Nerven zu gehen, und der Gedanke an Johanna brachte ihn noch immer in Rage. Er hatte Julika gebeten, sich Frederik Dabelstein genauer anzusehen, und nun erstattete sie Bericht.
»Er scheint noch nicht lange in Hamburg gewesen zu sein. Die Wohnung wurde vor ungefähr zwei Monaten angemietet, er selbst ist laut Vermieter erst vor einem Monat eingezogen.«
»Von wo ist er zugezogen?«
»Frankfurt. Die Überprüfung durch die dortigen Kollegen läuft. Ich denke, dass wir noch heute Bescheid bekommen. Außerdem haben wir eine Kontokarte gefunden. Ich habe die Überprüfung des Kontos veranlasst, aber wie Sie wissen, kann das einen Moment länger dauern.«

»Haben Sie sein Handy unter die Lupe genommen?«
»Das ist ziemlich merkwürdig: Er hatte keines. Von seinem Festnetzanschluss hat er nur zwei verschiedene Nummern angerufen. Die Telefonate waren jeweils sehr kurz. Wir haben der Telefongesellschaft ein Fax geschickt. So bekommen wir auch heraus, ob er angerufen wurde.«
»Was waren das für Nummern, die er angerufen hat?«
»Die eine hat eine Frankfurter Vorwahl, die andere eine Hannoveraner.« Sie verschränkte die Arme vor der Brust. »Und was haben Sie?«
»Ich habe seine Wohnung durchsucht. Es gibt keinen Hinweis darauf, dass er mit Manuela Kranz in irgendeiner Verbindung stand.« Er erzählte ihr von den Visitenkarten.
»Er war ein Privatermittler?«
Sven nickte. »Er schien sich auf Scheidungsfälle beziehungsweise Fälle von ehelicher Untreue spezialisiert zu haben.«
»Hm.« Julika strich sich mit dem Zeigefinger über den Nasenrücken. »Fragt sich nur, für wen er gearbeitet hat. Hat er vielleicht für den Ehemann gearbeitet und Frau Kranz bei einem Stelldichein erwischt? Oder war es umgekehrt? Aber warum sollte sie ihn dann umbringen?«
Sven zuckte mit den Schultern. »Keine Ahnung. Ich habe jedenfalls keine Unterlagen gefunden, die eine der beiden Möglichkeiten untermauern würden. Eigentlich habe ich überhaupt nichts gefunden. Keine persönlichen Sachen wie Briefe oder so etwas. «
»Wer schreibt heute denn noch Briefe? Heute schreibt man sich gegenseitig E-Mails, und Postkartenersatz ist die SMS.«

Diekmann drehte sich um und rieb angestrengt sein Kinn. »Kein Handy. Müsste er als Privatermittler nicht jederzeit für seine Klienten erreichbar sein?«

»Vielleicht war sein alter Handyvertrag abgelaufen, und er war nicht dazu gekommen, einen neuen abzuschließen.«

»Möglich.« Er dachte einen Moment nach. »Ich frage mich, in welcher Beziehung Kranz und Dabelstein zueinander standen. In ihrer Handtasche haben wir zwar ein Filofax gefunden mit diversen Telefonnummern, aber nicht die Nummer von Dabelstein. Und ich habe über den Staatsanwalt einen Durchsuchungsbeschluss für ihr Haus beantragt, aber es bleibt fraglich, ob wir den bekommen.«

»Wieso?«

»Sie wissen doch, Kranz ist ein Prominenter. Der Anwalt, den er beauftragt hat, hat gleich heute Morgen ein Schreiben an den Staatsanwalt aufgesetzt und uns eine Kopie gefaxt. Darin heißt es, dass er aufgrund der Berichte aus dem Krankenhaus und der Einschätzung der Psychologin«, Sven vermied Johannas Namen, »davon ausgeht, dass seine Mandantin unter Schock stand und somit eine vorsätzliche Tat ausgeschlossen ist. Er meint, dass die Tat, wenn überhaupt, im Affekt begangen wurde. Vielleicht auch aus Notwehr. Er deutete an, dass Dabelstein Kranz eventuell angegriffen hat. Seiner Argumentation zufolge liegt kein Grund für eine Durchsuchung vor, da Kranz nicht vorsätzlich gehandelt haben kann.«

»Was für ein Blödsinn.« Julika war empört. Mit solcherart Ungerechtigkeit konnte sie nicht umgehen.

»Ich weiß.« Sven dachte einen Moment nach, bevor er fort-

fuhr. »Was, Julika, ist da draußen bei dem Musicaltheater passiert?«
»Da gibt es verschiedene mögliche Szenarien. Beide hatten Eintrittskarten in den Taschen. Vielleicht waren sie verabredet.«
»Das erscheint mir sogar recht wahrscheinlich.«
»Wieso?«
»Wie groß ist die Wahrscheinlichkeit, dass beide unabhängig voneinander während der Vorstellung draußen stehen und sie ihn umbringt? Ich denke mal, diese abstruse Idee, dass Kranz von dem Opfer angegriffen wurde und in Selbstverteidigung gehandelt hat, können wir getrost abhaken.«
»Es sei denn, sie kannten sich.«
Sven drehte sich zu Julika um. »Richtig, aber wären wir dann nicht wieder bei einer Verabredung? Was sagt die Kassiererin an der Abendkasse im Theater?«
Jetzt erst konsultierte Julika ihren Notizblock.
»Wir haben der Kassiererin ein Bild von Manuela Kranz gezeigt. Sie sagt, sie kann sich nicht erinnern. Schließlich sieht sie den Leuten kaum ins Gesicht. Ob Manuela Kranz nach Beginn der Vorstellung das Gebäude verlassen hat, kann sie nicht sagen, sie war später nicht mehr auf dem Posten. Dafür gab es auch keinen Grund. Ein Schiff setzt die Gäste über die Elbe. Es kommt einmal, um die Zuschauer rechtzeitig zur Vorstellung zu bringen, und legt erst wieder ab, wenn die Besucher nach der Vorstellung zurück auf die andere Seite wollen.«
»Was ist mit dem Parkplatz, auf dem das Opfer gefunden wurde?«

»Dort stehen eigentlich nur Mitglieder des Ensembles, Bühnenarbeiter, Requisiteure, Maskenbildner und so weiter.«

»Also sind Kranz und Dabelstein mit demselben Schiff gekommen. Hat irgendjemand etwas gesehen?«

»Ja. Eine Platzanweiserin gibt an, dass Manuela Kranz kurz nach Beginn der Vorstellung den Saal verlassen habe, um auf die Toilette zu gehen. Als Gabi Bracker, so heißt die Platzanweiserin, gefragt hat, ob sie etwas für sie tun könne, hat sie abgelehnt. Ihr sei lediglich ein bisschen übel, und sie wolle sich auf der Toilette ein wenig frischmachen. Bracker hat die Sache dann vergessen und kann nicht sagen, ob Kranz in den Saal zurückgekehrt ist.«

»Und Dabelstein?«

»Den hat niemand gesehen. Der Platzanweiser, Martin Schneider, gibt an, eine Weile weg gewesen zu sein, um eine Zigarette zu rauchen. Kurz nach Beginn der Vorstellung. Perfektes Timing. Keiner hat gesehen, wie Dabelstein das Gebäude verließ.«

»Gut.« Diekmann nickte und ließ die Arme sinken. »Zwar ist das Motiv vollkommen egal, weil wir genug Beweise haben, aber in der Akte und vor Gericht macht es sich doch immer besser, wenn man den Grund für eine Tat ermitteln kann. Ziehen Sie sich an. Wir statten Karl-Heinz Kranz einen Besuch ab.«

Instinktiv war Diekmann davon ausgegangen, Kranz in seinem Büro anzutreffen, und er sollte recht behalten. Es war schon erstaunlich, welche Disziplin der Mann aufbrachte. Oder war es lediglich Gleichgültigkeit gegenüber seiner Frau? Zwar war der Skandal perfekt, alle Tageszeitungen berichteten darüber, und es schien sicher, dass auch die Wochenzeitungen das Thema aufgreifen würden, aber es stand nicht zu befürchten, dass dies seinen Geschäften irgendeinen Abbruch tun würde. Er würde es immer so drehen können, als sei er das eigentliche Opfer der Tragödie.

Nachdem Julika und Diekmann das postmoderne Gebäude im teuersten Teil der Hamburger Innenstadt betreten hatten, orientierten sie sich an einem polierten Messingschild, auf dem die Firmen verzeichnet waren, die hier Hof hielten. Die von Kranz war im obersten Stockwerk und nahm die ganze Etage ein.

Als sie aus dem Fahrstuhl traten, wurden sie von einer gedämpften Atmosphäre umfangen. Ein cremefarbener Teppich bedeckte den Fußboden in der Eingangshalle, und kleine runde, in die Decke eingelassene Lampen hüllten die Räumlichkeiten in ein warmes und verhaltenes Licht. In der linken Ecke des Empfangsbereichs plätscherte dezent ein kleiner Springbrunnen, und zwischen den schlichten, wenn auch teuren Ledersesseln stand ein kleiner Zen-Garten. Wahrscheinlich sollten sich hier die Wartenden die Zeit vertreiben.

Alles in allem machte das Ganze einen freundlichen Eindruck. Es sollte den Kunden und Geschäftspartnern leichtgemacht werden, viel Geld auszugeben oder riskante Geschäfte abzuschließen. Die Empfangsdame war eine Frau mittleren Alters, die sehr gepflegt und genauso gedämpft wie das Licht wirkte. Ein leichtes Lächeln umspielte ihre Lippen, als die beiden Besucher näher traten.

»Was kann ich für Sie tun?« Die Stimme war unerwartet tief, aber nicht unangenehm. Diekmann zückte seinen Ausweis und stellte sich und Julika vor.

»Wir hätten gerne Herrn Kranz gesprochen.«

Auch jetzt verschwand das Lächeln nicht aus ihrem Gesicht. Mit einem kurzen Nicken bedeutete sie den beiden zu warten und nahm den Hörer ab. Mit leiser Stimme informierte sie ihren Gesprächspartner von der Anwesenheit der beiden Polizisten.

Sie mussten nicht lange warten. Ein paar Minuten später kam eine Frau aus den hinteren Räumen. Sie war ungefähr im Alter der Empfangsdame. Hier schien man nicht auf Jugendlichkeit, sondern eher auf Seriosität zu setzen. Ihr Nadelstreifenkostüm schmeichelte ihrer schlanken Gestalt, ihre Haare waren zu einem losen Knoten gebunden, aus dem sich gewollt ein paar Strähnen gelöst hatten, die ihr schmales Gesicht einrahmten. Sie lächelte nicht.

»Mein Name ist Frentzen. Ich bin die Assistentin von Herrn Kranz. Es tut mir leid, aber Herr Kranz ist in einer Besprechung. Er hat mich gebeten, Ihnen auszurichten, dass er Sie zu einem späteren Zeitpunkt kontaktieren wird.«

Diekmann ärgerte sich. Es war klar, dass Kranz sie abwimmeln wollte. Es stellte sich nur die Frage, warum. Schließlich musste er doch Interesse daran haben, dass die ganze Angelegenheit auf die eine oder andere Weise aufgeklärt wurde. Diekmann war davon überzeugt, dass Kranz keinesfalls vorhatte, sich später zu melden. Wahrscheinlich würde

in ein paar Stunden ein Fax in der Dienststelle eingehen, in dem irgendein Rechtsanwalt höflich darum bat, den Ehemann nicht weiter zu belästigen.
»Nun, Frau Frentzen, das ist wirklich bedauerlich, umso mehr, als dass ich ebenfalls viel unterwegs sein werde in den nächsten Tagen und wir wahrscheinlich kaum einen gemeinsamen Termin finden werden. Daher schlage ich vor, dass meine Kollegin und ich hier warten.« Er wandte sich kurz um und betrachtete die Wartezone. »Ich bin sicher, dass wir uns die Zeit vertreiben werden.« Mit einem kleinen Lächeln drehte er sich endgültig um und steuerte, gefolgt von Julika, auf die Sitzgruppe zu. Er setzte sich und nahm ungerührt eine der Hochglanzzeitschriften zur Hand.
Die Assistentin kniff die Lippen zusammen, aber sie bewahrte Haltung. »Wie Sie wünschen.« Sie wandte sich um und stöckelte den Weg, den sie gekommen war, wieder zurück.
Die beiden Kriminalbeamten mussten nicht lange warten. Kaum zwanzig Minuten später kam ein Mann denselben Flur herunter wie zuvor Frau Frentzen. Diekmann erkannte ihn sofort, er hatte ihn oft genug in den Zeitungen gesehen. Er war, wie Sven wusste, Mitte fünfzig. Er war groß und hielt sich sehr aufrecht und schien noch immer fit zu sein. Sein Haar war einmal dunkel gewesen, nun hatte es mehr graue als braune Strähnen. Aus der Nähe betrachtet sah er nicht ganz so jugendlich aus, wie man auf den ersten Blick vermutet hatte. Daran änderte auch seine Sonnenbankbräune nichts. Ganz spurlos waren die Jahre an ihm nicht vorbeigegangen. Von dem aus der Presse wohlbekannten

Dauerlächeln war nun nichts zu sehen. Genau wie seine Assistentin hielt er seine Lippen zusammengepresst, bis sie nur noch ein dünner Strich waren.
Diekmann und Julika erhoben sich langsam. Sven nickte ihm zu.
»Herr Kranz.«
»Wie können Sie es wagen, mich zu belästigen? Ich durchlebe eine sehr schwere Zeit. Meine Frau steht in dem Verdacht, einen Mord begangen zu haben, und wird eventuell für den Rest ihres Lebens in der Psychiatrie verschwinden, und Sie lauern mir in meinem Büro auf.« An seiner gepressten Stimme war zu erkennen, dass er sich nur mit Mühe beherrschte.
»Wir hätten nur ein paar Fragen an Sie.« Diekmanns Stimme war gefährlich ruhig. Julika warf einen kurzen Blick auf ihren Chef. Sie kannte diese Tonlage nur zu gut.
»Ich bin daran gewöhnt, dass Leute, die etwas von mir wollen, einen Termin mit meiner Sekretärin vereinbaren und mich nicht überfallen.«
»Wollen wir das wirklich hier draußen besprechen?«
»Was besprechen? Ich habe Ihnen nichts zu sagen. Sollte ich irgendwann gezwungen sein, eine Stellungnahme abzugeben, so werde ich das über meinen Rechtsanwalt erledigen. Guten Tag.«
Kranz drehte sich um und ging schnellen Schrittes in sein Büro zurück. Den beiden Polizisten schien es geradezu so, als flüchte er vor ihnen.
Als Diekmann und Julika auf dem Weg zu ihrem Wagen waren, sah Sven seine Mitarbeiterin an.

»Ist es Ihnen auch aufgefallen?«
Julika nickte. »Oh ja. Das heißt aber nicht, dass ich es verstehe.«
»Ja.« Ihr Chef blickte noch einmal zurück. »Seine Augen sprechen eine andere Sprache. Wovor zum Teufel hat der Mann Angst?«

Johanna beschlich das ungute Gefühl, dass sie den Großteil ihrer Tage mittlerweile in Krankenhäusern verbrachte. Entweder bei Manuela Kranz oder bei ihrer Mutter.
Gerda Jensen wirkte heute weitaus klarer als bei Johannas letztem Besuch. Sie hatte versucht, ihre Haare ein wenig in Ordnung zu bringen, aber sie war noch immer sehr blass und schwach. Johanna betrachtete die Frau, die sie zur Welt gebracht hatte, und verglich die zerbrechlich wirkende Gestalt mit der Person, die sie großgezogen hatte. Die beiden Bilder in Johannas Kopf hatten wenig Ähnlichkeit miteinander.
Noch immer klangen ihr die Abschiedsworte des letzten Besuchs in den Ohren. Zunächst hatte sie versucht, sie zu verdrängen. Als das nicht funktionierte, hatte sie es als den theatralischen Versuch der alten Frau abgetan, eine Beziehung herzustellen, eine Beziehung, die es zwischen Mutter und Tochter nie gegeben hatte. Aber wenn sie es genau bedachte, hatte dieser gewisse Unterton in der Stimme der Mutter gefehlt. Nichts Weinerliches oder Mitleidheischendes hatte mitgeklungen. Es war eine Feststellung gewesen. *Ich liebe dich, mein Kind.*

Johannas Gleichgültigkeit war einer gewissen Neugier gewichen, und sie fragte sich, ob sie ihre Mutter überhaupt kannte. Wusste sie etwas von den Träumen und Wünschen ihrer Mutter? Sie hatte eine harte, zum Teil kompromisslose Frau kennengelernt, die alles andere als sentimental war. Zärtlichkeit und Wärme waren ihr fremd, zumindest hatte es Johanna ihr ganzes Leben so empfunden. Nun saß sie hier, am Bett ihrer Mutter, und blickte ihr in die müden Augen. Waren diese Augen immer so müde gewesen?

»Weißt du eigentlich, Johanna, dass ich dich die letzten Jahre ein wenig beneidet habe?« Gerda Jensen versuchte ein leichtes Lächeln. Johanna ließ sich ihre Überraschung nicht anmerken. Sie musste auf der Hut sein, und das hieß, dem Gegner keine Schwäche zu offenbaren. Innerlich zuckte sie zusammen. Dem Gegner? Dies hier war ihre Mutter.

»Du hast mich beneidet? Und warum?«

»Du bist so selbständig und hast einen Beruf, der dir zusagt. Du stehst auf deinen eigenen Füßen und hast dich auch von einem Mann nicht davon abbringen lassen.«

»Für dich war Stefan immer der ideale Schwiegersohn.«

»Ich war tatsächlich der Meinung, dass du einen Mann brauchst, um als Frau vollständig zu sein. Aber wenn ich ehrlich bin, war es nie meine innere Überzeugung, sondern es war ein Gefühl, das meiner Eifersucht entsprang.«

Johanna konnte kaum glauben, was sie da hörte. Ihre Mutter sah nun doch die Überraschung auf ihrem Gesicht und fuhr schnell fort.

»Ja, ich war eifersüchtig. Ich habe früh geheiratet, ohne etwas Vernünftiges gelernt oder mit meinem Leben angestellt zu haben, und musste dann feststellen, dass meine Entscheidung zu heiraten eine Fehleinschätzung gewesen war. Interessant nicht? Heute würde man sich in so einem Fall wohl scheiden lassen, aber das tat man damals noch nicht, und den Mut hätte ich wohl auch nicht aufgebracht. Aber du bist deinen Weg gegangen und hast dich nicht beirren lassen. Ich glaube, ich habe dir dein Leben geneidet. Nach dem Motto: Du sollst nicht haben, was ich nie hatte. Denn hättest du mit Stefan denselben Fehler gemacht wie ich mit deinem Vater, dann wäre das eine Art Befriedigung für mich gewesen. Ich hätte dann sehen können, dass es nicht nur mir so ging. Furchtbar, oder?«

Sie schwieg für einen Moment. Ihr Blick war in ihr Innerstes gekehrt, als versuche sie ihre Gedanken und ihre Motivation zu ergründen. Nach einer Weile fuhr sie fort.

»Er hat dich betrogen, nicht wahr?«

Johanna hatte sich wieder gefangen, wenngleich die Erwähnung ihres Vaters sie unangenehm berührte. »Ja, mehr als einmal.«

Gerda nickte. »Das dachte ich mir. Wie hat es geendet?«

Johanna dachte an den bewussten Abend mit Stefan. »Er hat mir einen Heiratsantrag gemacht, und ich habe ihn zum Teufel gejagt.«

Ihre Mutter lachte leise. »Gut gemacht.« Sie tätschelte ihrer Tochter die Hand und sah auf die Bettdecke. Dabei konnte Johanna sehen, wie eine Traurigkeit in die Augen ihrer Mutter trat, die sie nie zuvor gesehen hatte. Es gab etwas, das zwischen ihnen stand. Etwas, das Johanna eigentlich nicht hören wollte, aber sie vermutete, dass es wichtig für ihre Mutter war. Also fasste sie sich ein Herz.

»Erzähl mir von meinem Vater.«

Julika sah auf die Uhr und seufzte. Wahrscheinlich würde es heute wieder sehr spät werden, und sie würde ihre Mutter anrufen müssen. Sie dankte jeden Tag ihrem Schöpfer auf Knien, dass sie sich mit ihrer Mutter so gut verstand, sonst hätte sie niemanden, der sich um ihren Sohn kümmerte, wenn es wieder einmal später wurde. Sie versuchte, für Dennis da zu sein, aber es gab immer wieder Zeiten, in denen sie nicht rechtzeitig nach Hause kam und ihren Sohn kaum sah. Dann begnügte sie sich damit, am Bett des schlafenden Kindes zu sitzen, ihm einen Kuss zu geben, über das dunkle volle Haar, das er von seinem Vater geerbt hatte, zu streichen und ihn zuzudecken. Seit einiger Zeit wohnte sie wieder in dem großen Haus bei ihrer Mutter, und auch wenn sie zunächst skeptisch gewesen war, so hatte sich dieses Arrangement bisher mehr als bewährt. Ihre Mutter hatte eine Aufgabe, und sie hatten die Pflichten so unter sich aufgeteilt, dass niemand übervorteilt wurde. Dennis musste nicht mehr den ganzen Tag in die Tagesstätte, und Julika hatte jemanden, mit dem sie abends reden konnte. Es war fast wie früher, bevor sie ausgezogen war, nur war sie jetzt in einem Alter, in dem sie das gute Verhältnis zu ihrer Mutter schätzen gelernt hatte. Obwohl sie wusste, dass sie heute in absehbarer Zeit nicht nach Hause käme, stand sie nicht unter Druck und hatte auch kein ungutes Gefühl. Ihre Mutter respektierte ihre Arbeit und versicherte ihr immer wieder, dass sie sich keine Sorgen zu machen brauchte. Das einzige Problem war die Kochkunst ihrer Mutter. Sie kochte einfach zu gut, und Julika hatte festgestellt, dass ihre Waage immer mehr nach rechts ausschlug, und einige ihrer Hosen wurden am Bund bedenklich eng. Eigentlich konnte es ihr egal sein, denn sie hatte nicht vor, bei der Männerwelt noch einmal mit einer Superfigur Furore zu machen, aber einen Rest Eitelkeit hatte sie sich bewahrt. Sie zwang sich, sich wieder auf ihre Arbeit zu konzentrieren, und setzte sich gerade hin.

Noch einmal ging sie die Berichte durch, die auf ihrem Tisch lagen. Gemäß den Angaben des Rechtsmediziners handelte es sich aller Wahrscheinlichkeit nach bei der weiblichen Leiche an der Elbe um eine Osteuropäerin. Sie hatte, neben der Klärung der in Deutschland bekannten Vermisstenfälle, eine Kopie des Berichtes und Bilder der Toten über das BKA an Interpol geschickt. So hoffte sie, über die in Russland und den anderen osteuropäischen Staaten vermissten Frauen weiterzukommen. Sie schätzte ihre Erfolgschancen nicht gerade hoch ein, aber sie hatte keine andere Wahl. Ihr erster Gedanke, dass es sich bei der Toten um eine Prostituierte handeln könnte, hatte sich manifestiert, wenngleich sie sich darüber im Klaren war, dass diese Vermutung hauptsächlich ihren Vorurteilen entsprang; in ihrem Job hatte sie, wenn es sich um Osteuropäerinnen handelte, meist mit Prostituierten zu tun.

Diekmann hatte ihr den Fall vollständig übertragen und ließ ihr bei allen Ermittlungen freie Hand; schließlich war sie die stellvertretende Dienststellenleiterin. Das bedeutete nicht nur mehr Verantwortung, sondern auch mehr Arbeit, aber die erhoffte baldige Beförderung würde das Ganze wieder wettmachen. Sie hätte diese Angelegenheit delegieren können, aber sie befürchtete, dass dann die ganze Ermittlung im Sande verlief.
Dass Diekmann sich in dem Fall Kranz eingeschaltet hatte, war nicht seine Idee gewesen. Hier ging es um einen Promi, und die Anweisung, es zur Chefsache zu erklären, kam von ganz oben, vom Polizeipräsidenten, was in diesem Fall hieß: vom Innensenator. Allein diese Tatsache war Diekmanns Laune nicht gerade förderlich gewesen, und die neuerliche Entwicklung zwischen Johanna Jensen und ihm hatte das Fass zum Überlaufen gebracht. Johanna und Julika hatten sich im Laufe der letzten gemeinsamen Ermittlung angefreundet, und obwohl sie ein stillschweigendes Übereinkommen getroffen hatten, privat nicht über die Arbeit zu reden, würde sie Johanna darauf ansprechen, denn sie befürchtete, dass Diekmann wirklich versuchen könnte, Johanna den Fall zu entziehen. Das durfte nicht passieren, denn auch wenn die Psychologin nicht auf einer Wellenlänge mit Diekmann schwamm, so war sie doch in ihrer Arbeit sehr gut.
Julika setzte sich aufrecht hin und straffte die Schultern. Schluss damit, sie hatte noch einiges zu tun, und je eher sie fertig wurde, desto eher kam sie nach Hause.

5

Sven hatte eine schlechte Nacht hinter sich.
Genau deshalb hatte er immer davor zurückgeschreckt, eine Führungsposition anzunehmen, wie jetzt als Leiter der Mordkommission: Er wollte kein »politischer« Polizist sein. Aber genau das war er jetzt. Als der Polizeipräsident ihn angerufen und gesagt hatte, dass er auf seine Hilfe und Diskretion zähle, hatte er geahnt, woher der Wind wehte. Wenn eine beliebige Hamburger Hausfrau des Mordes bezichtigt wurde, dann wurde sie ohne viel Federlesens eingesperrt. Wenn aber die Ehefrau eines Prominenten, der mit dem Bürgermeister oder Innensenator Golf spielte, involviert war, dann wurde Diskretion verlangt. Als ob das einen Mord zu einem Kavaliersdelikt machen würde. Der Druck war ungleich größer. Der Frust auch.
Und dann auch noch Johanna. Sie war ihm in den Rücken gefallen, ausgerechnet in dem Moment, wo er diese unselige Sache zu einem Ende hätte bringen können. Den Richter hätte er überzeugen können, und wenn erst einmal der Richter auf seiner Seite gewesen wäre, hätte auch ein Bürgermeister nichts mehr ausrichten können. Aber nein, sie hatte ihm die ganze Sache vermasselt.
Je näher der Morgen rückte, desto weniger konnte er schlafen, und desto übelgelaunter wurde er. Als er im Büro ankam, verspürte er den unsinnigen und unzivilisierten Wunsch, sich zu prügeln.

Vornehmlich mit Johanna.
Kaum saß er an seinem Schreibtisch, teilte ihm sein Vorzimmer mit, dass ihn ein Herr Dr. Voß sprechen wolle, und zwar in seiner Eigenschaft als Anwalt von Karl-Heinz Kranz. Sven fiel ein Spruch ein, den er zwar blöd fand, der den Kern der Sache jedoch genau traf: Gestern stand ich am Abgrund. Heute bin ich einen Schritt weiter.
»Stellen Sie durch.« Er machte sich auf einiges gefasst. Die Schlagzeile in der BILD würde was hermachen. *Prominenter und verdienter Hamburger Bürger der Polizeigewalt hilflos ausgeliefert.*
»Diekmann.«
»Herr Diekmann, mein Name ist Voß. Ich bin der Anwalt von Herrn Kranz.«
»Herr Voß. Was kann ich für Sie tun?«
Er hörte ein leises Lachen am anderen Ende der Strippe. »Die Frage ist, was wir für Sie tun können. Herr Diekmann, mein Mandant befindet sich in … sagen wir … einer … Zwickmühle. Er hat mich daher gebeten, mit Ihnen Kontakt aufzunehmen, um gewisse Sachverhalte zu klären.«
Diekmanns Nerven waren bis aufs Äußerste gespannt. Normalerweise waren solche Anrufe von einer kalten Aggression geprägt, die das Ende einer Karriere einläuten konnte. Dieser Anwalt jedoch klang fast ein wenig entschuldigend.
»Ich höre.« Er hatte nicht vor, dem anderen entgegenzukommen.
»Wäre es Ihnen recht, wenn wir uns zu einem vertraulichen Gespräch zusammenfänden?«

»Vertraulichkeit kann ich Ihnen nicht zusichern. Das wissen Sie besser als ich.«

»Was ich meine, ist: Mein Mandant möchte Ihnen seine gestrige Reaktion erläutern. Eine, sagen wir, etwas … delikate Situation. Ist es Ihnen recht, wenn wir Sie in, sagen wir, einer Stunde in Ihrem Büro aufsuchen?«

Sven tippte mit einem Stift ungeduldig auf seinen Schreibtisch. Dieses Gespräch ging ihm zunehmend auf die Nerven, auch wenn es ihn neugierig machte.

»Warum nicht? Ich erwarte Sie also in einer Stunde.«

Andrea ließ die ganze Sache keine Ruhe. Sie hatte zwar seit Jahren keinen Kontakt mehr zu Manuela gehabt, aber irgendetwas stimmte hier nicht. Sicher, jeder Mensch war unter bestimmten Voraussetzungen in der Lage, einen Mord zu begehen, aber sie konnte sich nicht vorstellen, dass ihre alte Freundin so verzweifelt gewesen war. Es konnte also nur sein, dass jemand ihr etwas anhängen wollte. Aber wer? Und warum? Sie hatte schon ein wenig herumtelefoniert, aber keiner der alten Kollegen hatte noch Kontakt zu Manuela. Genau wie Andrea hatten die alten Freunde ihren weiteren Werdegang nur über die Klatschpresse verfolgt. Kinderhilfswerk da, Behindertenhilfe dort. Eine Benefizgala, Aidshilfe. Wie hatte sie in diese Situation geraten können? Nach allem, was Johanna erzählt hatte, war Manuela ein perfektes Opfer. Niemand würde ihr die Sache mit der Amnesie abnehmen.

Die alten Seilschaften konnte Andrea kaum nutzen. Niemand wusste etwas. Allerdings könnte sie versuchen, Staub aufzuwirbeln. Schließlich war sie Journalistin. Was lag also näher, als den Promis auf den Zahn zu fühlen? Irgendjemand da draußen wusste etwas, und Wissen war Macht.

Andrea wusste genau, dass sie im Trüben fischen musste, und vor allem machte sie es auf eigene Rechnung. Erst wenn sie die Sache klären konnte, hatte sie auch eine Chance, die Story zu verkaufen, aber den Gedanken schob sie erst einmal weit von sich. Die Arbeit in der Redaktion müsste in der nächsten Zeit nebenherlaufen, sie würde sich schon freischaufeln können. Erst einmal musste sie versuchen, dort anzusetzen, wo es scheinbar keinen Ansatzpunkt gab. Und dann, eines Tages, würde jemand aus dem Schatten treten. Aber wann?

Und vor allen Dingen *wer?*

Sie zögerte nicht mehr und nahm den Telefonhörer in die Hand.

Die Jagd hatte begonnen.

Diekmann hatte für die Unterredung einen schlichten Besprechungsraum gewählt. Er hatte sich schon vor Jahren angewöhnt, derartige Gespräche nicht in seinem Büro zu führen. Für ihn war sein Büro ein recht intimer Ort, an dem man viel über den Benutzer ablesen konnte, und er wollte nicht mehr als nötig über sich preisgeben.

Je mehr er über die Sache nachdachte, desto suspekter

wurde sie ihm. Es erschien ihm merkwürdig, dass Kranz ihn zunächst hinausgeworfen hatte und nun das Gespräch suchte. Als er mit Julika Kranz in dessen Büro aufgesucht hatte, hatte der Mann Angst gehabt. Warum war er jetzt hier? Was wusste er, dass er die Flucht nach vorn antrat?
Bewusst ließ Diekmann die beiden Männer warten. Als er schließlich in das Besprechungszimmer trat, stand der Anwalt auf. Kranz folgte nur zögernd. Seine Finger suchten die Knöpfe seines teuren dunkelblauen Jacketts, verfehlten sie aber immer wieder. Voß schien voller Zuversicht. Er streckte dem Polizisten die Hand hin. Er war ein Anwalt wie aus dem Bilderbuch. Der elegante graue Zweireiher war maßgeschneidert, er warf keine einzige Falte, und die Hände schienen regelmäßig einer Maniküre unterzogen zu werden. Die randlose Brille war augenscheinlich kein billiges Modell, und sein Friseur gehörte vermutlich ebenso zur teureren Sorte. Alles in allem ein aalglatter Typ. Unwillkürlich verglich Sven diesen Mann mit dem Onkel von Johanna, der ihm in seiner Eigenschaft als Strafverteidiger vor ein paar Monaten zur Seite gestanden hatte. Alles, was an Voß elegant war, war an dem alten Jensen schlampig, was an Voß glatt und gebügelt wirkte, hinterließ bei Jensen den Eindruck von Knitterfalten. Und damit waren nicht nur seine Hemden gemeint. Trotz allem würde er Jensen jederzeit sein Leben anvertrauen.
»Herr Diekmann, mein Name ist Voß. Herrn Kranz kennen Sie ja bereits.«
Kranz streckte sich und bemühte sich um Gelassenheit. Seine verkrampften Gesichtszüge allerdings straften seine

Körpersprache Lügen. Er verschränkte seine Hände vor dem Körper und nickte Diekmann zu. Sven bat die beiden, wieder Platz zu nehmen, und setzte sich dann selbst. Er ließ sich entspannt zurücksinken und schlug die Beine übereinander.

»Was kann ich für Sie tun?«

»Nun«, Voß schürzte die Lippen, als denke er angestrengt nach, und lächelte dann leicht. »Ich weiß selbstverständlich, dass Sie mir keine Vertraulichkeit zusichern können, aber trotz allem bitte ich Sie um Diskretion, da es sich um eine, wie bereits angedeutet, delikate Situation handelt.« Er warf einen Seitenblick auf Kranz, der jedoch starr einen Punkt auf dem zerkratzten Holztisch fixierte.

Sven hatte keineswegs vor, auf den jovialen Ton des Anwaltes einzugehen. So wie die beiden hier saßen, wollten sie etwas von ihm, und er war nicht bereit, es ihnen zu geben.

»Diskretion hat in einer Mordermittlung keinen Platz.«

Voß lächelte noch immer, doch schlich sich ein kalter Ausdruck in seine Augen. Wahrscheinlich hatte er gehofft, den Polizisten einzuwickeln, aber es gelang ihm nicht.

»Ich würde vorschlagen, wir erklären Ihnen alles, und Sie entscheiden selber.

Also, die Ehe meines Mandanten und seiner Frau war in jüngster Vergangenheit nicht mehr das, was sie sein sollte, und vor allen Dingen von Spannungen geprägt.«

Sven fragte sich, ob der Mann immer so schwülstig sprach oder ob er sich das für die Polizei aufhob. Er ließ ihn fortfahren.

»Diese Spannungen waren Resultat der extremen Eifersucht der Ehefrau. Wir haben herausgefunden, dass Frau Kranz einen Privatermittler engagiert hatte, um meinen Mandanten beobachten zu lassen.«
»Woher wissen Sie das?«
»Wir haben in den persönlichen Sachen meiner Frau Fotos gefunden, die mich zeigen. Aufgenommen mit einem Teleobjektiv.« Es war das erste Mal, dass Kranz sich zu Wort meldete. Seine Stimme war leicht heiser, und nach einem kurzen Seitenblick auf seinen Anwalt, wie um sich zu vergewissern, alles richtig gemacht zu haben, fixierte er wieder den imaginären Punkt auf der Tischplatte.
»Ist das alles?«
»Ist das nicht genug?« Der Anwalt sah ihn erstaunt an.
»Nun, die Bilder könnte jeder gemacht haben. Wo ist der Beweis?«
Voß nickte wissend und öffnete seinen Aktenkoffer. Er zog einen großen braunen Umschlag heraus und reichte ihn Diekmann über den Tisch. Sven nahm den Umschlag, riss ihn auf und sah hinein. Er fand drei Bilder, auf denen Kranz zu sehen war. Sie zeigten ihn beim Verlassen seines Büros, beim Betreten eines Restaurants und in seinem Mercedes. Die grobe Körnung zeigte, dass die Fotos tatsächlich mit einem Teleobjektiv geschossen worden waren. An das letzte Foto war eine Rechnung über einen Betrag von 1500,- Euro geheftet, ausgestellt von Frederik Dabelstein an Manuela Kranz, zwei Tage vor dem Mord.
Sven schob die Bilder und die Rechnung zurück in den Umschlag.

»Wissen Sie, ob Ihre Frau bezahlt hat?« Er wandte sich direkt an Kranz. Der zuckte mit den Schultern.
»Ich bin mir nicht sicher. Wie es aussieht, hat sie zumindest keinen Geldbetrag in dieser Höhe von ihrem Konto abgehoben. Ich habe es gleich überprüft.« Den letzten Satz schob er eilig hinterher. Sven lehnte sich wieder in seinem Stuhl zurück und betrachtete die beiden vor ihm sitzenden Männer. Voß hatte ein bedauerndes Gesicht aufgesetzt, und Kranz hatte sich ein wenig entspannt. Dennoch fühlte sich der Mann augenscheinlich unwohl in seiner Haut.
»Warum sollte Ihre Frau den Mann töten, der Sie überwacht hat?«
Kranz zuckte erneut mit den Schultern. Alles in allem wirkte er fast unbeteiligt.
Es war wieder Voß, der stellvertretend für seinen Mandanten antwortete.
»Sehen Sie, Frau Kranz war in den vergangenen Monaten depressiv. Tatsächlich war es so, dass man befürchtete, sie würde sich etwas antun.«
»War sie in Behandlung? Vielleicht nennen Sie mir den Namen des Arztes.« Diekmann beugte sich vor und nahm einen Stift.
»Frau Kranz war noch nicht in Behandlung. Sie weigerte sich, hielt es nicht für nötig. Und wie Sie wissen, kann ein Psychiater nichts ausrichten, wenn der Patient nicht mitspielt.« Da war es wieder, dieses joviale Lächeln. Voß bemühte sich außerdem, eine mitleidige Miene aufzusetzen, was ihm nur mäßig gelang. Sven schien es an der Zeit, zum

Kern des Gespräches zu kommen. Er beugte sich vor und faltete die Hände auf dem Tisch.

»Was genau wollen Sie von mir?«

Das joviale Lächeln auf dem Gesicht seines Gegenübers verschwand, und ein berechnender Zug trat in die Augen des Juristen.

»Wir werden einen Gutachter bestellen und Frau Kranz für unzurechnungsfähig erklären lassen. Sie wird in die Psychiatrie eingewiesen und dort für unbestimmte Zeit bleiben. Sie legen uns keine Steine in den Weg, und das Verfahren wird niedergeschlagen.«

Für einen Moment herrschte Stille. Keiner der Männer sagte ein Wort.

»Das sollten Sie vielleicht besser mit dem Staatsanwalt besprechen. Schließlich kann ich keine Deals eingehen.«

»Was heißt denn hier Deal? Die Frau war nicht ganz bei sich. Reden Sie mit dem Staatsanwalt. Keiner will einen Skandal, und es würde sich zu einem auswachsen. Ich bin sicher, die Staatsanwaltschaft sieht das ähnlich, und Sie als Leiter der Mordkommission werden doch einen gewissen Einfluss haben, oder?«

Sven lächelte zurück. Offenbar wussten die beiden noch nicht, dass Frau Kranz bereits in der Psychiatrie saß, sonst wäre Voß mit Sicherheit anders vorgegangen. Wenn sogar die Polizeipsychologin, als Vertreterin der Behörde, an dem Geisteszustand der mutmaßlichen Täterin zweifelte, hatte der Anwalt verdammt gute Karten und musste nicht als Bittsteller bei der Polizei erscheinen. Sven hatte jedoch

nicht vor, Voß oder Kranz auf den neusten Stand der Ereignisse zu bringen.
Das konnte warten.

Manuela Kranz hatte vor ihrer Ehe als Wirtschaftsjournalistin für den *Hamburger Kurier* gearbeitet. Vielleicht war »Wirtschaftsjournalistin« etwas zu hoch gegriffen, aber sie war immerhin für diesen Teil der Tageszeitung zuständig gewesen.
Andrea rief dort an und sprach mit einer ehemaligen Kollegin von Manuela Kranz, die mit ihr, als sie noch Baumann hieß, zusammengearbeitet hatte. Allerdings konnte sie nicht viel sagen. Sie war ebenso wie alle anderen erschüttert über die Vorwürfe, die gegen Manuela Kranz erhoben wurden, und sie traute ihr eine solche Tat auch nicht zu, aber wer weiß? Schließlich hatte man seit fünf Jahren keinen Kontakt mehr zu ihr. Von dieser Kollegin hatte Andrea die Telefonnummer von Lisa Kretschmer bekommen, die ebenfalls beim *Kurier* gewesen war und nun als freie Journalistin ihre Brötchen verdiente. Kretschmer und Kranz hatten gemeinsam studiert.
Andrea hatte Schwierigkeiten, Lisa zu einem Treffen zu überreden. Die Journalistin befürchtete, Andrea wolle schmutzige Wäsche waschen, und daran wollte sie sich nicht beteiligen. Andrea vermutete allerdings eher, dass, wenn es schmutzige Wäsche gab, Lisa selbst darin wühlen wollte. Schließlich hatte sie sie so weit, sich mit ihr auf einen Kaffee zu treffen.

Lisa war eine schicke Businessfrau und trug ein Kostüm in Pflaumenblau. Die Absätze hatten eine schwindelerregende Höhe. Ihr Haar war zu einem Knoten geschlungen, wie ihn offenbar jede erfolgreiche Frau in der Stadt trug. Sie strahlte eine Selbstsicherheit aus, die fast schon an Arroganz grenzte, und Andrea war sich ihres schlampigen Äußeren sehr bewusst. Als sie sich jedoch gegenübersaßen, war keine Spur von Überheblichkeit in dem Gesicht der Frau zu finden. Sie war vielmehr misstrauisch. Schließlich kamen sie beide aus dem gleichen Gewerbe, und da war Vorsicht immer geboten.

»Was genau wollen Sie eigentlich?«

Andrea beschloss, dass nur die Wahrheit hier weiterhelfen konnte. Noch bevor sie antworten konnte, kam die Kellnerin an den Tisch. Während sich Andrea einen einfachen Kaffee bestellte, verlangte Lisa einen *Caffè Latte.* Auch dies schien ein Merkmal erfolgreicher Leute zu sein.

»Ich war eine Freundin von Manu, bevor sie geheiratet hat. Danach hat sie zu mir, wie auch zu jedem anderen, den Kontakt abgebrochen. Ich kann mir einfach nicht vorstellen, dass sie einen Mord begangen hat, und deswegen will ich herausfinden, was wirklich in jener Nacht passiert ist.«

»Ist das nicht eher Sache der Polizei?«

»Sie haben doch die Berichterstattung verfolgen können. Die glauben, ihren Täter zu haben, und werden keinen Deut davon abweichen.«

Lisa nippte an ihrem *Caffè Latte*. »Die Beweise sollen eindeutig sein.«

»Das waren sie bei Uwe Barschel auch, und bis heute glaubt

niemand, dass er Selbstmord begangen hat.« Andrea spielte auf den spektakulären Fall des ehemaligen Ministerpräsidenten von Schleswig-Holstein an, der sich angeblich in Genf das Leben genommen hatte.

In Lisas Gesicht tauchten Zweifel auf. Andrea beschloss, nicht nachzulassen.

»Irgendetwas stimmt hier nicht, und ich vermute, dass man ihr etwas anhängen will.«

Es schien zu funktionieren. »Möglich. Aber wer sollte ein Interesse daran haben?«

»Was wissen Sie von ihr?«

»Nicht viel mehr als alle anderen. Die letzten Jahre hat sie sich nur mit guten Werken beschäftigt. Es gab nicht den Hauch eines Skandals. Schließlich ist sie ein Promi. Selbst wenn sie mal schief gefurzt hätte, hätte es am nächsten Tag in der Zeitung gestanden. Sie hatte keine Affären, es gab keine Fehltritte, nichts. Sie kümmerte sich um HIV-Kranke, obdachlose Frauen und gründete eine Stiftung für junge Muslimas, die vom Ehrenmord bedroht waren.«

»Was ist mit ihrem Mann?«

»Baulöwe. Baut große Bürohäuser und besitzt einige Mietshäuser. Charmant, witzig, auf jeder Benefizveranstaltung, die seine Frau organisiert hat, zu finden. Er spendet großzügig für ihre Projekte. Auch ihn umgeben keine Skandale. Hat sich in jungen Jahren den Ruf eines Lebemannes erworben, aber das war lange vor Manuelas Zeit. Schließlich ist er um die fünfzehn Jahre älter als sie.«

Andrea sah ihr Gegenüber zweifelnd an. »Baulöwe *und* seriös? Wie passt das denn zusammen?«

»Na ja, nur das Übliche halt, aber nicht mehr als andere. Sie wissen doch, im Baugewerbe geht es nicht immer mit rechten Dingen zu, aber so funktioniert nun mal das System, und alle verdienen daran.«

»Also bleibt nur etwas übrig, das vielleicht in der Vergangenheit liegt. Vielleicht kannte sie Dabelstein von früher? Wie sieht es aus mit Erpressung? Irgendetwas in der Richtung?«

»Sie meinen, Dabelstein hat sie erpresst und sie hat ihn umgebracht? Haben Sie mir nicht eben erzählt, Sie trauen ihr keinen Mord zu?«

»Keinen kaltblütigen Mord, aber Sie wissen genauso gut wie ich, dass jeder Mensch unter gewissen Voraussetzungen zu einem Mord fähig ist. Wissen Sie etwas über ihre Vergangenheit? Ihre Familie oder so?«

»Manu ist Waise. Sie hat ihre Eltern sehr früh verloren und ist bei einer Tante aufgewachsen. Als sie ihr Studium begann, ist sie bei ihrer Tante ausgezogen und nach Hamburg gekommen. Soweit ich weiß, ist auch ihre Tante schon tot.«

»Womit hat sie ihr Studium finanziert?«

Lisa zuckte mit den Schultern. »Wie die meisten von uns. Sie hat gejobbt.«

»Und als was?«

Jetzt grinste die junge Frau. »Sie hatte einen Job, der damals sehr in Mode war bei Studentinnen und der heutzutage ein Comeback feiert. Sie war Hostess bei einem Begleitservice.«

Andrea starrte ihre Gesprächspartnerin an. Sie versuchte,

die neue Information in ihr eigenes Bild von Manuela zu integrieren.

»Sie war eine *Nutte?*«

»Silvia Sommerlath war auch eine Hostess, bevor sie die Königin von Schweden wurde, und mit Sicherheit keine Nutte.«

»Was genau war sie dann?«

»Man konnte sie als Begleiterin buchen. Meist sind es Herren, die von außerhalb kommen und in Begleitung einer Frau gesehen werden wollen. Bei den Damen eines solchen Begleitservices handelt es sich zumeist um Studentinnen oder Akademikerinnen, denn die Männer wollen sich nicht blamieren. Das Ganze ist legal, auch wenn es sicherlich Extraabsprachen von professionellen Damen gibt. Manu hat die Herren der Schöpfung tatsächlich nur zu irgendwelchen Essen oder offiziellen Veranstaltungen begleitet. An der Schlafzimmertür war Schluss. Sie hat ziemlich gut verdient, auf jeden Fall mehr, als hätte sie gekellnert.«

Andrea war noch immer skeptisch. Irgendwie schien ein solcher Job, und sei er noch so seriös, nicht zu Manuela Kranz zu passen. »Sind Sie sicher?«

»Ganz sicher.« Lisa nickte heftig. »Ich hatte ein Volontariat ergattert und war mit einem Klatschreporter bei einem Galaessen, und da traf ich Manu mit einem älteren, aber anscheinend respektablen Herrn an ihrer Seite. Als ich sie später darauf ansprach, erzählte sie mir ganz freimütig, dass sie dafür bezahlt werde, ihn zu begleiten. Ich habe sogar noch ein Foto davon.«

»Können Sie mir das schicken? Per E-Mail oder so?«
»Klar, wenn es Ihnen weiterhilft.«

»Und? Was ist bei der Geschichte herausgekommen?«
Julika stand in Diekmanns Büro und sah ihren Chef an. Er hatte sich nach dem Gespräch in sein Büro zurückgezogen und es seitdem nicht mehr verlassen.
Er schwang in seinem Stuhl zu ihr herum. »Gute Frage. Irgendetwas stinkt hier gewaltig. Setzen Sie sich, Julika. Es macht mich nervös, wenn Sie hier herumstehen.« Er wartete, bis sie sich gesetzt hatte. Er musste sich austauschen, vielleicht würde das Licht in seine Gedanken bringen.
»Im Prinzip hat der Anwalt das Gespräch geführt.« Er gab die Unterhaltung wieder und hielt dabei nichts zurück. Er wusste, er konnte ihr trauen.
»Und was sagt Kranz?«
»Nicht viel. Er schien irgendwie ... wie soll ich es ausdrücken? Er schien nicht ganz bei sich zu sein. Zumindest fühlte er sich nicht wohl bei diesem Gespräch.«
»Vielleicht war es ihm peinlich?«
»Nein.« Diekmann schüttelte den Kopf. »Den Eindruck hatte ich nicht. Es war, als habe er alles, was er sagte, förmlich auswendig gelernt. Außerdem hatte er Angst.«
Julika nickte leicht. »So wie gestern. Was ist nun der Grund dieses Besuches gewesen?«
Innerlich musste Sven lächeln. Sie wusste immer, worum es ging, und kam schnell zum Kern der Sache.

»Sie wollen einen Deal.«

»Einen Deal?«

»Wir sollen ihren Gutachtern keine Steine in den Weg legen und den Staatsanwalt dazu bringen, das Verfahren einzustellen, damit Frau Kranz für den Rest ihrer Tage in der Psychiatrie verschwindet.«

Julika kniff die Augen zusammen. »Sie haben recht, das stinkt gewaltig. Aber auch ich habe einiges, was Sie interessieren dürfte.«

»Und das wäre?«

»Alles an dem Opfer, an Frederik Dabelstein, war erst drei Monate alt. Selbst sein Bankkonto wurde erst vor drei Monaten eingerichtet. Aber das Interessante kommt noch: Ich habe seine letzte bekannte Anschrift in Frankfurt überprüft, und was soll ich Ihnen sagen? Diese Adresse existiert nicht. Die Straße gibt es dort überhaupt nicht. Ich habe noch einmal die ganzen anliegenden Landkreise aufgefordert, nach einem gewissen Frederik Dabelstein in ihren Dateien zu forschen.«

Sven hatte die Stirn in Falten gezogen. Es gab genügend Erklärungen für das eben Gehörte, und keine davon gefiel ihm.

»Ist ein Irrtum ausgeschlossen?«

»Bisher ja.«

Sven schob beide Hände in die Hosentaschen. »Da ist was faul. Wenn ich bedenke, was ich in der Wohnung vorgefunden habe und was Sie herausbekommen haben, dann sieht es so aus, als …«

»… als habe er erst seit drei Monaten gelebt.«

6

Der alte Mann gab sich jovial, als Matthias eintrat. Heute war er auffällig mitteilungsbedürftig.

»Haben Sie es schon gehört, Matthias? Wir haben einen Teilerfolg errungen. Wenn alles gut läuft, lässt sich der Bulle darauf ein, und dann haben wir auch den Staatsanwalt im Sack. Dieses dumme Frauenzimmer wird auf ewig in der Psychiatrie verschwinden, und alles ist gut.«

»Haben die tatsächlich die Geschichte geschluckt?«

»Anscheinend ja.«

»Und der Anwalt? Glaubt er die Geschichte auch?«

»Wenn nicht, werden wir uns um ihn kümmern. Zu gegebener Zeit.«

»Dann können wir nur hoffen, dass unserer kleinen Lady nicht das Gedächtnis wiederkommt.«

»Und wenn schon«, der alte Mann ließ ein gackerndes Lachen hören. Wahrscheinlich hatte er sich gerade eine Extraportion seines Lieblingsgiftes gegönnt. »Wer wird ihr glauben? Die Geschichte, die sie zu erzählen hätte, ist abstrus genug. Und wenn sie erst mal in der Klapsmühle sitzt, wird man alles auf ihren Geisteszustand schieben. Und außerdem: Auch in einem Sanatorium passieren Unfälle. Sollte es zu Komplikationen kommen, dann kümmern Sie sich darum, Matthias.« Er wandte sich wieder den Papieren auf seinem Schreibtisch zu. Plötzlich hob er den Kopf und sah seinen Angestellten misstrauisch an. »Ist noch etwas?«

Matthias lächelte verächtlich. Der Alte hatte sich mit seinen Drogen wirklich das ganze Hirn weggeschossen. Matthias hatte ihn einst sehr bewundert. Ein Mann, der unbeirrt seinen Weg ging. Aber irgendwann war ihm die Macht zu Kopf gestiegen, und er glaubte, sich alles erlauben zu können. Dinge, die er früher abgelehnt hatte, hielt er nun geradezu in Ehren. So wie dieses weiße Zeug, das er sich permanent durch die Nase zog. Es veränderte seine Stimmungslage und machte ihn unberechenbar. Eben noch schwebte er auf Wolke Sieben, und im nächsten Moment fühlte er sich verfolgt. Aber egal, noch musste Matthias durchhalten. Es würde sich alles irgendwann ändern. Wie hatte der Alte doch vorhin so treffend bemerkt? Alles zu gegebener Zeit.

»Die andere Sache mit der Nutte läuft gut. Ich habe mich noch einmal davon überzeugt, dass keine Spur zu uns führt.«

»Das kann ich ja auch erwarten, schließlich bezahle ich Sie gut.« Die Stimmung seines Chefs war auf den Nullpunkt gesunken. »Und jetzt verschwinden Sie, ich habe noch zu arbeiten.«

So leise, wie er gekommen war, verschwand Matthias wieder.

Alles zu gegebener Zeit.

»Als ich deinen Vater kennenlernte, war ich ein ganz junges Ding. Ich vergötterte ihn. Er war gutaussehend, hatte Charme, war amüsant, und, ich gebe zu, dass er Geld hatte, beeindruckte mich auch. Er war immer gut angezogen und wusste, wie man sich benahm. Er war so anders als die Jungens, mit denen ich vorher ausgegangen war.«

Gerda Jensen saß heute aufrecht im Bett. Es ging ihr so gut, dass sie versucht hatte, sich die Haare ein wenig zu richten, und sie hatte auch Lippenstift aufgelegt. Sie hatte ihre Hände auf der Bettdecke gefaltet und sah aus dem Fenster. Ein leichtes Lächeln umspielte ihre Lippen, und Johanna sah, dass ihre Mutter weit weg war. In Gedanken traf sie ihren Mann zum ersten Mal, ließ sich einfangen von seinem Benehmen und der Tatsache, dass er sie, die kleine junge Gerda, umschwärmte.

»Ich war schrecklich verliebt.« Das Lächeln wurde trauriger, und sie schüttelte den Kopf, so als könne sie ihr damaliges Verhalten kaum begreifen. »Alles andere lief wie von selbst. Nach ein paar Monaten fragte er mich, ob ich ihn heiraten wolle, und alles zusammen – mein strenges Elternhaus, die erste große Liebe, die Aussicht auf ein aufregendes Leben – brachte mich dazu, sofort ja zu sagen.«

Gerda Jensen machte eine Pause; sie starrte immer noch aus dem Fenster. Ihre Gesichtszüge hatten sich verhärtet, und Johanna konnte sehen, wie der Kiefer ihrer Mutter mahlte. Sie saß ganz still vor dem Krankenbett und kam sich vor wie in einer anderen Welt. Es schien, als lerne sie ihre Mutter neu kennen. Der Tonfall, die Art, sich zu bewegen, ja selbst ihr Lächeln hatten sich verändert. Johanna dachte an die Menschen, die von einem Nahtoderlebnis berichtet hatten, und fragte sich, ob die Tatsache, dass ihre Mutter fast gestorben war, zu dieser Veränderung geführt hatte. Oder hatte sie sich gar nicht verändert? War nur eine sorgsam gepflegte Maske nach all den Jahren gefallen? Johanna überkam ein Schaudern. Wenn dem so war, musste sie dann nicht auch ihr eigenes Leben neu überdenken? Mit einer Lüge aufzuwachsen war schwer genug, wenn man aber das Gefühl hatte, dass die Lüge eine andere Lüge verdeckte, blieben nichts als Zweifel. Sie schüttelte den Gedanken ab und konzentrierte sich erneut auf ihre Mutter. Deren Blick hatte sich geklärt, und es schien, als erzähle sie die Geschichte einer anderen Person.

»Die Hochzeit war ein Traum, und ich war eine stolze Braut. Wir gingen die erste Zeit viel auf Reisen, und als wir nach einem halben Jahr wieder nach Hause kamen, war ich schwanger. Dein Vater umhegte und pflegte mich, und als schließlich dein Bruder zur Welt kam, war er der stolzeste Vater, den es gab. Zeitgleich schien er das Interesse an mir zu verlieren. Er war immer noch sehr aufmerksam und las mir jeden Wunsch von den Augen ab, aber auf eine kühle, mehr distanzierte Art. Er blieb abends oft länger weg. Er müsse arbeiten, sagte er, und ich glaubte ihm. Wollte ihm glauben. Ich sah die Schuld bei mir, denn nach der Geburt von Johannes hatte ich meine alte Figur noch nicht wieder, und meist sah ich müde und, das gestehe ich ganz offen, wohl auch ein wenig schlampig aus. Also gab ich alles, um genauso begehrenswert wie vorher zu werden. Aber ich wurde wieder schwanger, und dieses Mal ging mein Wunsch in Erfüllung, und ich brachte ein Mädchen, dich, zur Welt. Euer Vater liebte euch abgöttisch, aber mich schien er zu vergessen. Es gab nur noch euch und, wie ich kurz nach deiner Geburt herausfand, seine Geliebte.« Sie sah Johanna an, um zu sehen, wie diese Eröffnung auf ihre Tochter wirkte. Johanna erkannte keine Hinterlist in den Augen ihrer Mutter, eher so etwas wie Erleichterung, dass sie nach all den Jahren ein sorgsam gehütetes Geheimnis loswerden konnte. Obwohl Johanna in den müden Augen lesen konnte, dass es die Wahrheit war, wollte sie es zuerst nicht zulassen. Bilder ihres lachenden Vaters blitzten in ihrer Erinnerung auf. Familienausflüge. Die Zeit, die er sich für sie und ihren Bruder genommen hatte. Und im Hintergrund immer die Mutter, verbittert und böse. Die ganze Sache machte Sinn, aber glauben wollte sie es trotz allem nicht. Als sie zu sprechen begann, klang ihre Stimme heiser und fremd.

»Du lügst. Papa hätte dich nie betrogen.«

»Doch, Johanna. Er hätte nicht nur, er hat mich betrogen. Und das über lange Jahre. Hinter all dem Charme und der Lebenslust, die er verströmte, steckte ein kleiner, verunsicherter Junge. Das habe ich damals nicht erkannt. Ich bin sicher, er hat mich geliebt, auf seine Weise, und er hat mich geheiratet, aber ich glaube, dass er Angst bekam. Vor sich selbst und vor der Verantwortung, die er mit der Heirat übernommen hatte. Ich glaube, er hatte Angst, auf irgendeine Weise sein Leben zu verlieren, und die Existenz einer Geliebten zeigte ihm, dass er noch am Leben war und nichts verpasste.« Plötzlich lachte sie leise. »Es war übrigens all die Jahre ein und dieselbe Geliebte. Sie muss erstaunlich wenig Forderungen gestellt haben, sonst hätte er sie nicht so lange behalten.«

Johanna konnte ihre Verachtung kaum im Zaum halten. »Du sprichst über diese Frau, als sei sie ein Möbelstück gewesen.«

»Stimmt. Das hat die Sache für mich leichter gemacht, auch wenn es ziemlich herzlos klingt, nicht wahr? Denn schließlich muss auch sie deinen Vater geliebt haben, sonst wäre sie nicht so lange die Zweitfrau geblieben.«

Die beiden Frauen sahen sich lange in die Augen. »Ich habe deinen Vater geliebt, Johanna, bis zum Schluss. Selbst wenn ich den Mut zu einer Scheidung aufgebracht hätte, ich glaube nicht, dass ich den letzten Schritt wirklich gegangen wäre. Ein Leben ohne ihn konnte und wollte ich mir nicht vorstellen. Und außerdem wart da noch ihr.«

»Wir?« Johannas Stimme klang spöttisch. Sie stellte erstaunt fest, wie sehr die Bitterkeit sich all die Jahre in ihr gehalten hatte. Gerda sah lächelnd ihre Tochter an.

»Johanna, es wird Zeit, dass du erwachsen wirst. Du kannst nicht an der Vergangenheit festhalten, nur um sie zu verdammen, genauso wenig wie ich. Ich habe es jahrelang versucht und bin damit gescheitert. Ich habe viele Fehler gemacht, und sosehr ich dich und deinen Bruder geliebt habe, so viel habe ich auch bei euch falsch gemacht.«

»Ich hatte nie den Eindruck, dass du deine eigenen Fehler erkennst und zugibst.«

»Tust du es denn?«

Johanna fiel keine Entgegnung ein, also schwieg sie.

»Ich sagte dir doch schon, von Anfang an hatte ich das Gefühl, ich würde mir entgleiten. Erst spät erkannte ich, dass es auch meine Schuld war. Ich glaube, ich habe euch als

Kinder nie verziehen, dass ihr euren Vater so sehr geliebt habt. Schließlich tat er mir weh, aber euch war das egal, ihr habt es ja nicht einmal gewusst. Ich glaube, ich habe euer Verhalten als Verrat empfunden. Ich konnte damals einfach nicht einsehen, dass unsere Ehe nur uns beide etwas anging und nichts mit euch zu tun hatte. Als ich es erkannte, war es zu spät. Dein Bruder hatte kein Vertrauen zu mir, und du hast mich gehasst.«

Gerda Jensen wandte den Blick ab. An ihrem weichen Lächeln konnte Johanna erkennen, dass ihre Mutter begann, Frieden mit sich selbst zu schließen, aber Johanna wusste nicht, wie sie selbst damit umgehen sollte.

»Warum erzählst du mir das alles? Und warum jetzt?«

»Ich glaube, weil es mir unerträglich wäre zu gehen, ohne ein paar Sachen klargestellt zu haben. Als ich den Herzinfarkt hatte, dachte ich, dass ich sterben würde. Nun, da ich weiß, dass ich weiterleben werde, wollte ich diese Chance nicht ungenutzt verstreichen lassen.« Sie zwinkerte ihrer Tochter zu. »Ich glaube, du solltest jetzt gehen. Erstens bin ich ein wenig müde, und zweitens hast du sicher einiges zu tun.«

Johanna stand langsam auf und zog sich ihren Mantel an. Zum ersten Mal wusste sie nicht, wie sie sich verabschieden sollte. Plötzlich breitete die Mutter ihre Arme aus. Johanna beugte sich hinunter und ließ zu, dass ihre Mutter sie umarmte. Die ungewohnte körperliche Nähe machte sie unbeholfen. Sie lösten sich voneinander, und fast ein wenig erleichtert lächelte Johanna.

»Schlaf gut, Mutter. Ich komme morgen wieder vorbei.«

Julika befürchtete, dass der Mord an der jungen Frau, von der sie annahm, dass sie aus Osteuropa stammte, nie aufgeklärt werden würde. Sie wussten ja noch nicht einmal, um wen es sich bei dem Opfer handelte. Es gab keine Anhaltspunkte auf ihre Identität und schon gar nicht auf den Täter. Wahrscheinlich würde sie nach ein paar Wochen in der Kühlkammer der Rechtsmedizin in einem vom Sozialamt bezahlten Begräbnis beigesetzt werden, und keiner ihrer Angehörigen, soweit sie welche hatte, würde je etwas über ihren Verbleib erfahren. Julika seufzte. Für sie als Mutter ein entsetzlicher Gedanke, nicht zu wissen, was mit ihrem Kind geschehen war, und sie hatte schon oft Hinterbliebene erlebt, die den Tod eines geliebten Menschen der Ungewissheit vorzogen. Sie würde die Akte noch ein oder zwei Wochen liegen lassen, und wenn sich dann keine neuen Anhaltspunkte ergeben hätten, würde sie sie als »Unbekanntsache« an die Staatsanwaltschaft weiterleiten, die nach einer angemessenen Frist die Leiche zur Beerdigung freigeben würde. Das Telefon riss sie aus ihren Gedanken.
»Gebhardt.«
»Guten Tag, Frau Gebhardt. Mein Name ist Bernd Maischner. Ich möchte mit dem Beamten sprechen, der für den Mordfall der unbekannten jungen Frau zuständig ist, die vor einigen Tagen an der Elbe gefunden wurde.«
»Das bin ich. Was kann ich für Sie tun?«
»Ich habe eventuell ein paar wichtige Informationen und würde mich daher gern mit Ihnen treffen.«
»Ich wüsste gern, in welcher Eigenschaft. Sind Sie ein Zeuge?«

»Nein, das bin ich nicht, aber ich könnte zur Identifizierung der Toten beitragen. Ich schlage vor, Sie erkundigen sich bei meiner Dienststelle nach mir. Ich bin Verbindungsbeamter für Interpol im Innenministerium in Berlin. Wenn Sie mich überprüft haben, rufen Sie mich an.«
Im ersten Augenblick war Julika versucht, den Anruf als dummen Scherz abzutun, entschloss sich dann aber doch, der Sache auf den Grund zu gehen. Es stellte sich heraus, dass es im Innenministerium tatsächlich einen Beamten mit dem Namen Bernd Maischner gab. Sie ließ sich die Nummer geben und rief den Mann kaum eine Stunde später an.
»Maischner.«
»Gebhardt, Landeskriminalamt Hamburg. Wie es aussieht, hat alles seine Richtigkeit. Und wie geht es jetzt weiter?«
»Wenn es Ihnen recht ist, setze ich mich in ein Flugzeug, und wir treffen uns morgen. Um Zeit zu sparen, schlage ich vor, dass Sie bei dem zuständigen Rechtsmediziner für morgen einen Termin machen, so dass wir ihn gemeinsam aufsuchen können. Mit etwas Glück wissen wir bereits morgen Nachmittag, um wen es sich bei der Toten handelt. Sagt Ihnen mein Plan zu?« Sie hörte ein leises Lachen in seiner Stimme. Julika musste unwillkürlich mitlachen. Seine Vorschläge kamen wie aus der Pistole geschossen, und seine Stimme klang aufregend. Tief und sanft. Fast sexy.
»Einverstanden. Wenn Sie mir Ihre Flugdaten nennen, lasse ich Sie morgen vom Flughafen abholen.«
»Nicht nötig. Ich melde mich bei Ihnen, wenn ich im Hotel ankomme. Ich habe bereits gebucht. Wir sehen uns also morgen.«

Johanna hatte dafür gesorgt, dass Manuela Kranz in eine private psychiatrische Klinik außerhalb der Stadt kam. Der Chefarzt dort war ein Studienkollege von ihr. Ein Mann, der eine steile Karriere hingelegt hatte und trotz allem ein netter Mensch geblieben war. Er und Johanna waren während des Studiums eine Zeit lang ein Paar gewesen, aber sie hatten zu unterschiedliche Vorstellungen von ihrer jeweiligen Zukunft gehabt und hatten sich ohne Bedauern und Streit voneinander getrennt. Bis heute waren sie gute Freunde geblieben. Er sah noch immer gut aus, er trug seine Haare jetzt raspelkurz, und sie konnte erkennen, dass er sich unter seinem Poloshirt einen flachen Bauch erhalten hatte. Wahrscheinlich machte er regelmäßig Sport. Unwillkürlich zog sie ihren kleinen Bauch ein. Er musste ja nicht unbedingt sehen, dass sie ein wenig an Gewicht zugelegt hatte.
Jetzt saß sie bei ihm, Dr. Gottfried Chrobok, in seinem großen Büro und trank einen Kaffee. In Momenten wie diesen bereute sie es, bei der Behörde gelandet zu sein. Sein Büro war elegant eingerichtet. Ein dicker rauchfarbener Teppich verschluckte jeden Schritt, und der große antike Mahagonischreibtisch hätte einer ganzen Schulklasse Platz geboten. Die Hamburgensien an der Wand ließen keinen Zweifel daran, dass Chrobok mit patriotischer Liebe an seiner Heimatstadt hing, und obwohl schwarze Wolken einander über den Himmel jagten und der nächste Regenguss nicht lange auf sich warten lassen würde, wirkte der Raum durch seine zartgelben Wände wie in helles Sonnenlicht getaucht.

»Wir haben nur dreißig Tage Zeit, oder?« Er betrachtete sie unter zusammengezogenen Augenbrauen.
Johanna nickte. »Stimmt. Ich gebe zu, das ist nicht viel Zeit, aber mehr konnte ich beim besten Willen nicht herausschlagen. Wie siehst du das Ganze?«
»Nun …« Er wurde vorsichtig, das konnte sie ihm nicht verdenken. Dennoch wusste sie, dass sie ihm vertrauen konnte, und wahrscheinlich würde sie sich seinem Urteil bedingungslos anschließen. »Ich glaube, du hast recht. Sie leidet wirklich unter Amnesie. Ich bezweifle, dass sie uns etwas vorspielt, sie wirkt einfach zu verängstigt. Wobei …«
»Was?«
»Ihre Erinnerungsstörung umfasst ihr ganzes Leben, ist also eine generalisierte Amnesie. Und das sieht auf den ersten Blick nicht immer wahrscheinlich aus. Ich meine, es gibt genügend Menschen, die in der Vergangenheit auf dieser Tour geritten sind.«
Johanna nickte. »Ich weiß, was du meinst. Diese Art des Erinnerungsverlusts kommt wirklich selten vor. Im Allgemeinen geht man von lokalisierten Amnesien aus, bei denen man nur die Sachen vergessen hat, die mit der traumatischen Erfahrung zusammenhängen. Aber das ist auch ein Grund, warum ich sie hier beobachten lassen will. Wenn es so ist und sie spielt uns was vor, dann wird sie es kaum dreißig Tage lang durchhalten, ohne sich zu verraten.«
»Versteh mich nicht falsch.« Friedl hob abwehrend beide Hände. »Ich glaube schon an die Amnesie. Ich bin nur nicht sicher, wie weit sie tatsächlich zurückreicht.«

»Wir werden sehen. Sind irgendwelche Erinnerungen zurückgekehrt?«
»Bisher nicht. Und ich weiß auch nicht, ob oder wann ihre Erinnerung wiederkommt. Ich lasse gerade ein paar Tests mit ihr machen, um eine organische Störung oder Verletzung auszuschließen. Wir sollten auf jeden Fall vermeiden, sie zu drängen. Du stimmst sicher mit mir überein, wenn ich sage, dass sie jetzt vor allem Schutz braucht. Aufgrund ihrer Amnesie leidet sie unter großen Ängsten. Es gilt nun, ihr Sicherheit zu geben – im Rahmen unserer Möglichkeiten. Die Medikamente habe ich abgesetzt. Die haben sie im Krankenhaus ja vollkommen zugedröhnt.« Er zog verächtlich die Mundwinkel nach unten.
»Und, Johanna, hast du dir schon einen Schlachtplan zurechtgelegt?«
Johanna dachte kurz nach. »Wie soll ich es sagen, Friedl, eigentlich wollte ich sie nur davor bewahren, ins Gefängnis zu kommen, zumindest bis wir sicher sein können, dass sie tatsächlich nichts mehr weiß. Ich habe befürchtet, dass eine Haft in ihrem derzeitigen Zustand verheerende Folgen hätte. Einen Suizid konnte und kann ich nicht ausschließen. Ich dachte mir, dass ich so viel Zeit wie möglich mit ihr verbringe und Kontakt zu ihr aufbaue. Wir könnten uns über die unterschiedlichsten Sachen unterhalten; vielleicht nehme ich ihr damit ein wenig den Druck des Sich-erinnern-Müssens.«
Friedl nickte langsam. »Ich schätze, das ist ein guter Plan. Mehr kannst du im Moment wohl nicht tun. Wie hast du es eigentlich geschafft, sie hierher zu bekommen? Hätte

sie nicht eigentlich in die Forensik gebracht werden müssen?«
Johanna wusste, dass er recht hatte. Normalerweise wäre Manuela Kranz in eine Einrichtung für psychisch kranke Straftäter gekommen. Aufgrund der Tatsache, dass sie die Frau eines Prominenten war, hatte Johanna diese private Klinik durchsetzen können. Sie hatte sich dafür verbürgen müssen, dass Manuela Kranz nicht entkam. Zwar war dies ein hohes Risiko, aber angesichts des Zustands der Frau war sie es eingegangen. Sie antwortete ihrem langjährigen Freund ausweichend. »Du weißt doch, wie das ist. Alle wollen einen Skandal verhindern. Hier ist sie zumindest sicher vor der Presse und auch vor der Polizei. Wir haben sie in einer Nacht-und-Nebel-Aktion in einem Rettungswagen herbringen lassen. So kann die Presse sie nicht ausfindig machen, und die Polizei kann hier nicht viel unternehmen. Alle sind zufrieden, und keiner sieht sich irgendeiner Verantwortung ausgesetzt. Wenn etwas schiefgeht, bin ich der Sündenbock, und das bin ich in bestimmten Kreisen ohnehin schon.« Sie musste mit Schaudern an ihren jüngsten Disput mit Sven denken.
Es klopfte kurz, und eine Schwester trat ein. Wie alle hier trug sie nicht die typische weiße, sterile Krankenhauskluft, sondern normale Kleidung. Jeans und T-Shirt wirkten auf einen Patienten nicht halb so bedrohlich wie die gestärkte Schwesterntracht. Sie legte dem Mediziner eine Akte auf den Tisch. Gottfried Chrobok nahm den Hefter auf und blätterte ihn durch. Nach ein paar Minuten klappte er die Akte zu und gab sie Johanna.

»Nichts. Alles in Ordnung. Röntgen und Computertomographie vom Kopf ohne Befund. Die Kernspintomographie der feineren Weichteilstruktur ist ebenfalls ohne Befund. Sie hat lediglich ein Hämatom am Hinterkopf. Ist aber ohne Folgen geblieben.«

»Kann das durch einen Sturz oder einen Schlag auf den Hinterkopf erfolgt sein?«

»Schwer zu sagen. Allerdings liegt die Beule ziemlich weit oben. Also spricht das wohl eher für einen kräftigen Schlag auf den Kopf. Was mich allerdings am meisten verwundert, ist die Tatsache, dass die Kollegen in der Notaufnahme nichts davon bemerkt haben.«

»Sie haben sie wohl nur nach offenen Wunden untersucht und nichts weiter gefunden. Was meinst du, wie stark war der Schlag?«

»Ich schätze, nach diesem Schlag gingen ihr die Lichter aus, soll heißen, dass sie zumindest für kurze Zeit bewusstlos war.«

Johanna nahm die Akte zur Hand und blätterte sie durch.

»Urin und Blut in Ordnung. Kein Hinweis auf Drogen oder Alkohol. Warum hast du die Leber, Nieren und Schilddrüse untersuchen lassen?«

»Hepatitis und Nierenversagen können in hohem Maße Verwirrtheit hervorrufen, ebenso Fehlfunktionen der Schilddrüse. Das alles kann sogar zum Tode führen. Wir machen das immer so. Aber wie du siehst, ist alles in Ordnung. Ihr Zustand kann also nur mit dem zusammenhängen, was sie erlebt hat.«

»Gut. Ich denke, ich gehe jetzt zu ihr.«

Sie verließ Chroboks Büro und ging den Flur entlang zu Manuelas Zimmer. Sie klopfte leise und öffnete gleich darauf die Tür.
»Darf ich hereinkommen?«
Manuela Kranz saß auf dem Bett und sprang auf, als sie Johanna erkannte.
»Natürlich. Ich bin froh, dass Sie da sind.« Tatsächlich zeichnete sich auf ihrem Gesicht ein erleichtertes Lächeln ab. Sie war nicht mehr so blass wie bei Johannas letztem Besuch, und sie schien auch weitaus gefasster. Das Haar hatte sie zu einem Zopf geflochten, und sie trug einfache Jeans und einen dicken Pullover, obwohl, so schien es Johanna, die Heizung voll aufgedreht war. Das Zimmer war sehr hübsch. Lange Vorhänge in Pastellfarben und eine gemütliche Sitzgruppe vor dem Fenster gaben dem Zimmer das Flair eines kleinen Wohnzimmers. Das Bett mit dem Holzrahmen stand davon getrennt hinter einem Paravent. Ein Kleiderschrank neben der Tür zu dem kleinen Badezimmer und auch ein Fernseher waren vorhanden. Auf dem zierlichen Schreibtisch standen Utensilien für die Bereitung von Kaffee und Tee; das Ganze machte eher den Eindruck eines Hotelzimmers.
Johanna trat in das Zimmer und schloss leise die Tür hinter sich. »Wie ich gehört habe, hatten Sie einen anstrengenden Vormittag. Wie fühlen Sie sich?«
»Ganz gut so weit.« Die junge Frau knetete unablässig ihre Hände. Zwar schien sie sich wohler als im Krankenhaus zu fühlen, doch sie wusste auch hier nicht genau, was sie erwartete. Friedl hätte sicherlich nichts dagegen, wenn sie mit

Manuela Kranz schon einmal die Testergebnisse besprach. Wenigstens konnte sie ihr damit ein wenig Angst bezüglich ihrer Gesundheit nehmen. Johanna setzte sich in einen der Sessel.

»Ich habe eben mit Dr. Chrobok gesprochen. Sie müssen wissen, ich kenne ihn noch von früher, und wir haben uns Ihre Testergebnisse angesehen.«

»Und?« Ein besorgtes Flackern erschien in den Augen von Manuela Kranz. Es war genauso schnell wieder verschwunden, wie es aufgetaucht war, und Johanna fragte sich, ob sie es sich nur eingebildet hatte.

»Es ist alles in Ordnung mit Ihnen. Zumindest organisch. Sie erfreuen sich bester Gesundheit.«

»Und warum kann ich mich an nichts erinnern?« Ein gequälter Ausdruck zeichnete sich auf dem Gesicht ab, und Johanna erkannte, dass Manuela Kranz fast gehofft hatte, krank zu sein. Zumindest hätte sie dann ihren Zustand besser verstehen und akzeptieren können. So kam sie sich wohl einfach unzurechnungsfähig vor.

»Das hat mit dem zu tun, was Sie erlebt haben. Sie müssen sich das so vorstellen: Wenn Sie etwas essen, das Ihnen nicht bekommt, dann streikt Ihr Magen, und Sie übergeben sich. Etwas Ähnliches passiert, wenn Sie einer Stresssituation ausgesetzt sind. Ihr Geist versucht sich zu schützen und klinkt sich aus. Dadurch wird verhindert, dass Sie vor Angst oder Schrecken oder was auch immer förmlich den Verstand verlieren. Erst wenn Sie dazu bereit sind, wird Ihr Geist, um bei diesem Ausdruck zu bleiben, das Geschehene Stück für Stück wieder an die Oberfläche bringen, und zwar in einer Dosis, die Sie verkraften. Eigentlich eine Eigenschaft unseres Körpers, für die wir dankbar sein können. Deswegen sollten Sie auch nicht versuchen, mit aller Macht etwas auszugraben, das Ihnen einfach noch nicht zugänglich ist. Wir sollten sehen, dass Sie wieder zu Kräften kommen.«

Der Ausdruck von Unsicherheit hatte Konzentration Platz gemacht, und Manuela Kranz setzte sich Johanna gegenüber.

»Wie lange wird es dauern, bis ich mich wieder erinnern kann?«

»Schwer zu sagen. Es kann Tage oder auch Wochen dauern.«

»Oder auch Monate oder Jahre?«

»Auch das ist möglich.«

Beide schwiegen einen Moment. Johanna wusste, was ihrem Gegenüber auf der Seele brannte.

»Kann es auch sein, dass ich mich nie mehr erinnere?«

Johanna beschloss, ehrlich zu sein. »Rein theoretisch ist das möglich, aber ich würde nicht davon ausgehen. Lassen Sie uns über Dinge reden, wenn Sie möchten, die Ihnen durch den Kopf gehen. Ich bin sicher, mit der Zeit wird die Erinnerung zurückkommen.«

Sie lauschten dem unablässigen Rauschen des Regens. Der Winter hatte bisher mit Schnee gegeizt, stattdessen hatten sintflutartige Regengüsse die Stadt im Griff. Johanna mochte den Winter nicht besonders. Der Herbst lag ihr viel näher, daher störte sie der Regen nicht. Im Gegensatz zu früher hatte sie sogar gelernt, den Regen zu lieben. Er hatte

etwas Beruhigendes und brachte ihr mitunter so etwas wie Frieden.
Manuela sprach als Erste. »Alles ist mir fremd. Sogar mein eigener Ehemann. Heißt das, dass wir kein gutes Verhältnis zueinander hatten?«
»Zurzeit ist Ihnen alles fremd, auch das, was Ihnen lieb und teuer war. Erinnern Sie sich, dass Sie nicht einmal gewusst haben, wie Sie aussehen? Dass Ihnen alles so fremd vorkommt, liegt darin begründet, dass Sie sich an nichts erinnern können und Ihnen das Angst macht. Es ist kein Indiz dafür, was für Gefühle Sie vorher hatten. Versuchen Sie sich zu lösen und an das zu denken, was Ihnen guttut oder was Ihnen gefallen würde. Was, glauben Sie, gefällt Ihnen?«
Manuela Kranz schwieg einen Moment. »Ich bin nicht sicher, aber ich glaube, der Regen gefällt mir.« Sie lächelte leicht. »Albern, oder?«
Johanna lächelte zurück. »Ich würde es einen guten Anfang nennen.«

Wie versprochen hatte ihr Lisa das Bild per E-Mail geschickt. Andrea sah es sich genau an. Sie hatte es sich auf ihrem Sofa bequem gemacht, die Beine überkreuzt auf dem Tisch abgelegt, das Notebook auf den Knien balancierend. Lisa hatte nicht viel über den Anlass gesagt, bei dem das Bild aufgenommen wurde, und Andrea hatte vergessen, danach zu fragen, aber sie erkannte ganz deutlich Manuela

Kranz, damals noch Baumann, an dem Arm eines älteren Herrn. Auch den erkannte sie sofort. Manfred Schmittke. Einer der berühmtesten Architekten Deutschlands. Er war verantwortlich für die modernen Bauten, die seit Jahren die Innenstädte des Landes verunzierten, und er hatte ein Vermögen damit gemacht.
Auf dem Foto gaben sie ein fast klassisches Bild ab. Die junge hübsche Frau, schlank, in einem teuren und eleganten Abendkleid am Arm ihres reichen, nicht mehr ganz so gutaussehenden, leicht übergewichtigen Gönners, der es sich leisten konnte, eine junge Geliebte zu halten. Nur dass Manuela angeblich keine Geliebte, weder eine ausgehaltene noch eine gekaufte, gewesen war. Beide hielten ein Champagnerglas in der Hand, zumindest ging Andrea davon aus, dass es kein simpler Sekt war, und lächelten. Schmittke souverän und selbstbewusst, schließlich hatte er diverse Auftritte dieser Art in seinem Leben hinter sich gebracht, und Manuela eher verhalten, wenn nicht gar schüchtern. Er hatte eine Hand leicht an ihren Ellenbogen gelegt, aber die Geste hatte nichts Anstößiges, dazu wurde zu viel Distanz gewahrt. Die beiden wirkten nicht, als hätten sie eine Affäre miteinander. Andrea hatte andere Bilder gesehen, auf denen sich die Männer mit den jüngeren Frauen schmückten wie mit einem übergroßen Diamanten. Diese Darstellungen übertriebenen sexuellen Selbstbewusstseins wirkten fast obszön.
Im Hintergrund des Bildes erkannte sie das Foyer eines teuren Hotels an der Elbe, in dem jedes Jahr die »Saison« eröffnet wurde. Hier trafen sich die Reichen und Schönen

und die, die es sein wollten. Gesellschaftliche Ereignisse dieser Natur waren nicht nur dazu da, seinen Reichtum zu zeigen und Freundschaften zu erneuern oder zu knüpfen, sondern auch um Geschäfte abzuschließen. Noch in der heutigen Zeit war es gang und gäbe, dass ein erfolgreicher Geschäftsmann dort mit einer Frau auftauchte. Dabei war es völlig egal, ob es die eigene war oder nicht. Andrea rechnete nach. Diese Saisoneröffnung fand jedes Jahr im März statt. Also stammte das Bild aus dem März vor zehn Jahren.

Andrea erkannte das Potenzial dieses Fotos sofort. Egal, wer es in die Finger bekommen würde, es würde für eine Erpressung ausreichen. Die Medien würden einen Skandal daraus stricken: die Ehefrau eines Prominenten, die sich um wohltätige Organisationen kümmerte, eine ehemalige Angestellte eines Begleitservices. Die meisten würden darin eine mehr oder weniger elegante Form der Prostitution sehen, ungeachtet dessen, was sich tatsächlich abgespielt hatte. Inwieweit war Karl-Heinz Kranz in diese Geschichte eingeweiht? Wusste er von dem früheren Job seiner Frau? Andrea spielte das Ganze durch. Was, wenn das Opfer, Frederik Dabelstein, ein Erpresser gewesen war oder als Mittelsmann fungiert hatte? Wenn Karl-Heinz Kranz tatsächlich keine Ahnung von der damaligen Tätigkeit seiner Frau hatte, so wäre sie möglicherweise bei einem Bekanntwerden doppelt ruiniert. Die Wohltätigkeitsorganisationen würden sie rausschmeißen, und ihr Mann würde sich aller Wahrscheinlichkeit nach scheiden lassen. Menschen hatten schon für weniger gemordet. Andrea hatte sich vorgenommen, die Unschuld von Manuela Kranz zu beweisen, und nun war sie auf dem besten Weg, Gründe für ihre Täterschaft zu sammeln.

Sie nahm das Telefon und wählte Lisa Kretschmers Nummer. Als die sich am anderen Ende meldete, hielt sich Andrea nicht lange mit Vorreden auf.

»Können Sie sich erinnern, für welche Agentur Manuela gearbeitet hat?«

Lisa lachte. »Nein, beim besten Willen nicht. Ich glaube auch nicht, dass ich sie danach gefragt habe. Hilft Ihnen das Bild trotzdem weiter?«

»Ja, noch einmal vielen Dank.« Sie legte auf. Es gab nicht sehr viele Möglichkeiten herauszufinden, bei welcher Agentur Manuela gearbeitet hatte, schließlich konnte sie kaum bei den Agenturen anrufen, man würde ihr keine Auskunft geben. Also blieb nur ein Weg.

Sie druckte das Foto aus, schrieb ihre Handynummer darunter und bat um Rückruf. Dann steckte sie das Bild in einen Umschlag und schrieb die Anschrift, die sie sich vorher aus dem Telefonbuch herausgesucht hatte, darauf. Sie war sicher, dass der Adressat sich melden würde. Das Ganze war zwar nicht ohne Risiko, aber sie musste es wenigstens versuchen. Noch bevor sie es sich anders überlegen konnte, zog sie sich an, nahm den Brief und machte sich auf den Weg zum Briefkasten.

7

Julika zog sich besonders sorgfältig an. Sie versuchte sich einzureden, dass sie es tat, weil sie die Polizei Hamburg bei diesem Treffen repräsentierte und schlampige Kleidung bei ihrem Gegenüber vielleicht den Eindruck von mangelnder Kompetenz erwecken könnte. Aber insgeheim gestand sie sich ein, dass sie sich mit ihrer Kleidung Mühe gab, um als Frau Eindruck auf den Kollegen von Interpol zu machen. Es war lange her, dass sie solche Gedanken gehabt hatte, aber schließlich war sie auch nur eine Frau, und sie hatte das Gefühl, bewundert zu werden, schon zu lange vermisst.

Maischner hatte sie angerufen und ihr mitgeteilt, in welchem Hotel er abgestiegen war, und sie wunderte sich, dass seine Dienststelle Geld für ein solches Hotel zur Verfügung stellte. Sie selbst hätte auf einer Dienstreise gerade mal eine billige Absteige bezahlt bekommen.

Ein wenig aufgeregt betrat sie die Lobby des feinen Élysée, das in der Innenstadt an der Rothenbaumchaussee lag. Sie begab sich an die Rezeption und ließ Maischner wie besprochen ausrufen. Nach ein paar Minuten trat ein Mann auf sie zu.

»Frau Gebhardt?«

Sie drehte sich um. Der Mann, der vor ihr stand, war ein wenig größer als sie selbst und hatte ein freundliches rundliches Gesicht. Er trug eine modische Brille sowie Jeans und

Turnschuhe. Das Poloshirt saß leger, verbarg aber nicht den leichten Bauchansatz seines Trägers. Julika kam sich in ihrem grauen Hosenanzug mit den flachen Schuhen und der sportlichen Bluse ein wenig overdressed vor. Zumindest fühlte sie sich unwohl. Fast augenblicklich sehnte sie sich nach ihren Jeans und ihrer alten Barbourjacke.

»Herr Maischner, guten Tag.« Sie reichte ihm lächelnd die Hand, die er sofort ergriff. Sein Händedruck war fest und trocken.

»Sie sehen so elegant aus. Muss ich mich jetzt umziehen?« Seine grauen Augen sahen sie bewundernd an. Julika konnte nicht verhindern, dass sie rot anlief.

»Nein, ich dachte nur …« Was hatte sie eigentlich gedacht? Dass sie einen fremden Mann beeindrucken wollte, aber das konnte sie ihm schlecht erzählen.

»Na ja, wie auch immer. Ich habe für zehn Uhr einen Termin in der Rechtsmedizin vereinbart. Ist Ihnen das recht?« Sie zog sich auf einen dienstlichen Ton zurück, um ihre Verlegenheit zu verbergen.

Er sah auf seine Armbanduhr. »Sicher. Trinken Sie vorher noch einen Kaffee mit mir?«

Sie lächelte. »Gern.«

Karl-Heinz Kranz fuhr sich mit der Hand durch sein immer noch volles, aber mittlerweile ergrautes Haar.

»Sie haben mich gezwungen, meine Frau zu verraten.« Seine Stimme war leise.

Matthias verspürte nicht das geringste Mitleid. Er hasste schwache Menschen.
»Ich kann mich nicht erinnern, dass Sie noch zärtliche Gefühle für Ihre Frau empfanden, bevor die Geschichte ausuferte und sie eine Gefahr für uns wurde.«
»Das war eine Geschichte zwischen Ihrem Chef und mir. Meine Frau hatte nichts damit zu tun.« Seine Stimme wurde lauter. Matthias interpretierte es als das, was es war. Das letzte Aufbäumen eine Mannes, der sah, dass er keine Chance mehr hatte.
Matthias steckte sich ungerührt eine Zigarette an. Er inhalierte tief, bevor er antwortete.
»Sie wollten sie doch loswerden, oder etwa nicht?«
»Aber doch nicht so.« Der ältere Mann sah ihn wild an. Für einen Moment schien es, als wolle er in Matthias' lächelndes Gesicht schlagen, aber dann verließ ihn offenbar der Mut, und er wandte den Blick wieder ab.
»Wäre es Ihnen lieber gewesen, wenn wir sie auch getötet hätten?«
»Nein, natürlich nicht.« Karl-Heinz Kranz fuhr sich resigniert durch das Haar. Für einen Moment schwiegen beide. Matthias wollte, dass dem Mann klar wurde, worauf er sich eingelassen hatte, und er durfte nicht vergessen, dass er da nicht wieder herauskam. Schließlich brach Kranz das Schweigen. An seinen Worten erkannte Matthias, dass er ihn verstanden hatte.
»Und was ist, wenn sie sich plötzlich wieder erinnert?«
Matthias zuckte mit den Schultern. »Was soll schon sein? Bisher ist sie die Hauptverdächtige. Die Beweislast ist er-

drückend. Die Polizei geht davon aus, dass sie lediglich behauptet, ihr Gedächtnis verloren zu haben. Man wird es als Schutzbehauptung werten. Wenn sie irgendwann sagt, sie habe ihr Gedächtnis wiedererlangt, und mit den tatsächlichen Ereignissen rausrückt, wird ihr kein Mensch glauben. Erst recht nicht, wenn sie wie geplant in der Psychiatrie verschwindet. Dann ist es nur das unsinnige Gefasel einer Verrückten. Außerdem, wer sagt uns denn, dass sie nicht in der Klapsmühle einen Unfall erleidet? Oder sich umbringt?«

Kranz wurde blass unter seiner sorgsam gepflegten Sonnenbankbräune.

»Oh Gott, Sie wollen sie umbringen?«

Matthias schnalzte mit der Zunge. »Ts, ts, ts, Sie haben wirklich eine beängstigende Phantasie, mein Freund.« Er trat an den Stuhl, auf dem Kranz saß, und beugte sich tief über ihn. Er nahm den sauren Geruch der Angst wahr, und er genoss die Macht, die er über einen anderen Menschen besaß. Seine Stimme sank zu einem Flüstern herab.

»Denken Sie immer daran, Sie hängen zu tief mit drin. Mord ist nur eines der Delikte, derer Sie sich zu verantworten haben.«

Matthias glaubte, ein trockenes Schluchzen herauszuhören, als Kranz antwortete.

»Ich habe niemanden umgebracht.«

»Aber Sie haben es gewusst und gebilligt. Das macht Sie auf jeden Fall zu einem Mittäter.«

Der ältere Mann sackte förmlich in seinem Stuhl zusammen.

Matthias hatte gewonnen.

Julika und Maischner saßen Professor Reuschel gegenüber in dessen kleinem Büro. Der blätterte in den Unterlagen, die Maischner ihm in die Hand gedrückt hatte.
»Natürlich werde ich die medizinischen Berichte noch einmal genauer durchgehen, aber für mich besteht kein Zweifel, dass es sich hierbei um die unbekannte Tote handelt.«
Maischner nickte. Sein Gesicht hatte sich entspannt. Er schien nicht an den Tod gewöhnt zu sein, zumindest war er sehr blass geworden und hatte, während sie zu Reuschels Büro gingen, den Blick starr auf den Fußboden gerichtet, so als befürchte er, aus den Ecken des Gebäudes von Geistern angegriffen zu werden. Wahrscheinlich beschränkte sich die Arbeit bei Interpol auf das Sammeln und Auswerten von Zahlen und Fakten. Julika hatte genug Phantasie, um sich vorzustellen, dass das einzelne Schicksal, das Individuum dahinter, verschwand.
»Bekomm ich noch einen Bericht von Ihnen?«
Reuschel nickte. »Sicher. In den nächsten zwei Tagen lasse ich ihn Ihnen zukommen. An welche Adresse?«
»Am besten über mich.« Julika schaltete sich ein. »Ich leite dann eine Kopie an Herrn Maischner weiter.«
»Gut.« Reuschel klappte seine Akte zu und stand auf. »Ich will wirklich nicht unhöflich sein, aber ich fürchte, ich muss Sie jetzt leider rausschmeißen. Habe noch einige Fälle auf dem Tisch liegen.« Er liebte es, Witze über seine Arbeit zu machen, und kicherte in sich hinein, zumal er sah, dass Maischner mit dieser Art von derbem Humor nicht viel anfangen konnte. Julika musste grinsen. Sie verabschiedeten sich und verließen das Büro. Maischner schien erst wieder

zu atmen, als sie draußen in der Kälte standen. Er reckte sein Gesicht gen Himmel, als sei der feine Nieselregen die Erfüllung seiner Träume.

»Na ja, wenigstens habe ich mich nicht übergeben.« Verlegen lächelnd wandte er sich an Julika.

»Keine Angst, Sie haben sich tapfer gehalten. Wollen Sie mir jetzt ein wenig mehr erzählen? Vielleicht beim Essen?« Auch sie konnte es sich nicht verkneifen, ihn ein wenig aufzuziehen.

»Essen? Bei jedem Bissen hätte ich das Gefühl, ich würde ein Stück Rechtsmedizin zerkauen.« Sein Blick wirkte gequält. »Wie wäre es mit einem weiteren Kaffee? Etwas richtig Starkes, um wieder zu Kräften zu kommen?«

Julika konnte sich ein lautes Lachen nicht verkneifen. »Ich wollte Sie nur aufziehen. Lassen Sie mich Ihnen Hamburgs schöne Seiten zeigen. Wie wäre es mit einem Café an der Alster? Auch bei diesem Wetter ist es eine herrliche Aussicht.«

Zwanzig Minuten später saßen sie in einem der zahlreichen kleinen Cafés an der Außenalster. Maischner mit einem starken schwarzen Tee, Julika mit einer heißen Schokolade vor sich.

»Vor einigen Monaten tauchten Annoncen in Moskaus Tageszeitungen auf. Den Anzeigen zufolge wurden junge Leute für Jobs in Europa, insbesondere in Deutschland, gesucht. Die Rede war von Kellnern, Zimmermädchen, privaten Hausangestellten et cetera.«

»Menschenhandel ist nichts Neues, und soweit ich weiß, werden auf diese Weise schon seit Jahren junge Frauen nach

Deutschland gelockt, um hier zur Prostitution gezwungen zu werden.«

»Völlig richtig.« Maischner nickte. »Aber hier handelt es sich nicht nur um junge Frauen, sondern auch um junge Männer. Das Inserat wurde von einer deutschen Firma aufgegeben, einer sogenannten Hotel und Gastronomie Service GmbH mit Sitz in Hamburg. In den jeweiligen Anzeigen ist eine Telefonnummer in Moskau angegeben. Die Recherchen der russischen Kollegen haben ergeben, dass dort eine Russin sitzt, die das Telefon bedient und ansonsten nur Personalbögen ausgibt, die die Interessenten auszufüllen haben. Schließlich dann, nach ein paar Tagen, bekommen die jungen Leute Bescheid, dass genau sie ausgesucht wurden, um in Deutschland zu arbeiten. Ermittlungen haben ergeben, dass die Russin vor Ort anscheinend wirklich nicht weiß, was dort passiert, sondern nur für diese deutsche Firma arbeitet. Ihren Lohn erhält sie per Überweisung aus Hamburg.«

»Na, das ist doch schon mal etwas.«

»Weit gefehlt.« Maischner lächelte grimmig. »Die Firma Hotel und Gastronomie Service GmbH wurde von einem jungen Mann angemeldet, der unter diesem Namen auch ein Geschäftskonto eingerichtet hat.«

»Wo ist das Problem?«

»Die russischen Kollegen wandten sich an uns mit der Bitte um Hilfe. Das BKA hat dann mit der Hamburger Dienststelle für Organisierte Kriminalität Kontakt aufgenommen und den jungen Mann überprüfen lassen. Dabei stellte sich heraus, dass es sich dabei um einen jungen Drogensüchtigen handelte, der mittlerweile verstorben war.«

»Aber Sie sagten, dass es sich bei der betreffenden Firma um eine GmbH handelt.«
»Richtig, aber dieser Drogensüchtige war der einzige Gesellschafter und auch Geschäftsführer. Die Überweisungen an die russische Statthalterin werden online von verschiedenen Terminals der Sparkasse in Hamburg getätigt.«
»Was ist mit der Firma?«
»Die Firmenanschrift in Hamburg ist nicht existent.«
»Wie werden die Leute aus Russland herausgeschafft?«
»Mit Bussen. Bis zur polnischen Grenze mit einem russischen, ab da mit einem deutschen Busunternehmer.«
»Ist der Unternehmer bekannt?«
Maischner nickte. »Allerdings. Einer dieser Reiseveranstalter, die Kaffeefahrten unternehmen. Wir haben diese Firma bereits überprüft. So wie es aussieht, hat der Geschäftsführer tatsächlich keine Ahnung, wen oder was er da transportiert. Er holt die Leute lediglich an der Grenze ab. Allerdings gibt er an, dass an der Grenze jedes Mal ein Deutscher in den Bus steigt, der die Pässe der Reisenden einsammelt. Der Fahrer fährt bis nach Hamburg, wo dann mehrere Transporter stehen, auf die die Leute verteilt werden. Ich muss an dieser Stelle wohl nicht erwähnen, dass der Name, den der deutsche Begleiter angibt, aller Wahrscheinlichkeit nach falsch ist.«
»Und wo findet das alles statt?«
»Der Fahrer sagt, er fährt an der Anschlussstelle Hamburg-Volkspark ab und hält kurz dahinter an einer Mülldeponie. Dort bekommt er das Geld, übergibt die Leute an die anderen Fahrer, und das war's.«

»Hat er sich die Kennzeichen gemerkt?«
»Fehlanzeige. Ihm ist nur wichtig, dass er sein Geld bekommt.«
»Wie hat man die russische Statthalterin angeworben?«
»Ähnlich wie die anderen. Auch über eine Zeitungsannonce.«
»Und wo kommt nun diese unbekannte Tote ins Spiel?«
Trauer legte sich über Maischners Gesicht. »Sie werden es kaum glauben, aber sie war eine Kollegin.«
»Bitte?« Julika war fassungslos.
»Wie gesagt, die Spur verlor sich in Hamburg. Um näher an die Leute heranzukommen, wurde eine Undercoveraktion geplant. Als Freiwillige meldete sich Amelia Raschkowa. Sie war Leutnant bei der Moskauer Polizei und für diese Aufgabe ausgebildet. Außerdem war eine Cousine von ihr auf ebendiese Weise hier in Deutschland verschwunden. Es war geplant, dass sie hier mit einem Verbindungsmann des BKA beziehungsweise mit einem Mann von Interpol Kontakt aufnimmt. Als sie sich nicht meldete, befürchteten wir das Schlimmste. Tja, und das ist nun auch eingetroffen.«
»Mein Gott, diese Vorgehensweise ist unverantwortlich.«
Maischner nickte. »Für unser Verständnis schon, aber sehen Sie, die Russen haben oft keine andere Möglichkeit mehr. Dafür blüht diese Art des Verbrechens dort wie nirgends sonst. Und vergessen Sie nicht: Sie war eine Freiwillige.«
Julika krampfte sich das Herz zusammen. Dass eine junge Frau auf diese Weise sterben musste, war schon schlimm genug, aber dass es sich dabei um eine Kollegin handelte, die bewusst ihr Leben aufs Spiel gesetzt und auch verlo-

ren hatte, war unfassbar. Plötzlich war sie nicht mehr die namenlose Tote, plötzlich hatte sie ein Gesicht. Auf einmal schämte sich Julika, denn sie hatte die Frau von vornherein zur Prostituierten gestempelt. Im Geiste entschuldigte sie sich bei der Frau, die nun in der Rechtsmedizin lag.
Sie versuchte sich zu sammeln, indem sie die nächsten möglichen Schritte überdachte.
»Wo wollen Sie anfangen?«
»Eine gute Frage, denn wir haben nur einen Anhaltspunkt.«
»Und der wäre?«
»Die Russen mussten sehr vorsichtig vorgehen, denn früh wurde eines klar: Dieser verdeckte Einsatz konnte nicht bei den Hamburger Behörden angemeldet werden, denn ähnliche Aktionen waren im Vorfeld aufgeflogen. Mit anderen Worten: Jemand hier in Hamburg steckt bis zur Halskrause in dem Fall drin.«

Sven hatte zwar keinen Durchsuchungsbeschluss für das Haus des Ehepaares Kranz bekommen, aber der Staatsanwalt hatte kein Problem damit, ihm die Erlaubnis des Richters zu besorgen, Manuela Kranz' persönliches Konto zu überprüfen.
Zum wiederholten Mal starrte er auf die Unterlagen, konnte aber keine Unregelmäßigkeiten erkennen. Sie hatte selten Bargeld abgehoben, sondern das meiste mit der Kontokarte bezahlt. Die Beträge, die sie vom Konto abgehoben

hatte, beliefen sich auf kleinere Summen, und nichts wies darauf hin, dass sie einen Erpresser oder einen Privatdetektiv bezahlt hatte.

Diese ganze Geschichte wurde immer dubioser. In der Wohnung von Frederik Dabelstein hatte es nichts gegeben, was in irgendeiner Weise relevant gewesen wäre. Wenn die Rechnung, die Kranz beziehungsweise sein Anwalt vorgelegt hatte, echt war, dann hätte Sven in der Wohnung des Opfers doch zumindest eine Rechnungskopie finden müssen. Er hatte aber gar nichts gefunden. Lediglich die Visitenkarten ließen darauf schließen, welchen Beruf Dabelstein ausgeübt hatte. Hinweise auf Klienten hatte es nicht gegeben. Natürlich gab es die Möglichkeit, dass Dabelstein nicht von seiner Wohnung aus operiert hatte, sondern irgendwo in der Stadt ein Büro unterhielt, aber das erschien sehr unwahrscheinlich. Einen Mietvertrag, der diese Theorie stützen könnte, gab es nicht. Auch von dem Konto war, abgesehen von der Strom- und Telefonrechnung sowie der Miete für die Wohnung, nichts abgebucht worden. Die Beträge, die er in bar abgehoben hatte, waren gering und hatten sicher allein die Lebenshaltungskosten gedeckt.

Interessant war lediglich die Tatsache, dass Dabelstein keine regelmäßigen Zahlungen erhielt. Es war auch nicht ersichtlich, woher sein Geld überhaupt kam. Als er das Konto eröffnet hatte, waren 10 000,– Euro eingezahlt worden. Von diesem Geld hatte er gelebt.

Sven fragte sich, was passiert wäre, wenn das Geld aufgebraucht gewesen wäre. Aber die Antwort darauf würde er wohl nie erhalten.

Viel interessanter hingegen war für ihn das Handy von Manuela Kranz. Er hatte ihre Chipkarte auslesen lassen und hatte den Bericht vor sich liegen. Da sich bei Dabelstein in der Wohnung keine Adressbücher gefunden hatten und auch der Speicher seines Festnetzanschlusses leer war, erhoffte sich Sven Erkenntnisse von Manuelas Mobiltelefon. Entweder hatte Dabelstein sie über sein Festnetztelefon angerufen oder sie ihn. Vielleicht hatte er auch eine Telefonzelle benutzt. Sven machte sich eine Kopie der Liste mit Telefonnummern und verschloss sie mit den übrigen Kopien der Akte in seinem Schreibtisch. Er würde sich zu einem späteren Zeitpunkt darum kümmern.

»Chef? Haben Sie einen Moment Zeit?« Julika klopfte an die offene Tür.

»Sicher. Kommen Sie rein. Was gibt's?«

»Neuigkeiten.« Sie warf einen dünnen Schnellhefter auf den Schreibtisch und ließ sich schwer in einen der Besucherstühle plumpsen. »Allerdings starker Tobak. Die unbekannte Tote am Elbstrand.«

»Was ist mit ihr? Wissen Sie nun, wer sie ist?«

Julika nickte. »Ja. Sie war eine russische Kollegin.«

»Bitte?« Es gab kaum etwas, das Diekmann überraschen konnte. Dieses Mal allerdings traute er seinen Ohren nicht. »Sagen Sie das noch einmal.«

»Sie haben richtig gehört.« Julika erzählte ihm, was sie von Maischner erfahren hatte.

»Es gibt einen Spitzel in Hamburg?« Diekmann konnte es nicht fassen. Das wurde ja immer schöner.

»Irgendwo ist eine undichte Stelle. Wie Sie wissen, müssen

die Undercovereinsätze auswärtiger Kollegen in Hamburg angemeldet werden. Und diese Aktionen sind dann immer aufgeflogen oder vereitelt worden.«

»Das Ganze ist ein Witz, Julika. In dem Moment, in dem ein verdeckter Einsatz angemeldet wird, ist er nicht mehr geheim. Wissen Sie eigentlich, wie viele Menschen von solch einer Aktion erfahren? Bis runter zur Putzfrau wohl alle.«

»Wo sollen wir also anfangen?«

»Gute Frage. Versuchen Sie die Unterlagen über diesen Einsatz zu bekommen. So erfahren wir immerhin, wer alles offiziell Kenntnis davon hatte. Ist Maischner noch hier?«

Diekmann war ein wenig überrascht von Julikas Reaktion. Eine leichte Röte überzog ihr Gesicht, und sie griff schnell und mit gesenktem Kopf nach ihrem Hefter.

»Ja, er bleibt noch einen Tag. Schließlich hat auch er ein Interesse an dem Fall.«

Diekmann grinste.

Er war sicher, dass Maischner nicht nur Interesse an dem Fall hatte.

Johanna war gerade erst zu Hause angekommen, als das Telefon klingelte. Es war Andrea.

»Hallo?«

»Hi, meine Süße, ich muss mit dir reden. Hast du Zeit? Kann ich vorbeikommen?«

»Jetzt?«

»Klar jetzt. Es ist ziemlich wichtig.«

Johanna sah sich in ihrer Wohnung um. Sie war in letzter Zeit kaum zu etwas gekommen. Einerseits, weil sie sich oft bei ihrer Mutter im Krankenhaus aufhielt, andererseits, weil sie sich mit ihrem neuesten Fall auseinandersetzen musste. Da blieb nicht viel Gelegenheit für Hausarbeit.
Das Frühstücksgeschirr von zwei Tagen stapelte sich in der Spüle, überall lagen Kleider verstreut, und auf der Staubschicht in der ganzen Wohnung hätte man einen tausend Seiten langen Fortsetzungsroman schreiben können.
»Gut, wenn dir ein wenig Unordnung nichts ausmacht?«
Andrea hatte schon aufgelegt. Johanna beschloss, den Haushalt sein zu lassen, und zog sich um. Seitdem sie nicht mehr mit ihrem langjährigen Freund Stefan liiert war, konnte sie sich ohne schlechtes Gewissen in ihre ältesten und bequemsten Klamotten hüllen, ohne einen missbilligenden Blick zu riskieren. Die ausgebeulte, ehemals teure Jogginghose und das alte graue Sweatshirt, bei dem bereits ein Ärmelaufschlag ausgerissen war, waren genau die richtige Uniform für einen Abend zu Hause. Es gab ihr das Gefühl von Wärme und Geborgenheit. Abgerundet wurde ihr Gammeloutfit durch ein Paar geringelte Socken, die sie in einem Handarbeitskurs, den sie zusammen mit Andrea besucht hatte, selbst gestrickt hatte. Zwar waren sie ihr nicht besonders gut gelungen, die Fußspitze sah aus wie ein überdimensionaler Wurstzipfel, trotzdem war Johanna recht stolz auf ihr Werk.
Sie hatte sich gerade die Haare notdürftig hochgesteckt, als es auch schon klingelte.
»Bist du geflogen?«

»Nein, aber bei meinem Anruf stand ich schon fast vor deiner Haustür. Und? Alles in Ordnung?«
Andrea nahm sie kurz in den Arm, drückte sie und gab ihr einen Kuss auf die Wange. Während sie ins Wohnzimmer ging, zog sie ihre Jacke aus und warf sie auf den nächstbesten Sessel.
»Hast du noch aufgeräumt?«
Johanna musste grinsen. Sie konnte sich gut an ihren letzten Besuch bei Andrea erinnern. Dort hatte das Chaos System.
»Setz dich. Willst du was trinken?«
»Hast du ein Bier?«
»Klar.« Sie verschwand in der Küche, und noch bevor sie zurückkam, begann Andrea schon zu berichten.
»Ich habe jemanden gefunden, der Manuela vor ihrer Zeit bei der Zeitung kannte.«
»Und?«
Andrea erzählte kurz, was sie von Lisa erfahren hatte. Johanna starrte sie mit weit aufgerissenen Augen an.
»Was? Sie war eine Nutte?«
Andrea musste lächeln. Johanna hatte genau ihre Worte benutzt.
»Angeblich nicht. Sie soll ihre Dienste tatsächlich nur bis zur Schlafzimmertür angeboten haben, und dann soll Schluss gewesen sein.«
Sie prosteten sich zu und tranken. Johanna hatte sich auch ein Bier genommen. Andrea konnte ihr ansehen, wie es in ihrem Hirn rotierte.
»Was meinst du, Andrea? Das ist doch fast ein klassisches

Motiv für einen Mord, oder nicht?« Johanna nuckelte am Flaschenhals, ohne zu trinken. Ihre Augen starrten ins Leere.

»Also gehst du davon aus, dass Manuela Kranz tatsächlich einen Mord begangen hat? Und glaubst du, dass sie ihre Amnesie nur vortäuscht?«

»Nein, das glaube ich nicht. Was den Mord angeht ... ich bin mir nicht sicher.« Sie kniff die Augen zusammen, so als müsse sie aus großer Entfernung eine Schrift entziffern.

»Egal, was du denkst, ich bin sicher, dass sie es nicht getan hat.« Andrea knallte ihre Flasche entschlossen auf den Tisch. »Zugegeben, ich habe sie einige Jahre nicht gesehen, aber Manuela ist nicht zu einem Mord fähig.«

»Sicher?« Johanna hatte sich Andrea zugewandt, hielt die Flasche aber noch immer an die Lippen. Andrea zog die Beine hoch und schlug sie unter.

»Ganz sicher.«

Johanna wandte sich wieder ab und stieß mit dem Flaschenhals rhythmisch an ihre Zähne. »Lass uns das Ganze doch einmal rein hypothetisch durchspielen. Gehen wir einfach davon aus, dass sie tatsächlich keine Prostituierte, sondern eine seriöse Hostess war. Jahre später, sie ist mittlerweile mit einem angesehenen Geschäftsmann verheiratet, kommt jemand und weiß um ihre Vergangenheit. Ihr wird schnell klar, dass alle glauben, sie sei eine Hure gewesen. Ich habe das auch geglaubt. Du etwa nicht?« Sie warf der Freundin einen amüsierten Seitenblick zu. Andrea grinste. Johanna wandte sich wieder ab und sprach weiter. »Also, gut. Sie weiß, was sie zu verlieren hat, und versucht sich mit dem Mann zu arrangieren, was leider fehlschlägt. Vielleicht hat sie ja schon ein paar Zahlungen geleistet und ist am Ende ihrer Kräfte. Bei einem vermeintlich letzten Treffen dreht sie durch und erschießt ihren Peiniger. Ist das nicht möglich? Ich meine, das Motiv ist doch fast so alt wie die Menschheit, oder nicht? Der Schock über die begangene Tat würde auch die Amnesie erklären.«

»Mag sein, ich glaube trotzdem nicht, dass sie es war.« Andrea wirkte beinahe ein wenig mürrisch, obwohl sie Johanna insgeheim recht geben musste. Jeder würde so denken, und für eine Verurteilung, insbesondere vor dem Hintergrund der bestehenden Beweise, würde es allemal reichen. Johanna war schon zu lange in die Polizeistrukturen eingebunden, um das nicht zu wissen. Das machten auch ihre nächsten Worte deutlich.

»Es ist unerheblich, was du denkst. Wichtig ist nur, was wir beweisen können.«

»Du redest wie ein Bulle.«

»In gewisser Hinsicht bin ich das auch.« Sie stellte die Flasche jetzt ab und führte ihren Gedankengang weiter. »Und vergiss die Tatwaffe nicht.«

»Was ist damit?«

»Sie hatte sie bei sich. Sie ist mit dem Messer in der Hand angetroffen worden. Sie muss es also zu dem Treffen mitgebracht haben. Oder das Opfer, aber warum sollte er mit einem Messer herumlaufen? Wenn sie es mitgebracht hat, dann doch nur, um ihn zu töten, oder nicht?«

»Ist dir mal in den Sinn gekommen, dass das Ganze fin-

giert ist? Dass man Manuela die Sache in die Schuhe schieben will?«
Johanna nickte. »Der Gedanke ist mir schon gekommen, aber dann stellt sich die Frage nach dem Warum? War sie jemandem im Wege? Wollte sie jemand loswerden?«
»Vielleicht war ihre Ehe nicht mehr glücklich? Es könnte doch sein, dass ihr Mann eine Geliebte hat?«
»Oh bitte, Andrea«, Johanna lachte auf, »bei allem Respekt vor deiner journalistischen Phantasie, in so einem Fall würde er sich doch wohl scheiden lassen, und wenn ihm das zu teuer wäre, hätte er sie vielleicht umbringen lassen. Aber dieses Konstrukt, einen Mord so hinzustellen, als hätte seine Frau ihn begangen, wäre viel zu umständlich. Deine Theorie scheint mir ein wenig an den Haaren herbeigezogen.«
»Wenn wir wüssten, ob Zahlungen von Manuela an Dabelstein geleistet wurden, wären wir ein Stück weiter. Zumindest wüssten wir dann, ob deine Erpressungstheorie stimmt.«
»Genau.« Johanna nickte. Sie hatte den lauernden Unterton in Andreas Stimme nicht bemerkt. Erst als die Freundin nichts mehr sagte und abwartete, hob Johanna den Kopf.
»Vergiss es. Ich werde nicht bei Diekmann anrufen und versuchen, ihn auszuhorchen. Derzeit ist er nicht besonders gut auf mich zu sprechen. Er glaubt, ich habe ihm die Tour vermasselt.«
»Hast du das denn nicht?«
Genau genommen hatte Andrea recht. Wenn Johanna taktisch klüger vorgegangen wäre, dann hätte sie nun auch Zu-

gang zu den Informationen, die Diekmann hatte. Er hätte sie informiert und ihr mehr in die Hand gegeben; aber der Preis dafür wäre zu hoch gewesen. Manuela säße im Gefängnis, und Johanna war sich sicher, dass sie das nicht überstanden hätte. Außerdem hatte Johanna versucht, mit ihm zu reden, aber er hatte sie abgewürgt.

»Nein.« Johanna schüttelte den Kopf. »Ich bin nach wie vor der Meinung, dass Manuela Kranz nicht ins Gefängnis gehört. Zumindest vorläufig nicht. Sie ist wirklich traumatisiert, und nur sie weiß, was tatsächlich passiert ist.«

»Und wenn du versuchst, dich an Julika zu wenden?«

»Julika?«

»Vielleicht weiß sie etwas darüber?«

»Wenn Diekmann herausfindet, dass sie uns Informationen zukommen lässt, bringt er sie um.«

»Er muss es ja nicht erfahren.« Andrea zuckte mit den Schultern. »Also?«

Johanna seufzte. »Du hast recht. Ich rufe sie morgen an.«

8

Sven hatte seit neuestem ein Vorzimmer. Jahrelang hatte er sich dagegen gewehrt, obwohl es ihm zugestanden hatte, aber nun empfand er es als angenehm. Seine Mitarbeiter konnten nach wie vor zu ihm, ohne sich an der gestrengen Dame reiben zu müssen, sein Büro hatte noch einen weiteren Zugang, aber gegen die Anforderungen von draußen war er nun gefeit. Frau Jungmann, deren Kaffee im Übrigen besser war als sein eigener, hielt ihrem Chef vieles vom Hals. Manche Anfragen scheiterten bereits bei ihr, und von einigen Sachen erfuhr er gar nichts mehr. Sie war so etwas wie der gute Geist seines Büros, auch wenn ihn unter ihren strengen Augen immer die Angst befiel, sie würde gleich zu ihm treten, ein Taschentuch herausziehen und ihm die Nase putzen. Er musste grinsen. Nein, gar so schlimm war sie nicht, aber sie regierte durchaus mit eiserner Hand. Nun klopfte es leise, und noch bevor er sie hereinbitten konnte, stand Frau Jungmann in seinem Zimmer. Sie trug einen schlechtsitzenden Hosenanzug in einer undefinierbaren Farbe. Ihre Schuhe waren so klobig, dass sie ihre Trägerin im Falle eines Sturzes ins Wasser unaufhaltsam in die Tiefe gezogen hätten. Ihre Haare schienen seit zwanzig Jahren keinen Friseur mehr gesehen zu haben. Es hing ihr wirr um den Kopf, und einige Strähnen waren hinter das Ohr geklemmt. Trotz allem strahlte sie Würde aus.

»Herr Diekmann, Sie sollen zum Leiter des Landeskriminalamtes kommen.«
»Jetzt?«
»Er sagte ›unverzüglich‹, und an seinem Ton war zu erkennen, dass er es auch so meinte.«
»Hat er gesagt, worum es geht?«
»Nein.«
Es ärgerte ihn, wie ein kleines Kind herumkommandiert zu werden, aber er musste sich fügen.
Als er das obere Stockwerk des Polizeipräsidiums betrat, kam sein alter Ärger wieder hoch. Hier saß lediglich der Leiter des LKA mit seinem relativ kleinen Stab, aber sie hatten das ganze Stockwerk belegt. In Räumen, die so groß waren, dass eine Hundertschaft bequem Platz gefunden hätte, saß eine einzelne Person hinter dem Schreibtisch und tat nichts anderes, als das Telefon zu bedienen oder, wie in einem Fall, Krankenlisten zu führen. Er dachte an die quälende Enge, die nicht nur in seiner Dienststelle herrschte, wo zwei Leute sich ein Büro von der Größe eines Karnickelstalls teilen mussten. Akten wurden zum Teil in Kartons auf dem Flur gelagert, obwohl das gegen sämtliche Brandschutzbestimmungen verstieß. Hier, im obersten Stockwerk, hatte man Platz genug, um riesige Palmen zu hegen und zu pflegen, ohne dafür über unübersichtliche Aktenberge steigen zu müssen. Hier war nichts von der Geschäftigkeit zu spüren, die eine normale Polizeidienststelle ausmachte.
Diekmann ging den Flur bis zum Ende und klopfte an die letzte Tür. Er betrat ein riesiges Büro, in dessen Mitte ein

großer Schreibtisch stand. Nicht einer von denen, die zur normalen Grundausstattung gehörten, sondern ein teuer aussehendes Exemplar aus Glas und Chrom. Passend dazu standen in einer Ecke locker gruppiert zwei kleine Ledersofas. Nichts in diesem Raum erinnerte an den vorherigen Leiter des LKA, Jürgen Martens, der nach der letzten Panne in den vorzeitigen Ruhestand versetzt worden war. Damals hatte er in seinem nie nachlassenden Drang, in der Presse gut dazustehen, Diekmann quasi verraten und so dazu beigetragen, den eigentlichen Täter davonkommen zu lassen. Sein Nachfolger, Michael Makowiak, war von einem anderen Kaliber. Ein Mann, der zunächst bei der Bundeswehr als Offizier gedient hatte und nach Ende seiner Dienstzeit zur Polizei gekommen war. Hier hatte er, wie er es selbst beschrieb, von Anfang an immer in vorderster Front gekämpft. Dass er mit jeder Beförderung immer mehr zum »Tintenpisser« wurde, störte ihn am meisten. Aber so wie er auch vorher nie einem unangenehmen Job aus dem Weg gegangen war, so versuchte er nun, seinen Leuten den Rücken freizuhalten. Umso erstaunter war Diekmann, dass er vom Chef geradezu herzitiert wurde.

Makowiak saß in seinem Schreibtischstuhl. Er sah aus wie üblich. Der teure Anzug war leicht zerknittert, die dunklen Haare standen ihm wie bei Harry Potter wild vom Kopf ab. Die Krawatte war schief gebunden, und Sven hätte schwören können, dass seine Fingernägel nicht ganz sauber waren. Soviel er wusste, schraubte Makowiak in seiner Freizeit an einer alten Harley Davidson herum, und daher sahen seine Finger immer aus wie die eines Automechanikers.

Den Mann, der mit grimmiger Miene am Fenster stand, kannte Diekmann nur aus der Zeitung. Er war groß und hager, und sein Anzug war billig. Im Grunde sah er aus, als habe er in seiner Kleidung geschlafen. Der Innensenator der Stadt Hamburg, Julius Hintze, hatte in den vergangenen Monaten viele Sympathien verspielt, und es schien ihm mittlerweile egal zu sein, was die Leute von ihm dachten. Sein Schwiegersohn sorgte gleichfalls dafür, dass Hintze mit immer mehr Skandalen in der Boulevardpresse zugegen war. Aber offenbar konnte sich der Bürgermeister nicht von ihm trennen.

Makowiak lächelte Diekmann leicht zu. »Schön, dass Sie so kurzfristig Zeit hatten, Herr Diekmann. Setzen Sie sich.«

Im Allgemeinen sprach Diekmann, wie jeder hier im Haus, den Leiter des LKA mit »Chief« an. In Anwesenheit des höchsten Dienstherrn jedoch verkniff er es sich. Er nickte ihm nur zu.

Makowiak veränderte seine eher lässige Haltung nicht, lediglich seine Augen verfolgten jede Bewegung Diekmanns. Es lag eine gewisse Spannung in der Luft, die von Hintze auszugehen schien.

»Herr Diekmann, Herr Hintze ist hier, um sich über den Stand der Ermittlungen im Fall Manuela Kranz zu erkundigen.« Makowiak sprach in einem für ihn ungewöhnlich dienstlichen Tonfall, aber der schnelle Blick, den er Sven zuwarf, ließ erkennen, dass ihm der Innensenator gewaltig auf die Nerven ging. In Sven stieg Ärger auf. Er war es nicht gewohnt, Rede und Antwort stehen zu müssen. Er entschied sich für eine ausweichende Antwort.

»Nun, wir sind noch dabei, Spuren auszuwerten und Zeugen zu finden, die die Tat möglicherweise beobachtet haben.«

»Und was, zum Henker, soll das bringen?« Die Stimme des Senators klang schrill, und man hörte die mühsam unterdrückte Wut heraus. Er schien sich kaum beherrschen zu können. Sven hob die Augenbrauen.

»Das ist der übliche Weg, um eine Tat so genau wie möglich zu rekonstruieren und damit aufzuklären.«

»Sie haben Ihren Täter beziehungsweise Ihre Täterin, und ich verstehe nicht, was Ihre sogenannten Ermittlungen noch daran ändern sollen.«

»Es geht nicht darum, etwas zu ändern, sondern darum, etwas zweifelsfrei zu beweisen.«

Sven bemühte sich, ruhig zu bleiben, war aber verwirrt, weil er keine Ahnung hatte, worauf Hintze hinauswollte.

»Ihre eigene Psychologin hat Frau Kranz in die Psychiatrie einweisen lassen. Der Richter hat einen Durchsuchungsbeschluss für das Haus Kranz verweigert. Es ist klar, dass die arme Frau in geistiger Umnachtung gehandelt hat. Sie machen nichts anderes, als Dreck aufzuwirbeln. Können Sie mir erklären, warum in aller Welt Sie die Konten der Frau überprüft haben, und vor allen Dingen, warum Herr Kranz nicht darüber informiert wurde?« Hintze schrie jetzt. Er hatte sich nicht mehr in der Gewalt. Sven fragte sich, ob die Gerüchte über die dubiosen Freizeitbeschäftigungen des Politikers der Wahrheit entsprachen.

Bevor Sven reagieren konnte, griff Makowiak ein.

»Das reicht jetzt. Wir sind keineswegs verpflichtet, mit Ihnen über unsere Ermittlungstaktik zu sprechen. Entweder, Herr Senator, Sie mäßigen sich, oder das Gespräch ist beendet.«

Hintze schien ihn überhaupt nicht zu hören. Er zeigte drohend mit dem Finger auf Sven. »In diesem Moment reicht der Anwalt von Herrn Kranz Beschwerde gegen Sie ein. Sie werden sofort alle Beweismittel herausgeben, Sie inkompetentes kleines Arschloch.«

»Schluss jetzt.« Makowiak riss der Geduldsfaden. Er war aufgesprungen und stellte sich zwischen Hintze und Diekmann. »Ich dulde nicht, dass Sie mit meinen Leuten in diesem Ton reden. Das Gespräch ist an dieser Stelle beendet.«

Hintze wandte sich an den Leiter des LKA. »Ich bin noch nicht fertig.«

»Doch, das sind Sie.« Sven war langsam aufgestanden und lächelte hämisch. »Ich bin sicher, dass Sie fertig sind, Herr Hintze. Was das ›inkompetente kleine Arschloch‹ angeht, das gebe ich gern zurück.«

Noch am Fahrstuhl hörte Sven das Geschrei der beiden Männer.

Andrea war derzeit nicht sehr oft in der Redaktion, daher hatte sie ihren Büroanschluss auf ihr Handy umgestellt. Als es nun während der Autofahrt klingelte, bemühte sich Andrea, das Handy aus der Tasche zu fischen, ohne dabei den Straßenverkehr aus den Augen zu lassen. Erst als sie sich

vergewissert hatte, dass kein Streifenwagen in der Nähe war, nahm sie das Gespräch an.
»Hallo?«
»Mein Name ist Martin Schmittke. Spreche ich mit Frau Hansen? Der Frau, die mir das Bild geschickt hat?«
»Ja, ganz genau Herr Schmittke. Ich ...«
»So, und was soll der Scheiß?« Schmittke klang nicht unfreundlich, Andrea glaubte sogar, so etwas wie Belustigung aus seiner Stimme herauszuhören, aber seine deutliche Sprache zeigte, dass nicht mit ihm zu spaßen war.
»Ich wollte einfach mit Ihnen sprechen.«
»Und warum rufen Sie dann nicht mein Büro an und bitten um einen Termin?«
»Weil ich befürchtet habe, dass Sie nicht mit mir reden würden. Ich bin Journalistin.«
»Verdammt richtig. Also, wenn wir schon mal dabei sind, worum geht es?«
»Um die junge Frau auf dem Bild. Erinnern Sie sich an sie?«
Er lachte leise. »Klar. Das ist Manuela Kranz. Das ist doch die, die diesen Kerl umgebracht haben soll, richtig?«
»Könnten wir uns treffen?«
»Wozu soll das gut sein?«
»Ich brauche ein paar genauere Informationen, und an die komme ich sonst nicht ran.«
»Ach, und Sie glauben, ich weiß was über den Mord? Blödsinn.«
»Nicht über den Mord, sondern über die Manuela, die Sie gekannt haben.«
Für einen Moment herrschte Schweigen am anderen Ende.

»Also gut, treffen wir uns. Hört sich irgendwie spannend an. Am besten Sie kommen in mein Büro, in, sagen wir, dreißig Minuten. Wissen Sie, wo mein Büro ist.«
»Ja.« Schließlich hatte Andrea ihre Hausaufgaben gemacht.

»Möchten Sie einen Tee?« Der bullige Mann hinter dem Schreibtisch hatte ein gutmütiges Gesicht, aber Andrea ließ sich nicht täuschen. Leichtes Misstrauen schlug ihr entgegen.
»Sie müssen wissen, meine Sekretärin und meine Frau stecken unter einer Decke. Beide sind der Meinung, dass Tee gesünder ist als Kaffee. Ich habe nur die Wahl zwischen Früchtetee, Matetee und grünem Tee.«
»Nein, vielen Dank.« Andrea lächelte. »Ich versuche gerade, davon loszukommen.«
Schmittke beugte sich über seinen Schreibtisch und sah Andrea scharf an.
»Wenn Sie gekommen sind, um eine kleine Erpressung zu versuchen, sind Sie schiefgewickelt. Ich bin zwar nicht mehr der Jüngste, aber es würde immer noch reichen, um Sie bis zur nächsten Polizeiwache zu prügeln. Also, was wollen Sie?«
»Auf jeden Fall habe ich nicht vor, Ihnen zu schaden. Ich will nur etwas mehr über die junge Frau auf dem Bild herausfinden.«
»Über Manuela Kranz?«
»Ja, sie wird des Mordes verdächtigt, und deshalb versuchen wir, mehr über sie herauszufinden.«

»Wir?«
»Eine Freundin und ich. Wir kannten sie früher, und wir können nicht glauben, dass sie diesen Mord tatsächlich begangen hat.« Das war nur eine halbe Lüge. »Ich habe nun von einer Kollegin gehört, dass Manuela Kranz früher als Hostess gearbeitet hat …«
»Stimmt«, Schmittke nickte heftig, »und sie war eine der besten.«
Andreas Augen weiteten sich. Ihr Gegenüber lachte. »Nicht das, was Sie meinen. Ich will Ihnen das mal erklären. Ich war zu dem Zeitpunkt noch nicht verheiratet und, na ja, ein bisschen schüchtern. Aber es gab einfach Gelegenheiten, wo ich aus taktischen Gründen mit einer Frau auftauchen musste. Sie wissen schon, bei Geschäftspartnern und so weiter. Also habe ich mich an diese Agentur gewandt. Mir war besonders wichtig, dass es sich dabei nicht um Prostituierte handelte, denn ehrlich gesagt, so schüchtern war ich nun auch wieder nicht.«
Er lachte und nahm einen Schluck aus seinem Teebecher.
»Waren alle Damen seriös, oder gab es vielleicht auch andere? Konnte man in dieser Agentur auch Bettbegleitung buchen?«
Schmittke schüttelte den Kopf. »Nein, alles ganz seriös. Die damalige Besitzerin war schon fast siebzig, und ihr war wichtig, dass ihre Mädchen sauber blieben. Eine hat es bei einem Kunden mal versucht, und die wurde sofort gefeuert. Nein«, setzte er abschließend hinzu, »alles durch und durch anständig. Warum fragen Sie?«
»Nun«, Andrea zögerte. Sie konnte ihm kaum sagen, dass

er in ihren Augen einer der Verdächtigen war. »Wir haben überlegt, dass sie möglicherweise wegen dieser Geschichte aus ihrer Vergangenheit erpresst wurde.«
»Nein, das halte ich für ziemlich unwahrscheinlich. Was glauben Sie, wie ich meine Frau kennengelernt habe?«
»Bitte?«
»Ich habe immer Manuela gebucht, und eines Tages hatte sie frei, also fragte man mich, ob ich auch mit einer anderen Frau vorliebnehmen würde. Tja, und da stand sie dann: meine Anneliese. Germanistikstudentin. Es war Liebe auf den ersten Blick. Vier Wochen später haben wir geheiratet. Alle unsere Bekannten wissen davon.«
Andreas Theorie löste sich in Wohlgefallen auf, und sie wusste nicht, ob ihr das gefiel. Schmittke schien das zu bemerken.
»Sind Sie nun enttäuscht? Hatten Sie gehofft, ich hätte etwas damit zu tun?«
Andrea fühlte sich ertappt und spürte, wie ihr die Röte ins Gesicht schoss.
»Nein, nicht enttäuscht. Nur … es wäre eine Erklärung gewesen. Ach, ich weiß auch nicht.« Ihr kam noch eine Idee. »Erinnern Sie sich an den Namen der Agentur?«
»Ja, das war die *KomMitments – der diskrete VIP-Begleitservice*. Aber geben Sie sich keine Mühe. Die Agentur gibt es längst nicht mehr. Kurz nachdem Anneliese und ich geheiratet haben, gab die alte Dame auf. Ich habe keine Ahnung, wie die Besitzerin hieß. Da fragen Sie am besten mal meine Frau. Die weiß das bestimmt noch.«

Johanna hatte es für eine gute Idee gehalten, Manuela Kranz außerhalb Hamburgs unterzubringen, jetzt allerdings verfluchte sie sich für diese Eingebung. Friedl hatte sie mitten in der Nacht angerufen und ihr mitgeteilt, dass ihre Anwesenheit unbedingt erforderlich sei. Manuela Kranz sei ganz aufgeregt und wolle nur mit ihr sprechen. Also setzte sich Johanna, noch nicht ganz wach, in ihren Wagen und fuhr hinaus aus der Stadt. Obwohl so gut wie kein Verkehr sie behinderte, es nicht regnete und eine Vielzahl der Ampeln ausgeschaltet war, brauchte sie fast eine Stunde, bis sie gegen fünf Uhr morgens im Krankenhaus ankam. Sie hastete durch den Haupteingang des Gebäudes, so etwas wie einen Pförtner gab es hier nicht, und kam außer Atem an der Tür zu der Station an. Ungeduldig hämmerte sie gegen die Tür, und eine Schwester kam angelaufen. Sie öffnete und redete sofort auf Johanna ein.

»Der Doktor erwartet Sie. Frau Kranz ist außer sich, und wir wissen uns keinen Rat. Sie weigert sich, Medikamente zu nehmen.«

Mit wehendem Mantel ging Johanna vor der Frau her, die Mühe hatte, Schritt zu halten, und immer wieder in einen leichten Trab verfiel. Johanna fiel auf, wie müde die Frau wirkte.

»Ist jemand bei ihr?«

Die Schwester nickte. »Ja, jemand vom Pflegepersonal. Frau Kranz hat sich so weit beruhigt, dass sie nur mehr weint und zumindest nicht mehr schreit. Doktor Chrobok möchte Sie sprechen, bevor Sie zu der Patientin gehen.«

»Gut, vielen Dank.« Johanna lächelte ihr flüchtig zu und

machte sich auf den Weg zu Friedls Büro. Sie klopfte nur kurz an und öffnete die Tür. Gottfried Chrobok saß am Schreibtisch und hämmerte auf die Tastatur seines Computers ein. Als sie in sein Zimmer stürmte, hob er erschrocken den Kopf, aber als er sie erkannte, bemerkte sie die Erleichterung auf seinem Gesicht.

»Johanna, gut, dass du da bist. Tut mir leid, dass ich dich wecken musste, aber hier bist du gefragt.«

»Was ist passiert?«

»Setz dich erst einmal. Also, vor etwa zwei Stunden fing Frau Kranz plötzlich zu schreien an. Sie hatte bis dahin, nachdem wir ihr gegen 22 Uhr ein leichtes Schlafmittel gegeben hatten, ruhig geschlafen. Es hatte den Anschein, als beginne sie sich zu erholen. Jedenfalls informierte mich eine Schwester. Als wir in ihr Zimmer kamen, hockte sie auf dem Fußboden in einer Ecke, hielt sich die Arme über den Kopf und schrie. Wir konnten sie zwar einigermaßen beruhigen, aber wir durften sie nicht anfassen. Immer wenn ihr jemand zu nahe kam, schlug sie um sich. Ich hatte nur zwei Möglichkeiten: entweder dich anzurufen oder sie zu fixieren. Die erste Alternative schien mir humaner.« Er lächelte. Zumindest bewahrte er sich auch um diese Zeit seinen Humor.

Johanna nickte. »Hättest du sie fixiert, hättest du womöglich alles noch schlimmer gemacht.« Mit einem Frösteln dachte sie daran, was es für Manuela bedeuten würde, an ihr Bett geschnallt zu werden, ohne die geringste Möglichkeit, sich zu bewegen.

Gemeinsam gingen sie zu dem Zimmer von Manuela

Kranz, aber Friedl blieb draußen stehen, und sie betrat den Raum allein. Manuela Kranz saß auf ihrem Bett, die Hände im Schoß ineinander verkrampft. Eine Schwester schüttelte ihr Kissen auf und sprach leise und mit beruhigender Stimme auf sie ein. Allem Anschein nach hatte sich die Patientin ein wenig erholt, aber ihr ganzer Körper war angespannt. Als Johanna hereinkam, hob die Schwester den Kopf. Johanna lächelte ihr zu und nickte leicht. Die Schwester verstand und verließ eilig das Zimmer. Johanna blieb einen Moment stehen, um sich auf die Situation einzustellen, und näherte sich dann vorsichtig der jungen Frau.

»Frau Kranz?«

Ganz langsam hob Manuela Kranz den Kopf und sah Johanna mit einem gequälten Blick an. Die Psychologin setzte sich vorsichtig neben sie auf das Bett.

»Wollen Sie mir erzählen, was passiert ist?«

Sie erhielt keine Antwort. Wahrscheinlich stand Manuela Kranz noch ganz unter dem Eindruck des Geschehens, daher beschloss Johanna, sie langsam zum Kern der Sache zu führen.

»Haben Sie schlecht geträumt?«

Noch immer antwortete Manuela Kranz nicht, aber plötzlich liefen ihr Tränen über die Wangen, und sie schlug die Hände vors Gesicht. Johanna nahm sie vorsichtig in den Arm und ließ sie weinen. Ihr fiel auf, dass dies das erste Mal war, dass sie die Frau richtig weinen sah. Nach ein paar Minuten richtete sich Manuela Kranz auf und starrte auf den Boden vor sich.

»Ich habe geträumt. Es war schrecklich.«

»Wollen Sie mir davon erzählen?«
»Es war dunkel.« Die Stimme klang brüchig und abgehackt, so als sei sie außer Atem. Johanna nahm ihre Hand, um sie zu beruhigen.
»Wissen Sie, wo das war?«
»Nein.« Sie schüttelte heftig den Kopf.
»Können Sie mir noch etwas sagen?«
»Da waren Menschen.«
»Haben Sie die Menschen erkannt?«
»Nein, sie hatten keine Köpfe.«
Johanna runzelte die Stirn. Sie empfand diese Ausdrucksweise als merkwürdig. Sie fragte nach. »Hatten sie keine Köpfe oder keine Gesichter?«
»Ich weiß nicht. Es war dunkel, und sie waren auch dunkel, deshalb hatten sie keine Köpfe. Vielleicht hatten sie auch keine Gesichter, ich weiß es nicht.«
»Und was weiter?«
»Einer der Menschen hatte etwas in der Hand. Er fuchtelte damit herum, und dann kam er auf mich zu und gab es mir. Da bin ich aufgewacht.«
»Was war es, womit er herumgefuchtelt hat? Konnten Sie das Ding sehen?«
»Ich weiß nicht.« Sie schüttelte langsam den Kopf. »Ich glaube, es war hell.«
»Hell wie eine Lampe?«
»Nein, ich glaube nicht. Es war hell, als würde es von einer Lampe beleuchtet. Es tat in den Augen weh.«
»Wieso sagen Sie ›Menschen‹? Konnten Sie nicht erkennen, ob es Männer oder Frauen waren?«

»Nein.«
»Noch einmal zu dem Ding. Können Sie die Form beschreiben?«
»Es ist dreieckig. Es sieht fast aus wie ein Blitz. Deshalb war es auch so hell.« Manuela Kranz' Stimme wurde lebhafter, so wie bei einem Kind, das eine Aufgabe richtig gelöst hat. »Werde ich verrückt?« Ihre Stimme wurde leiser. »Ich hatte solche Angst. Ich habe immer noch Angst. Alles war so real. Ich weiß einfach nicht, was hier vor sich geht.«
»Nein.« Johanna schüttelte den Kopf. »Sie hatten einen Alptraum. Ich versuche es Ihnen zu erklären, dann kommen Sie damit vielleicht ein wenig besser zurecht. In Ihrem Leben gab es ein negatives Ereignis, das nicht vorhersehbar und vor allen Dingen nicht kontrollierbar war.«
»Sie meinen ein traumatisches Erlebnis, nicht wahr?«
»Richtig. Infolge dieses traumatischen Ereignisses hat Ihr Geist, Ihr Körper, wie immer Sie es nennen wollen, mit einer Amnesie reagiert. Mit dieser Reaktion versuchen Sie sich selbst zu schützen. Es gibt eine Fülle von Informationen, die wir nicht verarbeiten können, ohne Schaden zu nehmen. Dieses Erlebnis, das Sie hatten, ist so eine Information. Trotz allem will die Erinnerung an die Oberfläche. Ich bin der Meinung, dass das auf diesem Wege passiert, in Form von Alpträumen. Wissen Sie, was ein Alptraum ist?«
»Ich weiß, wann ich einen habe. Das ist aber auch alles.«
»Auch hier sind die Hilflosigkeit und die Unkontrollierbarkeit der Schlüssel zum Ganzen. Im Allgemeinen kann man Träume nicht kontrollieren. Aber es gibt verschiedene Möglichkeiten, einen Traum zu deuten. Freud nannte Träume

mal den ›Königsweg zum Unbewussten‹. Ich glaube, dass Sie in Ihrem Traum das wiedererleben, was Sie traumatisiert hat. Also eine Situation, die beängstigend und nicht zu kontrollieren war. Das ist zwar schrecklich, aber betrachten Sie es als einen Schritt, Ihr Gedächtnis wiederzuerlangen.«

»Wird das noch öfter vorkommen?«

»Unter Umständen ja, Menschen, die traumatisiert sind, träumen ein und denselben Traum immer wieder.«

Manuela Kranz holte tief Luft. »Also gehört das von nun an zu mir, richtig?«

»Versuchen Sie, es zu akzeptieren. Wenn Sie wieder träumen, rufen Sie das Pflegepersonal. Versuchen Sie, Ihren Traum aufzuschreiben. Und versuchen Sie nicht, mutig zu sein.« Johanna lächelte Manuela zu. »Lassen Sie das Licht nachts brennen.«

Johanna stand wieder auf dem Flur bei Friedl. Sie hatte Manuela Kranz überreden können, ein leichtes Beruhigungsmittel zu nehmen. Außerdem hatte sich eine Schwester bereit erklärt, bei ihr zu bleiben. Sie konnte ihr die Träume und die Angst nicht nehmen, aber sie konnte ihr helfen, ihnen zu begegnen.

»Und? Was hat sie erzählt?« Friedl hatte die Hände in seine Jeanstaschen geschoben und schlenderte neben Johanna in Richtung seines Büros. Sie erzählte ihm den Traum, so wie ihn Manuela geschildert hatte.

»Menschen ohne Köpfe, hm?« Friedl dachte laut.

»Ja.«
»Was meinst du, könnte sie maskierte Männer gesehen haben?«
»Davon gehe ich aus. Was ist mit dem Blitz, mit dem jemand herumgefuchtelt hat?«
»Ich habe dir erzählt, dass sie ein Hämatom am Kopf hatte. Wahrscheinlich vermischen sich hier zwei Sachen miteinander. Hast du schon einmal erlebt, was passiert, wenn du einen heftigen Schlag auf den Kopf erhältst oder dich stark stößt?«
»Ja, ich habe den Eindruck, dass ich Sterne sehe.«
»Genau.« Friedl nickte. »Ich denke, dass es das ist. Als sie den Schlag auf den Kopf erhielt, vorausgesetzt es waren andere Personen mit im Spiel, muss der Schmerz förmlich wie ein Blitz in ihrem Kopf explodiert sein. Zusammen mit der Tatsache, dass sie vielleicht mit angesehen hat, wie jemand getötet wurde, hat sich das in ihrem Kopf zu einem Blitz vereint, mit dem herumgefuchtelt wird.«
»Was hältst du davon, wenn du sie in eine Therapiegruppe mit hineinnimmst?«
»Das habe ich auch schon überlegt. Vielleicht hilft das ihrem Gedächtnis ein bisschen auf die Sprünge. Es soll Fälle gegeben haben, bei denen durch eine Beschäftigungstherapie die Erinnerung wiederkam. Welche schlägst du vor?«
»Ich weiß nicht, aber wie wäre es mit einer Maltherapie?«
»Warum nicht. Trinkst du noch einen Kaffee mit mir?«
»Um diese Zeit? Nein, vielen Dank. Ich fahre nach Hause. Hältst du mich auf dem Laufenden?«
»Sicher.« Er drückte ihren Arm. »Wir sehen uns.«

9

Julika war auf dem Weg ins Büro, als ihr Handy klingelte.
»Hallo?«
»Julika, hier ist Johanna.«
Julika lächelte. »Na, wie geht es denn so als Persona non grata?«
»Ist es so schlimm? Immer noch?«
»Nein, schlimmer. Wie geht es unserer Tatverdächtigen?«
»Geht so. Können wir uns treffen?«
»Klar. Hast du mittags Zeit?«
»Okay, ich war die halbe Nacht auf den Beinen, ich werde zu Hause sein.«
Julika drückte auf den Knopf und warf das Handy auf den Beifahrersitz. Sie war sich sicher, dass der Anruf von Johanna mit dem Fall zu tun hatte, in dem sie gerade steckte, und ebenso sicher war sie, dass Johanna Hilfe benötigte. Im Augenblick konnte sie sich unmöglich an Diekmann wenden, der würde ihr den Kopf abreißen. Zwischen Diekmann und Johanna gab es eine Spannung, die Julika nicht recht einordnen konnte. Irgendetwas war zwischen den beiden vorgefallen, aber weder der eine noch der andere hatte etwas verlauten lassen. Jedes Mal, wenn Julika versuchte, der Sache auf den Grund zu gehen, wichen sie ihr aus.
Sie hatte ihrem Chef weitgehend verschwiegen, dass sie sich auch privat mit Johanna traf. Unter Umständen hätte er ein Problem damit, und sie hatte nicht die geringste Lust, zwi-

schen die Fronten zu geraten. Sie lachte leise in sich hinein. Die beiden führten sich auf wie im Kindergarten. Mitunter schien es, als habe der eine dem anderen ein Spielzeugauto aus der Sandkiste geklaut. Sie fragte sich, ob die beiden jemals erwachsen werden würden.
Sie kicherte noch immer, als sie in die Tiefgarage des Präsidiums fuhr.

Sven hatte die Informationen, die er angefordert hatte, gleich frühmorgens auf seinem Schreibtisch vorgefunden. Er hatte seiner Bitte eine hohe Dringlichkeitsstufe gegeben, so dass noch in der Nacht von den Kollegen in Hessen an den Antworten auf seine Fragen gearbeitet worden war.
Zunächst wandte er sich der Liste mit den Telefonnummern zu, die die Techniker aus der Chipkarte von Manuela Kranz' Handy ausgelesen hatten.
Sie hatte in den vergangenen Wochen verschiedene Handynummern angewählt, aber keine öfter als zwei Mal. Sven hatte einen seiner Mitarbeiter gebeten, über den Telefonanbieter herauszubekommen, von wem sie angerufen worden war. Auch wenn er sich nicht allzu viel davon versprach. Die Anbieter mobiler Telefonnetze waren erstens nicht besonders kooperativ, und zweitens bewahrten sie diese Daten nur dreißig Tage auf. Zu mehr waren sie nicht verpflichtet. Die Überprüfung würde einige Tage in Anspruch nehmen. Er wandte sich den Auswertungen des Festnetzanschlusses von Frederik Dabelstein zu.

Hinter einer der beiden Nummern, die er regelmäßig angerufen hatte, verbarg sich der Zeitschriftenvertrieb Hollstein in Frankfurt. Die andere Nummer, in Hannover, gehörte einer Frau mit Namen Maria Sonnenfeld. Sven überlegte. Vielleicht war es eine Freundin oder Geliebte Dabelsteins? Diese Nummer hatte er gewöhnlich einmal am Tag angerufen, und Sven wunderte sich, dass sich die Frau bisher nicht gemeldet hatte. Der Fall war durch die Presse gegangen, und auch wenn der Nachname Dabelsteins nicht genannt worden war, so musste ihr doch ein Verdacht gekommen sein. Sie hatte aber nicht versucht, Dabelstein anzurufen, und war auch nicht in Hamburg erschienen. Zumindest nicht bei der Polizei. Dabei wäre gerade die Polizei ihr Ansprechpartner gewesen, denn hätte sie Dabelsteins Wohnung aufgesucht, so wäre ihr die Versiegelung an der Tür aufgefallen.
Was war hier los?
Jeder Mordfall hatte seine eigenen Tücken, aber fast immer war die Lösung einfach. Habgier, Liebe, Eifersucht. Gründe, so alt wie die Menschheit selber. Alles fügte sich nach kurzer Zeit nahtlos zusammen. Hier aber wurde alles immer undurchsichtiger, und er begann sich zu fragen, ob Johanna mehr wusste und ob sie Manuela Kranz deshalb aus der Schusslinie gebracht hatte. Er war noch nicht bereit einzugestehen, dass er möglicherweise einen Fehler begangen hatte, aber er war bereit, darüber nachzudenken.
Als er das letzte Blatt der Informationen las, lief es ihm eiskalt den Rücken hinunter.
Er betrachtete das Schreiben noch einmal, in der Hoffnung, sich verlesen zu haben, aber es stimmte tatsächlich.

Dort stand, dass ein Frederik Dabelstein am 20.2.1960, also vor 35 Jahren, in Frankfurt geboren worden war.
Dort stand aber auch, dass ebenjener Frederik Dabelstein drei Jahre später an den Folgen einer Hirnhautentzündung verstorben war.
Manuela Kranz hatte einen Toten ermordet.

»Warum warst du so entsetzt, als du erfuhrst, dass dein Bruder Hannes homosexuell war?«
Johanna erstarrte. Ihr Bruder war immer ein heikles Thema zwischen ihnen gewesen. Mühsam rang sie sich zu einer Antwort durch.
»Ich weiß nicht, vielleicht fühlte ich mich auf eine gewisse Weise verraten. Es war, als habe er mich damit aus seinem Leben ausgeschlossen. Ja, ich glaube, so habe ich es empfunden, obwohl ich es damals nicht einzuordnen wusste.«
»Verraten?« Gerda Jensen saß aufrecht in ihrem Bett. Sie sah heute schon viel besser aus. Ihr Haar war frisiert, und sie trug eines ihrer eigenen Nachthemden. Es ging etwas von ihr aus, von dem Johanna nicht gewusst hatte, dass es ihrer Mutter eigen war. Eine Ausgeglichenheit und Zufriedenheit, so als habe sie endlich Frieden mit sich geschlossen und sei nun bereit, auch mit dem Rest der Welt Frieden zu schließen.
»Ja. Es gab mir das Gefühl, dass es etwas in seinem Leben gab, zu dem ich keinen Zugang hatte, das ich nicht einmal verstehen konnte. Ich weiß, dass das Blödsinn ist, und ich

habe nie mehr die Möglichkeit gehabt, das richtigzustellen.« Ihre Stimme wurde leiser. Sie sprach nicht gern über den Selbstmord ihres Bruders. Wahrscheinlich, weil sie sich immer noch eine Teilschuld daran gab. Sie glaubte nicht daran, dass sie diese Schuld wirklich loswerden konnte. Sie erinnerte sich gut an den Tag, an dem ihr Bruder ihr mitgeteilt hatte, dass er schwul war. Sie war sprachlos gewesen und hatte ihn entsetzt angestarrt, hatte ihn angeschrien und war schließlich fortgelaufen. Ein paar Tage später hatte er sich erhängt.

Johanna verscheuchte die Gedanken und widmete sich wieder den Blumen, die sie ihrer Mutter mitgebracht hatte. Sie schnitt sie an und arrangierte sie in einer Krankenhausvase. Das hübsche bunte Gebilde stellte sie ihrer Mutter auf den Nachttisch.

»Wir haben zwar noch Winter, aber vielleicht bringt es dir ein wenig Frühling in das Zimmer.« Sie lächelte leicht. Das Verhältnis zu Gerda Jensen schien sich zu verändern. Sie standen sich nicht mehr wie Fremde gegenüber, sondern eher wie Menschen, die sich näher kennenlernen wollten. Ihre Mutter begegnete ihr mit einem offenen Blick, und Johanna war bereit einzugestehen, dass auch sie Fehler gemacht hatte. Sie hatte sich immer von ihrer Mutter zurückgezogen und hatte nie nach den Gründen für ihr Verhalten gefragt, das geprägt war von Bitterkeit und, wie sie nun langsam erkannte, auch von Trauer.

»Tja, und ich?« Gerda Jensen wandte den Blick ab und schaute auf die Blumen. »Ich habe doch tatsächlich geglaubt, er sage das nur aus Trotz, um mich zu ärgern. Sieh mal, ich wurde in einer Zeit erzogen, da bezeichnete man Homosexuelle als Menschen ›vom anderen Ufer‹. Und das auch nur hinter vorgehaltener Hand. Meine Eltern gaben sich betont tolerant, aber man sprach nicht weiter drüber, und man kannte schon gar niemanden, der so war. Ich bin damit groß geworden, mit dieser Art von Vorurteilen, und konnte sie nie ganz ablegen. Und dann kam heraus, dass mein eigener Sohn schwul war. Mein Gott, für mich brach eine Welt zusammen.«

Sie klatschte in die Hände und lachte leise. Sie schwieg einen Moment und legte die Hände an den Mund. »Als er sich umbrachte, war ich wie gelähmt. Aber sein Selbstmord hatte nichts mit seiner sexuellen Ausrichtung zu tun. Wusstest du das?«

Johanna sah ihre Mutter erstaunt an. »Nein. Ich dachte …«

»Nein«, Gerda Jensen schüttelte den Kopf. »Dein Bruder war schon lange in psychiatrischer Behandlung. Er war manisch-depressiv und nahm auch Medikamente. Niemand durfte davon wissen. Aber irgendwann, tja, da hat er es nicht mehr ausgehalten.«

Johanna ließ sich auf das Bett ihrer Mutter sinken. Sie erinnerte sich immer an einen lustigen Bruder, der sie mit seinen Scherzen aufzurichten versucht hatte. Wenn sie ehrlich war, hatte es aber auch Phasen gegeben, in denen er in sich gekehrt war und sich niemandem anvertraute. Aber sie war damals zu jung gewesen, als dass sie sich darum gekümmert oder Sorgen gemacht hätte.

»Und plötzlich waren nur noch wir beide da, und du entferntest dich immer weiter von mir, und wenn ich ehrlich bin, habe ich wohl auch nicht dagegengehalten. Du hast mir an allem die Schuld gegeben. An dem Tod deines Vaters, am Tod deines Bruders und an deinem Leben, das dir bereits damals eher wie ein Unglück vorkam.«

»Das hast du mir nie erzählt.«

»Hättest du es mir denn geglaubt?«

Johanna sah ihre Mutter an. Es hatte keinen Zweck zu lügen, Gerda Jensen hätte sie durchschaut.

»Nein, das hätte ich wohl nicht.«

Julika und Sven saßen zusammen und tranken einen Kaffee. Sie hatten es sich angewöhnt, sich im Laufe des Vormittags zusammenzufinden und sich einfach zu entspannen. In ihren Gesprächen ging es nicht nur um dienstliche Belange, immer öfter unterhielten sie sich über Filme, die sie gesehen, oder Restaurants, in denen sie gegessen hatten. Nur über ein Thema unterhielten sie sich nicht: Johanna.

Sven genoss zusehends diese Zusammenkünfte. Er hatte in Julika früher nur eine fähige Mitarbeiterin gesehen, die selbständig arbeiten konnte. Der letzte Fall, in dem sie beide in arge Bedrängnis geraten waren – Julika war einem wahnsinnigen Killer in die Hände gefallen, der eigentlich hinter Sven her gewesen war –, hatte sie ihm menschlich nähergebracht, und er sprach mit ihr über viele Dinge, die er sonst für sich behielt. Zwischen ihnen hatte sich fast eine freundschaftliche Beziehung entwickelt. Sie erzählte ihm gerade die neuesten Geschichten ihres Sohnes, als es

klopfte. Auf Svens Aufforderung hin betrat Frau Jungmann den Raum. Ihr Gesicht spiegelte ihre Überraschung wider.
»Herr Diekmann, bitte entschuldigen Sie, aber da sind zwei Männer vom BKA, die Sie sprechen wollen.«
»Hm.« Sven war nicht minder erstaunt als seine Vorzimmerdame. »Und was wollen die?«
Frau Jungmann zuckte mit den Schultern. »Keine Ahnung, das wollen sie Ihnen selbst sagen.«
Julika stand auf, um zu gehen, aber Sven forderte sie mit einer Handbewegung auf zu bleiben. Julika hielt in der Bewegung inne und setzte sich wieder.
Sven selbst stand auf und sah Frau Jungmann an. »Bitten Sie die Herren doch herein.«
Sie nickte zur Bestätigung und verschwand. Kurz darauf erschien sie mit zwei Männern im Schlepptau, die Sven augenblicklich an die *Men in Black* erinnerten. Er hatte schon öfter festgestellt, dass die Bundesbeamten wie uniformiert wirkten. Beide trugen dunkle Anzüge und Krawatten in gedeckten Farben. Während der eine, der ältere und kleinere der beiden, schwarze, auf Hochglanz polierte Schuhe trug, hatte der andere, ein großer, hagerer, junger Mann mit einem blonden Bürstenhaarschnitt, zu seinem ebenfalls dunklen Anzug braune Wildlederschuhe an. Er sah erbärmlich aus. Sven fühlte sich den beiden in seinen Jeans, den Boots und dem Rollkragenpullover haushoch überlegen.
»Guten Tag, meine Herren, mein Name ist Diekmann. Was kann ich für Sie tun?«
Der Ältere trat vor und fixierte Diekmann mit ernster Miene. Er hatte tatsächlich ein wenig Ähnlichkeit mit

Tommy Lee Jones. Den Dienstausweis zückend, stellte er sich und seinen Kollegen vor.
»Mein Name ist Kolding. Das«, er zeigte mit dem Daumen über seine Schulter, »ist mein Kollege Müller. Es geht um einen Ihrer Fälle, wir benötigen dringend Ihre Kooperation.«
Sven lud sie mit einer Handbewegung ein, sich zu setzen. In seiner Eigenschaft als Dienststellenleiter stand ihm außer einem großen Büro auch eine mehr oder weniger bequeme Sitzecke zu. Er warf Julika einen Blick zu, und sie verstand. Sie erhob sich von ihrem Stuhl und setzte sich dazu. »Darf ich vorstellen? Meine Stellvertreterin Frau Gebhardt. Kann ich Ihnen etwas zu trinken anbieten?«
»Nein, vielen Dank, wir haben nicht viel Zeit. Wir wollen noch heute nach Wiesbaden zurückkehren. Ich schlage vor, dass wir gleich zur Sache kommen.« Kolding saß am äußersten Sesselrand, als habe er Angst, dass er nicht mehr hochkäme, wenn er sich zurücklehnte. Seine Sitzhaltung wirkte verklemmt. Müller hatte sich bisher nicht geäußert. Er hielt den Blick starr auf seinen Kollegen gerichtet, der wahrscheinlich auch sein Vorgesetzter oder zumindest der Dienstältere von beiden war.
»Wie gesagt, es handelt sich um einen Ihrer Fälle, genauer, um den Fall Dabelstein Schrägstrich Kranz.«
Sven konnte sich ein Grinsen nicht verkneifen. Er fragte sich, ob der BKA-Mann jedes Komma mitsprechen würde. Kolding erwartete offenbar keine Reaktion, sondern fuhr fort.
»Wir möchten Sie bitten, uns die Beschuldigte Frau Kranz unverzüglich zu übergeben.«

Sowohl Julika als auch Sven sogen scharf die Luft ein. Unwillkürlich wechselten sie einen schnellen Blick. Sven bemühte sich, gleichmütig zu bleiben. Er überlegte sorgfältig, bevor er sprach. Seine Hände hielt er locker im Schoß gefaltet.
»Darf ich fragen, warum?«
»Dürfen Sie, aber ich bin leider nicht befugt, Ihnen nähere Auskünfte zu geben.«
»Sehen Sie«, Sven beugte sich ein wenig vor, »ich habe ein kleines Problem. Sie ist eine Tatverdächtige in einem Mordfall, und ich kann sie Ihnen nicht einfach übergeben. Es sei denn, Sie hätten einen Beschluss?«
Sven wusste, dass es keinen staatsanwaltlichen Beschluss gab, anderenfalls wären Pat und Patachon nicht bei ihm aufgetaucht. Die ganze Geschichte wurde immer dubioser.
»Herr Diekmann, Ihre Ermittlungen und Ihr Pflichtbewusstsein in allen Ehren, aber unsere Belange gehen vor. Wir sind eine Bundesbehörde.« Kolding bemühte sich um einen herablassenden Ton, allerdings war sein Ärger fast körperlich spürbar. Er wusste sehr wohl, dass er als Bundesbeamter unbeliebt war, aber im Allgemeinen flößte allein die Nennung seiner Dienststelle den nötigen Respekt ein. Es stellte sich die Frage, was ihn mehr ärgerte: Die Tatsache, dass man ihn hier nicht ernst nahm, oder die Tatsache, dass das in Gegenwart seines jungen Kollegen geschah.
»Das mag alles sein«, Sven nickte mit dem Kopf, »aber ich habe hier eine Mordermittlung zu führen, und die gedenke ich auch zu Ende zu bringen. Also beschaffen Sie mir einen Beschluss, dann können wir neu verhandeln. Bis dahin

wünsche ich Ihnen einen schönen Tag.« Er stand demonstrativ auf, um anzuzeigen, dass das Gespräch für ihn beendet war.
Kolding funkelte ihn böse an, stand aber ebenfalls auf.
»Sie machen einen großen Fehler, denn das wird Konsequenzen für Sie haben. Ich bekomme einen Beschluss vom Generalbundesanwalt, und zwar binnen einer Stunde.« Er schnippte mit den Fingern.
»Wie gesagt, wenn es so weit ist, sprechen wir uns wieder.«
Kolding wandte sich wütend um und ging. Dicht gefolgt von seinem jüngeren Kollegen, der wie ein Lakai wirkte.
Julika und Sven blieben staunend zurück. Julika fand als Erste die Sprache wieder.
»Ist der bescheuert?«
Sven schwieg einen Moment und holte dann tief Luft. »Julika, tun Sie mir einen Gefallen. Rufen Sie … SIE … an.«
Julika grinste breit.
»Sie meinen die, deren Name nicht genannt werden darf?«

Johanna und ihre Mutter hatten sich stillschweigend darauf geeinigt, das Thema Hannes fallenzulassen. Sie sprachen über die Rehamaßnahmen, die Gerda Jensen vorgeschlagen worden waren.
»Ganz ehrlich, ich habe keine Lust, mit alten Leuten in einer Klinik eingesperrt zu sein, die über nichts anderes reden als über ihre Krankheiten.«

Johanna musste lachen, als sie den unglücklichen Ausdruck auf dem Gesicht ihrer Mutter wahrnahm. Sie fühlte sich leicht und beschwingt, auch wenn sie wusste, dass das, was ihre Mutter und sie aufbauten, noch zerbrechlich war wie eine Meißner Porzellanschüssel.

»Ich glaube, da kann ich dich beruhigen. Es ist längst nicht mehr so, dass es nur alte Herzpatienten gibt. Ich würde mich nicht wundern, wenn du die Älteste in der Reha bist. Schließlich gehört es zum guten Ton erfolgreicher Jungmanager, einen Herzinfarkt zu erleiden, bevor sie 45 Jahre alt sind.«

»Und was meinst du? Wo soll ich hin?«

»Ich würde dir die Nordsee vorschlagen. Fahr nach Sylt, dann komme ich dich auch besuchen.«

Ihre Mutter sah sie lange an. »Würdest du das tun?«

Bevor Johanna antworten konnte, klingelte ihr Handy. Mit schlechtem Gewissen fischte sie es aus der Tasche. Eigentlich dürfte sie es im Krankenhaus überhaupt nicht eingeschaltet haben.

»Bitte entschuldige, Mutter.« Sie drückte auf den grünen Knopf und nahm das Gespräch an.

»Hallo?«

»Johanna, hier ist Julika. Ich muss unsere Verabredung absagen. Wir haben ein Problem.«

»Was für ein Problem?«

Mit Entsetzen hörte sie sich an, was Julika erzählte.

»Wie viel Zeit haben wir noch?«

Julika überlegte nicht lange.

»Eine Stunde.«

»Ich melde mich bei dir. Weiß Diekmann, dass du anrufst?«
Julika kicherte am anderen Ende der Leitung. »Du wirst es nicht glauben, aber er hat mich sogar darum gebeten.«
Johanna beendete das Gespräch und ließ ihr Telefon in die Tasche fallen.
»Mutter, es tut mir leid, aber …«
»Ich weiß schon, Kind.« Sie tätschelte ihrer Tochter die Hand. »Du musst gehen, aber halte mich auf dem Laufenden, in Ordnung? Und das mit Sylt überlege ich mir.«
Johanna dachte auf dem Weg zum Auto fieberhaft nach. Sie hatte keine Ahnung, wie sie vorgehen sollte, aber sie wusste sicher, dass sie Manuela Kranz nicht so ohne weiteres dem BKA ausliefern würde. Irgendetwas an der ganzen Geschichte störte sie. Zwar war ein prominenter Bürger der Stadt in diesen Mord verwickelt, aber das war noch lange kein Grund, dass sich das BKA einschaltete. Johanna sah auf ihre Uhr. Sie würde für die Fahrt zum Krankenhaus eine Stunde brauchen.
Während der Fahrt überlegte sie hin und her. Am meisten interessierte sie, warum Sven sie hatte anrufen lassen. Er hatte seit dem Vorfall vor ein paar Tagen kein Wort mehr mit ihr gesprochen, und da sie keinen Grund hatte, in seiner Dienststelle aufzutauchen, war sie ihm geflissentlich aus dem Weg gegangen. In der Vergangenheit hatte sich ihre Beziehung so weit normalisiert, dass sie sich mit Höflichkeit und Freundlichkeit begegnen konnten. Zumindest hatten sie eine Art Brainstorming über den jeweiligen Fall abgehalten, und Sven hatte zunehmend Interesse an ihrer Meinung bekundet. Als ihr das eine Mal in den Sinn kam,

als es mehr als das bloße Interesse an ihrer Meinung gewesen war, lief sie rot an. Sie verscheuchte den Gedanken sofort wieder. Zum einen war es ihr peinlich, und zweitens lenkte es sie von dem derzeitigen Problem ab.

Die Verkehrsverhältnisse schienen sich gegen sie verschworen zu haben. Das Treiben auf den Straßen war dicht, und obwohl es erst kurz vor Mittag war, kam sie nur sehr langsam voran. Ein Blick auf ihre Armbanduhr zeigte ihr, dass ihr die Zeit förmlich zwischen den Fingern zerrann. Wenigstens hatte der Regen, der die Stadt zu dieser Jahreszeit fast vierundzwanzig Stunden am Tag heimzusuchen pflegte, aufgehört. Es war jedoch einer dieser Tage, an dem es nicht richtig hell wurde, und Johanna schaute mit zusammengezogenen Brauen angestrengt auf die Straße. Mehr als einmal bewahrte sie die Umsichtigkeit eines anderen Verkehrsteilnehmers vor einem schweren Unfall. Sie atmete erleichtert auf, als sie die Stadt hinter sich ließ und auf der Landstraße anlangte, von wo aus es nur noch ein Katzensprung war. Mit quietschenden Reifen hielt sie vor dem Gebäude, in dem Manuela Kranz untergebracht war. Erst jetzt fiel ihr ein, dass Friedl Nachtdienst gehabt hatte und infolgedessen wahrscheinlich gar nicht im Dienst war. Das Herz rutschte ihr in die Hose. Aber egal, wenn sie schon mal hier war, musste sie es versuchen. In den letzten Minuten war eine Idee in ihr herangereift, die zwar vollkommen absurd und zudem kriminell war, aber sie sah keine andere Möglichkeit, um Manuela Kranz zu schützen. Ein Blick auf die Uhr zeigte ihr, dass sie keine Zeit zu verlieren hatte, und so stieg sie aus dem Wagen und hastete die Treppen hinauf,

bis sie keuchend vor der Stationstür stand. Sie hämmerte mit der Faust dagegen, und sofort kam eine Schwester mit verärgertem Gesicht angelaufen. Als sie Johanna erkannte, entspannten sich ihre Züge ein wenig.
»Frau Dr. Jensen. Ist etwas passiert?«
»Nein, ich muss nur Doktor Chrobok in einer wichtigen Angelegenheit sprechen. Ist er hier?«
»Sie haben Glück. Eigentlich hat er längst dienstfrei, aber er hatte noch ein paar Sachen aufzuarbeiten. Sie wissen doch, wo sein Büro ist, oder? Wir haben gerade Medikamentenausgabe, und da geht es ziemlich hoch her.«
»Ja, vielen Dank. Ich komme zurecht.«
Sie sah, wie die Schwester die Tür hinter ihr wieder abschloss und den Schlüssel einsteckte. Für das Vorhaben, das Johanna ins Auge gefasst hatte, ein herber Schlag.

Als Frau Jungmann in sein Büro geschneit kam, wirkte ihr Blick ein wenig missbilligend, und Sven fragte sich, ob er etwas angestellt hatte.
»Herr Makowiak möchte Sie sprechen.«
Noch bevor sie den Satz zu Ende gebracht hatte, schob sich der Leiter des LKA an ihr vorbei.
»Danke, Frau Jungmann.« Makowiak war dafür bekannt, dass er alle Mitarbeiter höflich behandelte und mit Namen ansprach, egal, welchen Platz in der Hierarchie sie einnahmen, denn schließlich, so betonte er immer wieder, waren sie alle auf derselben Seite.

Sven hatte sich von seinem Stuhl erhoben, aber Makowiak winkte ab.
»Bleiben Sie sitzen, ich will auch gar nicht lange stören.« Er schwang sich auf die Ecke des Schreibtisches und legte die Hände ineinander. Der ganze Mann schien vor Energie zu beben, und nichts tat er langsam. Auch nicht reden.
»Ich möchte Ihnen als Ermittlungsleiter etwas sagen, bevor Sie es von anderer Seite erfahren und sich wundern. Also, erst einmal möchte ich mich für unseren Innensenator entschuldigen. Der hat echt nicht alle unterm Pony. Aber das nur im Vertrauen.«
Sven kannte Makowiak noch nicht besonders gut, aber sein Ruf war ihm vorausgeeilt. So auch seine unverblümte Sprache und sein Mangel an Respekt gegenüber Vorgesetzten.
Sven lächelte. »Kein Problem. Ich bin an solche Spinner gewöhnt.«
Makowiak winkte ab. »Das ist auch nicht der eigentliche Grund, warum ich Sie aufgesucht habe. Der Knackpunkt ist, ich kenne Julius Hintze flüchtig, und zwar privat.«
»Ach?«
»Sein unseliger Schwiegersohn wohnt in meinem Dorf. Wir sind praktisch Nachbarn, und da unser Dorf nicht sehr groß ist, treffen wir uns leider öfter auf irgendwelchen Festivitäten. Tja, und das eine oder andere Mal ist dann eben auch unser lieber Innensenator dabei.«
»Das tut mir leid für Sie.«
»Ich sage das nur aus einem Grund: Wenn es rauskommt, und das wird es, dann sollen Sie nicht glauben, dass ich diesen Spinner mit irgendwelchen Informationen füttere,

alles klar?« Er stand auf und wandte sich zum Gehen. »Ich bin für absolute Offenheit. Übrigens, Ihre Retourkutsche war klasse.«
Bevor Sven reagieren konnte, hatte sein Chef schon die Tür aufgerissen und wäre fast mit Julika zusammengestoßen.
»Hallo, Frau Gebhardt.«
»Hallo, Herr Makowiak.«
Sie beobachtete noch, wie er durch das heilige Reich von Frau Jungmann stürmte, und wandte sich an Diekmann.
»Wie schafft er es, sich an alle Namen zu erinnern?«
»Gute Frage.« Er sah ihm abwesend hinterher.
»Chef, alles in Ordnung?«
»Hm.« Er erzählte ihr, was Makowiak gewollt hatte.
»Ist doch fair, oder nicht?«
Sven zog die Augenbrauen zusammen. »Ich weiß nicht. Ungewöhnlich ist es schon, oder?«
Dann schüttelte er den Kopf. »Ach was soll's. Und? Haben Sie sie erreicht?«
Julika konnte sich das Grinsen nicht verkneifen. »Meinen Sie Frau Dr. Jensen? Nein, ich habe sie nicht erreicht. Ihr Handy war ausgeschaltet, und zu Hause oder im Büro ist sie nicht.« Sie hatte ganz automatisch gelogen. Sie wusste zwar nicht warum oder wofür, aber sie wollte Johanna Zeit verschaffen.
»Verdammt.« Diekmann fuhr sich mit der Hand durchs Haar, und zwar so fest, dass Julika schon damit rechnete, ausgerissene Haarbüschel in seiner Hand zu sehen.
»Immer wenn man sie braucht, ist sie nicht da. Wenn sie aber die Letzte ist, die man sehen will, kommt sie daher und

bringt alles durcheinander.« Es schien, als wolle er von seiner Wut auf sie nicht abweichen und müsste sich das selbst immer wieder bekräftigen.

»Was wollten Sie denn überhaupt von ihr?«

»Das weiß ich auch nicht so genau. Eines ist jedenfalls klar. Irgendetwas stinkt hier ganz gewaltig. Alles ist dubios an dem Fall, und in dem Moment, in dem man denkt, dass es nicht mehr verworrener werden kann, taucht das BKA hier auf und bittet um Überstellung der Tatverdächtigen. Ich will der Sache auf den Grund gehen. Das kann ich aber nur, wenn die Kranz hierbleibt. Sowie das BKA sie hat, können wir unseren Fall vergessen.«

»Und was soll Frau Dr. Jensen da machen?«

»Was weiß ich? Es ist doch ihre Spezialität, Gutachten zu verfassen, mit denen sie anderen in die Parade fährt. Dann soll sie es dieses Mal für eine gute Sache tun. Aber das würde vermutlich gegen ihre Prinzipien verstoßen.« Den letzten Satz sagte er mehr zu sich selbst. Seine Stimmung war auf den Nullpunkt gesunken.

Er war wütend auf Johanna. Auch wenn er wusste, wie irrational es war, so konnte er sich nicht gegen dieses Gefühl wehren. Bei Johanna ging ihm jede Vernunft ab. Er schaffte es nicht einmal mehr, mit ihr zu sprechen, geschweige denn freundlich zu sein. Niemand anderes hatte es je geschafft, ihn emotional derart von einem Extrem ins andere zu katapultieren, und er spürte, dass er sich lächerlich damit machte. Er erkannte, dass Julika das Hickhack zwischen ihm und Johanna königlich amüsierte. Wahrscheinlich ging es dem Rest der Dienststelle genauso. Wenn er daran dachte,

was sich zwischen ihm und Johanna vor ein paar Monaten abgespielt hatte, konnte er kaum glauben, welcher Teufel ihn da geritten hatte. Er verscheuchte den Gedanken, indem er mit der flachen Hand fest auf den Tisch schlug.
»Versuchen Sie weiter, sie zu erreichen. Wir brauchen sie ausnahmsweise dringend.«

Andrea war frustriert. Sie war Journalistin, trotzdem hatte sie das Pferd von hinten aufgezäumt. Zumindest kam es ihr so vor. Sie hatte sich darauf versteift, dass die aktuellen Ereignisse etwas mit Manuelas Vergangenheit zu tun haben mussten, ohne sich mit der Gegenwart zu beschäftigen.
Natürlich war ein Motiv, das in früherer Zeit angesiedelt war, nicht auszuschließen, aber erst einmal musste sie genügend Informationen über alle Beteiligten sammeln.
Sie zweifelte eigentlich nicht an der Aufrichtigkeit von Schmittke. Er hatte keinen Hehl aus seiner früheren Beziehung zu Manuela gemacht, und wäre er erpresst worden, aus welchem Grund auch immer, wäre er kaum so offen gewesen.
Nein, Andrea würde diese Spur zwar nicht endgültig aus den Augen verlieren, aber sie würde sie erst einmal ruhen lassen.
Sie dankte den Segnungen des Internets; so musste sie sich nicht, wie in früheren Zeiten, in das Archiv einer Zeitung begeben, sie würde sich einfach zu Hause vor ihren Rechner setzen und Nachforschungen betreiben.

Ein Blick durchs Fenster bestätigte sie in ihrer Entscheidung. Zwar schien es im Augenblick nicht zu regnen, aber das hatte nichts zu bedeuten. Die Wolken jagten einander über den Himmel wie Kinder, die Fangen spielten. Der Wind hatte aufgefrischt und wuchs sich zu einem Sturm aus. Eigentlich war es zu früh für einen Frühjahrssturm, aber die Jahreszeiten waren in den vergangenen Jahren ohnehin unberechenbar geworden.

Eingemummelt in Schlafanzug und Wolldecke, mit einem dampfenden Becher Tee vor sich, fuhr sie ihren Rechner hoch.

Sie gab in ihre Lieblingssuchmaschine die Namen des Ehepaares Kranz ein und merkte schon bald, dass sie auf jeden Fall den ganzen Vormittag brauchen würde, um all die Einträge durchzugehen.

Sie begann chronologisch, mit den ersten Berichten über die neue Frau an Karl-Heinz Kranz' Seite. Immer öfter tauchte Manuela auf. Zuerst schüchtern, mit zunehmenden Auftritten in der Öffentlichkeit sicherer und souveräner, nicht nur im Umgang mit der Presse. Sie wurde mit jedem Mal eleganter, das Lächeln professioneller. Es war eine Romanze wie aus dem Bilderbuch. Die Hochzeit in einer kleinen Kirche in Nienstedten, dort heiratete alles, was Rang und Namen hatte, danach die Hochzeitsreise. Bisher war alles recht unspektakulär.

Daraufhin hatte, wie Lisa gesagt hatte, die frischgebackene Frau Kranz ihren Beruf aufgegeben und sich nur mehr wohltätigen Zwecken gewidmet. Zuerst hatte sie sich für ein Projekt eingesetzt, bei dem Obdachlose ohne große

Formalitäten für eine Nacht aufgenommen werden konnten. Sie bekamen, wenn nötig, frische Kleider und etwas Warmes zu essen. Manuela kümmerte sich um Kinder aus sozial schwachen Familien und setzte sich verstärkt für die Babyklappe ein. Sie saß in mehreren Komitees und organisierte Wohltätigkeitsveranstaltungen.

Kurz, sie tat all das, was eine prominente Hanseatin eben tat. Wer hier in der besseren Gesellschaft bestehen wollte, musste nicht nur den richtigen Tennisclub besuchen oder das neueste Auto fahren, nein, er musste sich für die engagieren, die nicht vom Glück begünstigt waren.

Manuela Kranz lernte schnell.

Unterbrochen wurden die Berichte über ihre Aktivitäten von denen ihrer gesellschaftlichen Verpflichtungen. So besuchte sie mit ihrem Mann verschiedene Bälle, und immer wieder sah man sie mit den Honoratioren der Stadt. Ihr Mann und der spätere Innensenator spielten miteinander Golf, der Bürgermeister wurde beim Essen mit Karl-Heinz Kranz gesehen. Und über allem schwebte der Erfolg des Gatten.

Etwa vor zwei Jahren begannen sich Kleinigkeiten zu verändern, das Ehepaar Kranz war mittlerweile drei Jahre verheiratet. Man sah die beiden nicht mehr regelmäßig zusammen. Bei Wohltätigkeitsveranstaltungen, deren Schirmherrschaft Manuela Kranz innehatte, fehlte plötzlich der Gatte, bei festlichen Galadiners, die Karl-Heinz Kranz besuchte, tauchte er ohne seine Ehefrau auf. Man begann zu spekulieren, ob es in der Ehe kriselte. Trennungsgerüchte wurden dementiert, man munkelte, dass Karl-Heinz

Kranz eine Scheidung zu teuer zu stehen käme, die Presse wandte sich irgendwann anderen Themen zu. Knapp ein Jahr später schien es um den beruflichen Erfolg des Baulöwen nicht mehr allzu gut bestellt. Auf einer seiner Baustellen wurden illegal arbeitende Ausländer entdeckt, und er wurde zu einer empfindlichen Geldstrafe verurteilt. Es war der Anfang vom Ende. Seine Baufirma fuhr nur noch Verluste ein. Ein riesiger Bürokomplex, den er am Ende der Reeperbahn errichtet hatte, stand leer. Niemand konnte sich die horrenden Mieten leisten. Schließlich musste das Gebäude weit unter Wert verkauft werden. Der Erlös deckte nicht einmal die Baukosten. Andere Projekte, wie zum Beispiel ein Ärztehaus, entsprachen nicht den neuesten Brandschutzbestimmungen und mussten für viel Geld umgebaut werden. Auch diese Kosten konnte Karl-Heinz Kranz nicht mehr ausgleichen. In dieser Zeit zeigte sich das Ehepaar wieder öfter gemeinsam. Man schien in dieser harten Zeit zueinanderzustehen, trotz allem verstummten die Trennungsgerüchte nie ganz. Als sich dann bei einem seiner sanierten Altbauten eine nicht zugelassene Fassadenverkleidung löste und einen seiner Arbeiter schwer verletzte, drohte eine Millionenklage.

Karl-Heinz Kranz stand vor dem beruflichen Aus. Von Konkurrenten verhöhnt und von der Presse totgeglaubt, war er vor einem halben Jahr wiederauferstanden wie Phönix aus der Asche. Er bekam den Zuschlag für ein stadteigenes Projekt und mehrere Aufträge von Privatinvestoren.

Kranz war über Nacht saniert.

Andrea druckte sich die wichtigsten Artikel aus und schal-

tete den Rechner ab. Alles schien recht dubios, aber nichts erklärte einen Mord oder die Tatsache, dass Manuela darin verstrickt war.
So kam sie nicht weiter. Es musste andere Möglichkeiten geben. Vielleicht war es an der Zeit, Karl-Heinz Kranz kennenzulernen.

»Du willst was?« Friedl sah Johanna entsetzt an. Er registrierte ihr erhitztes Gesicht und ihre offene Jacke. Sie trug eine elegante blaue Hose mit einem passenden Kaschmirpullover. Die Haare hatte sie im Nacken zusammengebunden, aber eine Strähne hatte sich gelöst und fiel ihr ins Gesicht. Sie pustete sie ständig weg. Fast hätte er ihr die Haare eigenhändig hinter das Ohr geklemmt. Trotz ihrer Aufmachung wirkte sie seltsam derangiert. Und er konnte kaum glauben, was er da hörte.
»Du willst sie hier rausschaffen? Bist du wahnsinnig? Wie willst du das denn machen?«
»Dafür brauche ich deine Hilfe.«
»Meine Hilfe?« Er hatte die Hände mit den Handflächen nach oben erhoben, als wolle er Gott anbeten. »Dafür kann ich meinen Job verlieren.«
»Nur wenn es jemand erfährt. Aber es muss ja niemand wissen, oder?«
Er versuchte es auf einem anderen Weg. »Johanna, jetzt setz dich erst einmal und beruhige dich. Es muss eine andere Möglichkeit geben.«

Johanna schob die Hände in ihre Jackentasche und schüttelte den Kopf wie ein trotziges Kind. »Gibt es nicht, glaube mir. Die werden sie hier wegschaffen. Selbst die Polizei versteht nicht, warum sich das BKA für Manuela Kranz interessiert. Hier ist etwas Ungeheuerliches im Gang, und wir können nicht tatenlos zusehen.«

»Wir?« Friedl hatte die Augenbrauen hochgezogen. Jede Müdigkeit war aus seinem Gesicht verschwunden. Man konnte ihm ansehen, dass er Johanna für komplett übergeschnappt hielt.

»Also gut, ich. Aber ohne deine Hilfe geht es nicht. Schließ mir nur die Tür auf und lass uns raus. Wenn es herauskommt, kannst du doch einfach sagen, ich hätte dir den Schlüssel geklaut, oder dass sie im allgemeinen Trubel der Medikamentenausgabe verschwunden ist. Bitte!« Sie hatte die Handflächen aneinandergelegt. Es wirkte, als wolle sie als Nächstes auf die Knie sinken.

Friedl ließ sich entnervt auf einen Hocker fallen. Er stützte sein Kinn auf eine Hand und dachte nach. Johanna war klug genug, nicht weiter in ihn zu dringen, und hielt den Mund. Sie wusste genau, was sie von ihm verlangte, aber ihr fiel einfach nichts Besseres ein.

Sie wagte nicht, daran zu denken, was Sven sagen würde, wenn er erfuhr, was sie getan hatte, und sie zweifelte keinen Moment daran, dass er sie wegen Fluchthilfe drankriegen und alles daransetzen würde, sie ins Gefängnis zu bringen. Sie schüttelte kurz den Kopf, um die Gedanken zu verscheuchen. Es galt jetzt an wichtigere Dinge zu denken.

»Und wohin willst du sie bringen?« Friedl kam augenscheinlich ins Wanken.
»Erst einmal zu einer Freundin von mir, wo sie keiner suchen wird. Dann überlegen wir weiter.«
Er lächelte gequält. »So ganz ausgereift ist dein Plan nicht gerade, oder?«
Wieder schwieg sie. Obwohl sie ungeduldig war, beherrschte sie sich. Ein falsches Wort, und Friedl würde ihr seine Hilfe versagen. Er holte plötzlich seinen Schlüsselbund aus der Tasche und fummelte einen Schlüssel ab.
»Hier«, er reichte ihr den Schlüssel, »den nimmst du. Damit verlasst ihr die Station. Unten an der Tür ist ein Briefkasten, dort wirfst du den Schlüssel wieder rein. In ein paar Minuten gehe ich runter und hole mir den Schlüssel, klar? Ich muss verhindern, dass hier irgendjemand in Verdacht gerät. Wenn wir alle unsere Schlüssel vorweisen können und euch niemand sieht, können sie uns gar nichts anhaben. Außerdem kommen Schlampereien oft genug vor.«
»Und wie schaffen wir es, dass wir nicht gesehen werden?«
»Ich bleibe auf dem Flur und sehe, ob die Luft rein ist. Wenn alles okay ist, klopfe ich kurz. Ihr verlasst das Zimmer und geht zügig zum Ausgang. Es ist Medikamentenausgabe, da wird sie eine Zeit lang niemand vermissen. Aber es muss schnell gehen. Sie hat keine Zeit zum Packen und darf nichts mitnehmen. Dann sieht es wenigstens im ersten Moment so aus, als sei die Sache nicht geplant gewesen, sondern ganz spontan passiert. Hast du verstanden?«

Johanna nickte. Ihr schlug schon jetzt das Herz bis zum Hals.
Er blickte sie noch einmal zweifelnd an. »Ich hab' was gut bei dir. Also, los jetzt.«
Johanna ließ den Schlüssel in ihre Jackentasche gleiten und folgte Friedl auf den Flur. Während Johanna in Manuelas Zimmer verschwand, blieb er draußen.
Sie wusste, noch konnte sie zurück. In dem Moment, in dem sie den Schlüssel benutzen würde, wären die Würfel gefallen.
Dann wäre auch sie auf der Flucht.

Maischner war von seiner Hamburger Kollegin sehr angetan. Es hatte ihm Spaß gemacht, wo er doch im Allgemeinen Aufträge, die ihn quer durch die Republik führten, verabscheute. Die Polizeien der Länder waren nicht besonders kooperativ, und er wurde meist behandelt wie die ungeliebte Tante, die nur deswegen geduldet wurde, weil man sich ein ansehnliches Erbe erhoffte. Nur, dass er nichts zu verteilen hatte, sondern meist die Fäden in der Hand hielt und anderen sagen musste, was sie zu tun hatten. In Julika Gebhardt hatte er jedoch eine Ebenbürtige gefunden, die nichts dagegen hatte, ein wenig Unterstützung zu bekommen. Sie war an ihre Grenzen gestoßen und wäre in diesem Fall nicht weitergekommen. Sie schien einer fruchtbaren Zusammenarbeit nicht abgeneigt zu sein. Und er auch nicht.

Dennoch gab es kaum einen Ansatzpunkt, und daher beschloss er, das Handelsregister aufzusuchen, in dem alle Firmen und Gesellschaften, die sich niederließen, angemeldet werden mussten. Diese Abteilung war dem Amtsgericht in Hamburg unterstellt. Wenngleich er sich nicht viel davon versprach, hoffte er, dass die Kollegen, die er vor Monaten um eine Überprüfung gebeten hatte, eine Kleinigkeit, die ihm weiterhalf, übersehen hatten.
Mit Hilfe seines Dienstausweises kostete es ihn keine Mühe, an die Akten zu kommen. Er blätterte sie durch. Alles, was hier stand, kannte er bereits aus dem Bericht der Kollegen. Die Firma war pflichtgemäß beim Handelsregister angemeldet worden, und der Name des Geschäftsführers war der des Drogensüchtigen, von dem sich mittlerweile keine Auskünfte mehr einholen ließen. Derselbe Junge hatte bei der Bank ein Konto eröffnet und sofort eine Bareinzahlung vorgenommen. Die für die GmbH notwendige Mindesteinlage von 25 000 Euro, die beim Amtsgericht allerdings nicht nachgewiesen werden musste, wurde ebenfalls bar eingezahlt. Der Einzahler nannte sich Hans Müller. Eine Überprüfung durch die Kollegen hatte seinerzeit ergeben, dass es zwar diverse Hans Müllers in Hamburg gab, aber keinem von ihnen konnte eine Verbindung zu dem Jungen oder der Scheinfirma nachgewiesen werden. Maischner zweifelte nicht an dem Wahrheitsgehalt dieser Angaben. Und trotzdem musste es etwas geben, das er übersah. Etwas Offensichtliches.
Noch einmal ging er die Akte durch. Blatt für Blatt.
Plötzlich stutzte er.

Er konnte kaum fassen, dass es selbst ihm fast entgangen war. Aber nur fast.

Manuela Kranz lag mit einem Buch aus der Krankenhausbibliothek auf dem Bett. Das Lesen half ihr, ruhiger zu werden. Sie vermutete, dass sie auch früher schon gern gelesen hatte, denn sie merkte, wie sie in die Geschichte eintauchte. Es war eine historische Liebesgeschichte aus dem 18. Jahrhundert, und fast glaubte sie, das Hufgetrappel der Pferde und das Knarren der Kutschen zu hören, als plötzlich die Tür aufging.

»Frau Dr. Jensen. Wie nett, dass Sie kommen, aber mir geht es wirklich gut.«

»Hören Sie mir gut zu.«

Erst jetzt bemerkte Manuela Kranz, wie aufgeregt Johanna Jensen aussah. Ihr Blick wirkte gehetzt, und eine Ader an ihrem Hals pochte, als wolle sie gleich platzen. Augenblicklich war sie alarmiert.

»Was ist passiert?« Sie schwang die Beine vom Bett und legte das Buch beiseite. Sie begann zu zittern.

»Also …« Die Psychologin schien sich nur mit Mühe zu beherrschen. Sie sah ständig über die Schulter, als befürchte sie, dass unverhofft hinter ihr jemand auftauchte. »Sie ziehen jetzt Jacke und Schuhe an und folgen mir. Sie tun genau, was ich sage. Ich erkläre Ihnen alles später. Sie nehmen nichts mit. Keine Handtasche, keine Toilettenartikel nichts. Klar?«

Manuela nickte.
»Gut. Also, ziehen Sie sich an. Wenn ich sage ›jetzt‹, gehen wir gemeinsam raus und zum Ausgang. Sowie wir draußen sind, laufen wir zu meinem Wagen. Haben Sie mich verstanden?«
Manuela nickte erneut. Mit fliegenden Fingern zog sie sich ihre Schuhe an und griff nach ihrer Jacke. Ihre Hände waren feucht und eiskalt. Johannas Aufregung hatte sich auf sie übertragen. Als sie angezogen war, stellte sie sich neben die Psychologin, die an der Tür horchte. Einen Augenblick später klopfte es einmal kurz. Johanna öffnete die Tür und spähte hinaus.
»Los jetzt«, zischte sie. Sie zog Manuela am Ärmel hinter sich her, und beide liefen über einen leeren Flur. Ein paar Patienten am anderen Ende des Flures standen mit dem Rücken zu ihnen und unterhielten sich. Vom Pflegepersonal oder den Ärzten war niemand zu sehen.
Sie bewegten sich zügig Richtung Ausgang, und zu Manuelas Verwunderung zog Dr. Jensen einen Schlüssel aus der Tasche. Bei dem Versuch, ihn in das Schlüsselloch zu schieben, entglitt er ihren Fingern. Sie fluchte leise und bückte sich, um den Schlüssel aufzuheben. Dabei sah Manuela, dass die Frau genauso wie sie zitterte. Schon hörte sie die Stimme einer der Schwestern näher kommen, als Johanna den Schlüssel wieder in der Hand hatte, ins Schloss schob und die Tür öffnete. Sie drückte sie leise ins Schloss, und als die Schwester um die Ecke bog, verschwanden sie gerade in dem Gang, der zum Treppenhaus führte.
Johanna zog Manuela noch immer am Ärmel hinter sich

her, sie flogen förmlich die Treppen hinunter. Als sie das Gebäude verließen, hielt Dr. Jensen einen Moment inne, zog den Schlüssel aus der Tasche und warf ihn in den Briefkasten.

»Hier entlang.«

Sie hatte ihren Ärmel losgelassen und strebte einem Auto zu, das in der Nähe stand. Sie schloss auf und schob Manuela auf den Rücksitz. Sie warf die Tür zu und setzte sich selbst hinter das Steuer.

»Tun Sie mir einen Gefallen, Frau Kranz, bleiben Sie so lange unten, bis ich Ihnen sage, dass Sie wieder hochkommen können, okay?«

»Okay.« Manuela wagte kaum zu sprechen. Alles, was sie bisher erlebt hatte, war ein Alptraum gewesen, und es hatte nicht den Anschein, als würde sie jemals daraus erwachen.

Sie fuhren los, und Frau Dr. Jensen telefonierte. Manuela wusste zwar nicht mit wem, aber es ging eindeutig um sie. Sie sprach mit einer Julika, und man wollte sich irgendwo treffen. Schließlich beendete sie das Gespräch und wandte sich an Manuela.

»Ich weiß, das muss Ihnen alles merkwürdig vorkommen, aber glauben Sie mir, auch ich bin keine gewohnheitsmäßige Fluchthelferin. Frau Kranz, gibt es irgendetwas, woran Sie sich erinnern?«

»Nein, ich kann Ihnen nicht helfen.«

»Sie sollen nicht mir helfen, sondern sich selbst. Heute ist das Bundeskriminalamt bei der Polizei aufgetaucht und hat um Ihre Auslieferung gebeten.«

Manuela mochte einiges vergessen haben, eigentlich ihr ganzes Leben, aber sie wusste, was das BKA war.
»Was wollen die von mir?« Ihr Hals fühlte sich plötzlich trocken an, und sie hatte Mühe zu sprechen.
»Wenn wir das wüssten, wäre uns allen wohler, aber man hat uns keine Auskunft gegeben.«
»Sie bringen sich in Schwierigkeiten, nicht wahr?«
»Ich fürchte, das ist noch gelinde ausgedrückt.«

»Herr Diekmann, hier ist ein Fax vom Generalbundesanwalt. Ich habe die Faxnummer überprüft. Das Fax ist authentisch. Außerdem habe ich dort angerufen, um den Empfang zu bestätigen.«
In dem Gesicht der pflichtbewussten Frau Jungmann zuckte kein Muskel. Es schien, als telefoniere sie jeden Tag mit der Generalbundesanwaltschaft.
»Außerdem meldet die Präsidiumswache, dass die beiden Herren vom BKA auf Sie warten.«
»Holen Sie mir Frau Gebhardt, und dann lassen Sie die beiden Clowns hochkommen.«
Diekmann nahm das Fax, das ihm Frau Jungmann gereicht hatte, und überflog es. Darin stand, dass er Manuela Kranz sofort an das BKA zu überstellen hatte.
»Scheiße.« Er warf das Schreiben auf den Tisch und trat gegen seinen Stuhl.
»Schlechte Nachrichten?« Julika kam mit verschränkten Armen ins Zimmer.

»Wir müssen Manuela Kranz herausrücken. Haben Sie Johanna erreicht?«
»Nein, tut mir leid.«
Es klopfte, und Sven hob den Blick. Pat und Patachon standen wieder in der Tür. Dieses Mal mit einem unübersehbar triumphierenden Lächeln auf den Gesichtern.
»Ich sehe«, Kolding zeigte auf das Fax, das auf dem Schreibtisch lag, »Sie haben bereits Kenntnis. Dürfte ich Sie jetzt bitten, uns zu Frau Kranz zu führen?«
Svens Kiefer mahlten. Er hatte die Hände in die Hosentaschen geschoben.
»Ja, sicher. Julika, suchen Sie bitte die Anschrift der Klinik heraus.«
»Klar, Chef.« Julika wollte gerade den Raum verlassen, als ihr Handy klingelte.
»Hallo?«
»Julika, hier ist Johanna.«
Julika warf automatisch einen Blick auf ihren Chef und verließ das Zimmer. In ihrem Büro schloss sie die Tür hinter sich.
»Johanna, wo bist du?«
»Irgendwo zwischen Bargteheide und Hamburg. Hör zu, ich habe Manuela Kranz.«
»DU HAST WAS?« Julika glaubte, sich verhört zu haben.
»Ich habe Manuela Kranz aus der Klinik geholt. Ich weiß aber nicht, wohin, zum Teufel.«
»Oh mein Gott.« Julika nahm das Telefon vom Ohr und hielt die Sprechmuschel mit einer Hand zu. Sie musste erst einmal tief Luft holen. Ihre Gedanken rasten, und sie er-

kannte, dass auch sie Schuld an all dem hatte. Was würde Diekmann sagen?
Sie nahm das Gespräch wieder auf.
»Ich fürchte, du hast uns in ganz schöne Schwierigkeiten gebracht. Das BKA ist hier, und wir müssen sie ausliefern. Okay, okay, bring sie zu mir nach Hause. Ich rufe meine Mutter an und sag ihr Bescheid. Ihr rührt euch da nicht weg, bevor ich da bin, okay? Ich muss jetzt wieder rein. Auf keinen Fall dürfen Diekmann oder das BKA das jetzt schon erfahren. Auf diese Weise gewinnen wir etwas Zeit.«
Ohne sich zu verabschieden, legte sie auf und ging zurück in Diekmanns Büro.

Johanna fuhr bei der nächsten Gelegenheit rechts ran. Sie war schweißnass, und ihr Pulli klebte ihr unangenehm und kalt am Körper. Ihr stieg Schweißgeruch in die Nase.
»Kommen Sie, Frau Kranz, setzen Sie sich zu mir nach vorne. Hier auf der Straße fällt es zu sehr auf, wenn eine Frau zusammengekauert auf dem Rücksitz eines Wagens liegt. Der nächste Streifenwagen würde uns anhalten.«
Sie beobachtete im Rückspiegel, wie Manuela Kranz sich aufrichtete und einen Blick nach draußen warf. Dann öffnete sie die Tür, stieg aus und schlüpfte schnell auf den Beifahrersitz.
»Und was machen wir jetzt? Wird man nicht bald nach mir fahnden?«
»Ich hoffe, das dauert noch einen Moment. Zumindest so

lange, bis wir für Sie ein sicheres Versteck gefunden haben.«
Johannas Gedanken überschlugen sich. Zwar war es von Julika mehr als zuvorkommend, sie und Manuela erst einmal bei sich zu verstecken, aber das konnte Johanna nicht annehmen. Wenn herauskäme, dass Julika eine flüchtige mutmaßliche Mörderin bei sich versteckte, verlor sie nicht nur ihren Job, sondern wanderte auch noch ins Gefängnis. Nein, das konnte sie nicht zulassen. Julika hatte zu viel zu verlieren.
Plötzlich fiel es ihr ein. Andrea. Sie war von Manuelas Unschuld überzeugt und konnte mit Sicherheit helfen. Mit fliegenden Händen holte Johanna ihr Handy aus der Tasche und wählte Andreas Nummer. Sie hoffte, dass sie Andrea erreichte, denn sonst müsste sie Manuela mit zu sich nehmen, und das wäre der erste Ort, an dem Sven nach ihr suchen würde.
Andrea war sofort am Telefon. »Hallo?«
»Andrea, hier ist Johanna. Ich brauche deine Hilfe.«
Andrea kicherte am anderen Ende. »Was ist los? Du hörst dich an, als würdest du von Furien gehetzt.«
»So ähnlich. Ich habe Manuela Kranz aus der Klinik geholt und weiß ehrlich gesagt nicht so genau, wo ich jetzt mit ihr hin soll.«
»Aus der Klinik geholt?« Für einen Moment schwieg Andrea. Als sie den Sinn der Worte begriff, sog sie scharf die Luft ein. »Großer Gott, du bist mit ihr abgehauen.«
»Äh, ja.« Immer mehr kam Johanna zu Bewusstsein, worauf sie sich eingelassen hatte. Fast wünschte sie sich, dass sie alles

rückgängig machen könnte, aber dafür war es jetzt zu spät. Sie konnte nur versuchen, das Beste daraus zu machen.
Andrea hatte sich schnell wieder gefangen.
»Kein Problem. Ihr kommt sofort her. Ich öffne die Tiefgarage, dann kannst du reinfahren. Wenn du unten reinkommst, biegst du gleich um die Ecke und fährst bis zum Ende durch. Der letzte Platz, direkt an der Wand, ist meiner. Wenn du dich ganz dicht an meinen Wagen stellst, müsste es gehen, ohne dass du jemanden behinderst, klar?«
Andrea wohnte im Stadtteil Harvestehude in der Krugkoppel, unweit des ägyptischen Konsulates. Eine nicht ganz billige Gegend, in der Parkplätze absolute Mangelware waren. Daher hatte sich Andrea, als sie in einen der Neubauten einzog, gleich einen Garagenstellplatz gemietet. Johanna dankte ihrem Schöpfer auf Knien dafür.
»Johanna? Wie lange brauchst du?«
»Keine Ahnung. Ich fahre gerade durch Norderstedt. Ich schätze mal, noch eine Stunde.«
»Ruf kurz vorher an. Ich bereite dann alles vor.«
Es begann leicht zu nieseln, und Johanna war dankbar dafür. Die Menschen versuchten, schnell ins Trockene zu kommen, auch Polizisten machten da keine Ausnahme. Johanna wusste nicht, ob das Verschwinden von Manuela Kranz schon publik war; in dem Fall würde man mit Sicherheit auch nach ihr, Johanna, Ausschau halten. Sie erhoffte sich ein wenig Schutz von dem Regen. Allerdings sagte ihr der Verstand, dass etwaige Verfolger sich nicht von ein wenig Regen aufhalten lassen würden, wenn es galt, eine flüchtige mutmaßliche Mörderin einzufangen.

Schließlich erreichten sie den Kreisverkehr am Klosterstern. Sie nahm die Ausfahrt Harvestehuder Weg, und fünf Minuten später bogen sie nach links in die Krugkoppel ein. Johanna hatte kurz vorher angerufen und fand das Tor zur Tiefgarage, wie versprochen, offen vor.
Durch das Treppenhaus gelangten sie ins Wohnhaus, und kurz darauf standen sie in Andreas Wohnung. Als Andrea die Tür hinter ihnen schloss, atmete Johanna erleichtert aus. Langsam fiel die Anspannung von ihr ab.
»Hallo, meine Liebe.« Andrea nahm sie in den Arm und drückte sie innig. »Du machst ja Sachen.« Dann löste sie sich von ihr und streckte Johannas Begleitung lächelnd die Hand hin.
»Hallo, Manuela. Schön, dich wiederzusehen.«
Manuela Kranz reichte ihr ebenfalls die Hand. »Es hört sich so an, als würden wir uns kennen.«
»Das tun wir auch. Zwar haben wir uns seit deiner Hochzeit nicht mehr gesehen, aber ja, wir kannten uns recht gut.«
»Es tut mir leid ...« Manuela hob entschuldigend die Schultern. Johanna war sich nicht sicher, wofür sie sich entschuldigte, ob für die Tatsache, dass sie Andrea nicht wiedererkannte, oder dafür, dass sie ihr solche Umstände bereitete.
Andrea wandte sich wieder ihrer Freundin zu.
»Hat sie Sachen dabei?« Typisch Andrea. Ihr praktisches Denken gewann schnell die Oberhand.
»Nein«, Johanna schüttelte den Kopf. »Wir hielten es für das Beste, es nach einer spontanen Flucht aussehen zu lassen und nicht wie eine von langer Hand geplante Operation.«

Andrea kicherte. »Davon kann ja wohl ohnehin nicht die Rede sein, oder?«

Julika war erleichtert, dass Diekmann mit den Herren vom BKA allein zu dem Krankenhaus gefahren war. Sie wusste nicht recht, ob sie Überraschung heucheln könnte, wenn herauskam, dass Manuela Kranz nicht mehr dort war. Außerdem hatte sie mit ihrem Fall genug um die Ohren. Zwar wusste sie nun, wer die Tote war und in welche Machenschaften sie verstrickt war, aber das brachte sie dem Täter auch nicht näher.

Als das Telefon in ihrem Büro klingelte, zuckte sie zusammen, doch ein Blick auf die Uhr zeigte ihr, dass es unmöglich schon Diekmann mit den, zumindest für ihn, neuesten Nachrichten sein konnte. Sie holte tief Luft, um ihre gesteigerte Herzfrequenz zu beruhigen, und nahm ab.

»Mordkommission, Gebhardt.«

»Hallo, Frau Gebhardt. Hier ist Bernd Maischner.«

Unwillkürlich musste sie lächeln, auch wenn sie sich nicht eingestand, wie sehr sie sich über seinen Anruf freute.

»Hallo, Herr Maischner.«

»Sagen Sie, Frau Gebhardt, könnten wir uns vielleicht treffen? Ich glaube, ich habe eine Spur gefunden, die uns weiterbringt.«

»Wirklich?« Für einen Moment kam Unmut in Julika auf. Da kam ein Polizist von außerhalb und erledigte ihre eigenen Aufgaben. Aber gleich darauf verflog ihr Ärger, denn

schließlich zogen sie alle am selben Strang, und jede Spur könnte sie weiterbringen. Egal, wer die Fährte aufgenommen hatte.
»Frau Gebhardt?«
»Ja, entschuldigen Sie, ich war in Gedanken. Wir können uns natürlich treffen.«
»Wie wäre es zum Mittagessen? Ich weiß, es ist noch ein bisschen früh, aber wir könnten erst reden und dann essen. Was halten Sie davon?«
Unwillkürlich blickte Julika an sich herunter, und fast machte sie sich Sorgen, nicht angemessen gekleidet zu sein, aber das war idiotisch. Schließlich war es ein dienstliches Treffen, und es konnte ihr schnuppe sein, was er von ihr und ihrer Aufmachung dachte.
»Klar. Haben Sie einen Vorschlag?«
»Ich habe gehört, dass man am Grindel, wo immer das ist, sehr gut türkisch essen kann. Mögen Sie türkisch?«
»Keine Ahnung.« Julika lachte. »Aber ich würde es gern ausprobieren. Soll ich Sie abholen?«
»Nein, das ist nett, aber ich habe mir eine Wochenkarte vom HVV gekauft. Ich finde es spannend, durch fremde Städte zu ziehen, mir die Leute anzuschauen und mich hemmungslos zu verlaufen.« Er lachte ebenfalls. »Also, in einer halben Stunde? Schaffe ich das? Das Lokal heißt Arkadasch.«
Julika kannte es dem Namen nach. Sie war schon öfter daran vorbeigefahren. »Von Ihrem Hotel aus? Das müsste zu schaffen sein. Auf jeden Fall warte ich auf Sie.«
Sie war heilfroh, aus der Dienststelle verschwinden zu kön-

nen. So wäre sie nicht da, wenn ihr Chef wutschnaubend zurückkam und Vergeltung gegen Johanna forderte.
Sie ging kurz in den Waschraum, um ihr Make-up zu richten. Johanna hatte sie dazu überredet, sich ein wenig zu schminken, was auch ihrer Mutter und ihrem Sohn sehr gut gefiel. Dann schnappte sie sich ihre Jacke und machte sich aus dem Staub.
Sie kannte annähernd jeden Schleichweg in Hamburg, und kaum fünfzehn Minuten später saß sie an einem kleinen Tisch in einer Ecke des Lokals. Hier waren sie relativ ungestört.
Kurz nach ihr traf Maischner ein. Er trug Jeans, klobige Stiefel sowie ein Sweatshirt, unter dem ein T-Shirt hervorlugte. Sein Bauchansatz war kaum wahrnehmbar. Als er so in der Tür stand, sich nach ihr umsah und sich dabei langsam aus seiner dicken Daunenjacke schälte, fing Julikas Herz zu klopfen an. Als er sie entdeckte, winkte er lachend und kam schnurstracks an den Tisch.
»Sie sehen, ich komme schon gut mit Bus und Bahn zurecht. Warten Sie schon lange?«
Sie schüttelte den Kopf. Maischner hängte seine Jacke über die Stuhllehne, und noch während er sich setzte, gab er dem Kellner ein Zeichen. Dann wandte er sich an Julika.
»Trinken Sie ein Glas Wein mit mir?«
»Was? Mitten am Tag? Ich bin im Dienst.«
Maischner nickte lächelnd. »Gut gebrüllt, Löwe. Also?«
Julika war mit ihrem Privatwagen hier. Wenn sich die Besprechung länger hinzöge, brauchte sie gar nicht mehr in die Dienststelle zurück. Sie konnte sagen, dass sie auf Er-

mittlungen gewesen sei, was ja auch stimmte, und von dort aus direkt Feierabend gemacht habe.
Es war nicht so, dass sie vor Diekmann Angst hatte, beileibe nicht, dafür kannte sie ihn zu gut, sie hatte nur Sorge, dass sie sich verplapperte.
Fast übermütig traf sie eine Entscheidung. »Ja, warum eigentlich nicht?« Und sie kam sich ein wenig verrucht dabei vor.
Als der Kellner kam, bestellte Maischner. Zumindest hoffte Julika das, denn er redete in einem unverständlichen Kauderwelsch, sie vermutete, dass es sich dabei um Türkisch handelte, auf den Kellner ein und unterstrich das Ganze mit ausladenden Gesten. Der Kellner strahlte und eilte davon.
»Sie können Türkisch?« Blöde Frage, aber es war zu spät, sie zurückzunehmen.
»Ja, ich war eine Zeit lang in der Türkei stationiert. Waren Sie einmal in der Türkei?«
»Nein, bisher nicht. Ich fahre mit meinem Sohn meist an die Ostsee.«
»Sie haben einen Sohn?«
»Ja, er wird diesen Sommer eingeschult.« Der Kellner kam und unterbrach das Gespräch. Sie beschloss, das Thema zu wechseln.
»Und was haben Sie nun herausgefunden?«
Für einen Moment fixierte er sie mit seinen grauen Augen, dann zog er aus der Innentasche seiner Jacke ein paar gefaltete Papierbogen.
»Ich war heute im Handelsregister, um mir noch einmal die Unterlagen über die Firma, von der ich Ihnen erzählt

habe, anzusehen. Und dabei ist mir etwas aufgefallen, das die Kollegen übersehen haben.«

Es gefiel ihr, dass er ›die Kollegen‹ und nicht ›Ihre Kollegen‹ sagte.

»Und das wäre?«

»Unsere lieben Täter mussten keine neue Firma gründen. Sie haben einfach einen Firmenmantel gekauft.« Er lächelte triumphierend. Julikas Lächeln fiel etwas verkrampft aus. Sie hatte keine Ahnung, wovon er sprach.

»Kennen Sie sich in Firmen- und Gesellschaftsrecht aus?« Seine Frage war freundlich. Er gab ihr nicht das Gefühl, ein Vollidiot zu sein.

»Ehrlich gesagt, nein.«

»Macht nichts. Dafür können Sie nach einer Leichenschau essen und ich nicht. Also, ich gebe Ihnen eine kleine Einführung. Bei unserer Firma handelte es sich um eine GmbH. Wissen Sie, was eine GmbH ist?«

»Gesellschaft mit beschränkter Haftung.« Julika war stolz wie eine Erstklässlerin, die einen neuen Buchstaben ohne Hilfe benennen konnte.

»Genau. So eine GmbH hat Gesellschafter, die jeweils eine Mindesteinlage im Gesamtwert von 25 000 Euro in die Firma einbringen müssen. In welcher Form ist egal. Entweder als Geld- oder Sacheinlage. Und, und das ist entscheidend, sie müssen es nicht nachweisen. Das heißt, wenn sie behaupten, sie bringen in ihre Firma Büromöbel oder Fahrzeuge im Wert von 25 000 Euro ein, so genügt das. Diese Einlage gründet das Firmenvermögen. Und das ist das Vermögen, mit dem die Firma haftet, zum Beispiel im Fall eines

Konkurses. Das bedeutet, bei einer Pleite haftet jeder Gesellschafter nur mit dem, was er eingebracht hat. Und wenn es nur 100 Euro sind. Wenn man aber so eine Firma gründet, dann kann das Monate dauern. Bis dahin ist es eine ›GmbH in Gründung‹. Wenn man dieses Verfahren abkürzen möchte, kauft man einen Firmenmantel. Können Sie mir so weit folgen?«
Julika nickte.
Maischner hob sein Glas. »Sagen Sie, Frau Gebhardt, wie alt sind Sie?«
»Bitte?« Julika hatte ihr Glas ebenfalls erhoben, aufgrund des plötzlichen Themenwechsels fiel es ihr jedoch fast aus der Hand.
»Wie alt sind Sie?«
»Ich bin 38 Jahre alt.«
»Fein.« Er nickte zufrieden. »Ich bin 40. Damit kann ich Ihnen das Du anbieten, da ich der Ältere bin und damit die Etikette erfülle. Wenn Sie nichts dagegen haben: Mein Name ist Bernd.«
Sie musste lachen. »Ich bin Julika.«
Sie prosteten sich zu, tranken einen Schluck und stellten ihre Gläser wieder ab.
Bernd Maischner holte tief Luft und fuhr fort. »Also, es gibt Vermittler, meist Notare, die haben sich auf den Handel mit Firmenmänteln spezialisiert. Diese Leute gründen also eine GmbH und erfüllen alle Voraussetzungen.« Er zählte es an den Fingern ab. »Mindesteinlage, Gesellschafter et cetera. Meist tragen sie sich selbst als Geschäftsführer ein. Das machen sie nicht nur einmal, sondern mehrere Male.

Oft tragen diese Firmen Namen wie ›1. Verwaltungsgesellschaft‹ oder so ähnlich. Und die verkaufen sie. Das Einzige, was der Käufer machen muss, ist, einen neuen Gesellschaftervertrag aufzusetzen. Darin wird festgeschrieben, wer die Gesellschafter sind und wer der Geschäftsführer. Also derjenige, der die Firma nach außen hin vertritt und auch vor dem Gesetz für die Firma verantwortlich ist. Diese Änderung beim Handelsregister nimmt höchstens drei Wochen in Anspruch. Das ist also wesentlich schneller, als eine neue GmbH zu gründen.«

»Aber das kostet, oder?«

»Sicher. Zuerst einmal muss der Käufer die Mindesteinlage an den Verkäufer zahlen sowie eine Provision. Die liegt, zumindest bei seriösen Vermittlungen, bei circa zehn Prozent der Mindesteinlage, also 2500 Euro.«

»Und bei nicht seriösen?«

»Da muss etwa das Doppelte der Mindesteinlage berappt werden, also 50 000 Euro.«

Julika pfiff durch die Zähne. »Nicht schlecht. Aber was hat das mit unserem Fall zu tun?«

»In unserem Fall hat es eine Umwandlung oder auch Umfirmierung gegeben. Die Gesellschaft wurde von einem Notar gegründet und trug den Namen ›36. Verwaltungsgesellschaft‹. Den Namen ›Hotel und Gastronomie Service GmbH‹ bekam sie erst später, und zwar mit unserem Drogensüchtigen als Geschäftsführer. Es wurde ein neuer Gesellschaftervertrag bei demselben Notar aufgesetzt, der die Vorgängergesellschaft gegründet hatte, und das war's.«

»Und wie heißt der Notar?«

»Wolfgang Schieferdecker.«

Julika zuckte mit den Schultern. »Sagt mir nichts. Insofern kann ich Ihnen … dir«, sie lächelte entschuldigend, »auch nicht sagen, ob er seriös ist. An ihn herantreten können wir auch nicht. Denn erstens wird er uns keine Auskunft erteilen aufgrund seines Aussageverweigerungsrechtes, und zweitens: wenn er unseriös ist, scheuchen wir das ganze Netzwerk auf.«

»So sehe ich das auch.«

»Was hast du also vor?«

»Wie wäre es mit einer kleinen Observation?«

Julika dachte nach. »Du willst sehen, mit wem er Kontakt hat?«

»Der einzige Weg, wie mir scheint.«

»Also gut. Überstunden kann ich immer brauchen.«

Er griente. »Und was sagt dein Mann dazu?«

Sie griente zurück. »Ich bin Witwe.«

»Ich bin also eine ehemalige Nutte mit Eheproblemen.« Jetzt, wo Manuela Kranz nicht mehr in der Klinik war, schien sie aufzublühen. Sie war nicht mehr so blass, und an ihrer Bemerkung erkannte Johanna, dass sie über eine Portion Humor verfügte.

Andrea lachte. »Nein und ja. Zwar hattest du wohl Eheprobleme, aber eine Nutte warst du nicht. Das ist so gut wie sicher.«

Die drei saßen zusammen und tauschten sich aus über das,

was sie bisher herausgefunden hatten. Allerdings konnten sie die wichtigen Dinge nicht klären, da sie immer noch keine Ahnung hatten, wer Dabelstein gewesen war und was Manuela mit ihm zu schaffen hatte.
Nach ungefähr einer Stunde verabschiedete sich Johanna und fuhr nach Hause. Sie war körperlich und geistig erschöpft und wollte nur noch ins Bett.
Zu Hause angekommen, blieb sie einen Augenblick im Flur stehen und ließ ihren Kopf kreisen. Der Nacken war verspannt, und sie spürte die ersten Vorboten von Kopfschmerzen. Sie wollte sich gerade die Jacke ausziehen, als es Sturm klingelte. Unwillkürlich trat sie einen Schritt beiseite, als habe sie Angst, dass der Besucher durch die geschlossene Tür in ihre Wohnung platzen würde.
Sie warf einen schnellen Blick auf ihre Uhr. Es war gerade sechzehn Uhr, und sie erwog schon, sich nicht zu rühren, als es an ihre Wohnungstür hämmerte.
»Johanna, mach auf. Ich weiß, dass du da drin bist. Wenn du nicht sofort aufmachst, breche ich deine Tür auf.«
Sie wusste, dass Sven Ernst machen würde mit seiner Drohung, und holte tief Luft. Sie trat an die Tür und öffnete. Sven stand vor ihr, die Faust erhoben, um erneut gegen ihre Tür zu hämmern. Sein grimmiger Gesichtsausdruck sprach Bände, und sie trat zurück. Er folgte ihr und warf, als er im Flur stand, die Tür hinter sich ins Schloss.
»Wo ist sie?« Sein Ton klang drohend, und sie fragte sich, ob er wirklich so weit gehen würde, sie zu schlagen. Zumindest war sie mutig genug, als Antwort nur die Augenbrauen zu heben.

»Wo ist sie?« Jetzt schrie er.
Sie wandte sich betont gelassen um und ging in ihr Wohnzimmer. Sie wollte Distanz zwischen sich und Sven schaffen. Allerdings zitterte sie, ihr war alles andere als wohl.
»Wer?«
»Johanna, zwing mich nicht, die Antwort aus dir herauszuprügeln, und glaube mir, ich hätte keinerlei Hemmung. Also?«
Plötzlich ging eine merkwürdige Veränderung in ihm vor. Von einem auf den anderen Moment schien seine maßlose Wut verraucht zu sein, und er atmete laut aus.
»Versteh mich nicht falsch. Zwar billige ich deine Vorgehensweise nicht, aber genau genommen sehe ich jetzt im Nachhinein keine andere Möglichkeit, diesem verdammten Fall auf die Spur zu kommen.«
»Bitte?« Johanna glaubte, sich verhört zu haben. Fassungslos und mit weit offen stehendem Mund ließ sie sich auf den nächstbesten Sessel fallen.
Sven fuhr sich in seiner charakteristischen Weise durchs Haar und warf sich in den Sessel ihr gegenüber. Er schien sich einen Moment lang sammeln zu müssen, und als er sich vorbeugte, die Hände locker zwischen den Knien baumelnd, hatte er sich wieder im Griff.
»Das BKA will sie haben, aber ich gehe mal davon aus, dass du das weißt, sonst hättest du ihr nicht zur Flucht verholfen. Woher wusstest du überhaupt vom BKA?« Bevor sie antworten konnte, fuhr er schon fort. »Ach richtig, ich hatte Julika ja gebeten, dich anzurufen, allerdings hat sie behauptet, dich nicht erreicht zu haben.«

»Julika hat mit der Sache nichts zu tun.«

»Das habe ich auch nicht angenommen. Warum sie mich allerdings angelogen und behauptet hat, dich nicht erreicht zu haben, weiß ich nicht.«

»Ich habe sie darum gebeten.«

Sven lächelte ein wenig. »Das glaube ich nicht. Als du es von ihr erfahren hast, konntest du noch keinen Plan haben. Egal. Also, noch einmal: Wo ist Manuela Kranz?«

Johanna zögerte. »Das kann ich dir nicht sagen.«

Sven stöhnte auf und vergrub sein Gesicht in den Händen. »Weiber.«

Langsam hob er das Gesicht und sah Johanna eindringlich in die Augen.

»Ich glaube, du hast keinen Schimmer, in welchen Schwierigkeiten du steckst, meine Liebe. Mir kann man die Flucht von Kranz nicht anlasten, aber dir. Sie ist auf deine Veranlassung hin und auf deine Verantwortung in die Psychiatrie gekommen, und sie ist, kurz nachdem man dich dort gesichtet hat, verschwunden.«

»Aber beweisen kann man mir gar nichts. Oder hat irgendjemand gesehen, wie ich mit ihr verschwunden bin?«

»Nein, das nicht, aber das wird auch gar nicht nötig sein. Du bist dort heute Morgen sehr aufgeregt erschienen, und kurz danach war sie verschwunden. Und wenn das BKA Beweise braucht, dann werden die lieben Kollegen der Bundespolizei kurzerhand dein Auto beschlagnahmen und es kriminaltechnisch untersuchen lassen, und ich bin sicher, sie werden mindestens ein Haar von Manuela Kranz finden. Glaub mir, dann gehst du in den Bau.«

Johanna wurde blass. Daran hatte sie noch gar nicht gedacht. Sie schluckte trocken und warf einen Blick zur Tür, als befürchte sie, dass die Vertreter der Bundesbehörde dort bereits auf sie warteten.

»Wir werden es so machen: Ich helfe dir, und du erzählst mir, was du weißt. Einverstanden?« Seine Stimme klang ungewöhnlich sanft, aber Johanna ließ sich nicht täuschen. Er schien sie mit einem begriffsstutzigen Kind zu verwechseln, dem ins Gewissen geredet werden musste. Sie nickte.

»Bist du denn sicher, dass Manuela Kranz uns nichts vorspielt?«

»So sicher, wie man nur sein kann in so einem Fall. Sie müsste schon eine verdammt gute Schauspielerin sein. Hat das BKA denn überhaupt keine Begründung gegeben?«

»Nein, das ist es ja, was mich so stutzig macht. Sie haben um Überstellung gebeten, und das kann so ziemlich alles bedeuten. Diese Jungs nehmen sich ziemlich wichtig und halten es nicht für nötig, sich zu offenbaren. Die tun so geheim, ich glaube, die kennen ihre eigenen Namen nicht. Kannst du irgendetwas beisteuern?«

»Wir haben ein bisschen …«

»Wir?« Sven zog die Augenbrauen hoch und fixierte sie. Sie seufzte. So wie es aussah, war sie ihm in die Falle getappt. »Ja, wir.«

»Lass mich mal raten, wer *wir* ist.« Er legte einen Finger an die Nase und schaute zur Decke, als würde er angestrengt überlegen. »Könnte das *wir* vielleicht eine gewisse Journalistin einschließen?« Plötzlich flammte wieder Ärger in ihm auf. »Herrgott, Johanna, bist du völlig übergeschnappt?

Hast du etwa die halbe Stadt mit in diese Geschichte hineingezogen?«
Johanna hob hilflos die Arme. Dabei fiel ihr auf, dass sie noch immer ihre Jacke trug.
»Was sollte ich denn machen?«
»Vielleicht erst einmal mit mir sprechen, anstatt so eigenmächtig zu handeln?«
»Mit dir sprechen?« Jetzt war Johanna verärgert. »Das habe ich ja zu Anfang versucht, aber du warst so heiß auf eine schnelle Lösung des Falles und wolltest nichts hören.«
»Weil es aufgrund der Beweislage so aussah, als wäre die Täterschaft klar.«
»Du bist so ein sturer Hund. Mit dir ist überhaupt nicht zu reden.«
»Ach? Wirklich? Du bist doch immer auf deinem Ich-weiß-alles-besser-als-du-Trip. Du siehst in jedem nur das Opfer. Jedes Mal, wenn du auftauchst, bringst du mich oder andere oder dich selbst in Schwierigkeiten. Ist dir das mal aufgefallen?«
»Ich habe oft genug recht. Ist *dir* das mal aufgefallen?«
Mittlerweile standen sie sich gegenüber. Johanna, die Fäuste in die Hüften gestemmt, Sven, wild gestikulierend.
»Schluss jetzt. So kommen wir nicht weiter. Gib mir deine Autoschlüssel.« Er streckte die Hand aus.
»Wozu?«
»Gib mir deine verdammten Autoschlüssel.« Er begann, die Geduld zu verlieren.
Sie hob ihre Tasche auf und kramte darin herum. Als sie den Schlüsselbund gefunden hatte, drückte sie ihn ihm in

die Hand. Sven fummelte den Autoschlüssel ab und gab ihr die übrigen Schlüssel zurück.
»Hier. Wenn dich jemand fragt, dann ist dein Wagen seit gestern in der Werkstatt, klar? Und zwar bei der Firma Timmermann in Altona. Hast du mich verstanden?«
»Und weswegen?«
»Meine Güte, lass dir was einfallen. Du hast komische Geräusche gehört. Irgend so etwas. Mach auf blöde Blondine. Meinen Wagen lass ich hier, und wenn ich wiederkomme, sagst du mir, wo Manuela Kranz ist. Und, Johanna?«
»Ja?«
Er hielt ihr den ausgestreckten Zeigefinger vor die Nase. »Keine Tricks.«
Als die Tür hinter ihm ins Schloss fiel, ließ sich Johanna wieder in ihren Sessel plumpsen. Irgendwie war ihr jetzt um Längen wohler.

»Sie wollten mich sprechen?« Matthias hatte nahezu lautlos das Zimmer betreten.
»Ja, in der Tat. Haben Sie mit Kranz gesprochen?«
Sein Chef sprach leise. Er hatte sich in seinem Stuhl zurückgelehnt und starrte seinen Untergebenen an. Um diese Jahreszeit wurde es früh dunkel, und auch wenn der Frühling nahte, zumindest kalendarisch, war das Zimmer in winterliches Dämmerlicht getaucht. Wie üblich brannte nur die Schreibtischlampe, und in deren Schein wirkte das Gesicht des Alten fahl. Die Linien um seinen Mund wa-

ren tiefer geworden. Der Mann schien vor Matthias' Augen zu altern. Waren es schlechte Nachrichten oder einfach nur die Tatsache, dass er mit seinem Körper Raubbau betrieb? Matthias verzog angeekelt das Gesicht. Nichts hasste er mehr, als wenn man sich gehenließ. Er selbst achtete auf eine ausgewogene Ernährung, und er trieb viel Sport. Ein Muss in seinem Beruf.

»Ja, das habe ich.«

»Und?«

»Ich glaube, er wird spuren, wenigstens für einige Zeit, weil er Angst hat, aber er ist ein Schwächling, und letztlich werden ihn seine Nerven im Stich lassen.«

»Ich habe nichts anderes erwartet. Andererseits brauchen wir ihn eigentlich auch nicht mehr. Was kümmern uns da seine Nerven?«

»Soll ich etwas veranlassen?«

»Nein, noch nicht.« Der Chef hatte die Hände hinter dem Nacken verschränkt und biss auf seiner Unterlippe herum. »Was ist mit der anderen Sache?«

»Das entwickelt sich nicht unbedingt planmäßig. Ein Interpol-Mann ist aufgetaucht.«

»Ja, ich weiß.« Der Mann hinter dem Schreibtisch nickte. Dabei drehte er sich unaufhörlich in seinem Stuhl hin und her. »Soweit mir bekannt ist, kennen sie jetzt auch die Identität der Nutte. Wissen Sie, mit wem er Kontakt hat? Diekmann hat diese Aufgabe delegiert, nicht wahr?«

»Seine Stellvertreterin Julika Gebhardt. Aber sie ist keine große Gefahr.«

»Und der Mann von Interpol?«

»Bernd Maischner. Er hat sich bisher nur für die Firma interessiert, die wir bereits aufgelöst haben. Auch er stochert nur herum.«
Für einige Minuten herrschte Schweigen. Matthias vernahm nur das Knarren des sich unaufhörlich hin- und herdrehenden Stuhles. Er wartete geduldig. Er wusste, der Alte hatte noch etwas zu sagen.
»Wussten Sie, Matthias, dass das BKA in der Stadt ist?«
»Nein, das war mir unbekannt.« Er ärgerte sich. Schließlich war es seine Aufgabe, alles zu wissen. Über etwas nicht informiert zu sein bedeutete, angreifbar zu sein.
»Sie sind auch erst ein paar Stunden in der Stadt, also kein Grund zur Aufregung.«
»Was wollen sie?«
»Manuela Kranz.«
»Warum? Was bedeutet das für uns?«
»Warum? Darüber denke ich nicht nach, weil es für uns keine Bedeutung mehr hat.«
Matthias war verwirrt. Wahrscheinlich wusste der Alte nicht mehr, was er sprach.
»Wie soll ich das verstehen?«
»Manuela Kranz ist verschwunden.«
»Verschwunden?« Matthias kam sich vor, als sei er wochenlang nicht in der Stadt gewesen. Anders ließ sich seine Unwissenheit kaum erklären.
»Diese Psychologin hat ihr anscheinend zur Flucht verholfen. Finden Sie raus, wo die Kranz sich aufhält, und teilen Sie es mir mit. Dann können wir das Kapitel Kranz ganz abschließen.«

Er wusste nicht, worüber er sich mehr ärgerte. Darüber, dass es zum Teil auch seine Schuld war oder dass Johanna mal wieder ihre Finger im Spiel hatte. Allerdings war es die Sache fast wert gewesen, als er die Gesichter von Pat und Patachon gesehen hatte. Das eine vor Wut verzerrt, das andere verständnislos.

Als sie zu dritt in das Krankenhaus kamen, war Sven merkwürdigerweise keineswegs verwundert, dass Manuela Kranz nicht in ihrem Zimmer war, und vom ersten Moment bezweifelte er, dass sie überhaupt noch auf dem Krankenhausgelände war.

Die Tatsache, dass die Patientin nirgends aufzufinden war, verursachte heilloses Chaos beim Pflegepersonal. Die Oberschwester rang die Hände, der diensthabende Arzt stammelte, und alle anderen taten so, als ginge es sie überhaupt nichts an. Keiner konnte es sich erklären, schließlich war die Station Tag und Nacht verschlossen, und einen Schlüssel vermisste auch niemand.

Der behandelnde Arzt Doktor Chrobok, der die vergangene Nacht Dienst gehabt hatte, wurde aus seinem wohlverdienten Schlaf gerissen und befragt. Da er eine Wohnung auf dem Gelände hatte, mussten die drei Polizisten nicht weit gehen. Er blinzelte sie aus kurzsichtigen Augen wütend an und suchte, noch verschlafen, seine Brille.

Auch er könne sich das Verschwinden der Manuela Kranz nicht erklären, und ja, er bestätigte die Angabe einer der Schwestern, dass Johanna Jensen kurz vor dem Verschwinden der Patientin auf der Station gewesen sei. Nein, sie sei keineswegs aufgeregt gewesen, die diensthabende Schwester müsse einem Wahrnehmungsfehler zum Opfer gefallen sein, man habe sich vielmehr über die weitergehenden Therapiemaßnahmen unterhalten, schließlich sei Manuela Kranz auf dem Wege der Besserung. Ein leichtes Flackern, das genauso schnell wieder verschwand, wie es aufgetaucht war, überzeugte Sven davon, dass er log, zumindest in Teilen. Er bat den Arzt nachzusehen, ob all seine Schlüssel vorhanden seien, und bemerkte eine gewisse Erleichterung in den Zügen des Mannes, der eilfertig seinen Schlüsselbund hervorkramte.

Und da wusste Sven, dass Johanna ihn wieder einmal getäuscht hatte. Mit Hilfe dieses Mediziners.

Die BKA-Männer Kolding und Müller zogen unverrichteter Dinge ab, wenngleich sie wütend Konsequenzen androhten. Sven wusch seine Hände in Unschuld, er war von Anfang an gegen eine Verlegung der Verdächtigen in ein Krankenhaus gewesen. Den beiden Bundespolizisten war auch klar, dass man Frau Dr. Jensen eine Fluchthilfe nicht nachweisen konnte, weil sich kein Zeuge fand, der gesehen hatte, dass sie zusammen mit Manuela Kranz das Krankenhaus verlassen hatte.

Übereinstimmend sagten alle Bediensteten, dass man zwar wusste, dass die Psychologin im Hause gewesen sei, um mit Doktor Chrobok zu sprechen, niemand hatte sie jedoch wieder gehen sehen, so wie auch niemand mitbekommen hatte, dass Manuela Kranz verschwand.

Auf der Rückfahrt herrschte eisiges Schweigen, und die beiden vorgeführten Polizisten verließen die Dienststelle, ohne sich mit Sven über weitere Maßnahmen auszutau-

schen. Er ging davon aus, dass die beiden erst einmal Kontakt zu ihrer Behörde aufnehmen würden, natürlich streng geheim, um sich danach ein Hotelzimmer zu suchen.
Sven selbst machte sich auf die Suche nach Julika, musste allerdings erfahren, dass sie sich auf Ermittlungen befand und aufgrund der vorgerückten Stunde nicht mehr in der Dienststelle erwartet wurde. Sie hatte ihren Privatwagen genommen.
Er konnte sich denken, warum.
Also blieb nur eines: Er suchte Johanna auf.
Sie hatte ihn noch nie anlügen können, und als er ihr ins Gesicht sah, wusste er, was er wissen musste. Zumindest teilweise, denn sie erzählte ihm nicht, wo Manuela Kranz war.
Im Grunde hatte auch er erkannt, dass hier irgendetwas nicht mit rechten Dingen zuging, aber die Art und Weise, wie Johanna mit derartigen Krisen umging, brachte ihn immer wieder in Wut. Dieses Mal hatte sie sich in ernsthafte Schwierigkeiten gebracht.
Und was machte er? Sven konnte es selbst nicht fassen. Er brachte Johannas Wagen zu einem Bekannten, der ihm einen Gefallen schuldig war, und stiftete ihn an, im Ernstfall eine Falschaussage zu machen und zu behaupten, dass das Fahrzeug die vergangenen Tage in seiner Obhut gewesen war. Natürlich würde Sven ihn bitten, ihn so zu säubern, dass keine Spuren mehr zu finden wären.
Er schüttelte den Kopf. Was er hier tat, war kriminell, und wenn es herauskam, könnte er sich einen Job als Straßenfeger suchen. Er wollte gar nicht darüber nachdenken, warum er es tat.

Sein Leben war kompliziert genug, und wenn er eines während seiner kurzen Haft begriffen hatte, dann, dass von heute auf morgen alles vorbei sein konnte. Aber eigentlich hatte er vorgehabt, verschiedene Dinge in seinem Leben zu klären und sich nicht mehr Ärger aufzuladen. Noch dazu für Johanna. Er schüttelte noch einmal den Kopf. Er war wirklich mit dem Klammerbeutel gepudert.

Endlich bog er auf den Hof der Werkstatt ein und stieg aus.

Nachdem er das Fahrzeug abgeschlossen hatte, ging er auf die große Halle zu.

»Jupp? Bist du da?«

10

»Guten Morgen, Chef.« Julika stand in Svens Büro und lächelte ihn unbefangen an. Er hob langsam den Kopf.
»Guten Morgen, Julika.« Er lächelte zurück, dennoch war Vorsicht geboten, das wusste sie.
»Und? Wie waren Ihre Ermittlungen gestern? Erfolgreich?«
»Ja, ich glaube, dass wir in dem Fall der toten Frau weiterkommen.«
Er nickte, und dabei presste er die Lippen fest zusammen. »Dann sind Sie weiter als ich.«
Julika wusste, worauf er hinauswollte. Es war das Beste, den Stier bei den Hörnern zu packen und ehrlich zu sein.
»Chef, es tut mir leid, aber …«
Er stand auf und kam um seinen Schreibtisch herum. »Sie müssen sich nicht entschuldigen. Wie ist das gestern abgelaufen?«
Julika holte tief Luft. »Ich habe Johanna Jensen, als Sie mich darum baten, angerufen und sie auch erreicht.«
Er hatte die Stirn in Falten gezogen und sah seine Mitarbeiterin ruhig an. »Und warum haben Sie mir das nicht erzählt? Warum haben Sie mir nicht gesagt, dass Sie mit ihr gesprochen haben?«
Julika zuckte ein wenig hilflos mit den Schultern. »Das hört sich zwar blöd an, aber ich habe versucht, ihr etwas Zeit zu verschaffen. Ich konnte ja nicht wissen, was sie vorhatte.

Ich dachte, sie würde versuchen, beim Richter zu intervenieren.«

Sven nickte und begann, im Zimmer auf und ab zu gehen. »Und wann haben Sie erfahren, dass sie sich mit Manuela Kranz aus dem Staub gemacht hat?«

»Als die Leute vom BKA hier waren.«

Sven nickte erneut.

»Sie hätten es mir sagen müssen.«

»Ich weiß.« Julikas Stimme war ruhig. »Aber ehrlich gesagt, war ich ein wenig geschockt und wusste nicht recht, was ich tun sollte. Ich habe ihr sogar angeboten, Manuela Kranz erst einmal bei mir zu Hause unterzubringen.«

Sven blieb abrupt stehen.

»Sind Sie wahnsinnig? Das kann Sie in Teufels Küche bringen.«

»Das hat Johanna auch festgestellt und sie deswegen woanders untergebracht.«

Sven breitete die Hände aus und sah seine Mitarbeiterin fragend an. »Was ist los mit Ihnen? Sie sind doch sonst immer so besonnen, und jetzt spielen Sie Cowboy und Indianer?«

»Sie haben doch selbst gesagt, an der Geschichte ist was faul …«

»Ich habe aber nicht gesagt: ›Gehen Sie hin und betreiben Sie Fluchthilfe.‹ Aber gut«, er blieb stehen und sah Julika an. »Jetzt ist es nun einmal geschehen, und wir werden abwarten.«

Julika sah ihn verblüfft an. »Was soll das heißen?«

»Das ist doch ziemlich einfach, oder? Entweder Johanna hat

einer Mörderin zur Flucht verholfen, dann müssen wir versuchen, sie wieder einzufangen, oder Johanna hatte recht, und jemand will der Frau etwas anhängen. In dem Fall wird das diesen jemand aufschrecken, und er wird zu drastischen Maßnahmen greifen. Egal was passiert, wir müssen sehen, dass wir uns hinter die Sache klemmen und sie aufklären. Und das möglichst, ohne dass das BKA eingebunden wird. Wobei das verflucht schwierig sein wird, aber bauen wir einfach auf die ermittlungstechnische Unfähigkeit dieser Jungs.«

»Sie werden die Ermittlungen an sich reißen.«

»Sollen sie. Wir werden sie nicht daran hindern. Nebenher gehen wir unseren eigenen Weg.«

Er wandte sich um und ging ans Fenster. Der Tag hatte außergewöhnlich schön begonnnen. Der blassblaue Himmel hatte einen klaren Wintertag versprochen, mit einem Hauch von Frühling, aber jetzt zogen wieder dicke Wolken auf, und der nächste Regenguss würde nicht lange auf sich warten lassen.

»Und wie läuft es in der Sache mit der toten Kollegin vom Elbstrand? Wie war doch gleich ihr Name?«

»Amelia Raschkowa.«

»Richtig. Sie sagten, Sie sind weitergekommen?«

Julika erzählte ihm, was Bernd Maischner herausgefunden hatte.

»Der Mann scheint ziemlich fähig zu sein. Der Notar heißt Wolfgang Schieferdecker?«

Julika nickte. »Ich habe nichts über ihn finden können.«

Sven schüttelte den Kopf. »Mir sagt der Name auch nichts.

Es ist ja nicht illegal, mit Firmenmänteln zu handeln. Es sei denn, er weiß, für welchen Zweck diese Firmen gekauft werden.«

»Dafür gibt es keine Hinweise.«

»Und wir können ihn auch nicht dahingehend überprüfen. Wenn wir uns irren, gibt das einen Riesenskandal. Was hat der Kollege von Interpol vor?«

Julika erzählte ihm von der Observation.

»Und wann soll es losgehen?«

»Er sagt mir Bescheid. Er wollte erst ein paar Dinge klären.«

»Sie wissen, dass wir die Observation nicht offiziell durchführen können? Schieferdecker ist bisher ein unbescholtener Bürger und wird es möglicherweise auch bleiben.«

Julika nickte. »Das ist mir klar.«

»Also werden Sie beide das allein durchführen müssen.« Er seufzte. »Auch in dieser Sache brauchen wir keinen weiteren Mitwisser.« Er schwieg einen Moment, dann hob er den Kopf und lächelte Julika breit an.

»Was glauben Sie, Julika, werden wir beide in ferner Zukunft in Ehren pensioniert, oder landen wir vorher im Knast?«

Johanna hatte geschlafen wie eine Tote, und als sie wach wurde, fühlte sie sich zerschlagen. Die Ereignisse des vergangenen Tages fielen ihr ein, und aufstöhnend zog sie sich die Bettdecke über den Kopf. Sie hatte allerdings keine Zeit, weiter darüber nachzudenken, da es an der Haustür klingelte. Ihr erster Gedanke war, nicht aufzumachen, aber sie dachte daran, was Sven ihr gestern noch angedroht hatte, und so stand sie auf und tappte mit nackten Füßen an die Tür. Zumindest war sie halbwegs angezogen, auch wenn es nur ein Schlafanzug war.

Allerdings war es nicht Sven, der ihr einen Besuch abstattete.

»Hallo, du Irre.« Julika stand grinsend vor ihr. »Ich habe den Kampf mit dem Tiger schon hinter mir. Du auch?«

»Hmh. Gestern Nachmittag noch. Komm rein.« Sie überließ es Julika, die Tür zu schließen, und schlurfte ins Wohnzimmer.

»Setz dich, mach es dir bequem, wie auch immer. Ich gehe duschen, und dann können wir reden.«

»Ich mache Frühstück. Lass dir Zeit.« Julika verschwand fröhlich pfeifend in der Küche, und während Johanna unter der Dusche stand, zog ein verführerischer Kaffeeduft durch die Wohnung.

Als Johanna eine Viertelstunde später in der Küche saß und ihren ersten Kaffee trank, erwachten ihre Lebensgeister wieder.

»Und?« Julika grinste sie über den Rand ihres Bechers hinweg an. »Er hat dich anscheinend am Leben gelassen.«

»Ja, aber erst nachdem er gedroht hatte, mir die Tür einzutreten und mich zu verprügeln. Aber ja, ansonsten war er für seine Verhältnisse ziemlich friedlich. Und bei dir? Habe ich dich in große Schwierigkeiten gebracht?«

Johanna hatte ein schlechtes Gewissen, ihre Freundin mit hineingezogen zu haben.

»Mach dir keine Gedanken. Wenn ich es mir so recht überlege, scheint ihn nur zu stören, dass wir es ihm nicht gleich gesagt haben.«

»Ja.« Johanna stellte ihren Becher ab. »Etwas Ähnliches hat er auch mir gegenüber angedeutet. Was ist los mit ihm? Er hat so menschliche Züge.«

Julika musste grinsen.

»Was ist das eigentlich mit euch beiden?«

Johanna hob ruckartig den Kopf. Julika glaubte, in ihren Augen so etwas wie Unsicherheit zu entdecken, aber Johanna hatte sich gleich wieder in der Gewalt und zog die Augenbrauen zusammen.

»Was soll da sein? Ich verstehe dich nicht.«

»Komm schon. Ihr benehmt euch wie die kleinen Kinder. Ein paar Tage durfte niemand deinen Namen nennen, und heute tätschelt er dir für eine Sache die Wange, für die er dir noch gestern den Kopf abgerissen hätte. Irgendetwas stimmt nicht mit euch.«

Johanna wusste nichts zu entgegnen und zuckte nur mit den Schultern. Der Blick der Freundin, die sie mit einem spöttischen Grinsen musterte, war ihr unangenehm. Sie hoffte inständig, dass niemand, nicht einmal Julika oder Andrea, von jener Nacht vor ein paar Monaten erfahren würde. Sie wollte dieses schwierige Terrain so schnell wie möglich verlassen.

»Herrgott, du weißt doch, wie das mit uns beiden ist. Eigentlich sind wir uns nicht grün, und wenn wir uns mal nicht gegenseitig die Köpfe abreißen, dann nur, weil wir eine Art Waffenstillstand haben, okay?«

Julika grinste noch breiter, konnte aber plötzlich ihr Toastbrot nicht mehr aus den Augen lassen und butterte es mit Hingabe.

»Ist schon klar.«

Julikas Andeutungen gingen Johanna mehr und mehr auf die Nerven. Sie versuchte, zum Thema zurückzukehren.

»Was ist denn nun? Warum stellt er sich vor Manuela Kranz? Warum schwärzt er mich nicht an?«

Julika lächelte nur noch leicht. »Dieser Fall ist ziemlich ominös, musst du wissen. Aufgrund der verrückten Umstände denkt Diekmann langsam um. Das Einzige, was an diesem Fall tatsächlich klar ist, ist, dass Manuela Kranz mit einem Messer in der Hand angetroffen wurde. Und damit hat es sich auch schon.« Sie erzählte Johanna alles, was Diekmann ihr erzählt hatte, und Johanna saß da und starrte sie mit offenem Mund an.

»Das darf alles nicht wahr sein. Und ihr habt keine Ahnung, wer Dabelstein sein könnte?«

Julika schüttelte den Kopf. »Keine, aber ich glaube, dass der Chef so seine Vermutung hat.«

»Und wieso?«

»Weil ich sie auch habe.«

»Und was wäre das für eine Vermutung?«

»Pass auf«, Julika legte Messer und Toast beiseite und stützte die Ellenbogen auf der Tischplatte ab. »Es gibt nur zwei Möglichkeiten, die in Frage kommen. Entweder war er ein Krimineller, der sich falsche Papiere besorgt hatte, oder aber, und das vermute ich, er war ein Mann vom BKA, MAD, CIA, FBI, KGB. Egal, such dir was aus.«

»Was?« Johanna riss die Augen auf. Nach dem, was sie heute Morgen schon von Julika gehört hatte, hatte sie das Gefühl, in einem James-Bond-Film mitzuspielen.

»Ein Undercoveragent, der unter einer Legende lebt, ja. Beziehungsweise lebte. Nur beweisen können wir es nicht. Und damit sind wir am Ende der Fahnenstange.«

»Und was wollte der hier? Und vor allen Dingen, was hatte er mit Manuela zu tun?«

»Auch das werden wir wohl niemals erfahren.« Julika biss genüsslich von ihrem Toast ab. Sie nahm das Ganze ziemlich gelassen. Ein paar Minuten aßen beide Frauen schweigend. Nachdem Julika sich den letzten Bissen in den Mund geschoben hatte, rieb sie sich die Krümel von den Fingern und rückte ihren Frühstücksteller ein Stück von sich.

»Und nun zu dir und deinem Problem. Was hast du vor? Die Kranz kann nicht bis zum Jüngsten Tag bei Andrea bleiben.«

Johanna nahm einen Schluck von ihrem Kaffee, um Zeit zu gewinnen.

»Ich habe noch keinen Alternativplan.«

Julika grinste breit. »Hattest du eigentlich überhaupt einen Plan?«

»Ich fürchte, ich habe ein wenig impulsiv gehandelt.«

»Was du nicht sagst. Aber was weiter?«

Johanna zuckte mit den Schultern. »Wenn sie den Mord nicht begangen hat, dann muss es jemand anders gewesen sein.«

»Und?«

»Solange der wirkliche Täter Manuela Kranz als Verrückte

in Gewahrsam wusste, war er relativ sicher. Nun ist er es nicht mehr. Also wird er reagieren müssen, oder?«

Julika kniff die Augen zusammen. »Du willst Manuela als Lockvogel benutzen?«

»Wenn du es so nennen willst, aber primär will ich versuchen, ihre Unschuld zu beweisen.«

»Also bist du sicher, dass sie es nicht getan hat?«

»Du hast doch selber eben gesagt, dass nichts an diesem Fall sicher ist, oder? Ich denke nur, dass die ganze Geschichte von vorne bis hinten gewaltig stinkt.«

»Die Frage ist nur, wie wir weiter vorgehen. Zumal wir Manuela nicht ewig verstecken können. Weiß Diekmann, wo sie ist?«

»Ich habe es ihm nicht erzählt, aber ich denke, er hat eine Vermutung.«

Julika lehnte sich zurück und schmunzelte. »Wenn wir alle aus dieser Geschichte einigermaßen unbeschadet herauskommen, sollten wir die Sektkorken knallen lassen.«

Mitunter wünschte Sven sich weit weg. Er schien mehr und mehr die Kontrolle über die Situation zu verlieren, ein Zustand, den er ganz und gar nicht schätzte. Was ihn allerdings am meisten ärgerte, waren die Kollegen vom Bundeskriminalamt, die durch seinen Fall stolperten und es nicht für nötig erachteten, ihn weitergehend zu informieren. Sie wollten Manuela Kranz, aber warum, das sagten sie nicht. Koldings Gesicht schien auszudrücken, dass er die

Weisheit mit Löffeln gefressen hatte. Auf Müllers Gesicht hingegen spiegelten sich keine Regungen wider. Wahrscheinlich wagte er ohne Befehl seines Vorgesetzten nicht einmal, seinen Gesichtsausdruck zu verändern.

Kaum war Sven an diesem Morgen in seinem Büro, trat Frau Jungmann ein. Ihr Gesicht verhieß nichts Gutes.

»Herr Diekmann, ich soll Ihnen von Herrn Makowiak ausrichten, dass er Sie unverzüglich in seinem Büro sehen will.«

»Hat er gesagt, warum?«

Die Vorzimmerdame schüttelte den Kopf. »Nein, aber die Sekretärin von Herrn Makowiak hat mir im Vertrauen erzählt, dass die beiden Beamten vom BKA bei ihm sind.«

Sven lächelte. »Danke, Frau Jungmann. Versuchen Sie Frau Gebhardt und Frau Dr. Jensen zu finden. Ich möchte mit beiden sprechen.«

Frau Jungmann nickte und zog sich leise in ihr Büro zurück. Sven hingegen machte sich auf den Weg ins obere Stockwerk. Vom Vorzimmer von Makowiak wurde er unverzüglich in das Zimmer seines Vorgesetzten geführt. Die Sekretärin, Sven wusste nicht einmal ihren Namen, schien ihm kurz verschwörerisch zuzuzwinkern. Vielleicht hatte er es sich auch nur eingebildet.

Als er in das Büro trat, fand er, wie erwartet, drei Männer vor. Makowiak saß an seinem Schreibtisch, Müller hatte sich in der kleinen Sitzecke schräg vor dem Schreibtisch niedergelassen, und Kolding stand mit verschränkten Armen am Fenster. Er sah Sven grimmig entgegen.

Der Leiter des Landeskriminalamtes stand bei Svens Ein-

treten sofort auf und kam seinem Untergebenen mit ausgestreckter Hand entgegen.
»Sorry, ich weiß, dass Sie viel zu tun haben, aber Herr Kolding bestand auf diesem Gespräch. Er meinte, die Angelegenheit dulde keinen Aufschub. Setzen Sie sich.« Er zeigte auf einen der Stühle vor seinem Schreibtisch und ging selbst um den Tisch herum zu seinem Drehsessel, in den er sich schwungvoll fallen ließ. Sven setzte sich ebenfalls, und ihm kam unangenehm ins Bewusstsein, dass Müller in seinem Rücken saß. Weder er noch Kolding hatten es für nötig befunden, ihn zu begrüßen.
Makowiak eröffnete das Gespräch.
»Herr Diekmann, ich hatte heute Morgen bereits ein Gespräch mit dem Generalbundesanwalt. Er zeigt sich besorgt über die Entwicklung, die dieser Fall genommen hat, und fordert uneingeschränkte Kooperation von uns.«
Sven stutzte. Wenn der höchste Ankläger der Republik sich persönlich einschaltete, dann war, wie Julika sagen würde, die Kacke am Dampfen. Makowiak sah ihn auffordernd an, und Sven lächelte leicht.
»Das versteht sich von selbst, immerhin stehen wir auf derselben Seite, oder?«
Vom Fenster her vernahm er ein unwilliges Grunzen. Koldings Mund hatte sich zu einem verächtlichen Lächeln verzogen. »Davon merkt man aber nicht viel.«
Sven zog die Augenbrauen hoch und betrachtete Kolding abschätzig. »Wie darf ich das verstehen?«
»Jemand aus Ihrem Stab hat Manuela Kranz zur Flucht verholfen.«

»Können Sie das beweisen? Wenn ja, werde ich unverzüglich Maßnahmen gegen den betreffenden Mitarbeiter einleiten.«

»Ich sprach nicht von einem Mitarbeiter, sondern von einem Mitglied der Sonderkommission, und zwar von Frau Dr. Jensen, und das wissen Sie ganz genau.«

Sven wandte sich Makowiak zu. »Ich habe mit Frau Dr. Jensen gesprochen, und sie gibt zu, bei Manuela Kranz gewesen zu sein. Mit der Flucht hingegen hat sie nichts zu tun. Außerdem gibt es für eine solch ungeheuerliche Anschuldigung keine Zeugen. Oder hat sich da etwas geändert?« Bei seinen letzten Worten bedachte er den BKA-Mann mit einem unschuldigen Lächeln. Koldings Mundwinkel hatten sich nach unten verzogen, und er schien nur mit Mühe seine Wut zurückzuhalten.

»Sven, bitte.« Makowiak wählte die vertrauliche Anrede, um seinen Untergebenen zu warnen, aber es schien, als wolle er ihm damit auch seine Unterstützung signalisieren.

Kolding stieß sich von der Fensterbank ab und baute sich drohend an Diekmanns rechter Seite auf. Er sah auf ihn hinab, und für einen Moment glaubte Sven, der andere würde ihm auf den Kopf spucken.

»Sie haben Frau Dr. Jensen beauftragt, sich Manuela Kranz anzusehen. Vielleicht erklären Sie uns, aus welchem Grund.«

»Das steht alles in den Akten. Ich habe über die Hinzuziehung der Psychologin einen Bericht angefertigt.«

»Ich möchte es aber noch einmal hören.«

Sven seufzte tief. »Frau Kranz war, als man sie aufgriff, verwirrt und schien unter Amnesie zu leiden.«
»Sie *schien* unter Amnesie zu leiden? Sie haben sich doch mit Sicherheit eine Meinung zu diesem Umstand gebildet, nicht wahr? Vielleicht wollen Sie uns Ihre Einschätzung mitteilen?«
»Das kann ich nicht, schließlich bin ich kein Fachmann. Aus diesem Grund habe ich Frau Dr. Jensen hinzugezogen.«
»Vertrauen Sie ihrem Urteil?«
»Wir haben unsere Differenzen, wenn Sie das meinen, aber ja, im Großen und Ganzen vertraue ich ihr.« Sven musste innerlich grinsen. Wenn Johanna seine Worte hören würde, würde sie wahrscheinlich vor Überraschung in Ohnmacht fallen. Aber sie musste es ja nicht erfahren.
»Und trotz allem waren Sie dagegen, dass Manuela Kranz von der Untersuchungshaft in ein Krankenhaus überführt wurde.«
Sven war stolz darauf, selten um eine Antwort verlegen zu sein.
»Das vollständige Gutachten von Frau Dr. Jensen lag noch nicht vor, und ich befürchtete, dass es für eine Überführung zu früh sei.«
»Zu früh? Warum?«
Sven, der bislang seinen Blick auf Makowiak geheftet hatte, wandte sich nun langsam Kolding zu und sah dem Mann in sein wutverzerrtes Gesicht.
»Was wollen Sie eigentlich von mir? Und vor allen Dingen, was wird das hier? Eine Vernehmung? Eine Hexenjagd? Oder wollen Sie einfach nur Dampf ablassen?«

Kolding beugte sich langsam zu Sven hinunter. Er stützte einen Arm auf die Schreibtischplatte und den anderen auf Svens Stuhllehne.
»Ich will, dass Sie mir sagen, wo Manuela Kranz ist.«
»Wenn ich das wüsste, wäre sie längst wieder in polizeilichem Gewahrsam. Außerdem, was hat das BKA mit dem Fall zu tun?«
»Das geht Sie nichts an.« Man sah Kolding an, dass er am liebsten mit Sven für ein paar Minuten allein gewesen wäre. Als er weitersprach, war seine Stimme gefährlich leise. »Wenn ich herausfinde, dass Sie mit der Flucht zu tun haben, mache ich Sie fertig, und Frau Dr. Jensen ebenfalls. Sie werden nie wieder ein Bein auf die Erde bekommen, sondern beide im Knast landen.«
Er richtete sich langsam wieder auf und trat ein paar Schritte zurück. Auf seinem Gesicht zeichnete sich ein hämisches Grinsen ab. »Im Übrigen habe ich einen Durchsuchungsbeschluss des Generalbundesanwalts für das Fahrzeug und die Wohnung der Dr. Jensen.«

Andrea hatte miserabel geschlafen. Nicht so sehr, weil sie Angst hatte, dass jemand dahinterkam, dass Manuela Kranz bei ihr war, und die Polizei womöglich die Wohnung stürmte, vielmehr, weil sie sich darüber Gedanken machte, wie sie der ehemaligen Freundin helfen konnte. Sie nahm den pfeifenden Kessel vom Herd und goss das kochende Wasser in eine Kanne, in die sie zuvor Unmengen an Tee geschaufelt hatte.

Für sie war es eine Selbstverständlichkeit gewesen zu helfen, als Johanna angerufen hatte. Sie und Johanna hatten dieselbe Wellenlänge. Schmunzelnd musste Andrea daran denken, dass sie beide ähnlich impulsiv waren. Johanna ließ, so wie sie selbst, kein Fettnäpfchen und keine Schwierigkeit aus, die sich ihr in den Weg stellten. Und wenn es keine Probleme gab, dann schuf sie sich welche.
Erstmals kennengelernt hatten die beiden sich bei einem Handarbeitskurs. Stressbewältigung war heutzutage ein wichtiges Thema, und die Strategien der Menschen trieben verrückte Blüten. Bungee-Jumping, Wildwasserfahrten oder auch militärisch anmutende Camps, wo sich gestresste Manager für viel Geld von einem ehemaligen Schleifer der Bundeswehr anschreien und demütigen ließen. Andrea hatte sich für eine altmodische Art der Entspannung entschieden. Beim Stricken und Häkeln vergaß sie den Alltag und war nur darauf bedacht, keine Masche fallen zu lassen. Bei Johanna sah das anders aus. Sie hatte den Kurs belegt, um tatsächlich Stricken zu lernen. Wahrscheinlich hatte sie vor, irgendwann in ferner Zukunft einen möglichen Gatten mit selbstgestrickten Pullis zu beglücken.
So hatten sie beide, Johanna und Andrea, kichernd in diesem Handarbeitskurs gesessen und viel Spaß gehabt. Und auch wenn der Kurs schon lange Geschichte war, ihre Freundschaft war gewachsen.
Tja, und aus ebendiesem Grund beherbergte Andrea nun eine flüchtige Gefangene, die des Mordes verdächtigt wurde.
»Guten Morgen.«
Andrea erschrak. Sie war so in ihre Gedanken vertieft ge-

wesen, dass sie nicht gehört hatte, wie Manuela hinter ihr aufgetaucht war.
»Hast du mich erschreckt. Guten Morgen. Hast du gut geschlafen?«
»Ich glaube ja.« Manuela lächelte. »Zwar war das Bett in der Klinik bequem und das Zimmer sehr schön, aber ich kam mir vor wie im Gefängnis. Hier hingegen habe ich das Gefühl, alles wird gut.«
»Fein.« Andrea lächelte. Sie betrachtete Manuelas Gesicht und dachte an die junge ehrgeizige Journalistin, die sie einmal gewesen war. Das alles schien Lichtjahre her. Sie waren beide ein wenig älter geworden, aber nicht weiser. Jede hatte auf ihre Weise ein Chaos in ihrem Leben veranstaltet.
»Willst du Frühstück? Im Kühlschrank müssten noch aufbackbare Brötchen und Marmelade sein. Ich gehe nachher einkaufen, aber fürs Erste muss es reichen.«
»Ich komme schon zurecht.« Manuela blickte an sich herunter. Sie trug eines von Andreas T-Shirts und Schlafshorts. »Ich konnte nichts aus der Klinik mitnehmen. Könntest du mir was zum Anziehen leihen?«
Andrea lachte. »Klar. Mein Kleiderschrank ist auch dein Kleiderschrank. Bedien dich. Willst du einen Tee?«
»Ja, gern.« Manuela nahm einen Emaillebecher, der umgekehrt zum Abtropfen an der Spüle stand, und goss sich heißen Tee ein. Sie lehnte sich an einen Küchenschrank und pustete in den Becher, um das Getränk ein wenig abzukühlen.
»Wie geht es nun weiter?«
Andrea dachte eine Weile über die Frage nach. »Ich werde

heute ein paar Nachforschungen betreiben, und zwar am Tatort und dort, wo man dich aufgegriffen hat.«

»Und was versprichst du dir davon?«

»Mal sehen. Vielleicht finde ich etwas, das die Polizei übersehen hat.«

»Ich weiß nicht. Ich kann mich zwar nicht an mein eigenes Leben erinnern, aber doch daran, dass die Polizei ziemlich gründlich ist.«

»Mag sein, aber da sie glauben, in dir die Täterin zu haben, kann es durchaus sein, dass sie nicht so gründlich wie sonst zu Werke gegangen sind.«

»Was glaubst du? Bin ich die Täterin?«

»Ehrlich?«

Manuela nickte.

»Manuela, ich weiß es nicht. Früher wärst du zu so einer Tat nicht fähig gewesen, aber ich weiß nicht, was in deinem Leben in der Zwischenzeit passiert ist.«

»Und trotzdem versteckst du mich bei dir?«

»Johanna ist meine Freundin, und sie hat mich um Hilfe gebeten. Außerdem vertraue ich ihr, und wenn sie Zweifel an deiner Täterschaft hat, und zwar erhebliche Zweifel, dann reicht mir das vollkommen. Zumindest fürs Erste. Und, wie schaut es aus? Ist dir noch etwas eingefallen?«

Manuela biss sich auf die Lippen und schüttelte den Kopf. »Nein, nichts. Ich habe keine Ahnung, was passiert ist oder wie ich in diese ganze Situation hineingeschlittert bin. Das macht mich wahnsinnig.«

Andrea stellte ihren Teebecher ab und reckte sich.

»Mach dir keine allzu großen Gedanken. Ich schätze, du

musst erst einmal zur Ruhe kommen. Der Rest wird sich dann schon finden. Pass auf, ich muss jetzt los. Ich werde dir im Laufe des Tages ein Kartenhandy besorgen, so dass du jederzeit mit mir und Johanna Kontakt aufnehmen kannst. Bis dahin verhalte dich auf alle Fälle ruhig. Geh nicht ans Telefon und auch nicht an die Tür, wenn es klingelt. Der Anrufbeantworter ist an. Wenn du meine Stimme hörst, kannst du abnehmen, sonst nicht, klar?«

»Okay.«

Andrea war schon auf dem Weg zur Tür, als Manuelas Stimme sie noch einmal innehalten ließ.

»Andrea?«

Andrea drehte sich um. »Ja?«

»Danke. Danke für alles.«

Trotz den Kaminfeuers fröstelte es Karl-Heinz Kranz. Er hatte sein Telefonat längst beendet, aber immer noch hielt er den Hörer in der Hand, so als könne der ihm die Antworten geben, die ihm auf der Seele brannten. Matthias hatte ihn am Telefon einfach abgewimmelt, als er verlangt hatte, den Chef zu sprechen. Matthias sagte, sein Boss ließe ausrichten, dass alles erledigt werde und die Situation unter Kontrolle sei.

Karl-Heinz Kranz lachte bitter auf. Von wegen unter Kontrolle. Nichts lief so, wie er es geplant hatte, und zwar deswegen, weil, wie er jetzt erkannte, andere Leute diese Sache geplant hatten. Von Anfang an hatte man ihn auflaufen

lassen, ihn benutzt wie einen alten Lappen. Er hatte seine eigene Frau verraten. Dass sie ihm egal geworden war, tat nichts zur Sache. Und jetzt war sie auch noch aus dem Krankenhaus entkommen, und keiner wusste, wo sie war. Was, wenn sie nun herkam? Ein wenig ängstlich blickte er zum Fenster, so als erwarte er jeden Moment, dass Manuela auftauchte. Litt sie wirklich unter Amnesie oder nicht? Und wenn nicht, was wusste sie? War ihr bewusst, dass ihr Ehemann seine Finger mit im Spiel hatte? Die vergangenen Jahre hatte sie nie viel Interesse für seine Geschäfte aufgebracht, und er hatte dieses Interesse auch nicht gewünscht. Als er sie kennenlernte, war sie ein hübsches Ding gewesen, und er hatte sie nach seinen Wünschen und Vorstellungen formen können. Schließlich hatte sie ihn nur noch gelangweilt. Allerdings wollte er sich nicht scheiden lassen, denn das wäre ihn zu teuer gekommen, und außerdem war sie die perfekte Tarnung. Als er und sein Partner schließlich ein Opferlamm brauchten, war sie die perfekte Besetzung gewesen, und den Schnüffler waren sie auch auf denkbar einfachste Weise losgeworden.
Es hatte alles so einfach ausgesehen.
Karl-Heinz Kranz schwitzte, obwohl er gleichzeitig entsetzlich fror. Er wischte sich mit seinem Taschentuch über seine feuchte Stirn, und seine Hände zitterten. Er fürchtete um sein Leben, und er war sicher, dass er schon beobachtet wurde, und vermutlich nicht von den Bullen. Hatte der Boss nicht gesagt, dass sie aus dieser Richtung nichts zu erwarten hatten?
Damals, vor ein paar Jahren, hatte er fast alles verloren, und

da war ihm das Angebot seines heutigen Geschäftspartners gerade recht gekommen. Skrupel hatte er nicht gehabt, wusste er doch, dass es sich um ein lukratives Geschäft handelte. Wenn er es nicht tat, taten es andere. Was machte es schon. Er hatte sich vorgestellt, eine Weile mitzuspielen und sich dann langsam aus dem Geschäft zurückzuziehen. Mit dem Geld, das er auf diese Art verdiente, konnte er seinen eigenen mehr oder minder sauberen Geschäften nachgehen.

Es war früh am Tag, kaum zehn Uhr, und eigentlich zu früh, aber das war ihm egal. Er hatte seine Sekretärin angerufen und gesagt, dass er heute nicht im Büro erscheinen würde. Er stand mit zitternden Knien auf und stakste zu der kleinen Bar am anderen Ende des Wohnzimmers. Er nahm ein Glas und schenkte sich reichlich Whisky ein. Zuerst nippte er daran und wartete, dass sich die Wärme in seinem Bauch und dann in seinem ganzen Körper ausbreitete. Dann entschied er sich anders und kippte den Alkohol mit einem Schluck hinunter. Das Getränk brannte heiß in seiner Kehle, und nach einem ersten Würgegefühl stellte sich die ersehnte Entspannung ein. Er goss nach und kippte auch dieses Mal alles mit einem Zug hinunter.

Der Alkohol machte sich in seinem Kopf bemerkbar, und seine Stimmung hob sich auf Anhieb. Egal, es würde schon irgendwie gutgehen.

Plötzlich zeriss ein durchdringendes, schrilles Geräusch die Stille des Hauses. Er schrak zusammen und brauchte einige Sekunden, bis er erkannte, dass es sich um die Türklingel handelte. Seine Haushälterin war nicht da, und so musste

er selbst die Tür öffnen. Er schenkte das Glas noch einmal voll und ging den Flur entlang zur Haustür. Er legte die Hand an die Klinke, und bevor er öffnete, straffte er noch einmal die Schultern.
Er würde sich nicht unterkriegen lassen.

»Und was gedenkst du, heute zu tun?« Julika half Johanna, das Frühstücksgeschirr zu spülen.
»Ich werde zu Manuela gehen und noch einmal mit ihr sprechen, und außerdem werde ich mich heute bei Sven blicken lassen müssen, denn ich fürchte, dass ich ohne seine Unterstützung nicht auskomme. Und wie läuft es bei dir?«
»Ich werde mich wohl mit dem Kollegen von Interpol treffen. Wie du weißt, habe ich auch einen Mordfall an der Backe, der nicht ganz ohne ist. Ich dachte …«
Julika wurde vom Schrillen der Klingel unterbrochen.
»Erwartest du Besuch?«
Johanna schüttelte den Kopf. »Nein, eigentlich nicht. Wahrscheinlich die Post. Bin gleich wieder da.«
Sie ging zur Tür, und Julika zog sich die Jacke an, als sie Stimmengewirr aus dem Flur hörte. Eine der Stimmen kam ihr vage bekannt vor. Sie ging langsam zur Haustür und blieb erstaunt stehen. Gerade schob sich Kolding an Johanna vorbei in die Wohnung. Dicht gefolgt von seinem Kollegen Müller und einigen uniformierten Einsatzkräften. Hinter den Schutzpolizisten erkannte sie Beamte der

Spurensicherung. Bevor sie etwas sagen konnte, wurde der BKA-Mann auf sie aufmerksam.

»Ach, Frau Gebhardt, wenn ich mich nicht irre. Darf man fragen, was Sie hier machen?«

»Fragen können Sie jederzeit.« Sie lächelte honigsüß.

Kolding wartete einen Moment, dass sie fortführe. Als klar wurde, dass sie das nicht vorhatte, verfinsterte sich sein Gesichtsausdruck. »Und, was machen Sie hier?«

»Das geht Sie eigentlich nichts an. Und was machen Sie hier?«

»Das ist für Sie nicht weiter von Interesse. Aber ich möchte Sie nicht aufhalten, denn wie ich sehe, wollten Sie gerade gehen. Guten Tag.«

»Moment mal. Sie kommen hier mit einem recht großen Polizeiaufgebot an und spielen sich auf. Das kann doch nur bedeuten, dass Sie eine offizielle Aktion durchführen. Ist das korrekt?«

Kolding sah sie nur finster an. Sie wartete keine Antwort ab, sondern fuhr fort. »In so einem Fall hat Frau Dr. Jensen einen Anspruch auf einen Zeugen, denn ich vermute, Sie haben vor, die Wohnung zu durchsuchen.«

»Touché, Frau Gebhardt. Ja, in der Tat, dies ist eine offizielle Untersuchung.«

»Was soll das bedeuten?« Johannas Stimme war der Ärger anzuhören. »Was zum Henker wollen Sie eigentlich?«

Kolding konnte sich ein gehässiges Grinsen nicht verkneifen. Er öffnete den Aktenkoffer, den er mit sich führte, und holte ein sauber getipptes Schreiben heraus. Er überreichte es Johanna betont höflich.

»Ein Durchsuchungsbeschluss für Ihre Wohnung sowie für Ihr Fahrzeug.«

Als Karl-Heinz Kranz die Tür öffnete, sah er sich einem jungen Mann gegenüber, der ihn lächelnd ansah. Sein Gesicht wirkte sehr blass unter seinem vollen, fast schwarzen Haar.

»Herr Kranz?«

»Ja. Was wollen Sie?« In dem älteren Mann rangen unterschiedliche Gefühle miteinander. Angst, aber auch Ärger über die Störung.

»Herr Diekmann schickt mich. Ich soll noch ein paar Auskünfte einholen.«

Kranz zögerte einen Moment, entschied dann aber, den jungen Mann besser hereinzulassen. Er wollte nicht, dass die Nachbarn aufmerksam wurden.

»Na gut, kommen Sie rein.« Er trat einen Schritt zur Seite und hielt gleichzeitig die Tür auf. Der junge Mann quittierte die Einladung mit einem Nicken und trat ein. Kranz schloss die Tür wieder und ging vor dem jungen Mann den Flur entlang in Richtung Arbeitszimmer.

»Wie sagten Sie, war Ihr Name?«

»Ich habe gar nichts gesagt.«

Etwas in der Stimme veranlasste Kranz, sich umzudrehen. Er erstarrte. Der junge Mann, immer noch lächelnd, hielt eine Pistole mit einem röhrenförmigen Aufsatz auf dem Lauf in der Hand.

»Gehen Sie bitte weiter.«

»Was soll das?« Kranz versuchte, seiner Stimme Festigkeit zu geben, aber selbst in seinen Ohren vernahm er den schrillen Unterton. Er ließ sein Glas fallen, das mit einem lauten Knallen auf dem Terrakottafußboden aufschlug und in tausend Scherben zerbarst. Sofort verbreitete sich der scharfe Alkoholdunst in der Luft. Er ging einige Schritte rückwärts, darauf bedacht, Distanz zwischen sich und dem Mann zu wahren, der ruhig immer näher kam. Kranz stolperte über die Kante eines Läufers und kam kurz ins Straucheln, fing sich aber sofort wieder.

»Wer sind Sie? Was wollen Sie von mir? Wenn Sie Geld wollen, im Safe ist genug.« Noch bevor er die Worte aussprach, wusste er, dass es dem jungen Mann nicht um Geld ging.

»Gehen Sie bitte in Ihr Arbeitszimmer.«

»Ich bin nicht allein im Haus. Mei... Meine Haus...hälterin ist hier und ...«

»Sie ist nicht hier, also geben Sie sich keine Mühe. Und jetzt, wenn ich bitten darf, gehen Sie ins Arbeitszimmer.« Die Stimme des jungen Mannes ließ keine Gefühlsregung erkennen. Er war höflich, fast freundlich, und es klang, als wolle er Kranz lediglich eine Wegbeschreibung geben.

Kranz drehte sich um und ging schnell in sein Arbeitszimmer. Er begab sich an seinen Schreibtisch. Dort hatte er seine Pistole verwahrt. Er musste nur Zeit gewinnen und versuchen, an die Schublade zu kommen. Dann könnte er ...

»Bitte, Herr Kranz, keine Spielchen.«

»Aber ich ...« Kranz wurden die Knie weich, und er spürte

etwas Feuchtes zwischen seinen Beinen. Als er an sich hinunterblickte, sah er, wie sich ein Fleck auf der Vorderseite seiner Hose ausbreitete. Oh Gott, er hatte sich in die Hose gepisst.
Er musste etwas tun. Die Panik, die ihn ergriffen hatte, lähmte ihn fast, trotz allem versuchte er, seine Sinne beisammenzuhalten.
»Ich gebe Ihnen Geld, und dann verschwinde ich. Wenn … ich meine … niemand …« Ihm liefen die Tränen übers Gesicht. Er hätte nie gedacht, dass er einmal um sein Leben winseln würde.
»Ich soll Ihnen etwas ausrichten. Sie werden nicht mehr gebraucht.« Der Mann hob schnell die Pistole und feuerte einmal.
Dumpf fiel sein Körper rückwärts auf den Schreibtischstuhl. Aber das spürte Kranz nicht mehr.
Der Stuhl drehte sich noch leicht hin und her, bis er schließlich zum Stillstand kam.
Der junge Mann wartete einen Moment und lauschte in die Stille des Hauses, aber es war nichts zu hören. Dann ging er auf den schlaff im Stuhl hängenden Körper zu und vergewisserte sich, dass der Mann wirklich tot war.
Aus der Innentasche seiner Jacke holte er eine kleine Tüte, aus der er etwas herausnahm und auf das Jackett des Toten legte. Einen Schlüsselbund, den er aus seiner Hosentasche zog, legte er neben die Leiche. Die Waffe ließ er einfach fallen. Fast lautlos fiel sie auf den dicken Teppich, der im Arbeitszimmer lag. Er musste sich keine Gedanken um Fingerabdrücke machen, denn er trug Handschuhe.
Einen Moment lang dachte er nach.

In aller Ruhe verließ er das Haus. An der Haustür drehte er sich noch einmal um und tat so, als würde er mit einer Person im Inneren des Hauses sprechen. Er schloss die Tür und ging gemessenen Schrittes die Straße entlang, die ihn an einigen Villen vorbeiführte. Schließlich wollte er bei dem Polizisten, der in Sichtweite parkte, keine Aufmerksamkeit erregen. An der nächsten Kreuzung bog er ab und ging auf einen silberfarbenen BMW zu. Er stieg ein und zog sein Handy aus der Tasche.

Als sich sein Gesprächspartner meldete, sagte er nur zwei Worte, bevor er das Gespräch wieder beendete. »Auftrag erledigt.«

Er startete den Wagen und fuhr an. Er wollte so schnell wie möglich nach Hause.

Er hatte noch nicht gefrühstückt.

»Und was suchen Sie bei mir, oder eher, was meinen Sie hier zu finden?« Johanna stand mit vor der Brust verschränkten Armen vor den beiden BKA-Männern.

Ausnahmsweise antwortete Müller. »Beweismittel.«

Julika schaute den jüngeren Mann mit gespielter Überraschung an.

»Ups, es spricht.«

Johanna konnte sich ein Lachen nicht verkneifen.

»Sie finden das wohl sehr lustig, Frau Dr. Jensen?« Koldings Gesicht ähnelte einer erstarrten Gruselmaske, wie Kinder sie zu Halloween trugen.

Johanna blickte ihn noch immer leicht lächelnd an. »Wessen beschuldigen Sie mich?«
»Sie sind verdächtigt, einer mutmaßlichen Mörderin, Frau Manuela Kranz, zur Flucht aus der geschlossenen Psychiatrie verholfen zu haben.«
»Und jetzt glauben Sie, dass Frau Dr. Jensen diese Person unter ihrem Bett versteckt hat? Sollten Sie nicht erst einmal nachsehen, ob Frau Kranz nicht vielleicht zu Hause unter ihrem eigenen Bett liegt?« Julikas Ton hatte an Schärfe zugenommen, trotz allem konnte sich Johanna wiederum ein Kichern nicht verkneifen. Sie wusste, dass sie drauf und dran war, hysterisch zu werden.
Kolding beachtete weder Johanna noch Julika weiter, sondern gab seinem Gefolge das Zeichen, mit der Durchsuchung zu beginnen. Mit einem letzten bitterbösen Blick ließ er die beiden Frauen im Flur stehen.
In den folgenden zwei Stunden musste Johanna mit ansehen, wie in ihrer Wohnung das Unterste zuoberst gekehrt wurde. Zwar gingen die Polizisten vorsichtig zu Werke und versuchten, alles so zu hinterlassen, wie sie es vorgefunden hatten, doch es blieb ein unangenehmes Gefühl zurück. Fremde Männer wühlten in ihrer Unterwäsche, lasen ihre persönliche Post und zerstörten ihre Privatsphäre. Johanna konnte verstehen, dass es Menschen gab, die so etwas nur schwer verkrafteten. Sie überlegte kurz, ob sie nach dieser Durchsuchung alles rausschmeißen und sich neu einrichten und einkleiden sollte.
»Ihre Fahrzeugschlüssel, bitte.«
Mittlerweile saßen sie und Julika in der Küche, tranken liter-

weise Kaffee und warteten darauf, dass die ganze Aktion zu Ende ging. Kolding war ebenfalls in die Küche gekommen und stand nun mit ausgestreckter Hand und forderndem Blick vor Johanna.

Sie sah langsam auf und sah ihm lächelnd ins Gesicht.

»Das tut mir leid, aber die kann ich Ihnen nicht geben.«

»Ich kann sie mir auch notfalls mit Gewalt nehmen.«

»Dann viel Spaß. Ich habe die Schlüssel nicht hier, da mein Auto seit zwei Tagen in der Werkstatt ist. Aber Sie können gern die Anschrift haben.«

Für einen Moment verlor Kolding tatsächlich die Fassung. Sein Kinn klappte nach unten, seine Augen riss er weit auf. Damit hatte er nicht gerechnet. Aber schon nach einer Schrecksekunde hatte er sich wieder in der Gewalt.

Kolding schäumte vor Wut. Dr. Jensen hatte ihm die Anschrift der Werkstatt genannt, und er befand sich nun auf dem Weg dorthin. Er hatte nichts in der Wohnung der Frau gefunden, und selbst das Handy hatte keine Erkenntnisse zutage gefördert. Eine leise innere Stimme fragte, ob er sich vielleicht in ihr getäuscht hatte. Immerhin hatte es keine Zeugen für die Flucht gegeben, und wenn die Psychologin tatsächlich seit zwei Tagen ohne Auto war, hätte sie Manuela Kranz auf die Schnelle kaum aus dem Krankenhaus schaffen können.

Andererseits, wer sagte ihm denn, dass sie nicht einen Leihwagen hatte? Oder mit dem Taxi gefahren war? Er musste so schnell wie möglich Manuela Kranz finden, sonst würde es unter Umständen noch mehr Tote geben. Es waren zu viele Fehler gemacht worden, die Menschenleben gekostet hatten, und es durften keine weiteren Versäumnisse vorkommen. Manuela Kranz war der Schlüssel zu diesem Fall, aber auch der größte Schwachpunkt in der ganzen Ermittlung. Ihm lief die Zeit davon, das wusste er, aber es gab nichts, was er dagegen tun konnte. Die ganze Operation war *top secret,* und selbst er wusste offiziell nur einen geringen Teil, nämlich nur das, was für seine Arbeit wichtig war. Wenn sie die Kranz nicht fanden, war alles umsonst gewesen.

Er riss sich aus seinen Gedanken und betrachtete die Gegend, durch die sie fuhren. Er war schon in vielen Städten herumgekommen; obwohl jede Stadt charakteristische Merkmale besaß, so gab es doch immer bestimmte Viertel, die sich glichen wie ein Ei dem anderen und austauschbar waren. Dort, wo der ärmere Teil der Bevölkerung lebte, sahen die Häuser überall in Deutschland gleich aus, und auch der Geruch war derselbe.

Sie bogen von einer belebten Hauptstraße in einen kleinen Hinterhof ein. Ein Schild über dem Torbogen zeigte ihm, dass sie am Ziel waren. Werkstatt Jupp Timmermann. Schnell und günstig. Kolding wunderte sich. Er hätte nie gedacht, dass eine Frau wie Dr. Jensen sich in eine solche Werkstatt verirren würde, zumal sie ziemlich weit von ihrer Wohnung entfernt war. Der Wagen hielt, und Kolding und sein junger Kollege stiegen aus. Sie orientierten sich einen Moment, als ein älterer, kleiner, fast zierlich wirken-

der Mann aus der Werkstatt trat. Er wischte sich mit einem schmutzigen Lappen die ölverschmierten Hände und blickte den Besuchern entgegen.
»Herr Timmermann?«
»Yo.«
Kolding zückte seinen Dienstausweis. »Bundeskriminalamt, mein Name ist Kolding. Ich hätte da ein paar Fragen an Sie.«
»Yo.« Noch immer wischte sich der Mann die Hände an dem Lappen ab, und es war nicht zu erkennen, ob sie tatsächlich sauberer oder nur noch mehr mit Öl verschmiert wurden. Er rührte sich nicht und sah Kolding weiter unverwandt an.
»Können wir in Ihr Büro gehen?« Die stoische Ruhe des Mannes ging Kolding auf die Nerven. Typisch norddeutsch.
Timmermann schlurfte vor ihm her in ein kleines Kabuff, auf dessen Tür die verblichenen Reste von Klebebuchstaben anzeigten, dass es sich um das Büro handelte.
Ein alter wackliger Schreibtisch und ein Schreibtischstuhl bildeten das ganze Mobiliar. Der Raum war vollgestellt mit kleineren Ersatzteilen. Teils noch in Kartons verpackt, teils ohne Verpackung und ölverschmiert. Auf dem altersschwachen Schreibtisch türmten sich Unterlagen, und eine kleine Zimmerpalme fristete in der Ecke am Fenster ein jämmerliches Dasein. Das Faxgerät und der Kopierer allerdings wirkten brandneu.
Timmermann hatte aufgehört, sich die Hände mit seinem Lappen abzuwischen, und hatte sich das Tuch in die Tasche gestopft. Die Arme hielt er vor der Brust verschränkt. Da

es keine Sitzmöglichkeiten in dem kleinen Zimmer gab, bot er ihnen auch keinen Platz an. Kolding bemerkte, wie sich sein Partner umschaute, als habe er Angst, sich hier eine ansteckende Krankheit zu holen. Im Grunde war der Kerl ein Idiot.

»Herr Timmermann, ich ermittle in einem Fall von Fluchthilfe und muss wissen, wie lange sich dieses Auto«, er holte sein Notizbuch aus der Jackentasche und reichte es Timmermannn, »bereits hier bei Ihnen in der Werkstatt befindet.«

Timmermann nahm das kleine Buch in die Hand und las Johannas Kennzeichen ab. Etwas umständlich fing er auf dem Schreibtisch zu wühlen an und zog schließlich triumphierend grinsend einen DIN-A4-Bogen unter dem Papierwust hervor. Er hielt sich das Papier vor das Gesicht und las.

»Yo, genau, seit zwei Tagen.«

»Sind Sie sicher?«

»Yo, 'türlich bin ich sicher. Vorgestern Nachmittach kam die Dame hier an und hat den Wagen vorbeigebracht.«

»Darf ich mal sehen?« Kolding streckte die Hand aus, und Timmermann drückte ihm das Papier in die Hand. Dort stand es schwarz auf weiß. Johanna Jensen hatte zwei Tage zuvor das Fahrzeug in der Werkstatt abgeliefert. Kolding legte den Auftrag auf den Tisch.

»Darf man wissen, warum?«

»Warum wat?«

»Was ist an dem Fahrzeug kaputt?«

»Bis jetz' nix.«

Kolding war verwirrt. Was wurde hier gespielt? Etwas heiser fragte er den Mechaniker: »Wie soll ich das verstehen?«

»Na ja, Sie wissen doch, wie dat is. Da komm'n die Weiber hier an, glaub'n, wat gehört zu hab'n, und sin' gleich hysterisch. Also hab ich gesacht, ich kuck mal rein.«

»Und?«

Timmermann zuckte mit den Schulten. »Wie ich sachte, bis jetz' hab' ich nix gefund'n. Ich ruf' sie nachher mal an und sach' ihr, sie kann die Kiste abholen.«

»Moment mal. Ich würde mir das Fahrzeug gerne erst einmal ansehen.«

Timmermann zuckte mit den Schultern. Ihm schien das vollkommen egal zu sein.

Kolding beorderte die Beamten der Spurensicherung in die Werkstatt.

Zwei Stunden später gab Kolding den Schlüssel an Timmermann zurück. Er hatte nichts gefunden. Das Fahrzeug war sauber.

Zu sauber.

Timmermann blickte dem Tross noch eine Weile grinsend hinterher. Er hatte Sven Diekmann gern den kleinen Gefallen getan, auch wenn er ein Bulle war. Aber er hatte ihm viel zu verdanken. Er zog den Lappen wieder aus seiner Tasche und begann sich erneut die Hände daran abzuwischen. Langsam ging er zurück in sein Kabuff, nahm einen Zettel aus seinem Schreibtisch und tippte die darauf stehende Nummer in sein Telefon.

Er musste nicht lange warten.
»Yo, Tach auch, Frau Doktor, hier Timmermann. Sven Diekmann hat gesacht, ich soll Sie anrufen, wenn alles vorbei is'. Se könn'n die Karre jetz' wieder abholen.«

Nachdem Kolding mit seinen Leuten abgerückt war, verließ auch Julika Johanna.
Sie wollte versuchen, bei den Kollegen der Wirtschaftskriminalität etwas über Wolfgang Schieferdecker herauszufinden, den Mann, dessen Namen Bernd Maischner ausgegraben hatte.
Wenn sie an Maischner dachte, wurde ihr warm ums Herz. Er hatte wirklich Charme, und sie fühlte sich in seiner Gegenwart wohl. Sie verdrängte den Gedanken, dass er in ein paar Tagen, spätestens aber nach Abschluss der Ermittlungen, wieder abreisen würde. Für den Moment genügte ihr das, was sie hatte.
Nachdem ihr Mann verunglückt war, hatte sie so etwas wie Erleichterung verspürt. Ein Gefühl, für das sie sich sehr schämte, aber es war die Wahrheit. Als sie vor zehn Jahren geheiratet hatten, waren sie voller Zuversicht gewesen, aber der Schichtdienst hatte schon bald seinen Tribut von ihrem Mann gefordert. Vielleicht nicht nur der Schichtdienst, sondern auch die Tatsache, dass Julika im Gegensatz zu ihrem Mann bei der Kriminalpolizei war und, in seinen Augen, erfolgreicher war als er. Eine Situation, mit der er immer weniger hatte umgehen können. Schon drei Jahre

nach der Hochzeit waren die Probleme groß, und von der Harmonie, die einmal zwischen ihnen geherrscht hatte, war nicht mehr viel zu spüren. Er versuchte mehrmals, in den gehobenen Dienst zu kommen, scheiterte aber jedes Mal. Schließlich fand Julika heraus, dass er eine Geliebte hatte. Sie stellte ihn zur Rede, es kam zu einer großen Aussprache, und man versöhnte sich wieder. Zunächst lief alles gut, aber dann kam er immer öfter nach dem Dienst nicht nach Hause, und wenn er kam, dann war er betrunken.

Es stellte sich schnell heraus, dass ihr Mann den Alkohol nicht mehr in den Griff bekam. Er machte eine Therapie, und die beiden beschlossen, noch einmal von vorne anzufangen. Im Verlauf dieser Versöhnung wurde Julika schwanger. Aber das schien alles nur schlimmer zu machen. Ihr Mann wurde eifersüchtig auf das noch ungeborene Kind und fing wieder zu trinken an. Nach einer seiner Sauftouren kam er nicht mehr nach Hause. Stattdessen standen am frühen Morgen die Kollegen von der Schutzpolizei vor ihrer Tür und teilten ihr mit, dass ihr Mann tödlich verunglückt sei.

Damals schwor sie sich, mit ihrem Sohn allein zu bleiben. Sie wollte sich nicht noch einmal ihr Leben von einem anderen Menschen ruinieren lassen.

Bis sie Maischner kennenlernte, hatte sie sich gar nicht mehr vorstellen können, dass es tatsächlich nette Männer gab.

Sie schüttelte unwirsch den Kopf. Genug, sie benahm sich wie ein liebeskranker Teenager. Sie hatte nicht vor, sich irgendwelchen romantischen Gedanken hinzugeben.

Als die Werkstatt anrief und ihr ein Mann in breitestem Hamburger Dialekt mitteilte, dass sie ihren Wagen abholen könne, war Johanna sofort losgefahren. Sie widerstand der Versuchung, ein Taxi zu nehmen, und nutzte stattdessen die Bahn. Bis zum Altonaer Bahnhof und dann mit dem Bus drei Stationen.

Während der Fahrt gab sie sich ihren Gedanken hin. Zwar hatte die Durchsuchung sie ein wenig mitgenommen, aber immerhin hatte Sven sie vorgewarnt, und sie war nicht unvorbereitet davon getroffen worden. Erst jetzt wurde ihr richtig klar, in welche Schwierigkeiten sie sich gebracht hatte. Sie war heilfroh, dass Julika bei ihr gewesen war und ihr Schützenhilfe geleistet hatte. Allein hätte sie sich ziemlich hilflos gefühlt.

Gott sei Dank hatte sie zu keinem Zeitpunkt daran gedacht, Manuela Kranz bei sich selbst zu verstecken, sonst wäre sie jetzt mit Sicherheit in Handschellen auf dem Weg zum Untersuchungsgefängnis, und kein Anwalt der Welt, wahrscheinlich nicht einmal ihr Onkel Winnie, hätte sie da so schnell wieder herausgeholt. So hatte sie fast ruhigen Gewissens zusehen können, wie die Kriminaltechnik auf dem Fußboden herumgekrochen war, in der Hoffnung irgendetwas, und sei es nur eine Hautschuppe, zu finden.

Um ein Haar hätte sie die Station verpasst, und erst kurz bevor die Türen sich wieder schlossen, schlüpfte Johanna schnell aus der Bahn. Sie orientierte sich und ging dann den Bahnsteig entlang zu den Treppen, die sie nach oben zu den Bussen und ans Tageslicht brachten. Es war nur ein kurzes Stück zu gehen, aber der Wind pfiff kalt um die Häuser-

ecken, und Johanna zog ihren Mantel enger um sich. Im Taxi wäre es weitaus bequemer und wärmer gewesen, aber auch weitaus teurer.
Drei Stationen später verließ sie den Bus und wurde von einem feinen Nieselregen empfangen, der ihr wie kleine Nadelstiche in die Haut drang. Die Werkstatt lag unmittelbar an der Bushaltestelle, und Johanna hastete durch den Torbogen, in dem Bestreben schnell ins Warme zu kommen.
Mit einem erleichterten Seufzen trat sie in die Halle. Hier war es zwar nicht gerade warm, aber zumindest war sie dem Regen nicht mehr ausgeliefert.
Irgendwo spielte ein Radio, und jemand trällerte laut und entsetzlich falsch mit. Ein junger Mann, der sich über einen offenen Motor gebeugt hatte, schaute kurz hoch und wandte sich gleich wieder ab. Er hatte sie zwar gesehen, aber anscheinend interessierte es ihn nicht, was sie hier wollte.
»Hallo?« Ihr Ruf hallte in der Werkstatt wider.
»Hallo?« Sie wurde energischer.
»Yo.« Der ältere Mann, der um die Ecke kam, wischte sich seine Hände an einem Lappen ab, in seinem Mundwinkel hing eine Zigarette.
Johanna ging auf ihn zu und streckte ihm nach kurzem Zögern die Hand hin. »Jensen mein Name. Sie haben mich angerufen.«
»Yo.« Er sah auf ihre Hand, machte aber keine Anstalten, sie zu ergreifen. Ob aus Unhöflichkeit oder weil er ölverschmierte Hände hatte, konnte Johanna nicht sagen, aber

sie beschloss, sich zu seinen Gunsten für die zweite Möglichkeit zu entscheiden.

Er drehte sich um und durchquerte die Halle. Johanna folgte ihm. Mit dem Daumen zeigte er über seine rechte Schulter. »Karre steht draußen.« Mit vollständigen Sätzen schien er nicht viel am Hut zu haben. »Schlüssel hab' ich hier.« Er ging zu einem Schlüsselbrett im hinteren Bereich der Werkstatt, nahm ihren herunter und reichte ihn Johanna.

»Die Polizei war hier, oder?«

Der Mann grinste plötzlich. »Yo.«

»Was bin ich Ihnen schuldig?«

Er grinste noch breiter. »Geht aufs Haus.« Er zwinkerte ihr zu und drehte sich um. Pfeifend ging er wieder an die Arbeit.

Johanna ging zu ihrem Wagen und stieg ein. Erstaunt sah sie sich um. Er sah aus wie neu. So sauber war er wohl seit seinem Kauf nicht mehr gewesen.

Erst jetzt verstand sie.

Sven hatte den Wagen säubern und damit alle möglichen Spuren vernichten lassen.

Stefan Brückner, der junge BKA-Mann, saß in seinem Wagen. Er stand weit genug entfernt, um vom Haus aus nicht entdeckt zu werden, und doch dicht genug dran, um beobachten zu können, wer kam und wer ging.

Kranz hatte seit Stunden das Haus nicht verlassen. Der Beamte seufzte und sah resigniert auf seine Armbanduhr. Die

Zeit wollte einfach nicht vergehen, die Zeiger krochen dahin, als wollten sie ihn verhöhnen. Er hätte nie gedacht, dass eine Überwachung derart öde sein konnte.
Als er sich nach dem Abitur beim BKA beworben hatte, waren seine Vorstellungen von der Behörde größtenteils romantischer Natur gewesen. Seiner damaligen Meinung nach war das BKA das deutsche Pendant zum amerikanischen FBI, und er hatte sich ausgemalt, an konspirativen Treffen und geheimen Aufträgen beteiligt zu sein, die nur abgelöst wurden von rasanten Verfolgungsjagden und wilden Schießereien. Dass er von solchen Aktionen nie in den Zeitungen gelesen hatte, hatte er darauf zurückgeführt, dass die Bundesbehörde die Presse im Griff hatte und es verstand, ihre Geschäfte geheim zu halten.
Die Wirklichkeit allerdings sah anders aus.
Zwar war dieser Auftrag geheim, er wusste überhaupt nicht, worum es ging, aber die Arbeit an sich war von Langeweile geprägt, und er stellte sich immer öfter die Frage, ob ein Job in einem Reisebüro nicht aufregender gewesen wäre.
Das einzig Konspirative an seinem Job waren die Wohnungen, die angemietet wurden, um Observationen durchzuführen. Solche Einsätze hatte er in den vergangenen zwei Jahren, seit Abschluss der BKA-Akademie, unzählige Male durchgeführt.
Dieser Job hier war der langweiligste, den er sich vorstellen konnte. Er wechselte sich mit den Kollegen ab, doch die zwei Stunden zogen sich unerträglich in die Länge. Ein erneuter Blick auf die Uhr zeigte ihm, dass er in einer halben Stunde endlich abgelöst würde. Dann hatte er erst einmal

Ruhe bis morgen früh. Um sechs Uhr würde er dann wieder hier sitzen und frieren, denn die Standheizung ging auf Kosten der Autobatterie, und den Motor konnte er aus konspirativen Gründen nicht laufen lassen. Die Thermoskanne mit dem heißen Tee war unverzichtbar geworden. Ebenso unentbehrlich wie das Heft, dessen Rätsel er Seite um Seite löste.

Die Haushälterin von Karl-Heinz Kranz hatte vor einiger Zeit das Haus verlassen, wahrscheinlich zum Einkaufen, und war bisher nicht zurückgekehrt. Brückner hatte schnell das Interesse verloren und sich wieder seinem kleinen Heft zugewandt. Den Besucher, der plötzlich das Haus verließ, hatte er überhaupt nicht kommen sehen, aber laut Protokoll konnten zwischen dem Auftauchen des Fremden und seinem Verlassen des Hauses nicht mehr als zehn Minuten vergangen sein. Brückner würde sich einfach eine entsprechende Zeit aus den Fingern saugen.

Zum wiederholten Male sah er auf das Foto, das er an seinem Armaturenbrett befestigt hatte. Auf diese Frau sollte er achten, hatte ihm Kolding, sein Chef, eingebleut. »Wenn diese Person, Manuela Kranz, auftaucht, rufen Sie Verstärkung und warten auf weitere Anweisungen.«

Eine ziemlich hübsche Person, die sich aber bisher nicht gezeigt hatte.

Es war ein trüber Wintervormittag, und Brückner wurde auf ein Paar Scheinwerfer, die in seinem linken Außenspiegel auftauchten, aufmerksam. Dankbar für jede Abwechslung beobachtete er, wie der Wagen näher kam und auf das Grundstück von Karl-Heinz Kranz einbog. Als der Wagen

stoppte und die Autotür aufging, erkannte er die Haushälterin. Sein Interesse erlahmte sofort wieder, und er wandte sich dem komplizierten Gitterrätsel zu, in das die Wörter sowohl vorwärts als auch rückwärts eingetragen werden sollten.
Wenige Minuten später nahm er aus dem Augenwinkel wahr, wie die Haustür der Familie Kranz wieder geöffnet wurde. Er warf einen flüchtigen Blick in Richtung Eingang und erstarrte.
Die Haushälterin kam herausgelaufen und hatte die Arme in die Luft geworfen. Sie schrie. Er konnte kein Wort verstehen, aber die Gestik der Frau war eindeutig. Sie schrie um Hilfe. Der junge Mann, dessen größter Feind bis eben die Langeweile gewesen war, fühlte sich wie gelähmt. Er spürte den Adrenalinstoß, der seinen Körper durchfuhr, Hand in Hand mit dem Gefühl, dass nun endlich etwas geschah. Gleichzeitig verspürte er Angst. Irgendetwas hatte er verpasst, und er war sicher, dass er den Schaden nicht mehr gutmachen konnte.

Gerda Jensen saß aufrecht im Bett, als ihre Tochter das Zimmer betrat.
Die alte Dame strahlte etwas aus, das Johanna nicht kannte. Eine Art Heiterkeit, die ihr gut zu Gesichte stand.
»Wie schön, Johanna, ich hatte eigentlich nicht mit dir gerechnet in den nächsten Tagen.«
Johanna ging auf das Bett ihrer Mutter zu und küsste sie

auf die Wange. Erstaunt stellte sie fest, dass diese Liebesbezeugung zwar noch nicht unbedingt von Herzen kam, aber mehr war als die Pflichtübung der vergangenen Jahre.

»Du siehst gut aus.« Johanna betrachtete den Raum, der merklich leerer geworden war. Ihre Mutter war nur noch an einen einzigen Tropf angeschlossen. »Und du scheinst wirklich auf dem Weg der Besserung zu sein. Wo sind die ganzen Apparate?«

»Weg. Ich bin dem Sensenmann noch einmal von der Schippe gesprungen.« Gerda lächelte. »Sag, Kind, hast du damit irgendetwas zu tun?« Sie deutete mit der Hand auf eine Tageszeitung, die auf ihrer Bettdecke lag.

Johanna nahm die Zeitung in die Hand und las die Überschrift. Die Flucht von Manuela Kranz aus der Klinik schien sich nicht verheimlichen zu lassen. Die BILD zumindest berichtete darüber in epischer Breite.

»Wie kommst du an diese Zeitung?«

Gerda Jensen lächelte ein wenig breiter. »Ich habe eine der Schwestern gebeten, mir eine zu bringen.«

»Und das hat sie getan?«

»Wie du siehst. Und? Was ist nun? Hast du, oder hast du nicht?«

»Hab' ich was?«

»Hast du etwas mit der Sache zu tun?«

»Mutter.« Johanna seufzte und ließ sich schwer auf einen der Besucherstühle fallen. »Wir sollten nicht darüber reden. Das ist nun wirklich kein Thema, mit dem du dich auseinandersetzen solltest.«

»Und warum nicht?«

»Nun, ich denke, Aufregung jeglicher Art solltest du vermeiden.«
»Also hast du damit zu tun.« Gerda Jensen nickte befriedigt, und ihr Gesicht nahm einen Hab-ich-es-doch-gewusst-Ausdruck an.
»Warum wolltest du überhaupt eine Zeitung?«
»Um zu erfahren, was in der Welt so vor sich geht. Darum.« Es hörte sich trotzig an. »Erzähl mir von der Geschichte.«
Johanna lächelte. Früher hatte sich ihre Mutter nie für sie oder ihren Beruf interessiert. Was hatte die Mutter so verändert? Sollte es wirklich damit zu tun haben, dass sie fast gestorben wäre? Oder war es vielleicht gar keine Sinneswandlung, sondern hatte sie ihr Interesse für die Tochter nur nie zeigen können? Aber warum? Wenn Johanna ehrlich war, musste sie sich eingestehen, dass sie ihrer Mutter schon lange keine Chance mehr gegeben hatte, an ihrem Leben teilzuhaben. Bitter stellte sie fest, dass die Menschen wohl erst sterben oder zumindest schwerkrank werden mussten, bevor man sich seiner eigentlichen Gefühle bekannte.
»Es tut mir leid, aber ich darf darüber nicht reden. Schweigepflicht, du weißt schon.« Sie bemerkte, dass sie ihre Mutter nicht mehr direkt ansprach. Sie wusste einfach nicht, wie. »Mutter« schien irgendwie nicht mehr richtig und hörte sich selbst in Johannas Ohr fremd an.
»Du musst ja keine Namen nennen.«
»Nein, die stehen ja in der Zeitung.«
»Na bitte.«
»Mutter, bitte.« Ganz automatisch war Johanna die vertraute Anrede herausgerutscht.

»Ich stelle Fragen, und du antwortest. Was hältst du davon?«
Johanna lachte auf. »Also gut. Aber ich kann dir nicht alles erzählen.«
Gerda Jensen beugte sich eifrig vor. »Und? War sie es? Ich meine, hat sie diesen anderen Mann umgebracht?« Sie zeigte mit einer fahrigen Handbewegung auf die Zeitung.
»Ich weiß es nicht.«
»In der Zeitung steht, dass du sie für unschuldig hältst. Also, was stimmt denn nun?«
»*Was* steht da?« Johanna streckte die Hand nach der Zeitung aus. Ihre Mutter zögerte einen Moment, so als habe sie Angst, die Zeitung nicht wiederzubekommen. Johanna zog eine Augenbraue hoch, und Gerda Jensen reichte ihr das Boulevardblatt. Johanna überflog den Artikel und schauderte. Wenn schon der Text schlecht geschrieben und vor allen Dingen mies recherchiert war, so waren die Fotos der Gipfel. Es gab zahllose Bilder von ihr und Sven und von dem Ehepaar Kranz. Zwar waren die Gesichter mit einem schwarzen Balken unkenntlich gemacht, aber Johanna gewann den Eindruck, auf einem Steckbrief verewigt worden zu sein.
Seufzend warf sie die Zeitung auf die Bettdecke. Gerda Jensen griff sofort danach und zog sie näher zu sich heran.
»Glaub diesen Blödsinn nicht.«
»Was denkst du denn nun wirklich?«
»Ich weiß es ehrlich gesagt nicht. Eigentlich kann ich mir nicht vorstellen, dass sie es war, aber ganz ausschließen kann ich es auch nicht.«

»Wer war es dann?«
»Wenn ich das wüsste, wüsste es auch die Polizei, und wenn die es wüsste, gäbe es diesen Artikel nicht.«
»Und was ist mit dieser ominösen Flucht aus der Klapse?«
Bevor Johanna antworten konnte, öffnete sich die Tür, und eine der Schwestern betrat den Raum. Schnell versteckte Gerda Jensen die Zeitung unter der Bettdecke. Johanna grinste in sich hinein. Demnach hatte sich ihre Mutter mit einer anderen Schwester verbrüdert, und sie war sich sicher, dass die beiden Frauen auch über diesen Fall diskutierten. Sie würde sich nicht wundern, wenn Gerda Jensen ein gewisses Ansehen genoss. Schließlich hatte sie einen heißen Draht zu den Ermittlungsbehörden.
Die hinzugekommene Schwester trat an das Bett der Patientin und legte eine Blutdruckmanschette um deren Arm.
»Frau Jensen, der Arzt kommt in ein paar Minuten und will Sie untersuchen.« Ein bedeutungsvoller Blick wanderte zu Johanna.
»Ich habe schon verstanden. Also, Mutter«, sie grinste und beugte sich zu Gerda Jensen hinab. »Ich gehe jetzt. Und keine Angst«, sie grinste noch breiter. »Ich halte dich auf dem Laufenden.«

Stefan Brückner stieg aus und rannte los. Quer über die Straße. Ein paarmal drohte er, auf den vereisten Pfützen auszurutschen, aber schließlich stand er am Hauseingang. Das Schreien der Haushälterin hatte sich in ein angstvolles

Wimmern verwandelt, aber als sie sah, dass ein Mann keuchend auf sie zugestürzt kam, stieß sie einen spitzen Schrei aus und wich einen Schritt zurück. Er zog seine Waffe aus dem Schulterholster und stürmte, ohne von der Frau Notiz zu nehmen, an ihr vorbei ins Haus.

Im leeren Flur hallten seine Schritte auf dem Steinfußboden wider. Die gespenstische Stille ließ ihn verharren, und er blieb stehen, den Kopf schief gelegt, als könne er so besser hören. Im selben Moment ging ihm auf, dass er gegen alle Sicherheitsvorschriften verstieß. Er befand sich in einem Haus, in dem etwas geschehen war, und er wusste noch nicht einmal, was. Womöglich war es eine Falle. Er hätte Unterstützung anfordern sollen. Vor Schreck stellten sich ihm die Nackenhaare hoch. Schon glaubte er, einen eiskalten Zug in seinem Nacken zu spüren. Sofort drehte er sich um, die Waffe im Anschlag. Aber er war allein. Schritt für Schritt kämpfte er sich weiter vor. Sein Herz hämmerte ihm in der Brust. Plötzlich vernahm er ein langgezogenes Stöhnen. Es klang angstvoll. Mit einem Mal wurde ihm klar, dass er selbst diesen Ton von sich gab.

Das Innere des Hauses lag fast im Dunkeln. Die Schatten an der Wand, die das fahle Winterlicht in die Zimmer warf, schienen mit ihm zu spielen. Zu seiner Rechten stand eine Tür offen, und zaghaft näherte er sich. Mit einem kleinen Schubs stieß er die Tür auf und sprang gleich danach in das Zimmer.

Die Waffe, mit beiden Händen umklammert, den rechten Arm auf Augenhöhe gestreckt, den linken angewin-

kelt, stand er in dem Raum. Es handelte sich offenbar um ein Arbeitszimmer. Zunächst fiel dem jungen Mann nichts auf. Hektisch wandte er sich mal nach rechts und mal nach links, bis er den Mann hinter dem Schreibtisch sah. Er saß einfach da, den Kopf im Nacken, die Arme baumelten seitlich hinab. Die Wand hinter ihm zeigte ein bizarres Muster. Noch immer die Waffe im Anschlag ging der junge Mann langsam auf den Schreibtisch zu. Er ging um den Tisch herum und senkte die Waffe. Er wollte sich das Gesicht des Mannes ansehen, aber er konnte nichts erkennen. Dann wanderte sein Blick auf das Muster an der Wand. Ein Muster, erschaffen aus Blut und Hirnmasse.
Es gelang ihm gerade noch rechtzeitig, sich abzuwenden, bevor er sich auf dem Teppich erbrach.

Als er die SMS bekam, musste Sven unwillkürlich grinsen. Johanna teilte ihm mit, dass sie ihren Wagen wiederbekommen habe. Wahrscheinlich hatte sie Angst, dass das BKA die Telefone abhörte. Auch sie schien bereits unter einer gewissen Paranoia zu leiden.
Er wusste, dass diese ganze Sache ihn seinen Job kosten könnte, andererseits ... wer sollte davon erfahren? Johanna würde dichthalten, schließlich ging es um ihren Kopf, und Timmermann erst recht. Der hatte die Polizei gefressen. Sven war der Einzige, dem er vertraute. Soweit man zwischen einem Polizisten und einem ehemaligen Einbrecher von Vertrauen sprechen konnte. Da Timmermann Sven viel

zu verdanken hatte, hatte der auch keine Bedenken, von Zeit zu Zeit einen Gefallen einzufordern.
Noch immer brütete Sven über den Berichten, die er von den Dienststellen aus Hannover und Frankfurt angefordert hatte, und der Verdacht, den er schon seit einiger Zeit hegte, nahm immer mehr Gestalt an. Wenn stimmte, was er vermutete – oder eher befürchtete –, dann erklärte das auch die Anwesenheit des BKA in Hamburg. Das hieß aber noch lange nicht, dass er für Koldings Art aufzutreten Verständnis aufbrachte. Der Mann war ein Wichtigtuer und Geheimniskrämer und ging Sven gewaltig auf die Nerven. Aber es war schließlich nicht das erste Mal, dass er mit Leuten solchen Schlages zu tun hatte. Im Allgemeinen fiel das BKA mit mehreren Beamten wie ein Schwarm Heuschrecken in die jeweilige Dienststelle ein, besetzte die Büros und übernahm das Zepter. Eine Vorgehensweise, die Sven nicht dulden konnte. Wahrscheinlich fehlte ihm einfach der Respekt, auf alle Fälle jedenfalls der Glaube an die Kompetenz der Bundesbeamten. Wäre Kolding ein wenig offener gewesen, hätte man über eine Zusammenarbeit reden können. So aber überlegte Sven, wie sich das neugewonnene Wissen als Trumpf gegenüber diesem Schwachkopf Kolding einsetzen ließ. Er, Sven, würde jedenfalls keinen Deut nachgeben.
Als das Telefon klingelte, musste Sven es unter einem Stapel von Papieren herausfischen.
»Herr Diekmann?«
»Ja?«
»Kolding hier. Ich fürchte, ich muss Sie herbemühen.« Koldings Stimme wirkte irgendwie gepresst.

»Wohin?«
»Zum Haus von Karl-Heinz Kranz. Einer meiner Mitarbeiter hat ihn gefunden. Tot. Ermordet.«
Sven schwieg. Er hatte die ganze Zeit befürchtet, dass etwas Derartiges passieren würde. Die Geschichte wurde immer komplizierter. Er hoffte nur, dass Johanna eine gute Geschichte parat und Manuela Kranz ein wasserdichtes Alibi hatte.
»Diekmann, sind Sie noch dran?«
»Ich sage der Spurensicherung Bescheid.« Sven legte ohne ein weiteres Wort auf, nur um den Hörer gleich wieder in die Hand zu nehmen und die Spurensicherung zu benachrichtigen. Er gab die Anschrift an die Beamten durch und stand auf. Wo Julika steckte, wusste er nicht, aber sie hatte mit ihrem eigenen Fall mehr als genug zu tun. Er würde einen der jüngeren Kollegen mitnehmen. Im Gehen zog er sich einen Mantel an und rief einen seiner Mitarbeiter zu sich. Er setzte ihn kurz in Kenntnis und erteilte die nötigen Anweisungen. Im letzten Moment fiel ihm ein, dass sein Wagen noch bei Johanna stand, und er holte sich ein Fahrzeug vom Fahrzeugwart.
Gerade mal zwanzig Minuten später war Sven vor Ort. Zufrieden stellte er fest, dass seine Anweisungen ausgeführt worden waren. Streifenwagen der örtlichen Polizeiwache hatten die Umgebung abgeriegelt und den Tatort abgesperrt. Ein Notarztwagen, noch mit eingeschaltetem Blaulicht, stand auf dem Gehweg vorm Haus. Er wies sich bei den uniformierten Kollegen aus und stellte den Wagen in die Einfahrt. Aus der geöffneten Haustür kam ihm Kol-

ding entgegen. Sogleich bekam Sven schlechte Laune. Dieser Vollidiot schien keine Ahnung zu haben, was er da tat. Er spazierte rein und raus und vernichtete dabei wertvolle Spuren. Sven hatte nicht übel Lust, seine Waffe zu ziehen und diesem Schwachkopf den überheblichen Gesichtsausdruck aus der Visage zu schießen.
»Gut, dass Sie da sind. Und wie ich sehe, haben Sie auch keine Zeit verschwendet.« Mit einer ausholenden Armbewegung zeigte er auf die anwesenden Polizisten. »Obwohl es vielleicht besser gewesen wäre, wenn wir uns die ganze Sache erst einmal allein angesehen hätten.«
»Das hier ist keine Schatzsuche, bei der man sich einen Vorsprung verschaffen will. Das hier ist ein Tatort, und genauso wird er auch behandelt. Ich möchte Sie daher bitten, den Tatort zu verlassen.« Sven konnte sich nur mit Mühe zusammenreißen. Hätte Kolding ihn besser gekannt, hätte er der pochenden Ader an der Stirn des Kriminalbeamten mehr Beachtung geschenkt.
»Was erlauben Sie sich? Das ist BKA-Angelegenheit.«
»Wirklich?« Svens Grinsen fiel nicht gerade freundlich aus. Tatsächlich fletschte er die Zähne. »Wo ist die diesbezügliche Anordnung?« Er sah Kolding mit hochgezogenen Augenbrauen an. »Ach, haben Sie etwa keine? Örtlich fällt das nicht in Ihre Zuständigkeit. Tja, und was die sachliche Zuständigkeit angeht, darüber sollten andere entscheiden, nicht wahr? Nun, so wie es im Moment aussieht, haben Sie hier nichts verloren. Ich würde vorschlagen, Sie verschwinden jetzt, und zwar pronto.« Den letzten Satz warf er nur noch über die Schulter. Er hatte sich bereits abgewandt und

ging auf den uniformierten Kollegen zu, der an der Haustür Posten bezogen hatte. Zwei Beamte standen plötzlich hinter Kolding und wiesen ihm und Müller den Weg. Es blieb den beiden nichts anderes übrig, als das Feld zu räumen.
Kolding warf einen Blick zurück zum Haus. Auch wenn er diese Schlacht verloren hatte, hieß das noch lange nicht, dass es ihm gefallen musste.

Matthias legte vorsichtig den Hörer auf, so als handelte es sich um einen zerbrechlichen Gegenstand.
»Und?« Sein Chef sah ihn ungeduldig an.
»Kranz ist tot.«
Der alte Mann sog scharf die Luft ein. Matthias sah die Verwirrung im Gesicht seines Chefs.
»Wie bitte?«
»Kranz wurde ermordet. In seinem eigenen Haus.«
»Wer hat das angeordnet?«
Matthias war nun ebenfalls überrascht. Er war davon ausgegangen, dass der Alte den Mordauftrag erteilt hatte. Vielleicht an einen Spezialisten von außerhalb. Die nötigen Kontakte hatte er ja. »Ich dachte, Sie hätten …«
»Ich? Ich schätze es nicht, wenn man mich hintergeht.« Die Stimme des alten Mannes war heiser, aber Matthias hörte auch einen drohenden Unterton heraus; doch er beschloss, sich nicht einschüchtern zu lassen.
»Wenn Sie es nicht befohlen haben, dann war es keiner von unseren Leuten. Ich zumindest hatte keine Ahnung.«

»Dann finden Sie heraus, wer es war. Und bei Gott, ich töte Sie mit meinen eigenen Händen, wenn Sie etwas damit zu tun haben.«
Matthias wollte sich umdrehen, um zu gehen, doch die Stimme seines Chefs hielt ihn zurück.
»Warten Sie. Wo ist sie?«
Es war klar, von wem die Rede war.
»Bei der Journalistin, Andrea Hansen.« Er ließ die Journalistin heimlich beobachten.
Der ältere Mann grinste hässlich. »Also ist die Kranz quasi auf der Flucht.« Er dachte einen Moment nach, bevor er fortfuhr. »Vielleicht kommt uns das sogar zugute. Sie dürfte kaum ein Alibi vorzuweisen haben. Trotz allem, ich will wissen, wer hinter diesem Mord steckt. Was ist mit der anderen Sache? Die verlieren Sie doch hoffentlich nicht aus den Augen?«
»Nein. Der Mann von Interpol lässt zwar keine Ruhe, aber das dürfte kein Problem werden.« Matthias führte seine Angaben nicht weiter aus, da er wusste, dass sich sein Chef nicht für Details interessierte. Im Zweifelsfall wollte er von den Aktivitäten seiner Leute nichts gewusst haben.
Matthias drehte sich um und verließ leise das Zimmer.
Nachdem er die Tür hinter sich geschlossen hatte, blieb er einen Moment im Flur stehen. Etwas Neues hatte heute in der Luft gelegen. Ein neuer Geruch, mehr ein Gestank. Den kannte er nur zu gut. Schon oft hatte er ihn gerochen, und auch dem Alten haftete er nun an.
Du hast Angst, alter Mann, dachte er, *panische Angst.*

Als Julika den Seitenflügel betrat, in dem das Dezernat für Wirtschaftsdelikte untergebracht war, hatte sie das Gefühl, in eine andere Welt zu wechseln. Im Flur herrschte absolute Stille, und als sie an den zumeist offenstehenden Bürotüren vorbeikam, stellte sie mit Erstaunen fest, dass die Zimmer wie ausgestorben waren. Zwar blinkten überall die Computermonitore, Umzugskartons und Aktenordner stapelten sich, irgendwo quäkte vergessen ein Radio, aber von einem Mitarbeiter keine Spur.

Sie wusste, dass die Dienststelle etwa zehn Leute hatte, aber nirgends war jemand zu entdecken. Endlich klang aus einem Büro Gelächter, und sie trat näher, um zu klopfen. Aus mehreren Kehlen ertönte ein fröhliches Hallo, aber als sie versuchte, die Tür zu öffnen, sperrte sie.

»Moment.«

Sie konnte das Scharren von Stühlen auf dem Boden hören, und schließlich öffnete jemand die Tür.

»So, jetzt geht es.«

Vor ihr stand ein kleiner dicker Mann, der sie anstrahlte.

»Mein Name ist Gebhardt. Ich hatte angerufen.«

»Lass gut sein, Walter, ist für mich.« Die Stimme klang aus dem Inneren des Raumes, den Julika von ihrem Standort aus nicht einsehen konnte.

»Dann nur herein.« Der kleine Dicke machte die Tür weiter auf und bedeutete ihr einzutreten. Das Zweimannbüro war brechend voll. Alle, die sie zuvor vermisst hatte, saßen hier. Die zwei, die hier vermutlich hineingehörten, saßen an den beiden Schreibtischen, die restlichen Kollegen hatten sich auf Stühlen um die beiden Tische gruppiert. Auf dem

Tisch standen Kuchen und Kekse, auf einer Serviette klebte eine kleine brennende Kerze. Die Kaffeebecher standen auf Umzugskartons, die auch hier einen Großteil der Einrichtung ausmachten.
Julika schob sich, den Bauch eingezogen, zwischen einem Stuhl und einem kleinen Aktenschrank vorbei ins Zimmer. Zunächst befürchtete sie, in ein Treffen von Pensionären hineingeplatzt zu sein. Bis auf zwei Ausnahmen waren alle Anwesenden recht alt. Die eine Ausnahme war eine junge Frau mit verstrubbelten rotgefärbten Haaren, die sie durch eine Brille kurzsichtig anblinzelte. Sie war vermutlich Ende dreißig. Die andere Ausnahme war der kleine dicke Mann, der ihr die Tür aufgemacht hatte. Ihn schätzte Julika auf Ende vierzig. Alle trugen ihre Dienstausweise an kleinen Ketten um den Hals. Demnach konnte es sich kaum um pensionierte Polizisten handeln.
»Möchten Sie einen Kaffee?« Es kam selten vor, dass sich Kollegen untereinander siezten.
»Nein, vielen Dank.« Julika wehrte lächelnd ab. Einer der Beamten hielt ihr bereits einen Becher unter die Nase, ein anderer griff nach der Kanne, und ehe sie sich versah, hatte sie einen dampfenden Becher in der Hand.
»Ich bin eigentlich mit einem Willi Herschel verabredet.«
»Hier.« Ein älterer Mann stand auf. »Am besten, wir gehen in mein Zimmer.« Er hatte schlohweißes Haar und lustige Augen. Er konnte nicht über sechzig sein, denn Beamte gingen mit sechzig in den Ruhestand, doch er hatte etwas Großväterliches an sich.
Ein wenig schwerfällig versuchte er, sich aus der hinteren

Ecke des Büros nach vorne zu schieben. Ein anderer Mann, fast einen Kopf kleiner als Julika, sprang auf und reichte ihr die Hand.

»Mein Name ist Schneider. Ich bin hier der Sachgebietsleiter. Dann sind Sie die Kollegin vom Morddezernat?«

»Korrekt.« Sie schüttelten einander die Hände. Er begann geradezu zwanghaft seine Hände aneinanderzureiben.

»Kann ich Ihnen vielleicht …«

»Vergiss es, Schnittchen. Ist mein Besuch, nicht deiner.« Alle Anwesenden lachten. »Schnittchen« zog sich mit einem Schulterzucken zurück und setzte sich wieder hin. Julika stellte mit einem entschuldigenden Lächeln ihren Kaffeebecher weg und versuchte sich rückwärts aus dem Büro zu schieben. Schließlich stand sie mit Willi Herschel auf dem Flur, und die Bürotür schloss sich hinter ihnen wie von Zauberhand.

Herschel strahlte sie an.

»Bei uns nennt man das Dienstsport.« Dazu kicherte er wie ein kleines Kind. Julika blickte ihn erstaunt an. Er setzte sich in Bewegung, und sie folgte ihm. Sie betraten ein großes Büro am Ende des Flures, und auch wenn es hier ebenfalls ziemlich voll war, so konnte man sich zumindest um seine eigene Achse drehen, ohne mit einem Karton zu kollidieren.

»Setzen Sie sich.« Herschel zeigte auf einen Stuhl. Er selbst setzte sich an einen Tisch, der im Gegensatz zur restlichen Dienststelle geradezu peinlich aufgeräumt war. Auf dem Tisch fanden sich keine Akten, nur ein weißes Blatt Papier lag auf der Schreibtischunterlage. Daneben wartete ein angespitzter Bleistift auf seinen Einsatz. Alles war akkurat, bis auf das Wasserglas, das geradezu blind vor Schmutz war. Innerlich schüttelte sich Julika.

»Also, worum geht es?« Der ältere Kollege sah ihr gutmütig in die Augen, und für einen Moment zögerte sie. Sie konnte sich beim besten Willen nicht vorstellen, dass dieser Mann ihr in irgendeiner Weise helfen konnte.

»Ich ermittle in einem Mordfall. Das Opfer ist eine junge Russin, die am Elbstrand gefunden wurde.«

»Ich habe davon gelesen.« Er nickte. Dabei erinnerte er sie an einen jener Wackeldackel, die vor Jahren so oft auf den Hutablagen der Autofonds zu sehen gewesen waren.

»Im Zuge der Ermittlungen sind wir auf einen Namen gestoßen, der uns zwar nichts sagt, der aber interessant sein könnte.«

»Und zwar?« Noch immer lächelte er sie freundlich an.

»Wolfgang Schieferdecker.«

Wieder kicherte der ältere Kollege. Julika begann nun ernsthaft, an seinem Verstand zu zweifeln.

»Einige können es einfach nicht lassen. Aber das macht nichts, denn über ihre Habgier oder ihre Eitelkeit kriegen wir sie immer irgendwann.« Er wischte sich über die Augen, so als wolle er sich die Lachtränen trocknen. Julika hob die Augenbrauen, unschlüssig, ob sie noch bleiben sollte, als Herschel zu erzählen anfing.

»Ich mach' diesen Job hier seit sechsundzwanzig Jahren, und seit fast zwanzig Jahren habe ich immer mal wieder mit Schieferdecker zu tun gehabt. Nur leider konnten wir ihn nie richtig an den Eiern kriegen.«

Julika glaubte, sich verhört zu haben. Diese Ausdrucksweise hätte sie bei ihrem Gegenüber nun wirklich nicht erwartet.

»Sehen Sie, als ich ihn das erste Mal hier sitzen hatte, war er ein junger Anwalt, der einem Mandanten bei der Vernehmung beistand. Im Laufe der Zeit war er immer öfter hier, meist als Zeuge, ein paarmal sogar als Beschuldigter, aber wie gesagt, nie konnten wir ihm etwas nachweisen. Er begann als Anwalt, mutierte zum Steuerberater und schließlich zum Geschäftsmann, und ich habe sogar gehört, dass er sich als Notar betätigt. Ich glaube, seit ein paar Jahren handelt er mit Firmenmänteln. Sie wissen, was das ist?«

Julika nickte. Sie dankte im Geiste Bernd Maischner für den erteilten Nachhilfeunterricht. »Aber leider«, Herschel zuckte bedauernd mit den Achseln, »ist solch ein Treiben nicht unbedingt illegal. Ich habe Gerüchte gehört, denen zufolge er seine Finger sogar im Menschenhandel haben soll. Aber wie gesagt«, er hob die Hände, »alles nur Gerüchte.«

»Wieso konnten Sie ihm nie etwas nachweisen?«

»Tja, wieso eigentlich?« Herschel legte seine Arme auf den Stuhllehnen ab und verschränkte die Hände ineinander. Dabei schweifte sein Blick zum Fenster hinaus. Er schien in seinen Gedanken zu versinken.

»Zunächst einmal war er eine Zeit lang, gerade am Anfang, recht geschickt. Dann hatte er eine Menge Glück, und zu guter Letzt wird er von mächtigen Leuten dieser Stadt geschützt.«

»Von wem?«

»Von Richtern beispielsweise. An einen Fall kann ich mich noch sehr gut erinnern. Der damalige Richter, übrigens ein verhältnismäßig junger Spund, hat ihn freigesprochen, obwohl unserer Meinung nach die Beweiskette lückenlos war. Es ging um Betrug. Schieferdecker hatte Firmenmäntel verkauft, mit denen ein Scheinunternehmen aufgebaut wurde. Diese Firma beschäftigte sich mit Investitionen. Ihre Klientel setzte sich aus Leuten zusammen, die Schwarzgelder gewinnbringend anlegen wollten. Natürlich am Finanzamt vorbei. Sie können sich vorstellen, dass wir Schwierigkeiten hatten, die Geschädigten zu einer Aussage zu bewegen. Wir glaubten eigentlich, beweisen zu können, dass er nicht nur die Vorlage geliefert hatte, sondern auch hinterher aktiv mit in der Sache drinhing. Zumindest gab er sich als Steuerberater dieses obskuren Unternehmens aus. Jedenfalls, nach dem Freispruch ging der Staatsanwalt in die Berufung, und als das Verfahren neu aufgerollt werden sollte, waren wichtige Beweismittel einfach verschwunden. Niemand konnte dem Richter etwas nachweisen, aber das ganze Verfahren war zum Scheitern verurteilt, und es gab einen zweiten Freispruch.«

Alle Heiterkeit war aus dem Gesicht des Kollegen verschwunden. Seine Miene zeigte Wut, aber auch eine Spur Verbitterung. »Wir hatten damals über fünf Jahre ermittelt, und dann das.«

»Wie lange ist das her?«

»Drei Jahre ungefähr.«

»Und wer war der Richter?«

Er wandte sich ihr zu. »Wie ich schon sagte, Schieferdecker

wird geschützt. Bei dem Richter handelte es sich um Martin Röper.«
Julika kam der Name vage bekannt vor. Herschel bemerkte das.
»Ich helfe Ihnen ein wenig auf die Sprünge. Röper ist der Schwiegersohn von Julius Hintze, unserem Innensenator.«

»Erzähl mir von Manuela Kranz.«
Sven war einfach bei Johanna aufgekreuzt. Entgegen seinen üblichen Gewohnheiten wirkte er regelrecht handzahm. Wenigstens hatte er dieses Mal keine Morddrohungen ausgestoßen.
»Willst du mir nicht sagen, worum es geht?« Sie war gerade in ihrem Büro eingetroffen, als sie den Anruf von Sven erhalten hatte. Er sei auf dem Weg zu ihrer Wohnung, um seinen Wagen abzuholen. Und außerdem habe er etwas mit ihr zu besprechen. Sie hatte keine Ahnung, worum es ging, aber seine Stimme hatte jenen besonderen Unterton angenommen, der ihr sagte, dass es besser wäre, nicht zu widersprechen. Also hatte sie sich wieder auf den Weg gemacht. Als sie zu Hause ankam, wartete er bereits, gegen den Kotflügel seines Autos gelehnt. Er hatte ihr lediglich zugenickt und war ihr ins Haus gefolgt. Seine Miene verhieß nichts Gutes.
»Nein. Jedenfalls noch nicht. Also, was weißt du über sie?«
»Was soll ich sagen?« Sie hatte ihre Jacke ausgezogen und ließ sich nun schwer auf einen der Sessel fallen. »Sie ist

traumatisiert, scheint sich aber langsam zu fangen. Es gibt Sachen, an die sie sich erinnert, die sie aber nicht fassen kann.«

»Was für Sachen?«

Sie erzählte ihm, dass Manuela von Körpern ohne Köpfe gesprochen hatte.

»Glaubst du ihr?« Er hatte die Hände in den Taschen seiner engen Jeans vergraben und hatte sich zu ihr umgewandt.

»Nun ja, es passt ins Bild. Patienten, denen so etwas passiert, verdrängen die schrecklichen Erinnerungen. Täten sie das nicht, würden sie wahnsinnig werden. Amnesie ist immer ein Schutz vor sich selbst. Man schützt die eigene Psyche und gestattet ihr, das Geschehene langsam ins Bewusstsein tröpfeln zu lassen, und zwar in Dosen, die man verträgt und verarbeiten kann. Aber es gibt immer etwas, gegen das man sich nicht wehren kann und das gerade in den Träumen versucht, an die Oberfläche des Bewusstseins zu schwappen. Nur so haben die Patienten die Chance, sich zu erinnern. Ja«, sie schaute auf und sah ihm ins Gesicht, »ja, ich glaube ihr.«

Sven nahm eine Hand aus der Hosentasche und begann, seine Stirn zu massieren.

»Wir haben ein Problem. Wo ist sie?«

Johanna hob die Hände wie zur Abwehr. »Sven, ich …«

»Herrgott, Johanna, ich habe keine Zeit für deine Spielchen.« Urplötzlich stand er vor ihr. Die Hände auf der Sessellehne abgestützt, sein Gesicht nur Zentimeter von ihrem entfernt.

»Wo ist sie?« Er betonte jedes einzelne Wort.

Johanna schreckte zurück, aber nur weil diese Attacke so plötzlich erfolgte. Sie entspannte sich. Sie ging nicht davon aus, dass er sie tatsächlich angreifen würde.
»Es tut mir leid, Sven, aber im Augenblick versuche ich, meine Patientin zu schützen. Sie …«
»Wir wollen doch mal klarstellen, dass du einer inhaftierten Tatverdächtigen zur Flucht verholfen hast und sie nun versteckst. Kein Mensch interessiert sich zum jetzigen Zeitpunkt dafür, warum du es getan hast.«
Einen Moment lang fixierten sich die beiden. Johanna skeptisch, Sven unnachgiebig.
»Johanna, ich kann dich nicht länger decken. Nicht nach dem, was heute passiert ist.«
»Was ist heute denn passiert?«
»Karl-Heinz Kranz ist tot. Er wurde ermordet. Ich komme eben vom Tatort.«
»Oh mein Gott.« Alle Anspannung wich von ihr, und sie sackte in ihrem Sessel zurück. Fieberhaft begann sie zu überlegen.
»Und du glaubst, dass Manuela Kranz …«
»Ich glaube gar nichts, aber das BKA glaubt. Sie haben Karl-Heinz Kranz überwacht und waren daher eher am Tatort als ich.«
»Aber wenn sie ihn überwacht haben, müssen sie den Täter doch gesehen haben? Wie konnte das überhaupt passieren, wenn sie ihn unter Wind hatten?«
»Frag mich was Leichteres.« Sven hatte sich wieder aufgerichtet. Er begann im Zimmer auf und ab zu laufen. Dabei fuhr er sich mit einer Hand durch die Haare.

»Kolding ist durch den Tatort gelatscht und hat wahrscheinlich mehr Spuren vernichtet, als überhaupt da waren. Er wollte die ganze Sache an sich ziehen, und es ist nur noch eine Frage der Zeit, wann ich ihn nicht mehr aufhalten kann.«

»Weißt du schon, was passiert ist?«

»Im Ansatz. Kranz wurde aus einer Entfernung von ungefähr vier oder fünf Metern erschossen, und zwar genau in die Stirn.« Er stieß seinen Zeigefinger auf die Stelle, die die Mitte zwischen den Augen markierte.

»Und die Waffe?«

»War am Tatort. So wie es aussieht, eine russische Makarov. Keine Fingerspuren.«

»Ein Profi?«

Er nickte. »Sieht so aus.«

»Dann kann es ja kaum Manuela Kranz gewesen sein, oder?«

»Sag das nicht mir. Wir müssen Manuela Kranz in Sicherheit bringen.«

»Bitte?« Johanna war wie vom Donner gerührt.

»Du hast mich schon ganz richtig verstanden. Irgendetwas stinkt hier gewaltig. Sie wäre doch wohl nicht im Leben so dumm, auf der Flucht einen Mord zu begehen, und außerdem, welches Motiv sollte sie denn haben? Rache? Wofür? Nein«, Sven schüttelte den Kopf, »da steckt etwas anderes dahinter. Ich weiß nur noch nicht, was. Also, wo ist sie?«

Johanna rang einen Moment mit sich, sah aber ein, dass es das Beste war, Sven einzuweihen. Zumindest wurde sie so einen Teil der Verantwortung los.

»Sie ist bei einer Freundin von mir. Andrea Hansen.«
»Ist das diese Journalistin?«
Johanna nickte. »Ja.«
»Dachte ich es mir doch. Was Besseres ist euch wohl nicht eingefallen, oder?«
»Was hast du vor?«
»Das weiß ich noch nicht. Am sichersten wäre sie wahrscheinlich in der Klinik aufgehoben, aber dahin können wir sie dank deiner Hilfe kaum zurückbringen.«
Einen Moment schwiegen beide. Es war Johanna, die das Schweigen brach. »Ich habe eine Idee, wo ich sie hinbringen könnte.«
Sven sah sie stirnrunzelnd an. »Ist es da sicher?«
»Ja, ich denke schon.«
»Wo?«
»Meine Mutter hat noch ein Ferienhaus an der Ostsee. Um diese Jahreszeit ist da nicht viel los. Es dürften nur ein paar Kurgäste im benachbarten Hotel sein, insofern würde sie nicht allzu sehr auffallen.«
Sven dachte nach. Schließlich nickte er. »Ich fürchte, wir müssen es riskieren. Wann kannst du sie hinbringen?«
»Noch heute. Ich brauche nur den Schlüssel.«
»Gut. Ruf mich an, wenn alles erledigt ist.« Er wandte sich zum Gehen, als ihm noch etwas einfiel.
»Da wäre noch etwas.«
»Ja?«
»Nimm bitte die Waffe mit, die ich dir vor ein paar Monaten gegeben habe.«

»Ein Betrüger also.« Bernd nickte. Julika hatte ihn angerufen, nachdem sie den Kollegen Herschel verlassen hatte, und er hatte zugesagt, umgehend in ihr Büro zu kommen. Sie nutzte die Zeit bis zu seinem Eintreffen, um im Archiv die Akten herauszusuchen, die Herschel ihr genannt hatte. Als Bernd in ihr Büro spazierte, mit einem Besucherausweis in der Hand, hatte sie alles beisammen.

Julika blätterte in einer Mappe, in der sie sich Gesprächsnotizen gemacht hatte. Sie versuchte, sämtliche Erkenntnisse in einen Zusammenhang zu bringen, aber nach der ersten Sichtung war klar, dass sie es nicht alleine schaffen würde.

»Er wurde nie verurteilt, und das letzte Mal, dass er unangenehm aufgefallen ist, war die Geschichte, in der der Sohn unseres allseits geliebten Innensenators ihn hat laufenlassen.«

»Und seitdem ist er nie wieder aufgetaucht?«

»Nein.«

»Das wundert mich nicht.«

»Wieso?«

»Die letzte Firma, bei der er irgendwie seine Finger im Spiel hatte, war die, die in den Menschenhandel verstrickt ist, in dem ich ermittle. Menschenhandel ist organisierte Kriminalität, und wenn du etwas brauchst, um in dieser Liga mitzuspielen, dann ist es Geld, und zwar viel Geld. Die beste Möglichkeit, um möglichst schnell an möglichst viel Geld zu kommen, ist irgendeine Art von Betrug. In diesem Fall hat er vor fünf Jahren Leute abgezockt, die ihn nie anzeigen würden, weil sie selber etwas zu verbergen hatten. Er muss Millionen damit gescheffelt haben. Oder zumindest genug, um sich bei seinen künftigen Geschäftspartnern beliebt zu machen.«

»Wie passt Röper da rein?«

»Wie meinst du das?«

»Warum hat er ihn freigesprochen? Ich meine, damals kam der Verdacht der Bestechung auf, aber man konnte Röper nichts nachweisen.«

»Wahrscheinlich kannten sie sich von früher. Vielleicht über seinen Schwiegervater.«

»Du meinst, Hintze hat ihn unter Druck gesetzt?«

»Vielleicht nicht gerade unter Druck gesetzt, aber du weißt doch, wie das ist. Vielleicht hat er ihm einen aussichtsreicheren Posten in Aussicht gestellt. Was ist eigentlich nach dem Berufungsverfahren mit Röper passiert?«

»Das Ganze lief ziemlich ruhig ab. Zunächst gab es natürlich den Verdacht, dass Röper die entscheidenden Beweise hatte verschwinden lassen, um das Berufungsverfahren zu sabotieren, aber man konnte ihm nichts nachweisen. Jedenfalls hat er sich zurückgezogen und schließlich gekündigt.«

»Wie alt war er damals?«

»Mitte vierzig. Wie gesagt, er war verdammt jung. Seine Frau, Hintzes Tochter, ist damals gerade dreißig gewesen.«

»Was macht Röper heute?«

»Er arbeitet in irgendeinem Investmentbüro als Berater. Was immer das heißen mag, aber er kann sich eine Villa mit Swimmingpool davon leisten.«

»Mmh.« Bernd dachte einen Moment nach. »Auf jeden Fall

ist er unsere heißeste Spur. Er und Schieferdecker. Wenn die beiden wirklich so dicke miteinander sind, dann weiß Röper auch etwas über den Menschenhandel.«

»Es tut mir leid, Frau Dr. Jensen, aber Ihre Mutter schläft gerade.«

Die Schwester sah Johanna streng an, so als habe sie einen Schuljungen dabei erwischt, wie er auf den Schulhof pinkelt. Johanna setzte ihr treuherzigstes Lächeln auf.

»Ich möchte sie auch nicht stören. Ich wollte mich nur ein bisschen zu ihr setzen. Ich habe bestimmt nicht vor, sie zu wecken.«

Die Krankenpflegerin gab sich den Anschein, als habe man sie mühsam überredet. Wahrscheinlich steigerte das ihr Gefühl von Wichtigkeit. Schließlich nickte sie.

»Also gut, aber nicht lange.« Sie ließ es sich nicht nehmen, Johanna mit dem Zeigefinger zu drohen.

»Bestimmt nicht.« Johanna schenkte ihr noch ein entschuldigendes Lächeln und schlüpfte dann in das Zimmer ihrer Mutter.

Gerda Jensen lag auf dem Rücken, die Hände locker auf der Bettdecke abgelegt. Johanna betrachtete ihre Mutter einen Augenblick. Das faltige Gesicht wirkte vollkommen entspannt. Sie gab sich einen Ruck und fasste ihre Mutter zaghaft an der Schulter.

»Mutter?« Sie flüsterte. Wer weiß, vielleicht stand der Dragoner genau vor der Tür und horchte.

Ihre Mutter rührte sich nicht. Johanna packte ein wenig fester zu und beugte sich tiefer über die ältere Frau.

»Mutter.«

Gerda Jensen schlug die Augen auf und blickte irritiert um sich. Als sie ihre Tochter erkannte, lächelte sie leicht.

»Johanna. Schön, dass du mich besuchen kommst.«

»Mutter, tut mir leid, aber ich habe nicht viel Zeit. Ich brauche deine Hilfe.«

Die Augen ihrer Mutter wurden klarer, aber auch wachsamer.

»Was ist passiert?«

»Nichts. Falsche Wortwahl, es ist mehr ein Gefallen. Sag, kann ich das Ferienhaus an der Ostsee ein paar Tage benutzen?«

Die alte Dame sah sie erstaunt an. »Sicher.«

»Wo ist der Schlüssel?«

»Der Schlüssel?«

Johanna lächelte. »Ja. Oder soll ich die Tür aufbrechen?«

»Oh, natürlich. Warte.« Gerda Jensen setzte sich ein wenig im Bett auf. »Den Schlüssel habe ich im Nachtschrank an meinem Bett. In der untersten Schublade. Ist wirklich alles in Ordnung?«

»Alles bestens.« Johanna richtete sich auf. »Ich muss für ein paar Tage weg, kann dich also nicht besuchen, aber wenn ich wieder da bin, reden wir weiter, okay?«

»Bist du in Schwierigkeiten?«

»War ich das je?«

»Wann warst du es mal nicht?« Ihre Mutter lächelte verschmitzt. »Geh schon.«

Johanna drückte ihr noch einen Kuss auf die Wange und wandte sich zum Gehen. Als sie schon an der Tür war, sprach ihre Mutter sie noch einmal an.
»*Mutter* habe ich nie gemocht, aber *Mama* würde mir gefallen.«
Johanna drehte sich um und betrachtete ihre Mutter. Die hatte die Augen auf die Bettdecke gerichtet und musterte angestrengt ihre Hände.
»Schlaf jetzt. Ich komme so bald wie möglich.«

»Julika.«
Julika hörte ihren Chef quer über den Flur rufen, aber bevor sie antworten konnte, stand er schon im Türrahmen.
»Hallo, Chef.« Sie zeigte auf Bernd Maischner und wollte ihn eben vorstellen, als dieser aufstand und mit ausgestreckter Hand auf Diekmann zuging.
»Ich bin Bernd Maischner. Interpol.«
Sven drückte ihm die Hand. »Ich habe schon von Ihnen gehört. Und? Kommt ihr zwei weiter?«
»Ich denke schon. Julika hat ziemliche Laufarbeit geleistet, und langsam kommen wir der Sache näher. Hoffe ich zumindest.«
»Die Hoffnung stirbt zuletzt, oder?«
»Kommen Sie, wir erzählen Ihnen Näheres.«
Sven setzte sich auf einen der Stühle, die sonst Zeugen oder Beschuldigten vorbehalten waren, und so hatte er beide, Julika und Maischner, im Blick.

Julika übernahm das Reden. »Zwar können wir noch nicht mit dem Finger auf den Mörder der russischen Kollegin zeigen, aber die ganze Sache ist etwas komplexer, als es zunächst den Anschein hatte. Wir haben es hier mit einem Menschenhändlerring zu tun, der wohl schon seit einiger Zeit agiert.«

Sven hatte die Stirn in Falten gelegt. »Wie lange schon?«

Maischner schaltete sich in das Gespräch ein. »Annähernd zwei Jahre. Aber die Sache hat unglaubliche Ausmaße. Ich fürchte, ich habe auch dir, Julika, noch nicht alles erzählt.«

Julika hob die Augenbrauen.

Der Mann von Interpol holte tief Luft und begann zu erzählen.

»Die Organisation ist im ganzen Bundesgebiet tätig. In den einzelnen Städten gibt es, wir nennen sie jedenfalls so, Statthalter. Bis auf Hamburg konnten wir überall die Statthalter identifizieren. Sie werden derzeit alle observiert. Nur hier sind wir bisher keinen Schritt weitergekommen. Wir können die restlichen Statthalter nicht hochgehen lassen, da die Hamburger Organisation dann gewarnt würde. Erst der Mord an der russischen Kollegin scheint Licht ins Dunkel zu bringen.«

»Wenn Sie sagen ›Statthalter‹, gehe ich davon aus, dass es jemand anderen gibt, der die Fäden zieht, richtig?«

Maischner nickte. »Richtig. Und wir haben keinen Schimmer, wer das ist.«

»Warum sind wir als zuständige Behörde nicht informiert worden?« Sven schien ein wenig verärgert.

»Weil wir den Verdacht haben, dass es in hohen Polizei-

kreisen einen Maulwurf gibt. Wir konnten kein Risiko eingehen.«
Julika sog scharf die Luft ein. »Du meinst, ein Polizist ist in die ganze Sache verstrickt?«
»Ich gehe sogar noch weiter. Ich glaube, dass der Boss ein Polizist ist.«
Sven stützte die Ellenbogen auf den Tisch und legte sein Kinn in die Hände.
»Und wie kommen Sie darauf?«
»Sämtliche Aktionen, die wir seit Anbeginn der Ermittlungen versucht haben, sind fehlgeschlagen. Beweismittel verschwanden, Zeugen starben, bevor wir sie in Sicherheit bringen konnten. Es kann keine andere Erklärung geben.«
Für einen Moment herrschte Schweigen. Diekmann ließ nicht erkennen, ob er überrascht war. Im Gegensatz zu Julika, die Bernd Maischner fassungslos ansah.
Sven fixierte sein Gegenüber einige Sekunden, bevor er weitersprach.
»Wenn Sie den Spitzel in der Polizei vermuten, warum sind Sie dann gegenüber mir und Julika so mitteilungsbedürftig?«
»Darf ich offen sein?«
»Ich bitte darum.«
»Ich sprach von hohen Polizeikreisen, und Sie beide sind bei weitem nicht hoch genug in der Hierarchie.«
Sven nickte. »Das leuchtet mir ein. Und was haben Sie in der Hand?«
Julika erstattete in ihrer knappen Art Bericht. Sie ließ kein wichtiges Detail aus, schweifte aber auch nicht ab.

Sven unterbrach sie nicht. Erst am Ende ihrer Ausführungen stellte er eine Frage.
»Ihr sagt, der Richter, der diesen Steuerberater – wie hieß er doch gleich?«
»Schieferdecker.«
»Also, der Richter, der Schieferdecker hat laufenlassen, war ein gewisser Martin Röper?«
»Korrekt. Der Schwiegersohn unseres Innensenators.«
»Ja, und der Nachbar des Leiters des Landeskriminalamtes.«

Den Schlüssel hatte Johanna schnell gefunden. Er lag, wie ihre Mutter gesagt hatte, in ihrem Nachttisch, mit einem kleinen, säuberlich beschrifteten Anhänger versehen. Noch auf der Fahrt zu dem Haus ihrer Mutter hatte sie Andrea angerufen und sich mit ihr in deren Wohnung verabredet. Worum es ging, sagte sie ihr nicht.
Genau wie bei ihrem letzten Besuch, fuhr sie direkt in die Tiefgarage. Kaum eine Stunde nachdem sie mit Sven gesprochen hatte, stand sie vor Andreas Tür.
»Hej, du hattest es aber eilig.«
»Es ist auch eilig. Ich muss mit Manuela sprechen.« Sie schob sich an der Freundin vorbei in die Wohnung.
»Ich bin hier.« Manuela stand im Wohnzimmer. Sie hatte die Arme um sich gelegt, als wäre ihr kalt. Sie wirkte verängstigt. »Ist etwas passiert?«
Johanna nickte. »Kann man so sagen. Ihr Mann wurde er-

mordet.« Am liebsten hätte sie sich auf die Zunge gebissen, aber nun war es zu spät.

»Oh mein Gott.« Manuela Kranz schlug sich die Hand vor den Mund und sah sie entsetzt an.

»Wie konnte das passieren? Wer war es?«

»Das wissen wir nicht, aber der Leiter der Mordkommission ist der Meinung, dass Sie schnell aus der Stadt verschwinden sollten.«

»Diekmann will ihr helfen?« Andrea gab sich keine Mühe, ihre Überraschung zu verbergen. »Wie hast du das denn hingekriegt?«

»Er meint, ich zitiere wörtlich, *hier stinkt etwas zum Himmel,* und glaubt, dass irgendjemand Manuela Kranz den Mord an ihrem Mann anhängen will. Außerdem macht das BKA langsam Druck. Manuela Kranz muss weg. Denn wenn sie verhaftet wird, wird der Fall als gelöst zu den Akten gelegt und fertig.«

»Und was jetzt?« Manuela sah sie ängstlich an.

»Ziehen Sie sich an, damit wir abhauen können.«

Manuela drehte sich um und ging ins Badezimmer.

»Wo bringst du sie hin?« Andrea wirkte skeptisch.

»An die Ostsee, in das Ferienhaus meiner Mutter. Ich bleibe bei ihr. Hier, ich schreibe dir die Adresse auf.« Johanna nahm einen Stift aus ihrer Tasche und sah sich suchend nach einem Stück Papier um.

»Warte, ich habe einen Block.« Andrea riss einen Zettel ab, und Johanna notierte die Anschrift. »Hier, aber du darfst es niemandem zeigen, okay? Wenn etwas passiert, ruf mich über mein Handy an.«

»Was ist los? Wirst du paranoid?«
»Nein, aber irgendwie hat mich Sven nervös gemacht.«

»Verflucht.« Julika ärgerte sich. Darauf hätte sie auch selbst kommen können. »Ich wusste gleich, dass mir der Name bekannt vorkommt.«
Maischner sah zwischen Julika und Diekmann hin und her. »Habe ich etwas verpasst?«
Diekmann zögerte einen Moment und entschloss sich dann, Maischner einzuweihen. Er erzählte ihm von dem Gespräch, das er mit Makowiak geführt hatte.
»Allerdings ging es dabei um einen anderen Mordfall. Die Frau eines Prominenten soll einen Mann getötet haben. Der Innensenator schaltete sich ein und verlangte quasi Akteneinsicht. Schließlich suchte der Leiter des Landeskriminalamtes das Gespräch mit mir und teilte mir mit, dass der Schwiegersohn des Senators sein Nachbar sei.«
»Und warum hat er das getan?«
»Um, wie er sagte, zu verhindern, dass man ihn vorschiebt, um an Informationen zu kommen. Und auch, um derartigen Spekulationen der Presse zuvorzukommen.«
»Trauen Sie ihm?«
Eine gute Frage, und im ersten Moment war Sven versucht, dies zu bejahen.
»Nun, er hat sich bisher als fairer Vorgesetzter und absolut integer erwiesen. Er war Offizier bei der Bundeswehr.«

Maischner schüttelte den Kopf. Seine Stimme klang sanft, als er antwortete.
»Danach habe ich nicht gefragt.«
Sven seufzte. »Ich weiß, worauf Sie hinauswollen, aber ich kann Ihnen nicht mehr sagen. Wenn Sie recht haben, kommt der Spitzel aus den höchsten Kreisen. Makowiaks Position wäre vor diesem Hintergrund geradezu ideal.«
Maischner nickte. »Genau das meinte ich.«
»Aber ich fürchte, uns sind die Hände gebunden. Wir können kaum zu ihm gehen und ihn fragen. Und wenn wir ihn observieren, kann der Schuss nach hinten losgehen. Außerdem«, er fuhr sich mit der Hand durch seine Haare, »außerdem gibt es ein kleines Problem.«
»Und das wäre?«
»Karl-Heinz Kranz ist vor wenigen Stunden tot aufgefunden worden. Ermordet.«

Johanna fuhr, als würde sie rohe Eier transportieren. Sie hielt sich penibel an die Geschwindigkeitsbegrenzung, da sie nicht Gefahr laufen wollte, mit einer flüchtigen Tatverdächtigen und einer scharfen Schusswaffe von einem Streifenwagen angehalten zu werden. Allein für die Schusswaffe, für die sie keinen Waffenschein hatte, würde sie festgenommen werden. Es war nicht auszudenken, was passieren würde, wenn man sie in Begleitung von Manuela Kranz anträfe.
Erst als sie sich auf der Autobahn befand und die Stadt hin-

ter sich ließ, entspannte sie sich langsam. Es hatte ein leichter Nieselregen eingesetzt, und die Heizung im Wagen lief auf Hochtouren. Manuela hatte bisher kein Wort gesagt. Auch ihr schienen verschiedene Schreckensszenarien durch den Kopf zu gehen.

Aber schließlich war sie es, die das Schweigen brach.

»Glauben die, dass ich meinen Mann ermordet habe?« Sie konkretisierte nicht, wen sie mit *die* meinte.

Johanna suchte nach einer ausweichenden Antwort. »Man ermittelt in alle Richtungen.«

»Das glauben Sie doch selber nicht.« Manuelas Stimme klang bitter. »Auf jeden Fall bin ich dieses Mal sicher, dass ich es nicht war.«

»Das ist doch schon mal ein guter Anfang.« Johanna versuchte es mit einem Lächeln, stellte aber bei einem Seitenblick fest, dass Manuela Kranz um Fassung rang. Sie hatte ihre Hände im Schoß ineinander verkrampft. Johanna konnte sich nur im Ansatz vorstellen, was in ihrer Begleiterin vor sich ging. Sie holte tief Luft und beschloss, es auf eine andere Art zu versuchen.

»Hören Sie, Frau Kranz …«

»Manuela.«

»Was?«

»Nennen Sie mich Manuela. Ich meine, in den Augen der anderen sind wir doch schon fast so etwas wie Komplizinnen, oder?« Ihr zaghaftes Lächeln drückte genau die Art von Humor aus, den Johanna schon so oft an ihr bemerkt hatte.

»Also gut, Manuela, ich weiß, dass du Angst hast, und mir

geht es nicht anders. Wenn es schiefgeht, dann gehen wir beide in den Knast, und deswegen werden wir alles dafür tun, dass das Ganze gut ausgeht.«

»Wer ist wir? Andrea und du?«

»Andrea, die Polizei und ich, ja.«

Manuela sah zum Seitenfenster hinaus. Sie ließ einen Moment die Landschaft an sich vorbeiziehen, bevor sie antwortete.

»Du meinst, dieser eine Ermittler, Dittmann.«

»Diekmann, ja. Er mag ein arroganter, ignoranter Macho sein, aber er weiß, was richtig und was falsch ist.«

»Du magst ihn, oder?«

»Bitte?« Johanna wandte sich spontan zu ihrer Beifahrerin um und hätte fast die Kontrolle über den Wagen verloren. Sie richtete den Blick wieder fest auf die Straße und versuchte, sich nichts anmerken zu lassen.

»Andrea hat so etwas angedeutet.«

»Hat sie?« Johanna überlegte fieberhaft, womit sie sich bei Andrea verraten haben könnte. Und was gab es da eigentlich zu verraten?

»Ja, hat sie. Sie meint, zwischen dir und Diekmann läuft etwas, oder wenn bisher nicht, dann zumindest bald. Sie beschrieb es als eine Art Hassliebe.«

Johanna bemerkte, wie ihre Handflächen feucht wurden. Zwar war es ein Thema, mit dem sich Manuela ablenken konnte, in Johanna aber löste es Gefühle aus, die sie nun wirklich nicht gebrauchen konnte. Plötzlich kam ihr ihre Mutter in den Sinn. Was würde sie zu alldem sagen? Johanna versuchte, die Frau, die sie in den letzten Tagen erlebt hatte, mit der Frau zu vergleichen, die sie großgezogen hatte, und kam zu dem Ergebnis, dass die beiden Personen nicht vereinbar waren. In den letzten Tagen hatte sie die Gedanken an ihre Mutter und das sich wandelnde Verhältnis zu ihr verdrängt. Vielleicht war es an der Zeit, etwas zu verändern, nachzugeben und auch zu verzeihen. Ihr fiel ein, was ihre Mutter zum Abschied gesagt hatte. *Mutter mochte ich nie, aber Mama hat mir immer gefallen.* Hatte ihre Mutter eine neue Einstellung zum Leben gewonnen und war mit sich selbst ins Gericht gegangen, weil sie merkte, dass das Leben viel zu kurz war, um es sich und anderen schwerzumachen? Es war ein merkwürdiges Gefühl. Die Mutter war ihr bisher, zumindest was ihr Verhalten anging, vertraut gewesen, und nun war sie ihr fremd. Allerdings auf eine fast angenehme Weise, die es ihr ermöglichte, sie kennenzulernen.

»Hörst du mir überhaupt zu?«

Johanna hörte das Lachen in Manuelas Stimme.

»Nein, entschuldige bitte, ich war eben meilenweit weg.«

»Das habe ich gemerkt.«

»Ich dachte an meine Mutter.«

»Verstehst du dich gut mit ihr?«

»Genau genommen lerne ich sie gerade erst kennen.«

»Das ist ja fast wie bei mir. Ich lerne mich auch gerade erst kennen.« Manuela seufzte. »Ich fühle mich irgendwie schuldig.«

»Warum?«

»Mein Mann wurde ermordet, und es macht mir nichts aus. Obwohl, nein«, sie brach ab, »versteh mich bitte nicht falsch, es ist furchtbar, dass er ermordet wurde, aber ich habe nicht das Gefühl einer engen Beziehung, nicht das Gefühl, dass es mich in irgendeiner Weise betrifft. Ich meine, auch wenn ich mich an nichts erinnern kann, so müsste ich doch tief in meinem Inneren so etwas wie Trauer empfinden, oder nicht?«

»Viele Menschen empfinden so, obwohl sie ihr Gedächtnis nicht verloren haben.«

»Wie meinst du das?«

»Es gibt genügend Menschen, die von dem Tod eines nahen Angehörigen in keiner Weise betroffen sind, aber Trauer heucheln. Sie glauben, sie sind es sich und ihrer Umwelt schuldig. Genau genommen bist du in einer besseren Situation. Du musst dir nichts vormachen. Wenn du dich irgendwann erinnerst, wirst du sehen, was an Trauer da ist oder nicht.«

»Du meinst, ich sollte mir keine Gedanken machen?«

»Ich meine, wir sollten sehen, dass wir aus der ganzen Geschichte einigermaßen heil herauskommen.«

»Kranz wurde ermordet? Wieso habe ich davon noch nichts gehört?« Julika hatte die Stirn gerunzelt. Langsam ging ihr dieses Brainstorming mit Diekmann und Maischner gehörig auf die Nerven. Es schien, als würde man ihr die Informationen nur häppchenweise vorsetzen. Es war das erste Mal seit ihrer Zusammenarbeit mit Diekmann, dass sie sich ausgeschlossen fühlte.

»Das BKA war als Erstes vor Ort und hat, was mir eigentlich ganz recht ist, eine Nachrichtensperre verhängt. Aber ich fürchte, zu den Abendnachrichten wird die Bombe platzen.«
»Das BKA?« Maischner wurde hellhörig. Er richtete sich in seinem Stuhl auf und sah Diekmann aus zusammengekniffenen Augen an. Julika bemerkte einen neuen Zug an ihm. Etwas hatte sich verändert, aber sie konnte nicht mit dem Finger darauf zeigen.
Diekmann schien es ebenfalls zu bemerken.
»Ja, wieso?«
»Das BKA ermittelt in dem anderen Mordfall, den Sie angesprochen haben?«
»Ja. Worauf wollen Sie hinaus?« Julika bemerkte die Verwirrung in Diekmanns Gesicht. Ein wirklich seltenes Naturereignis.
»Es scheint doch ein ganz normaler Mordfall zu sein. Haben die Beamten Ihnen erzählt, was für ein Interesse sie haben?«
»Nein«, Diekmanns Gesicht verdüsterte sich, »sie haben bisher nichts anderes getan, als uns Steine in den Weg zu legen. Zu allem Überfluss wollten sie uns unsere Hauptverdächtige nehmen.«
»Wollten?« Maischner hob die Augenbrauen.
»Sie ist verschwunden. Aus der Psychiatrie.«
»Wie praktisch.« Maischner schmunzelte. »Wie konnte das passieren?«
Diekmann und Julika hoben beide wie auf Kommando die Schultern.

Makowiak stand mit dem Rücken zu Diekmann, die Hände in den Hosentaschen.
Kurz nach dem Gespräch mit Maischner und Julika hatte ihn der Leiter des LKA persönlich angerufen und um ein Gespräch gebeten.
»Kann es sein, Herr Diekmann, dass wir bis zum Hals in der Scheiße stecken?« Er nahm wie üblich kein Blatt vor den Mund. Eine Eigenschaft, die ihn bei seinen Untergebenen beliebt gemacht hatte, auch wenn einige gerade deswegen vor ihm Angst hatten.
Diekmann verzichtete auf eine Antwort. Sein Vorgesetzter war durchaus in der Lage, die Situation einzuschätzen, ohne dass er eine Bestätigung brauchte.
»Kolding vom BKA kam hier hereingepoltert, gleich nachdem Sie ihn vom Tatort verjagt haben. Sie können sich vorstellen, was dann passierte. Er rief seine vorgesetzte Dienststelle an, und die benachrichtigten den Generalbundesanwalt und faxten unserem allseits geliebten Innensenator. Tja, und der wiederum hat mich angerufen und meinte, mich durchs Telefon beschimpfen zu müssen. Er verlangt, sämtliches Beweismaterial vorgelegt zu bekommen.«
»Wie bitte?« Diekmann hatte bis eben entspannt auf einem der Besucherstühle gesessen. Nun hatte er sich vorgebeugt, als hoffte er, sich verhört zu haben. Makowiak drehte sich langsam um. Diekmann registrierte, dass auf seinem Hemd ein dunkler Fleck prangte. Es sah aus wie Kaffee.
»Das kann er nicht.«
»Hat es ihn jemals interessiert, was er kann und was nicht?

Er will, dass sämtliche Unterlagen unangetastet bleiben und die Ermittlungen vom BKA weitergeführt werden.«
Diekmann entspannte sich. »Dafür gibt es keinerlei Anordnung.«
»Nein, noch nicht, aber glauben Sie mir, Kolding wird sich die nötige Befugnis beschaffen, und bis dahin werden wir die Füße stillhalten. Soll doch der Innensenator sehen, wie er fertig wird. Allerdings …«
Diekmann kniff die Augen zusammen. »Was?«
»Wir stehen derzeit unter ziemlichem Druck, und ich kann versuchen, Kolding einige Zeit hinzuhalten, ich weiß aber nicht, wie lange noch.«
»Kolding hat uns noch nicht mal erzählt, warum er so ein gesteigertes Interesse an Manuela Kranz und Frederik Dabelstein hat.«
»Dazu ist er, wie Sie wissen, nicht verpflichtet. Dann wissen wir also auch nicht, weswegen Karl-Heinz Kranz überwacht wurde?«
Diekmann zuckte mit den Schultern. »Angeblich in der Hoffnung, Manuela Kranz dort anzutreffen. Früher oder später.«
Makowiak nickte. »Tja, und damit beißt sich die Katze in den Schwanz. Wie konnte Kranz überhaupt ermordet werden, ohne dass der Wachhund vom BKA etwas davon mitbekommen hat?«
»Wahrscheinlich hat er gepennt, in der Nase gebohrt oder sich einen runtergeholt. Jedenfalls ist er sofort nach Wiesbaden zurückbeordert worden. Mehr wissen wir nicht.«
»Mmh.« Makowiak wippte auf den Fersen vor und zurück

und fixierte einen Punkt auf dem Teppich. Dabei sog er die Wangen nach innen, was seinem Mund Ähnlichkeit mit einem Schnabel verlieh.
»Wie gesagt, ich kann noch ein wenig Zeit herausschinden, aber ich kann Sie nicht ewig decken. Ach, übrigens, gehe ich recht in der Annahme, dass wir den Aufenthaltsort von Manuela Kranz noch immer nicht kennen?«
»Korrekt, aber die Fahndung läuft auf Hochtouren.«
»Und Frau Dr. Jensen? Wo ist sie derzeit?«
»Das entzieht sich meiner Kenntnis.«
»Dachte ich mir. Und wenn Sie sie zufällig sprechen sollten, sagen Sie ihr, dass sie vorsichtig sein soll.«

Johanna hatte sich dreimal verfahren, bis sie in den Ort einfuhren. Damp an der Ostsee war seit Jahren heißbegehrt bei Kurgästen und Urlaubern. Soweit sie sich erinnern konnte, war der Ort eine recht künstliche Stadt ohne gewachsene Strukturen.
Direkt an der Promenade lag das Hotel. Von weitem ein prächtiger und eleganter Anblick. Erst aus nächster Nähe konnte man sehen, was die Seeluft tatsächlich anrichtete. Wind, Wetter und nicht zuletzt die salzhaltige Meeresbrise hatten dem Gebäude stark zugesetzt, und so blätterte an einigen Stellen die Fassadenfarbe ab. Die Fenster in den beiden unteren Etagen waren zum Teil blind und die Rahmen rissig. Nichtsdestotrotz bezahlte man hier horrende Preise.

Direkt dahinter begann die Ferienhaussiedlung. Großzügige Häuser, deren Spitzdächer bis auf den Erdboden hinuntergezogen waren. Soweit Johanna wusste, waren sie in den siebziger Jahren von Arbeitern aus der damaligen DDR errichtet worden. Jedes Haus hatte einen großzügigen Garten und war von hohen Hecken umgeben. Auf den Rasenflächen mit jenem kräftigen Gras, wie man es nur an der See fand, schummelte sich hier und da der Sand durch.

Johanna bog von der Hauptstraße in eine der unzähligen Stichstraßen ein, die zu den Häusern führten. Sie fuhr bis zum Ende durch und stellte den Wagen auf einem großen Parkplatz ab. Vom Parkplatz führten kleine kiesbestreute Wege zu den Häuserreihen. Das Haus ihrer Mutter war vom Parkplatz aus gesehen das fünfte.

Sie nahmen ihre Taschen und gingen zum Haus. Als Johanna die Tür öffnete, schlug ihr ein dumpfer Geruch entgegen. Es war offensichtlich, dass hier seit längerem niemand mehr gelüftet hatte. Im Erdgeschoss fand sich auf der rechten Seite eine Küche und auf der linken das Badezimmer. Der dazwischenliegende Raum, fast sechzig Quadratmeter groß, war ein kombinierter Wohn- und Essraum. Flügeltüren aus Glas an der Rückwand gaben den Blick auf einen großen Garten frei.

Dominiert wurde der untere Bereich durch eine breite Treppe, die ins Obergeschoss führte.

Hier gab es drei Schlafräume sowie ein kleines Badezimmer.

Auch wenn es nur ein Ferienhaus war, hatte Gerda Jensen sehr viel Sorgfalt auf die Einrichtung verwandt. So fanden

sich im ganzen Haus Terrakottafliesen, Tische und Stühle waren aus Rattan gefertigt.
Die Schlafzimmer im Obergeschoss waren mit südlichem Flair eingerichtet und gaben einem das Gefühl, auf einer spanischen Hazienda zu sein.
»Such dir ein Zimmer aus.«
Manuela sah sich um. »Das ist wirklich schön hier. Warst du als Kind oft hier?«
»Ja. Meine Eltern hatten das Haus schon vor Baubeginn gekauft. Sie konnten deshalb einige Extrawünsche anbringen. Wir haben fast jeden Sommer hier verbracht. Wenn du aus der Haustür kommst, hast du es nur hundert Meter zum Strand. Da haben mein Bruder und ich allerlei Unfug getrieben.«
»Du hast einen Bruder?«
»Er ist seit Jahren tot.«
»Das tut mir sehr leid. Das wusste ich nicht.«
»Das konntest du ja auch nicht wissen.«
»Es muss schön sein, Geschwister zu haben. Ich habe keine.«
Johanna sah auf. Sie betrachtete Manuelas Gesicht, das blass geworden war. Sie stand da mit offenem Mund und starrte vor sich hin. »Mein Gott, ich habe keine Geschwister, und meine beiden Eltern sind lange tot. Ich … ich … hatte eine Tante. Verheiratet bin ich seit fünf Jahren, und ich … ja … ich wollte mich … scheiden lassen.«
Johanna ging langsam auf Manuela zu und legte ihr die Hand auf den Arm. Manuela wandte ihr langsam das Gesicht zu.

»Johanna, ich kann mich erinnern.«
Johanna lächelte. »Gut. Möchtest du weiterreden?«
»Ich weiß nicht. Wo soll ich anfangen?« Sie strich sich fahrig eine Strähne aus dem Gesicht.
»Soll ich uns etwas zu trinken machen?«
»Ja, das wäre toll.«
»Was möchtest du? Kaffee? Tee? Oder soll ich uns eine Flasche Wein aufmachen?« Gott sei Dank hatte sie daran gedacht, auf dem Weg hierher einzukaufen.
»Ein Wein wäre in Ordnung.«
»Gut. Hol du die Gläser aus dem Schrank. Dort drüben.« Sie zeigte auf einen antiken Birnbaumschrank, in dem ihre Mutter die Gläser aufbewahrte. Sie selbst ging in die Küche und holte einen Korkenzieher. Zwar hatte dieses Haus Zentralheizung, aber Johanna zündete das geschichtete Holz und Papier im Kamin an. Es war immer genug Holz im Haus. Als sie alles beisammenhatten, setzten sie sich in die beiden Sessel, die direkt vor dem Kamin standen. Manuela hatte eine geradezu hektische Betriebsamkeit entwickelt. Zu dieser Jahreszeit wurde es früh dunkel, und langsam wurden die Schatten im Haus länger, als die beiden Frauen sich setzten.
»Also, woran erinnerst du dich?«
»Ich weiß nicht. Frag mich was.«
»Du hast gesagt, du wolltest dich scheiden lassen.«
Manuela nickte. »Das stimmt. Ich hatte den Verdacht, dass Karl-Heinz mich betrog.«
»Warum?«
»Er interessierte sich kaum noch für mich und kam im-

mer später nach Hause. Einmal bin ich ihm gefolgt. Er ging in ein Hotel und kam erst nach Stunden wieder heraus.« Sie knetete ihre Hände. »Ich war sicher, dass er eine andere Frau hatte.«

»Das muss sehr schmerzlich für dich gewesen sein.« Johanna sprach sanft mit ihr. Sie wusste, sie durfte keinen Fehler machen, Manuela nicht zu sehr drängen. Wenn sie Druck ausübte, könnten zu viele Erinnerungen verschüttet werden.

»Nein«, Manuela verschränkte entschlossen die Hände vor der Brust, »nein, es war nicht sehr schmerzlich. Ich hatte wohl schon eine Zeit lang das Gefühl, dass zwischen uns nichts mehr stimmte, und mit der Geliebten kam die Überzeugung, dass es von Anfang an zwischen uns nicht gestimmt haben konnte. Ich meine, als ich Karl-Heinz kennenlernte, war ich verliebt bis über beide Ohren, aber bevor ich nachdenken konnte, war ich verheiratet und habe wohl irgendwie aufgehört, mir Gedanken zu machen.

»Das hört sich an, als wärest du zu der Hochzeit überrumpelt worden.«

»Tja, gewissermaßen war es wohl auch so.« Sie lächelte. »Sieh mal, er war charmant, führte mich in teure Lokale, machte mir schöne Geschenke. Herrgott, ich bin auf den schönen Schein hereingefallen.«

»Und wann ist der schöne Schein verblasst?«

»Eigentlich gar nicht, aber ich stellte bald fest, dass ich nur schmückendes Beiwerk war. Als wir erst einmal verheiratet waren, ließ sein Interesse schnell nach. Zwar hatte ich mehr

als genug Geld, aber ich war sehr einsam. Also widmete ich mich wohltätigen Zwecken.«
Manuela schwieg, vertieft in Gedanken an die Vergangenheit. Johanna beschloss, die Verbindung nicht abreißen zu lassen.
»Wie ging es weiter?«
»Tja, wie ging es weiter? Plötzlich geriet er in finanzielle Schwierigkeiten, aber er meinte damals, das würde vorübergehen. Zwar hatte ich mich von ihm schon innerlich entfernt, aber ich hielt es für undankbar, ihn ausgerechnet dann zu verlassen, wenn er in Schwierigkeiten war. Also blieb ich und versuchte, ihm eine Stütze zu sein. Die Probleme wurden immer schlimmer, und schließlich stand er kurz vor der Pleite. Fast wäre alles unter den Hammer gekommen, aber auf einmal war alles wieder gut. Das Geld floss wieder, und er sprach von einem großen Auftrag.«
Johanna stellte fest, dass sich Manuelas Geschichte mit dem Bericht, den sie von Andrea erhalten hatte, deckte.
»Und als alles wieder gut war, wie du sagst?«
»Gute Frage. Ich zögerte. Wahrscheinlich hatte ich Angst, wieder auf eigenen Beinen zu stehen.«
Als sie aufblickte und Johanna ansah, glitzerten Tränen in ihren Augen.
»Meine ersten Befürchtungen waren also nicht ganz falsch, nicht wahr? Ich habe mich an Karl-Heinz verkauft. Faktisch war ich eine Nutte.«

In Koldings Innerem tobte es. Es war ihm noch nie passiert, dass er von so einem kleinen Polizisten wie Diekmann weggeschickt worden war. Dieser arrogante Mistkerl hatte einfach keinen Respekt und erkannte Autoritäten nicht an, also müsste er es auf die harte Tour lernen. Kolding lief die Zeit davon, denn wenn er Manuela Kranz nicht fand, würde alles den Bach runtergehen.

Er hatte sich in dieser Geschichte nicht gerade mit Ruhm bekleckert, und eine neuerliche Pleite konnte er sich beim besten Willen nicht leisten. Er erstattete täglich Bericht an seine Vorgesetzten in Wiesbaden, und man hatte bereits durchblicken lassen, dass man ihn im Falle eines Scheiterns ablösen würde. Er warf einen Blick auf seinen Partner. Müller. Er kannte nicht einmal seinen Vornamen, und es interessierte ihn auch nicht. Er war ihm als Partner zugeteilt worden, aber dieser Typ schien schwachsinnig zu sein. Er sprach fast nie und tat nur, was man ihm sagte. Trotz allem war er eine Gefahr. Er, Kolding, konnte die Vorgesetzten hinhalten, was aber, wenn Müller befragt wurde? Was würde er erzählen? Dieser Vollidiot könnte seine Karriere versauen, und Kolding konnte dies nicht einmal verhindern.

Man hatte ihm Müller an die Hand gegeben, weil dieser Penner irgendwo anders Mist gebaut hatte. Die Zusammenarbeit mit Kolding sollte ihn aus der Schusslinie bringen und ihn zumindest zum Teil rehabilitieren. Was genau dort gewesen war, hatte man Kolding nicht erzählt. Alles, was er wusste, war, dass er ihn nicht mochte, und er hoffte, bald einen Weg zu finden, um ihn loszuwerden.

Müller saß wie immer gleichmütig da und blätterte in der Speisekarte. Dem leeren Blick zufolge konnte er mit dem Inhalt nicht sehr viel anfangen, und Kolding hätte es nicht gewundert, wenn der Mann nicht einmal lesen konnte. Dieser Typ stachelte seine Wut nur noch mehr an.

»Müller.«

»Ja, Herr Kolding?« Das Babyface sah hoch.

»Haben Sie den Bericht schon fertig? Ich meine, den über Kranz' Tod?«

»Nein, ich …«

»Dann tun Sie es. Sofort.«

»Ja, Herr Kolding.«

Der junge BKA-Beamte stand auf und verließ den Speiseraum. Wahrscheinlich würde er die nächsten Stunden in seinem Zimmer über dem Bericht brüten. Augenblicklich fühlte Kolding sich besser. Es war immer gut, einen Fußabtreter zu haben.

Seitdem Diekmann das Zimmer verlassen hatte, schwieg Julika beharrlich. Merkwürdigerweise hatte Bernd ein schlechtes Gewissen.

Sie saß über ihre Unterlagen gebeugt und ignorierte ihn. Das war an sich schlimm genug, aber was ihm noch mehr zu schaffen machte, war, dass es ihn betroffen machte.

»Julika?«

Sie hob ruckartig den Kopf. Er merkte, dass sie nur darauf gewartet hatte, dass er anfing zu sprechen.

»Du hast mich ausgetrickst, und ich bin dir auf den Leim gegangen. Also lass es gut sein, okay?«

»Hör mal ...«

»Nein, du hörst mir zu. Du hast mich benutzt, um an Informationen zu kommen«, mittlerweile war sie aufgestanden, »und ich war so dumm, dir zu vertrauen. Deine Scheißkomplimente, deine Essenseinladungen, dein Charme. Was kommt als Nächstes? Wie weit wärst du gegangen? Du kannst mich mal.«

Wutschnaubend trat sie mit dem Fuß ihren Stuhl zurück, schnappte sich ihre Jacke und stürmte aus dem Zimmer.

Bernd Maischner saß da und starrte ihr mit offenem Mund nach. Allerdings sammelte er sich schnell. Er nahm ebenfalls seine Jacke und lief ihr nach.

»Julika.«

»Verpiss dich.«

Er lief ihr nach und holte sie am Ende des Flures ein. Ihm war nicht entgangen, dass einige neugierige Blicke ihnen folgten, unterstützt von neugierigen Ohren. Er fasste sie am Arm und hielt sie fest.

»Können wir in Ruhe reden?«

»Nein.« Sie riss sich los und ging ein paar Schritte weiter.

»Doch, das werden wir.« Er holte sie wieder ein. Er fasste ein wenig fester zu.

»Okay, ich habe dir nicht alles erzählt, aber dafür gibt es einen Grund. Also?«

»Welchen?«

»Gehen wir in mein Hotel und reden da weiter?«

»In dein Hotel? Du spinnst wohl.«

»Nicht das, was du denkst. Bitte.«
Er hörte selbst den flehentlichen Unterton in seiner Stimme. Er stand hier und bettelte. Plötzlich hatte er Angst, dass sie ihn abweisen könnte. Diese etwas schlampig gekleidete, pummelige Person, die ihn, ihrem Blick zufolge, am liebsten ermordet hätte, hatte es ihm ernsthaft angetan. Sie kniff die Augen zusammen und betrachtete ihn misstrauisch.
»Und dann?«
»Dann erzähle ich dir alles.« Er sah, dass sie noch schwankte. »Bitte.«
Noch immer hielt er ihren Oberarm umklammert. Sie riss sich erneut los.
»Also gut. Aber ich warne dich«, ihre Mundwinkel verzogen sich nach unten, »deine Geschichte sollte wirklich gut sein.«

Diekmann hatte Makowiak gut verstanden. Sein Vorgesetzter würde ihm so viel Zeit wie möglich verschaffen, und die würde er zu nutzen wissen. Den Gedanken, dass Makowiak etwas mit der ganzen Affäre zu tun haben könnte, verdrängte er tunlichst.
Er hatte im Haus von Karl-Heinz Kranz festgestellt, dass dort von dem Täter nichts angerührt worden war. Zumindest gab es keine Spuren, die darauf hinwiesen, dass das Haus durchsucht worden war.
Also hatte er Anweisung gegeben, alles mitzunehmen, was nicht niet- und nagelfest war.

Nach Lage der Dinge war für ihn klar, dass es sich um einen Auftragsmord gehandelt hatte. Manuela Kranz hätte kaum so kaltblütig handeln können. Aber wenn es ein Auftragsmord war, dann musste Karl-Heinz Kranz in dunkle Machenschaften verwickelt gewesen sein. Wieso aber hatte der Killer dann das Haus unangetastet gelassen? Vielleicht hatte er keine Zeit gehabt? Das schien die einzige Erklärung.
Gleichzeitig beschäftigte Sven etwas anderes. In ihm erwachte ein unbestimmter Verdacht.
Er hatte den Interpol-Mann kennengelernt, und Julikas Überraschung über dessen Offenbarungen war ihm nicht entgangen. Maischner sprach von einem Maulwurf und schien besorgt, aber noch besorgter war Sven. In irgendeiner Weise hatte er Julika, diesen Ausbund an eisiger Tugendhaftigkeit, eingewickelt, und das störte Sven. Zwar ging es hier um einen anderen Fall, aber Maischner hatte sich bereits auf eine Art und Weise eingenistet, die Sven missfiel. Er hatte sich zu sehr für das BKA und einen Fall interessiert, der ihn nichts anging. Sven beschloss, sich um diese Geschichte zu kümmern. Irgendetwas stimmte mit dem Mann nicht.
Erst jetzt ging ihm auf, dass Maischner ihm auf die Frage, was Interpol mit der ganzen Geschichte zu tun habe, ausgewichen war.
Aber es gab etwas, was Sven noch mehr am Herzen lag. Johanna war unterwegs mit einer flüchtigen Tatverdächtigen und hatte sich bisher nicht gemeldet. Ein Blick auf seine Uhr zeigte ihm, dass sie mittlerweile ihr Ziel erreicht ha-

ben müssten, und er ertappte sich dabei, dass er anfing, sich Sorgen zu machen.
Die ganzen letzten Wochen hatte er versucht, den Gedanken an die Psychologin zu verdrängen, aber es fiel ihm immer schwerer. Etwas nagte an seinem Inneren, und nicht zu wissen, was es war, machte ihn wahnsinnig. Unwillkürlich schoss ihm die Erinnerung an jene Nacht durch den Kopf, und obwohl er sich einredete, dass es sich um eine Ausnahmesituation gehandelt hatte, die außer Kontrolle geraten war, spürte er, dass er auf dem besten Wege war, sich selbst zu belügen. Bei diesem Gedanken überlief es ihn heiß.
Seine Gedanken schweiften weiter ab, und vor ihm erschien das Gesicht seiner geschiedenen Frau. Er verglich beide Frauen miteinander, doch sie waren nicht zu vergleichen. Er rieb mit beiden Händen fest über sein Gesicht, in der Hoffnung, die Bilder zu verscheuchen, aber das Gefühl blieb zurück. Irgendetwas geschah mit ihm, und er hatte keine Kontrolle darüber. Er erinnerte sich daran, dass er geplant hatte, seinem Leben eine Richtung zu geben. Er griff schon nach dem Hörer, aber im letzten Moment zog er die Hand zurück. Was konnte er damit gewinnen?
Irgendwann vielleicht, aber nicht jetzt.

So hatte er den Alten noch nie erlebt. Seine Hand zitterte, als er sich an der kleinen Bar in seinem Büro einen Cognac einschenkte.
»Matthias, was haben Sie herausgefunden?«

»Lediglich, dass es ein Spezialist von außerhalb war.«
»Von außerhalb. So, so.« Der Alte kippte den Alkohol hinunter, als sei es Wasser, und schenkte sich nach. Er hatte wohl beschlossen, dass es keinen Sinn mehr machte, den Schein zu wahren. Das zweite Cognacglas war randvoll, als er es wieder an die Lippen führte. Matthias verzog angewidert das Gesicht. Sein Chef war drauf und dran, die Kontrolle zu verlieren.
»Was ist mit seinem Haus?« Die Stimme des älteren Mannes klang rauh, und Matthias war sicher, dass es nicht nur der Alkohol war. Der Mann hatte Angst.
»Die Bullen räumen es leer.«
»Sie werden es finden, und dann sind wir erledigt.«
Dann bist du erledigt. Matthias würde sich rechtzeitig absetzen können.
»Wir hätten ihn eher umbringen sollen.«
»Ja, ja, hinterher ist man immer schlauer.« Der Alte hatte sich umgedreht und starrte ihn wild an. Dem Glas, das in seine Richtung flog, wich Matthias geschickt aus. Der alte Mann sah ihn an und brach plötzlich zusammen. Er begann zu schluchzen und suchte mit der Hand nach Halt an dem kleinen Tischchen, auf dem die Gläser standen. Er verfehlte es und strauchelte. Dabei riss er einige Gläser herunter, die klirrend auf dem Parkettboden zersprangen.
»Ich habe doch alles versucht, alles.«
Matthias rührte sich nicht. Mit einer Mischung aus Verachtung und Belustigung betrachtete er den Mann, der nun auf einem Bein kniete und versuchte, sich wieder auf die Beine zu stellen.

»Was ist mit Schieferdecker?« Der Alte wischte sich mit seinem Ärmel die Nase und schniefte nur noch. Er schien sich zu besinnen. Als er wieder stand, schleppte er sich zu seinem Schreibtisch. Das Jackett war verrutscht, die Krawatte schief, und ein Hemdzipfel war aus der Hose gerutscht. Ein Bild des Jammers, das Matthias noch mehr in seiner Ansicht bestärkte, dass die Zeit des Alten abgelaufen war. Jetzt galt es nur, im rechten Moment zuzuschlagen. Er hatte im Laufe der letzten Monate genug Informationen zusammengetragen, um den Alten ans Messer liefern zu können, aber er wusste, dass er möglicherweise sein eigenes Leben in Gefahr brachte. Daher hatte er erst einmal abgewartet. Nun war die Zeit des Wartens vorbei.

»Was soll mit Schieferdecker sein?«

»Er wird reden, oder?« Mit einem kindlichen, hilfesuchenden Blick wandte sich der ältere Mann an seinen Mitarbeiter. »Er wird reden, oder?« Er wiederholte seine Frage, und fast sah es so aus, als wolle er wieder beginnen zu weinen.

»Wenn er redet, liefert er sich selber ans Messer. Außerdem war Kranz ja wohl Warnung genug, oder nicht?« Matthias konnte seinen Ekel kaum noch aus seiner Stimme heraushalten. Er spürte, dass er am längeren Hebel saß, und er beschloss, das weidlich auszunutzen.

»Wir sollten erst einmal die Füße stillhalten. Dann werden wir sehen, was zu tun ist. Es gibt immer einen Weg.« Die Luft im Zimmer war geschwängert von Angstschweiß und Alkohol, und Matthias glaubte fast, ersticken zu müssen. Der Chef hatte sich unterdessen auf seinen Stuhl fallen lassen und hing dort wie ein nasser Sack. Sein Haar, das

ihm in die Stirn fiel, war feucht, sein Gesicht schweißüberströmt. Seine Hände zitterten unkontrolliert.
Seine Augen starrten ins Leere, so dass er nicht sah, wie sein Untergebener lächelte.
»Möchten Sie noch eine Flasche Cognac?«
Als der Alte nicht reagierte, wandte sich Matthias ab. Er schloss leise die Tür hinter sich, und es wirkte so, als lasse er einen Sterbenden zurück.

Als Julika das letzte Mal das Élysée betreten hatte, war sie nur bis ins Foyer gekommen. Diesmal ging sie an Bernd Maischners Seite in sein Hotelzimmer. Sie kam sich ein wenig blöd vor, mit einem Mann auf sein Zimmer zu gehen. Fast glaubte sie, dass ihr die Blicke der Angestellten folgten. *Reiß dich zusammen, Julika, dir kann doch egal sein, was andere denken.* Sie drückte das Kreuz durch und stieg hocherhobenen Hauptes in den Fahrstuhl.
Sie hatte keine Ahnung, in welcher Etage der Fahrstuhl anhielt, sie war viel zu sehr damit beschäftigt, ihren Blick auf die geschlossene Tür zu richten. Noch immer kochten Emotionen in ihr, aber ihre anfängliche Wut auf Maischner war zu einem dumpfen Ärger geschrumpft, der sich größtenteils gegen sie selbst richtete. Wie ein kleiner, blöder Teenager war sie auf den Charme des Mannes hereingefallen, und wenn er weiter die richtigen Knöpfe gedrückt hätte, hätte sie ihm alles, was er wissen wollte, erzählt. Sei es die Farbe ihrer Unterwäsche, und das hätte sie ihm dann wahr-

scheinlich nicht nur erzählt. Sie spürte, wie ihr Gesicht heiß wurde, und schloss für einen Moment die Augen. Das leise Klingeln des Fahrstuhls brachte sie in das Hier und Jetzt zurück, und als Bernd Maischner Anstalten machte auszusteigen, folgte sie ihm.

Ihre Schritte wurden von dem dicken Teppich auf dem Flur verschluckt, und Julika hatte plötzlich die blödsinnige Idee, sich die Schuhe auszuziehen, um den weichen Flor an den Fußsohlen zu spüren. In der Nähe des Aufzugs blieb Bernd stehen und öffnete mit einer Keycard seine Zimmertür. Er ging hinein und hielt Julika, noch immer ganz Kavalier, die Tür auf. Sie trat ein und war im nächsten Moment überwältigt. Das Zimmer war riesig, und es war modern und elegant eingerichtet. Sie beschloss, sich nichts von ihrer Begeisterung anmerken zu lassen. Bernd zog die Jacke aus und warf sie achtlos auf den nächstbesten Sessel.

»Setz dich, bitte. Möchtest du etwas trinken? Oder hast du Hunger?« Er war zu dem Fernseher gegangen, unter dem ein kleiner Kühlschrank untergebracht war, und sah sie fragend an. Julika gab sich unzugänglich und verschränkte die Arme vor ihrer Brust. Sie stand mitten im Zimmer wie festgewachsen.

»Fang endlich an.«

»Julika, bitte setz dich. Ich werde nicht beißen, und ich habe auch nicht vor, hier eine Verführungsnummer abzuziehen. Also, bitte.« Seine Stimme hörte sich an wie die eines Vaters, der seinem trotzigen Kind in aller Ruhe erzählte, warum es nicht angebracht war, das Haus des verhassten Nachbarjungen niederzubrennen. Er nahm sich eine Flasche Wasser aus dem kleinen Schrank und hielt sie fragend Julika hin. Sie schüttelte den Kopf. Als er sich setzte, beschloss Julika, es ihm gleichzutun.

»Also gut.« Er starrte die Flasche an und sammelte sich. »Vor etwa drei Jahren stellte das BKA fest, dass in Deutschlands Bordellen immer mehr Frauen aus dem Ostblock und aus Asien auftauchten. Die ganze Szene im Land geriet in Aufruhr, denn keiner der bis dahin bekannten Zuhälter, Menschenhändler, wie immer du sie nennen willst, schien etwas damit zu tun zu haben. Im Gegenteil, es begannen kleinere Scharmützel, die aber immer schnell beendet wurden, und zwar durch eine neue und unbekannte Gruppe, die extrem brutal vorging. Mal wurden etablierte Prostituierte halb totgeprügelt, mal ging ein Bordell in Flammen auf. In einem Fall, und zwar in Frankfurt, schreckte man selbst vor dem Einsatz einer Autobombe nicht zurück. Mit der Zeit kehrte Ruhe ein. Die Platzhirsche wichen zurück und begnügten sich mit dem, was übrigblieb. Die neuen Herren, wer immer sie sind, hatten in kurzer Zeit die Szene in der Hand.

Das BKA versuchte zusammen mit den örtlichen Polizeidienststellen die Dinge in der Griff zu kriegen, was aber nicht gelang, im Gegenteil, angeworbene Spitzel wollten entweder nicht mehr aussagen oder aber wurden tot aus irgendeinem Kanal gefischt. Schließlich versaute das BKA einen Einsatz, der zwei Kollegen das Leben kostete. Gleichzeitig mehrten sich die Hinweise, dass die ganze Geschichte von Moskau aus geleitet wurde, und so kamen wir ins Spiel. Das ist ungefähr acht Monate her. Es ist schwer, unter dortigen Bedingungen zu arbeiten. Viele Polizisten sind korrupt, und die wenigen guten, die es nicht sind, wechseln fast täglich ihren Wohnort, um wenigstens noch einen weiteren Tag zu überleben. Dort herrscht Krieg.« Er nahm einen Schluck aus seiner Flasche und stellte sie auf einem kleinen Tischchen ab. Mittlerweile hatte er Julikas ganze Aufmerksamkeit, und sie schälte sich langsam aus ihrer dicken Daunenjacke.

»Erinnerst du dich? Ich habe dir von der Statthalterin in Moskau erzählt.« Als Julika nickte, fuhr er fort. »Wir observierten wochenlang, um an die Hintermänner heranzukommen, aber ohne Ergebnis. Die Hintermänner stammten anscheinend nicht aus Russland. Ein neuer Plan musste her. Das BKA hatte in Zusammenarbeit mit uns die meisten Mitglieder der Organisation in Deutschland ausfindig gemacht, und wir hatten diese auch unter Wind. Aber den Drahtzieher hatten wir immer noch nicht. Außerdem stellten wir fest, dass Hamburg der Dreh- und Angelpunkt der ganzen Organisation war. Hierher wurden die Frauen gebracht, und von hier wurden sie anscheinend weiterverfrachtet. Nur – in Hamburg verlor sich jede Spur.

Wir beschlossen, einen verdeckten Ermittler einzusetzen. Die Geschichte von Amelia Raschkowa stimmt übrigens tatsächlich. Ihre Cousine war verschwunden, allerdings war Amelia sehr gut ausgebildet, und eigentlich bestand keine Gefahr. Sie sollte in Hamburg Kontakt zu einem BKA-Mann aufnehmen. Wir erhofften uns so die Ergebnisse, die wir brauchten. Wir bereiteten Amelia monatelang vor. Wir bauten eine Legende auf, die bombensicher war und jeder möglichen Überprüfung standhielt, und schließlich, vor ein paar Wochen, waren wir fertig, und sie antwortete auf eine der Annoncen in einer Moskauer Tageszeitung. Das Problem war nur, solcherlei Einsätze müssen in dem jeweiligen Land, in dem sie stattfinden, angemeldet werden, und genau das taten wir. Außerdem war uns klar, dass man den Frauen so etwas wie Handys abnehmen würde; wir statteten sie trotzdem mit einem Sender aus.«

»Wie?« Julika hatte sich vorgebeugt und sah Maischner konzentriert an.

Maischner lächelte. »Du wirst es nicht glauben, aber wir implantierten ihr einen Sender.«

»Bitte?« Julika meinte, sich verhört zu haben. Das Ganze klang so unwahrscheinlich.

»Ja, du kennst das vielleicht nur aus dem Fernsehen, aber es stimmt wirklich. Wir setzten ihr das Ding unter die Kopfhaut. Jedenfalls, alles schien gut zu laufen. Sie kam gut über die polnische und dann über die deutsche Grenze. Wir verfolgten sie über Satellit, und in Mecklenburg-Vorpommern drehten wir ab. Ihr Verbindungsmann vom BKA in Hamburg sollte ab da übernehmen. Tja, Ende der Geschichte.« Bernd nahm den letzten Schluck aus seiner Flasche und starrte auf einen Punkt auf dem Teppich.

»Was heißt das: Ende der Geschichte?«

»Danach hörten wir weder von ihr noch von dem BKA-Mann jemals wieder. Ich wurde zurück nach Berlin beordert. Krisensitzung. Es kam nicht viel dabei heraus, außer dass der Einsatz wahrscheinlich gescheitert war. Dann kam die Meldung, dass eine unbekannte Tote in Hamburg ge-

funden worden war, und wir stellten fest, dass es Amelia war. Von dem BKA-Mann immer noch keine Spur. Meine Vorgesetzten wollten abwarten, falls er sich doch noch meldete, ich hingegen beschloss, mich auf den Weg zu machen.«
Es dauerte einen Moment, bis bei Julika der Groschen fiel.
»Du meinst, du bist hier ohne dass … dass …«
Er nickte. »Richtig. Ich habe keinen Auftrag. Ich bin quasi gar nicht hier.«

Johanna liebte die See, besonders bei diesem Wetter. Es war stürmisch geworden, und der Wind pfiff ums Haus. Unter normalen Umständen wäre sie jetzt am Strand spazieren gegangen, aber sie wollte Manuela nicht allein lassen. Auch wenn zu dieser Jahreszeit und um diese Zeit nicht viele Leute unterwegs sein würden, so wollte sie doch nicht das Risiko eingehen, dass Manuela irgendwo erkannt wurde. Also war sie dazu verdonnert, im Haus zu bleiben.
Die letzten Stunden hatten sie damit zugebracht, den Großteil von Manuelas Vergangenheit zu rekapitulieren. Auf den Abend des Mordes waren sie nicht eingegangen, da ihre Erinnerung ein paar Tage vor dem Mord endete. Außerdem erschöpfte es Manuela, ihre Erinnerungen wachzurufen, und das Erzählen war ein schmerzlicher Prozess. Johanna hatte sie schließlich ins Bett geschickt und sich im Wohnzimmer darangemacht, Notizen von ihrem Gespräch zu machen. Die junge Frau hatte viel von ihrer Kindheit

und Jugend erzählt, die Geschichte ihrer Ehe schnitt sie nur sehr ungern an.
Ein Krachen aus dem Garten ließ Johanna zusammenfahren. Sie stand auf und löschte das Licht. Vorsichtig näherte sie sich der großen Panoramascheibe und schaute angestrengt hinaus. Die Büsche und Hecken wiegten sich in dem stärker werdenden Wind, und zu ihrer Erleichterung stellte sie fest, dass einer der Äste der alten Tanne vom Sturm abgerissen worden war. Sie machte sich im Geiste eine Notiz, ihrer Mutter zu sagen, dass sie den Baum bei Gelegenheit fällen lassen sollte. Es war einfach zu gefährlich. Fröstelnd ging sie zu ihrem Sessel zurück und setzte sich. Die Beine untergeschlagen, die Strickjacke fester um sich gezogen, starrte sie in das Kaminfeuer, das langsam herunterbrannte.
Sie kam sich ein wenig verlassen vor. Ob es daran lag, dass sie in dem Haus war, das sie mit den wenigen fröhlichen Kindheitserinnerungen, die sie hatte, verband, oder daran, dass sie faktisch auf der Flucht war, vermochte sie nicht zu sagen. Die Gedanken schossen ihr wirr durch den Kopf. Sie dachte an die Frau im Krankenhaus, die ihre Mutter war und die sie gerade kennenlernte, an ihren Bruder, an ihren Job und an – Sven.
Den Kontakt zu Joachim hatte sie auf Eis gelegt. Er hatte sich einfach zu viel Hoffnung gemacht, und auch wenn er ein gutaussehender, intelligenter Mann war, mit dem sie lachen konnte, war er doch nicht der Mann, den sie sich wünschte. Mit einem plötzlich aufkommenden Kichern dachte sie an ihren ehemaligen Verlobten Stefan und seinen ritterlichen Heiratsantrag vor ein paar Monaten. Sie

war von der Frau, die seinetwegen gelitten hatte, meilenweit entfernt, die Nacht mit Sven allerdings war erschreckend nah.
Ihr klingelndes Handy holte sie aus ihren Gedanken zurück, und sie sprang auf, um es zu suchen. Ein Blick auf das Display machte ihr sofort ein schlechtes Gewissen.
»Hallo, Sven.«
»Du wolltest mich anrufen, wenn ihr angekommen seid.«
»Ja, es tut mir leid, aber es ist einiges passiert, und ich habe es einfach vergessen.«
»Was ist passiert?« Seine Stimme klang alarmiert.
»Es ist alles in Ordnung.« Sie wiegelte hastig ab. »Manuela hat angefangen sich zu erinnern.«
»Woran?«
»Leider nicht an die Mordnacht.« Sie erzählte ihm in groben Zügen, was sie herausgefunden hatte.
»Siehst du irgendeine Chance, dass sie sich auch an den Rest erinnert?«
»Ich denke schon. Sie fühlt sich sicher, und das bringt wahrscheinlich die Erinnerung zurück. Sie schläft jetzt. Und wie läuft es bei euch?«
»Das BKA macht Theater, und Makowiak tut alles, was er kann. Ich hoffe, es reicht, sonst sind wir den Fall los. Kolding hat sich bei Gott und der Welt beschwert.«
»Und was hast du vor?«
»Glaub mir, das willst du nicht wissen.« Sie hörte ein leises Lachen. »Wenn irgendetwas ist, ich bin wahrscheinlich die ganze Nacht in der Dienststelle zu erreichen, ansonsten hast du ja meine Handynummer.«

»Wie viel Zeit kann Makowiak herausschinden?«
»Ich schätze, bis morgen, nicht länger.« Er machte eine Pause, und Johanna wollte das Gespräch schon beenden, als Sven erneut anfing zu sprechen.
»Johanna, tu mir bitte einen Gefallen.«
»Und der wäre?«
»Lass das Handy an, okay?«
Hätte sie ihn nicht besser gekannt, hätte sie geglaubt, eine Spur Besorgnis aus seiner Stimme herauszuhören.
»Warum? Ist was los?«
»Nein, es ist nur …«
»Was?«
»Sei vorsichtig, okay?« Seine Stimme klang belegt, und unwillkürlich stahl sich ein Lächeln auf ihr Gesicht.
»Du meinst, ich soll keinem Fremden die Tür aufmachen?«
»Johanna, ich meine es ernst. Sei vorsichtig. Hast du die Waffe dabei?«
»Ja.« Sie schielte auf ihre Handtasche, in der die Pistole lag, die sie von Sven bekommen hatte.
»Ist sie geladen?«
»Nein, ich …«
»Schieb das Magazin rein und lad einmal durch.«
»Sven, was soll …«
»Tu es.« Sein Ton nahm die altbekannte Schärfe an.
»Okay.«
»Versprochen?«
»Versprochen.«
»Gut. Dann … Ich melde mich morgen noch einmal. Und bis dahin …«

»Ja, bis dahin.«
Sie hielt das Telefon noch lange, nachdem er aufgelegt hatte, in der Hand. Dann ließ sie es achtlos auf den Sessel fallen und ging zu ihrer Handtasche. Sie nahm die Pistole und starrte das schwarzglänzende Ding an, das schwer in der Hand lag. Schließlich führte sie das volle Magazin ein, zog den Schlitten nach hinten und ließ ihn wieder nach vorne schnellen. Wie Sven es ihr gezeigt hatte, drückte sie an der linken Seite der Waffe einen kleinen Hebel hinunter, und der Schlagbolzen klickte nach vorn. Das Geräusch hallte im Haus wider, und langsam kroch ihr die Angst in die Glieder.

»Chef?«
»Hm?«
Sven rieb sich einmal kräftig übers Gesicht. Er war in Gedanken versunken. Ein Gefühl von nahender Gefahr hatte sich in seinem Magen breitgemacht. Der Gedanke an Johanna machte ihm zu schaffen.
»Wir sind mit den Durchsuchungen fertig.«
Sven hatte Kranz' Büro und Haus durchsuchen lassen. Zwar war das nicht unbedingt üblich bei einem Todesfall, aber hier ging es um Mord, und er wollte gründlich scin.
»Wo waren Sie persönlich dabei, Justus?« Er sah seinen Mitarbeiter an, einen älteren Kollegen, auf den er sich hundertprozentig verlassen konnte.
»Da, wo Sie es wollten. In seinem Haus.«

»Haben Sie etwas gefunden?«

»Ich habe alles aus seinem Arbeits- und Schlafzimmer mitgenommen. Ansonsten – Fehlanzeige.«

»Gut. Geben Sie mir die Unterlagen aus dem Haus. Die Akten aus seinem Büro werten Sie aus. Haben Sie die Sicherstellungsverzeichnisse für das Haus ausgefüllt?«

»Klar.«

»Gut. Geben Sie mir die für das Arbeits- und Schlafzimmer. Eventuell müssen wir sie korrigieren.«

»Gut.«

Justus verzog keine Miene.

»Wenn Sie jemand fragt, Sie wissen von nichts.«

»Das BKA?«

Sven sah hoch. »Möglich.«

Justus grinste breit. Sven wusste, dass Justus das BKA noch mehr hasste als er selbst. »Wenn ich es mir genau überlege, habe ich da auch gar nichts gefunden.«

Julika saß einige Minuten schweigend da. Schließlich stand sie auf, ging an Maischner vorbei und nahm sich eine Flasche aus dem Kühlschrank. Es war ein Bier.

»Weißt du, die ganze Geschichte ist dermaßen unglaubwürdig ...«

Bernd, der bis dahin ruhig in seinem Sessel gesessen hatte, schnellte herum. »Ich weiß, aber es ist die Wahrheit. Herrgott, wie soll ich dir das beweisen. Ich ...«

Julika ließ sich nicht beirren.

»Die ganze Geschichte ist dermaßen unglaubwürdig, dass sie wahr sein muss.«

»Was?« Maischner sah sie überrascht an.

Julika nahm einen tiefen Zug aus der Flasche. Sie presste die Lippen zusammen und betrachtete ihn aus schmalen Augen.

»So einen Scheiß kann man sich beim besten Willen nicht ausdenken. Zumindest nicht in der kurzen Zeit. Was hast du jetzt vor?«

»Kannst du mir ein Foto von Schieferdecker besorgen?«

»Da er nie verurteilt wurde, ist sämtliches erkennungsdienstliches Material aus den Akten gelöscht, aber wir könnten es morgen über das Passamt versuchen. Wolltest du ihn nicht observieren?«

»Das will ich immer noch, aber ich muss sicher sein.«

»Aber was hast du von der Observation? Kannst du irgendetwas bewegen?«

Maischner lachte bitter auf. »Nein, meine Vorgesetzten wissen nicht einmal, wo ich bin. Glaub ja nicht, dass ich so etwas wie einen Beschluss für irgendetwas bekomme.«

»Sie werden dich suchen.«

»Davon gehe ich aus.«

»Und?«

Maischner schwieg eine Weile. »Amelia und ich haben uns in der Zeit, in der wir zusammengearbeitet haben, angefreundet, und ich werde alles tun, um ihre Mörder zu bekommen.«

Julika verspürte einen Stich in der Herzgegend. *Kleines, dummes Herz,* schalt sie sich selbst.

»Wenn du mir dieses Foto beschaffst, reicht mir das.«
»Du meinst, dann bin ich raus?«
»Ich will dich nicht in Schwierigkeiten bringen.«
»Das ist doch wohl meine Entscheidung.«
»Dein Chef bringt dich um.«
»Nur dann, wenn ich keine Ergebnisse bringe. Ansonsten reißt er mir nur den Kopf ab.«
Maischner sah ihr fest in die Augen. »Ich habe nie vorgehabt, dich auszunutzen. Vielleicht, als ich dich angerufen habe, aber dann …«
Julika winkte ab. »Vergiss es. Der Zweck heiligt die Mittel, oder?«
»Nein, das tut er nicht.« Er kam einen Schritt näher, woraufhin sie unwillkürlich zurückwich. »Wenn die ganze Geschichte hier vorbei ist, würdest du dann mit mir … ich meine … könnten wir … vielleicht …«
»Vergiss es.« Julika überlegte, ob sie in Tränen ausbrechen oder toben sollte.
Maischner fasste sie an den Armen. »Ich würde dich privat gern näher kennenlernen. Und das ist mein Ernst.« Sie sah ihm in seine, wie sie jetzt erst feststellte, grauen Augen. Sie verspürte ein leises Zittern ihrer Unterlippe.
»Warten wir es ab.«

11

Er hatte Müller, seitdem er ihn gestern weggeschickt hatte, nicht mehr gesehen. Das war auch besser so, er ärgerte sich ohnehin nur über diesen Idioten. Kolding war sicher, dass er heute die Legitimation erhalten würde, um den Fall zu übernehmen, dennoch warf ihm dieser Diekmann Knüppel zwischen die Beine. Es war offensichtlich, dass die Psychologin mit Manuela Kranz auf der Flucht war, und Diekmann steckte irgendwie dahinter. Er brauchte die Frau, um ihre Aussage zu bekommen.

Im Laufe des Tages würde er die Akten einsehen können, aber über den Aufenthaltsort der beiden Frauen würde er mit Sicherheit nichts erfahren. Durch seine Zugehörigkeit zum BKA allerdings gab es Mittel und Wege, bei denen er nicht auf die örtliche Polizei angewiesen war.

Er war fast mit dem Frühstück fertig, als Müller erschien.

»Mahlzeit.«

Kolding schaute unwillkürlich auf seine Armbanduhr. »Es ist gerade neun Uhr.«

Er blickte hoch, dankbar, einen Aufhänger für seine Wut zu haben.

»Was glauben Sie, wo wir hier sind? Im Urlaub? Haben Sie den Bericht fertig?«

»Ja.«

»Geben Sie ihn mir.« Er streckte die Hand aus, wohl wissend, dass sein Partner ihn nicht dabeihatte.

»Den … den hab' ich oben, in meinem Zimmer.«
»Gut, dann geben Sie ihn mir nachher. Und dann veranlassen Sie eine Funkzellenpeilung.«
Müller glotzte ihn an wie eine Kuh. »Eine Funkzellenpeilung?«
»Ja, Sie werden doch wohl wissen, was das ist? Mit einer Funkzellenpeilung findet man den Standort eines Handys heraus.«
Er hatte in einem der Berichte über Frederik Dabelsteins Tod die Nummer der Jensen gefunden. Und wo die war, war auch Manuela Kranz.
Er griff in seine Tasche, holte einen Zettel heraus und reichte ihn Müller über den Tisch.
»Hier ist die Nummer. Machen Sie sich nach dem Frühstück an die Arbeit.«

Sven hatte es sich den Rest der Nacht, die nach dem Aktenstudium noch übrig gewesen war, auf seiner Couch im Büro bequem gemacht.
Frau Jungmann, die ahnungslos in sein Büro stürmte, weckte ihn unsanft.
»Oh Gott, Herr Diekmann, ich wusste ja nicht, dass Sie da sind.«
»Wie sollten Sie auch.« Sven setzte sich mühsam auf und versuchte, wach zu werden. Er fühlte sich wie von einem Panzer überrollt.
»Kann ich etwas für Sie tun? Einen Kaffee und ein paar

Brötchen vielleicht?« Das Schuldbewusstsein war aus ihrer Stimme verschwunden. Es schien fast, als würde sie ihren Chef tagtäglich auf der Couch, zugedeckt mit einem Wolldecke, vorfinden.

»Eine wirklich gute Idee, Frau Jungmann. Und holen Sie mir Justus. Ich gehe runter in den Sportraum zum Duschen und Rasieren. Wenn Makowiak anruft, ich rufe zurück. Wenn das BKA auftaucht, lassen Sie die Herrren warten.«

Nachdem Frau Jungmann sich entfernt hatte, ließ Sven sich stöhnend auf die Couch zurücksinken. Ein Blick auf die Uhr zeigte ihm, dass es bereits acht Uhr war. Er hatte zwei Stunden geschlafen. Die ganze Nacht hatte er über den Unterlagen aus Kranz' Haus gebrütet. Zwar war er nicht besonders schlau daraus geworden, aber ein Name war darin aufgetaucht. Ein Name, der ihm bekannt war. Also hatte er heute Morgen um drei Uhr ein Fax an Interpol geschickt. Allerdings erwartete er die Antwort nicht vor Mittag. Er setzte sich ruckartig auf. Er musste Julika erreichen.

Er hob den rechten Arm und schnüffelte. Erst einmal die Dusche, dann würde er sich besser fühlen, zumindest aber besser riechen.

Er nahm aus seinem schmalen Schrank ein Handtuch und Duschzeug sowie frische Sachen und stiefelte in den Keller des Präsidiums. Zu dieser Zeit war es noch leer, keiner quälte sich so früh beim Dienstsport ab. Er ließ das Wasser endlos lange über seinen Körper laufen und kam langsam zu sich. Nachdem er sich angezogen und rasiert hatte, war er beinahe wach und fühlte sich dem Tag einigermaßen gewappnet.

Zurück in seinem Büro stopfte er die schmutzigen Sachen in seinen Schrank und ließ sich in den Stuhl am Schreibtisch plumpsen. Frau Jungmann hatte ihm eine Thermoskanne Kaffee und ein paar belegte Brötchen aus der Kantine hingestellt. Der Käse auf den Brötchen wellte sich nach oben, und die Wurst hatte einen leicht schmierigen Schimmer. Er goss sich einen Becher Kaffee ein, holte eine Packung Kekse aus seinem Schreibtisch und schob den Teller mit den unansehnlichen Brötchen von sich.

Er betrachtete noch einmal die Früchte seiner Arbeit der vergangenen Nacht. Einen Teil der Unterlagen hatte er zurückgehalten, besonders die privaten Kontounterlagen, fast die gesamte Korrespondenz und den Terminkalender. Alles, was sich auf Geschäfte oder berufliche Belange bezog, hatte er Justus auf den Schreibtisch gelegt. Zusammen mit dem von ihm berichtigten Sicherstellungsverzeichnis. Er ging davon aus, dass Karl-Heinz Kranz, sofern er in dunkle Machenschaften verwickelt gewesen war, die Unterlagen nicht in der Firma, sondern in seinem Haus aufbewahrt hatte. Insofern hatte er alles, was sich auf die Firmengeschäfte bezog, beiseitegelassen.

Er starrte ein paar Minuten auf die vor ihm liegenden Unterlagen. Er würde in Teufels Küche kommen, wenn herauskäme, dass er Beweismittel unterschlagen hatte. Das würde seine Karriere kosten, die Vorgesetzten würden lauthals seinen Kopf fordern. Aber er musste das Risiko eingehen. Zunächst ging es darum, die Papiere gut zu verstecken. Er packte sie kurzerhand zusammen, steckte sie in einen Schnellhefter und klemmte sie sich unter den Arm. Er schnappte sich seinen Schlüsselbund und verließ das Büro. Auf dem Weg zum Waffenraum schwitzte er Blut und Wasser. Er fürchtete, dass jeden Moment Kolding um die Ecke gestürmt käme, aber er hatte Glück. Er schloss die Tür zum Waffenraum auf, ging hinein und verstaute die Unterlagen in seinem Waffenfach. Erst in seinem Büro atmete er erleichtert aus. Es schien, als habe er die ganze Zeit die Luft angehalten. Jetzt gab es kein Zurück mehr.

»Guten Morgen.« Johanna hatte nicht gut geschlafen und war noch vor Morgengrauen aufgestanden. Sie kochte, es war nicht einmal neun Uhr, schon die zweite Kanne Kaffee, als Manuela in die Küche tappte.

»Guten Morgen.« Manuela gähnte. »Du bist schon auf?«

»Ja, ich konnte nicht schlafen. Und du?«

»Ich weiß nicht, aber ich glaube, gut. Allerdings habe ich wirr geträumt. Ich habe das Gefühl, dass da irgendetwas unter der Oberfläche schwappt.«

»Beunruhigt dich das?«

Manuela überlegte einen Moment. »Ich bin mir nicht sicher. Jene Nacht … du weißt schon …« Sie ließ den Satz unvollendet. »Ich geh mich anziehen.«

Manuela ging nach oben, und kurze Zeit später hörte Johanna die Dusche rauschen.

Mit ihrem Becher ging sie ins Wohnzimmer und las noch einmal die Notizen, die sie sich über ihr gestriges Gespräch gemacht hatte.

Bisher war die Amnesie wie erwartet verlaufen. Auch die Erinnerungslücke, die Mordnacht, erschien logisch. Und natürlich musste die Erwähnung des Mordes beunruhigend auf Manuela wirken. Johanna würde heute versuchen festzustellen, wie weit die Amnesie noch reichte, doch sie vermutete, dass lediglich die betreffende Nacht noch im Dunkel von Manuelas Bewusstsein schlummerte. Angenommen aber, Manuela konnte sich bereits erinnern? Auch diese Möglichkeit hatte Johanna nicht aus den Augen verloren. Vielleicht erinnerte sie sich an jene Nacht, dann stellte sich nur die Frage, warum sie nicht darüber sprechen wollte. Entweder löste der Gedanke an das Geschehene Angst in ihr aus, oder aber – sie hatte den Mord tatsächlich begangen. Plötzlich erinnerte sie sich an das gestrige Telefonat mit Sven. Er hatte sie eindringlich gewarnt, aber wovor? Hielte er Manuela tatsächlich für eine Mörderin, dann hätte er sie mit Sicherheit wieder festgenommen. Johanna versuchte den Gedanken an Manuelas Täterschaft abzuschütteln. Ihr ganzes Verhalten sprach für ihre Aufrichtigkeit, und wenn sie tatsächlich für den Tod des Mannes verantwortlich sein sollte, dann vermutete Johanna Notwehr und keinen kaltblütigen Mord. Es sei denn, sie war eine außergewöhnlich gute Schauspielerin. Nun …
»Wie sieht es mit dem Frühstück aus?« Manuela stand hinter ihr. Sie trug Jeans und einen dicken Pullover. Beides war ein wenig zu groß, die Hose hatte sie an den Aufschlägen einmal umgekrempelt, und wenn Johanna sich nicht täuschte, dann stammten beide Sachen aus Andreas Kleiderschrank.

»Ich habe aufbackbare Brötchen mitgebracht.«
Das Frühstück verlief schweigend, und Johanna war dafür äußerst dankbar. Wenn sie etwas nicht ausstehen konnte, dann waren das die Stimmen anderer Leute am frühen Morgen.
Gemeinsam räumten sie den Tisch ab und setzten sich an den Kamin, in dem das Feuer vom vergangenen Abend längst verloschen war. Der kalte Geruch verbrannten Holzes lag in der Luft, aber Johanna hatte keine Lust, den Kamin zu säubern.
»Was meinst du, können wir weitermachen?«
Manuela nickte.
Johanna schlug die Beine unter, legte den rechten Ellenbogen auf die Armlehne und stützte ihr Kinn in die Hand. Sie verzichtete auf ihre Notizen. Sie wollte Manuela die Atmosphäre eines entspannten Gespräches vermitteln und ihr nicht das Gefühl geben, als säße sie in einer Therapiesitzung.
Mit einem betont heiteren Lächeln sah Manuela Johanna an.
»Und? Worüber wollen wir sprechen?«
»Worüber willst du sprechen?«
Johannas Stimme klang sanft. Sie sah Manuela offen an.
»Ich bin mir nicht sicher.« Manuela verschränkte die Arme und sah an Johanna vorbei. »Vielleicht, warum ich geheiratet habe.«
»Warum hast du geheiratet?«
Manuela zuckte mit den Schultern. »Ich weiß nicht. Er war irgendwie so …« Sie hob die Hände mit den Handflächen

nach oben. »Er war irgendwie so anders. Die Männer, die ich bis dahin kennengelernt hatte, versuchten sich zu produzieren, als ob sie den ganzen Tag vor einer unsichtbaren Kamera stünden. Sie waren auf Karriere aus, auf Geld, auf das perfekte Leben. Karl-Heinz war anders. Vielleicht, weil er alles schon hatte.« Sie starrte nun auf ihre Hände, die sie im Schoß verkrampft hielt. »Ihm fehlte wohl nur die passende Frau.«

»Die passende Frau wofür?«

»Ich bin mir nicht sicher. Vielleicht eine Frau, mit der man sich sehen lassen konnte. Eine Frau, mit der man sich nicht blamierte. Etwas in der Art.«

»Wie hast du dich dabei gefühlt?«

»Zuerst geschmeichelt. Er war aufmerksam und gab mir das Gefühl, als wäre ich die einzige Frau auf der Welt. Ich war beeindruckt.«

»Verliebt?«

Manuela sah Johanna erstaunt an. »Gute Frage, aber ich glaube, das kann ich gar nicht beantworten.«

»Wie hast du dich gefühlt, als dir der Verdacht kam, dass er eine andere Frau hatte?«

Manuela Kranz zuckte mit den Schultern. »Ich war irgendwie … beleidigt.«

»Wieso beleidigt?«

»Ich fühlte mich wie ein kleines Kind, das nicht die volle Aufmerksamkeit der Eltern hat. Am liebsten hätte ich mit dem Fuß aufgestampft.«

Manuelas Blick war nach innen gekehrt, so als versuche sie sich über Gefühle, die lange zurücklagen, klar zu werden.

Johanna beschloss, die Taktik zu ändern.
»Was ist das Letzte, woran du dich erinnerst?«
»Wir waren essen.«
»Mit wem?«
»Mit dem Innensenator. Das weiß ich noch ziemlich genau. Es ging um irgendein Projekt in der Innenstadt. Karl-Heinz wollte dort ein Gebäude kaufen und luxussanieren.«
»Was hat das mit dem Innensenator zu tun?« Johanna war ehrlich erstaunt.
»Das habe ich auch nicht verstanden, aber Karl-Heinz hat nie mit mir über seine Geschäfte gesprochen. Ich war nur zur Dekoration bei solchen Essen dabei.« Ihr Mund hatte einen bitteren Zug angenommen. »Aber der Innensenator hat ihm oft geholfen, Geschäfte vermittelt und so weiter.«
»Und was passierte nach dem Essen?«
»Wir gingen nach Hause.«
Johanna sah ihre Gesprächspartnerin aufmunternd an. Sie war sicher, dass sich Manuela an mehr erinnern konnte.
»Wir sind in unsere jeweiligen Zimmer gegangen und haben geschlafen.«
»Und der nächste Tag?«
Schulterzucken.
»Kennst du den ›König der Löwen‹?«
»Nein, leider nicht, ich wollte da immer hin, aber Karl-Heinz meinte, die Oper sei angemessener. Aber dann habe ich diese Karte bekommen und …«
Plötzlich brach sie ab. Ihr Mund stand offen, die Augen waren weit aufgerissen. Sie führte ihre Hände langsam zum

Kopf und drückte sie gegen die Schläfen, als habe sie Kopfschmerzen.
»Dann bekam ich diese Karte.« Sie sprach wie zu sich selbst.
»Der Mann, ich wollte mich mit ihm treffen. Er schickte mir die Karte.«
»Wo hast du ihn kennengelernt?«
»Ich weiß nicht.« Sie schüttelte langsam den Kopf. »Ich kannte ihn nicht. Er rief mich an und sagte, er würde die Karte schicken.«
»Du kanntest ihn nicht?«
»Nein.« Manuela hob eine Hand und bewegte sie in einer abwehrenden Geste hin und her. »Nein, oder doch, ich weiß nicht, aber er wollte sich mit mir treffen.«
»Er rief dich an, okay. Hattest du schon vorher mit ihm telefoniert?« Johanna hatte sich nach vorne gebeugt und hörte unter größter Konzentration zu. Ihr Körper war angespannt. Ihre ganze Aufmerksamkeit gehörte der jungen Frau, die ihr gegenübersaß und mit ihren Dämonen kämpfte.
»Ja, ja, habe ich. Er rief mich an.«
»Wann?«
»Ungefähr eine Woche, bevor ich zum ›König der Löwen‹ ging.«
»Was wollte er?«
»Mit mir reden.« Es war fast, als sei Manuela in Trance. Sie sah Johanna nicht an. Ihre Hand schwebte immer noch in der Luft, und sie krümmte sich leicht zusammen, aber plötzlich ging eine Veränderung mit ihr vor. Sie hob die

Augen und suchte Johannas Blick. Verwirrt starrte sie die Psychologin an.
»Ich weiß nicht mehr worüber, aber ich weiß, wie er hieß.«
»Und wie?«
»Er hieß Frederik … Frederik Dabelstein.«

Er sah sie gerade noch vorbeihuschen.
»Julika.«
Es dauerte einen kleinen Moment, aber schließlich machte sie ein paar Schritte rückwärts und stand vor seinem Zimmer.
»Ja, Chef?«
»Erst einmal, guten Morgen.«
Sie seufzte resigniert. »Wie machen Sie das? Schlafen Sie im Büro?« Sven musste innerlich grinsen. Sie wusste gar nicht, dass sie dieses Mal den Nagel auf den Kopf getroffen hatte.
»Hätten Sie vielleicht einen Moment Zeit?«
Sie seufzte noch einmal, ließ die Schultern nach vorn sacken und trat in sein Zimmer. Sie blieb vor seinem Schreibtisch stehen und sah ihn leicht genervt an. In ihrer Daunenjacke nahm sie die Form eines Preisboxers an. Er reichte ihr wortlos das Fax, das er als Antwort auf seine Anfrage von der Interpol-Verbindungsstelle in Berlin erhalten hatte.
Sie las es durch und ließ es dann wie einen Papierflieger langsam auf die Tischplatte hinuntersegeln.

»Das wusste ich schon.«
»Woher konnten Sie das wissen?«
»Er hat es mir erzählt.«
»Sie wissen, dass er ohne offiziellen Auftrag hier ist, genau genommen von seinem Vorgesetzten gesucht wird, und geben trotzdem Informationen an ihn weiter? Zeigen ihm Akten und tratschen mit ihm über den Fall?« Seine Stimme hatte sich gehoben. Er wusste beim besten Willen nicht, ob er lachen oder toben sollte. Früher war Julika nicht so aufsässig gewesen. Er fragte sich, ob Johanna einen schlechten Einfluss auf sie ausübte.
»Ich tratsche nicht.« Ihre Augen nahmen einen empörten Ausdruck an. Nein, es war nicht Aufsässigkeit, die sie trieb, vielmehr war es Eigeninitiative. Und war es nicht das, was er bei seinen Mitarbeitern immer gefördert hatte? Wenn er ehrlich war, dann ärgerte er sich nur, dass er nicht mehr über alle Vorgänge informiert wurde. Wie ein Vater, dessen halbwüchsige Tochter mit dem ersten Freund nach Hause kommt.
»Ich will ihn sprechen.«
»Warum?« Sie sah ihn misstrauisch an.
»Weil ich wissen will, was er vorhat. Wollten Sie gerade zu ihm?«
»Nein, ich war auf dem Weg zum Passamt.«
»Was wollen Sie da?«
»Ich will ein Foto von diesem Notar besorgen, Sie wissen schon, von Schieferdecker.«
»Das war doch der, der seine Finger in dem Fall mit der toten russischen Kollegin hatte?«

»Bisher wissen wir nur, dass er hinter der Gründung der Firma steckt, die sie angeheuert hat.«

»Oder so. Herrgott, betreiben wir doch keine Haarspalterei. Also, besorgen Sie das Foto, und dann kommen Sie wieder her. Ich werde Maischner anrufen.«

Bernd Maischner legte den Telefonhörer auf und dachte darüber nach, ob er sich nicht einen ruhigeren Job suchen sollte. Diese ganze Geheimniskrämerei ging ihm auf die Nerven, und wenn er an Amelia dachte, überkam ihn eine tiefe Traurigkeit.

Er hatte es wahrlich satt, sich für Volk und Vaterland den Arsch aufzureißen oder gar sein Leben aufs Spiel zu setzen. Er fragte sich, ob seine trüben Gedanken etwas mit Julika zu tun hatten. Sie war ihm unter die Haut gegangen. Ihre vertrauensvolle und unbeschwerte Art hatte es ihm angetan, und zum ersten Mal überlegte er, wie es wäre, sich mit einem ruhigen Job und einem kleinen Haus in einem netten Vorort zu begnügen. Er schüttelte kurz und kräftig mit dem Kopf. Er hatte Wichtigeres zu tun, als sich in rosarote, hoffnungslos romantische Tagträumereien zu flüchten. Diekmann war ihm auf die Schliche gekommen, und wenn er es nicht schaffte, den Mann zu überzeugen, konnte er einpacken. Seine Vorgesetzten würden ihn mit Sicherheit nicht mit offenen Armen wieder aufnehmen, es sei denn, er hatte Resultate vorzuweisen. Andernfalls würden sie ihm das Scheitern der ganzen Operation anlasten, und er könnte sich nach einem neuen Job umsehen.

Er war von Anfang an skeptisch gewesen, ob die Vorgehensweise wirklich richtig war, aber seine Einwände waren wie Staubkörner vom Tisch gewischt worden. Dass es nun eine Polizistin erwischt hatte, wurde unter *Bedauerliche Verluste* verbucht.

Er war auf sich allein gestellt. Und da er schon so weit gekommen war, konnte er auch weitermachen.

»Er war es, oder? Er war der Mann, den ich getötet habe.«

»Hast du ihn denn getötet?«

»Ich weiß es nicht.« Manuelas Stimmungen wechselten von einer Minute zur anderen. Sie war mutlos, und ihre ganze Körperhaltung zeugte davon. Sie saß nicht auf ihrem Sessel, sie hing förmlich darin, und nur die Lehnen bewahrten sie davor, zur Seite wegzukippen.

»Lass uns eine Pause machen.« Johanna stand auf und klatschte in die Hände. »Hast du Lust auf einen Spaziergang?« Am Strand wäre jetzt nicht viel los, und sie glaubte, das Risiko wagen zu können.

»Nein«, Manuela erhob sich schwerfällig. »Ich glaube, ich werde mich einen Moment hinlegen.«

Johanna sah sie an. Ihr Gesicht war tatsächlich grau, und sie sah müde aus. Vielleicht wäre es das Beste, ihr einen Moment Ruhe zu gönnen, außerdem wollte Johanna ungestört mit Sven telefonieren.

Manuela schlurfte zur Treppe und ging hinauf in ihr Schlafzimmer. Johanna folgte ihr mit den Blicken, und als sie sicher war, dass Manuela die Tür zu ihrem Schlafzimmer geschlossen hatte, schnappte sie sich ihr Handy und ihre Jacke und ging in den Garten. Sie wollte die junge Frau nicht allein lassen, sie sollte aber auch nicht unbedingt etwas von dem Gespräch mitbekommen.

Sie lehnte die Terrassentür nur an und wählte Svens Nummer. Der Wind hatte ein wenig nachgelassen, aber es war noch immer schneidend kalt. Während sie auf das Freizeichen wartete, trat sie von einem Bein auf das andere.

»Ja?«

»Sven? Hier ist Johanna.«

»Johanna, alles in Ordnung?« Trotz des Rauschens in der Leitung konnte sie die Besorgnis in seiner Stimme hören.

»Alles in Ordnung. Hör zu, ich habe etwas mehr aus Manuela herausbekommen.«

»Erzähl.« Seine Stimme klang gespannt, und sie erzählte ihm in kurzen Zügen das Wesentliche. Als sie geendet hatte, schwieg er einen Moment, und sie befürchtete schon, die Verbindung wäre unterbrochen.

»Sven? Bist du noch dran?«

»Ja, ich überlege nur. Als die Kollegen das erste Mal mit Manuela Kranz gesprochen haben, war der Name Frederik Dabelstein noch nicht gefallen. Später hast du ja dann jedes weitere Gespräch verhindert.«

»Wie lange willst du noch darauf herumhacken?«

»Solange es mir passt.« Seine Antwort war patzig. Ko-

misch, ihr wäre in Zusammenhang mit Sven kaum der Begriff »patzig« in den Sinn gekommen.
»Was ist mit dir? Hast du den Namen in ihrer Gegenwart erwähnt?«
Johanna dachte einen Moment nach. »Nein, ich glaube nicht.«
»Du glaubst nicht?«
»Herrgott, nein, ich bin mir sicher. Zufrieden?«
»Ganz sicher?«
»Soll ich mein Indianerehrenwort geben?«
»Ich muss mit ihr sprechen.«
»Wann?«
»So schnell wie möglich.«
»Und wie stellst du dir das vor? Sollen wir etwa zurückkommen und riskieren, dass sie einkassiert wird und ich gleich dazu?«
»Die Sorge um deine Zukunft kommt ein wenig spät, findest du nicht?«
Langsam nervte er sie. Er benahm sich wie ein kleiner Junge, aber wenn sie an ihren ehemaligen Verlobten zurückdachte, kam ihr der Gedanke, dass alle Männer nichts weiter waren als kleine Jungen. Sven Diekmann schien da keine Ausnahme zu machen.
»Könnten wir vielleicht beim Thema bleiben?«
»Also gut, ich versuche morgen, mich hier loszueisen. Ich komm dann zu euch. Gib mir die Adresse.«
Sie nannte ihm die Anschrift und beschrieb ihm auch gleich, wie er am besten hinkam.
»Du wirst es nicht glauben, Johanna, aber ich bin durchaus

in der Lage, mich allein zu einem bekannten deutschen Urlaubsort durchzuschlagen. Bis dann.«
Da war er wieder.
Der alte Sven Diekmann.

Julika hatte Maischner einen Besucherausweis besorgt, und so stand er ohne Anmeldung in Diekmanns Büro.
»Herr Diekmann.«
Sven sah hoch und musterte seinen Besucher über den Berg von Akten hinweg, der wie üblich seinen Schreibtisch zierte. Konnte er diesem Mann vertrauen? Die klugen Augen hinter der Brille sahen ihn offen an. Er hatte nichts Verschlagenes an sich. Nach dem, was Sven aus dem Fax erfahren hatte, befand sich Maischner auf einem Kreuzzug. Sven wusste nicht, ob ihm das gefiel.
»Herr Maischner, setzen Sie sich.« Er stand nicht auf und machte keine Anstalten, seinem Besucher die Hand zu geben. Maischner zog seinen Mantel aus und hängte ihn sorgfältig an den Garderobenständer. Sven hasste dieses Ding, und er hatte auch keine Ahnung, wo er dieses Ungetüm aus Holz her hatte, dennoch hatte es ihn von Büro zu Büro begleitet. Fast wie ein Talisman.
Er reichte Maischner das Fax über den Tisch. Der nahm das Blatt Papier und las es unbeteiligt durch. Dann legte er das Schreiben auf den Schreibtisch und lehnte sich entspannt zurück.
»Haben Sie denen erzählt, dass ich hier bin?«

»Nein, ich habe lediglich angedeutet, dass Sie sich hier gemeldet haben. Aber wie Sie dem Schreiben sicherlich entnommen haben, bittet man mich um Mitteilung, sollten Sie hier auftauchen.«

Sven lehnte sich vor und nahm das Fax wieder an sich. »Hier steht, dass Sie sich zwar hin und wieder nicht an die Regeln halten, im Großen und Ganzen allerdings ein guter Polizist sind.«

Er sah hoch und musterte Maischner. Nichts in dessen Gesicht ließ darauf schließen, ob ihm das Kompliment etwas bedeutete. Er kannte wahrscheinlich auch so seinen Wert. Also fuhr Sven fort.

»Ich könnte Sie festnehmen und Ihrer Dienststelle übergeben lassen.«

Maischner nickte. »Das könnten Sie, aber Sie haben es anscheinend nicht vor. Daher gehe ich davon aus, dass Sie etwas von mir wollen.«

»Darf man stören?« Maischner fuhr in seinem Stuhl herum. Julika stand im Türrahmen und sah beide Männer aus zusammengekniffenen Augen an. Sowohl Maischner als auch Sven standen von ihren Stühlen auf. Wenn es Julika irritierte, so ließ sie sich nichts anmerken. Kein Polizist stand auf, wenn eine Kollegin den Raum betrat.

Sie ging an den Schreibtisch und öffnete ihren Rucksack.

»Ich habe das Passbild von Schieferdecker. Der letzte Pass wurde vor zwei Jahren ausgestellt. Das Foto ist also relativ neu.«

Sie holte einen Hefter hervor und zog das Foto heraus.

Sven nahm es und betrachtete es kurz. Es sagte ihm nichts. Er reichte es Maischner.
Der schüttelte den Kopf. »Der ist bisher nicht aufgetaucht, zumindest nicht öffentlich.«
»Aber in den Akten.« Sven erzählte, was er mit den Unterlagen aus Kranz' Haus gemacht hatte.
»Sie haben Beweismittel verschwinden lassen?« Julika sah ihn ungläubig an.
Sven zog die Augenbrauen hoch. »Soll ich Ihre Verfehlungen der letzten Tage aufzählen? Vielleicht können wir dann abstimmen, wer von uns allen den größten Mist gebaut hat. Wobei die Königin der Fettnäpfchen gerade nicht anwesend ist.« Seine Anspielung auf Johanna entging Julika nicht, und sie verkniff sich ein Grinsen. Sie zog ihre Jacke aus, warf sie achtlos über einen der Stühle und ließ sich auf die Couch fallen, auf der Diekmann die vergangene Nacht verbracht hatte.
»Ich habe die letzte Nacht damit zugebracht, mir einige der Papiere anzusehen, die Kranz in seinem Haus aufbewahrt hat. Die interessantesten habe ich aufgehoben, die anderen habe ich zurück in den Karton getan. Wir werden wahrscheinlich gezwungen sein, die beschlagnahmten Unterlagen im Laufe des Tages an Kolding auszuhändigen.«
»Kolding?« Maischner richtete sich auf.
»BKA. Kennen Sie ihn?«
Maischner zögerte einen Moment. Er schien seine Worte mit Bedacht zu wählen. »Ich habe von ihm gehört.«
»Jedenfalls, Kranz unterhielt ein Konto, auf das in den ver-

gangenen drei Jahren erhebliche Summen eingegangen sind. Allein im ersten Jahr mehrere Millionen Euro.«

Julika sog scharf die Luft ein.

Sven ließ sich nicht beirren und fuhr fort.

»Es schien sich um eine Art Darlehen zu handeln, und Kranz wiederum begann ab dem zweiten Jahr monatlich zurückzuzahlen. Die Summen variieren, aber er überwies jeden Monat mindestens zwanzigtausend.«

»Und an wen bezahlte er? Wer gab ihm dieses Darlehen?«

Sven sah auf. »Wolfgang Schieferdecker.«

Julika stand langsam auf. »Schieferdecker taucht in beiden Fällen auf. In dem der toten Kollegin und in dem Mordfall Dabelstein.« Sie nickte. »Dann ist die Sache klar. Beide Fälle hängen zusammen.«

»Langsam, Julika.« Sven hatte abwehrend eine Hand erhoben. »Nach dem, was Sie und Herr Maischner herausgefunden haben, ist Schieferdecker eine mehr als schillernde Halbweltpersönlichkeit. Ich weiß nicht, ob das ausreicht, um zwischen beiden Fällen eine Verbindung herzustellen, schließlich wird jeder, der etwas zu verbergen hat, Schieferdecker als Steuerberater und Notar engagieren.«

»Sagten Sie Dabelstein?« Maischners Stimme klang unnatürlich heiser, so als hätte er sich in den letzten fünf Minuten erkältet.«

»Ja, wieso?« Sven sah nicht mal hoch.

»Herr Diekmann, könnte ich die Akte zu dem anderen Mordfall bitte sehen?« Er war aufgestanden und stützte die Arme auf den Schreibtisch. Sein Blick hatte fast etwas Flehentliches an sich.

»Ich soll Sie die Akte einsehen lassen? Noch irgendwelche Extrawünsche? Nach allem, was ich weiß, müsste ich Sie eigentlich Ihren Vorgesetzten ausliefern.«

»Das haben Sie aber nicht, denn wahrscheinlich brauchen Sie meine Hilfe. Und ich brauche Ihre. Wenn Sie nicht wollen, dass der Fall in den Untiefen des BKA versickert – und nach dem was Sie bereits getan haben, bin ich sicher, dass Sie das genauso wenig wie ich wollen –, dann lassen Sie mich einen Blick darauf werfen.«

Sven sah zwischen Julika und Maischner hin und her. Julika hatte sich entschlossen, Maischner zu helfen.

»Bitte, Chef, das tut doch niemandem weh.«

Sven sah auf seinen Tisch und tippte mit dem Zeigefinger auf die Platte. Schließlich kam er zu einem Entschluss.

»Also gut, aber das eine sage ich Ihnen«, er hatte den Zeigefinger erhoben und fixierte Maischner, »wenn Sie hier Ihr eigenes Süppchen kochen und glauben, Sie könnten mich verarschen, dann mache ich Sie fertig. Ist das klar?«

Maischner antwortete nicht und hielt Diekmanns Blick stand.

Sven wühlte in den Stapeln auf seinem Schreibtisch und fischte ein paar Ordner und Schnellhefter hervor.

»Hier ist der Tatortbericht mit Bildern und hier die Spurenakte. Die Festnahme der mutmaßlichen Täterin finden Sie in diesem Ordner.« Er breitete alles vor Maischner aus und ging dann um den Schreibtisch herum. »Julika, kommen Sie bitte einmal mit.«

Sie folgte ihm auf den Flur und wartete ab, während er geräuschlos die Tür schloss. Die Sorgfalt, mit der er jedes Geräusch vermied, war ein Indiz dafür, dass er innerlich auf hundertachtzig war und sich kaum noch zurückhalten konnte.

»Lassen Sie uns in Ihr Büro gehen.« Er ging voran, davon ausgehend, dass Julika ihm ohne Widerspruch folgen würde. Er blieb mitten in ihrem Zimmer stehen und verschränkte die Arme vor seiner Brust. Dabei rieb er sich mit Daumen und Zeigefinger die Oberlippe. Julika schloss hinter sich die Tür und blieb, wo sie war, so als wolle sie sich die Option auf eine Flucht offenhalten.

»Hören Sie, Julika, ich hatte eine beschissene Nacht, die ich auf der Couch in meinem Büro verbracht habe. Ich habe hier einen Interpol-Mann, der auf eigene Faust handelt, und eine durchgeknallte Psychologin, die sich auf der Flucht mit der offiziellen Hauptverdächtigen befindet. An Johannas Eskapaden habe ich mich gewöhnt, allerdings habe ich keine Lust, mich zum Spielball Ihres Hormonhaushaltes machen zu lassen.«

Julika war rot geworden und setzte zum Sprechen an. Sven hob eine Hand.

»Halt, ich bin noch nicht fertig. Ich habe mich entschlossen, Maischner im Ansatz zu vertrauen, weil Sie es tun. Ich konnte mich immer auf Sie verlassen, wenn Sie also irgendwelche Bedenken haben, wäre ich Ihnen dankbar, wenn Sie es mir jetzt mitteilen. Wir liefern den Kerl dann aus, und Schwamm drüber. Wenn Sie allerdings weiterhin Ihr Vertrauen an ihn verschwenden, dann müssen Sie gegebenenfalls auch mit den Konsequenzen leben. Haben Sie mich bis hierher verstanden?«

Julika nickte, war aber klug genug, ihren Mund zu halten.
»Also gut. Ich stelle Ihnen jetzt eine Frage, die Sie sich sorgsam überlegen müssen, und ich verlasse mich auf Ihren gesunden Menschenverstand. Trauen Sie ihm?« Er ruckte mit dem Kopf, um auf den nicht anwesenden Maischner zu deuten.
Julika holte tief Luft und antwortete mit fester Stimme.
»Ja, das tue ich. Und das sollten Sie auch. Er kann uns helfen, und das wissen Sie. Hier ist etwas faul, das haben Sie selbst gesagt, und wir stecken fest. Sie trauen Kolding nicht, sonst hätten Sie die Beweismittel, auf die es ankommt, ja wohl nicht verschwinden lassen, oder? Außerdem, wann halten Sie sich denn mal an die Regeln?«
Seine Kiefer mahlten, und er fuhr sich mit einer Hand durch die Haare.
»Okay, ich traue ihm zwar nicht, aber ich traue Ihnen. Ich warne Sie, Julika«, er senkte seine Stimme, so dass er fast flüsterte, »machen Sie keinen Scheiß.«
Dann stürmte er an ihr vorbei aus dem Büro. Julika holte tief Luft und folgte ihm.
Ihr Herz raste, und sie hoffte nur, dass es niemand hörte.

Matthias hatte den Besucher in das Zimmer geführt und wollte sich gerade zurückziehen, als er die barsche Stimme des Mannes vernahm.
»Bleiben Sie hier, Matthias.«
Matthias schloss die Tür und zog sich in den Schatten des

Raumes zurück. Sein Chef saß am Schreibtisch, und es sah aus, als hätte er seit Tagen diesen Raum nicht verlassen. Sein Haar klebte fettig am Kopf, sein Anzug war zerknittert, und er selbst schien kaum in der Lage zu erfassen, was um ihn herum vor sich ging.
Der Besucher sah sich angeekelt um und näherte sich dann langsam einem Sessel, der in einigem Abstand zum Schreibtisch stand. Er hatte seinen Mantel nicht ausgezogen, wahrscheinlich hatte er nicht vor, lange zu bleiben. Matthias lächelte still in sich hinein. Die Tage des Alten waren gezählt. Dessen war er sicher.
Die Stimmung in dem großen Büro war zum Zerreißen gespannt, die Stille fast gespenstisch. Der Mann hinter dem Schreibtisch hatte sich noch immer nicht gerührt, als der Besucher zu sprechen anfing.
»Sie haben Mist gebaut, Hintze.«
Der Innensenator hob langsam den Kopf und sah seinen Besucher aus trüben Augen an. Matthias hätte schwören können, dass sein Chef Drogen oder Alkohol zu sich genommen hatte. Oder beides.
»Ich habe alles getan, was Sie wollten.« Die Stimme klang brüchig, und er wirkte wesentlich älter als seine 58 Jahre.
»Sie haben recht, zunächst schon, aber dann wollten Sie anscheinend meine Position einnehmen, indem Sie Entscheidungen getroffen haben, die Ihnen nicht zustanden. Wäre alles gutgegangen, hätte ich noch ein Auge zugedrückt, aber Sie haben ein Chaos angerichtet, das sogar einen Interpol-Mann auf Abwegen auf den Plan gerufen hat. Haben Sie eine Idee, wie Sie das wieder ausbügeln wollen?«

Die Stimme des Besuchers war gefährlich ruhig. »Meine Planung war perfekt, bis Sie diesen Mord angeordnet und eine Zeugin zurückgelassen haben.«

»Sie kann sich an nichts erinnern.« Die Stimme des Innensenators war nun hoch wie die eines Kindes, das seine Mutter um Entschuldigung bittet.

»Das konnten Sie aber zu dem Zeitpunkt nicht wissen.«

»Alle Indizien wiesen auf sie.«

»Und?« Die Stimme wurde gefährlich sanft.

»Niemand hätte ihr geglaubt.«

»Aber eine hat ihr geglaubt und ihr zur Flucht verholfen.«

»Das konnte ich nicht wissen.« Flehentlich. Ängstlich.

»Sehen Sie, darum werden Sie immer ein Handlanger bleiben und ich derjenige, der die Entscheidungen trifft. Sie sind nur ein mieser kleiner Junkie, der sich noch nicht einmal die richtigen Leute aussucht. Die Fehler, die Sie machen, muss ich ausbügeln. Zwecks Schadensbegrenzung habe ich Karl-Heinz Kranz eliminieren lassen müssen.«

Der Alte hob langsam den Kopf und sah seinen Besucher an. Seine Augen waren wässrig wie die eines wesentlich älteren Mannes.

»Sie waren das?«

»Wer sonst? Glauben Sie, ich lasse zu, dass meine Organisation von Leuten wie diesem Versager gefährdet wird? Ein Schwächling, der sich fast in die Hosen gemacht hat. Es war unumgänglich.« Er hielt inne und wischte sich mit der Hand einen Fussel von der makellosen Hose.

»Wir haben ihm viel Geld gezahlt, und eigentlich hätte er uns dankbar sein müssen, aber nein, über ihn wären wir fast gestolpert. Was glauben Sie, was meine russischen Geschäftspartner sagen würden? Denken Sie wirklich, ich habe so etwas wie einen Vertrauensvorschuss? Niemand wird mir auf die Schulter klopfen und verzeihen. Ich fürchte jedenfalls, Hintze, Sie werden sehen müssen, wie Sie aus der ganzen Geschichte wieder herauskommen. Ich kann mich nicht auch noch mit Ihnen abgeben.«

Der Besucher stand auf und machte Anstalten zu gehen.

»Ich kenne Sie, ich kann Sie identifizieren.« In der Stimme des Innensenators klang ein letztes Aufbäumen mit. Er klammerte sich an einen Strohhalm, wohl wissend, dass das Spiel für ihn erledigt war. Der Mann, von dem er geglaubt hatte, er könne ihn hintergehen, war schon fast an der Tür. Er kehrte um, ging zum Schreibtisch und beugte sich langsam zu der zusammengesackten Gestalt hinunter.

»Wollen Sie mir drohen? Dazu sind Sie nicht in der Lage. Aber vielleicht«, er richtete sich wieder auf und zuckte mit den Schultern, »vielleicht kommen Sie mit heiler Haut davon, und niemand entdeckt die Verbindung zu Ihnen. Wer weiß? Ich an Ihrer Stelle würde nicht darauf vertrauen. Sehen Sie, meine Kontakte sind weitreichend, auch in den Knast.« Er wandte sich erneut zum Gehen. Dieses Mal wurde er nicht aufgehalten. Matthias begleitete ihn hinaus. Im Flur blieb er einen Moment stehen und sprach mit Matthias, ohne ihn dabei anzusehen.

»Machen Sie hier sauber. Wie, das ist Ihre Angelegenheit. Dann verschwinden Sie. Sie haben zwei Tage Zeit. Sehen Sie auch zu, dass ich den Interpol-Mann loswerde. Ich kann es mir nicht leisten, dass dieser Mann mir folgt.«

»Was ist mit Ihnen?«
»Ich habe noch eine Kleinigkeit zu erledigen. Dann mache ich mich ebenfalls aus dem Staub.«

Als sie zurück in Svens Büro kamen, stand Maischner mit dem Rücken zu ihnen am Fenster und schaute in den trüben Tag hinaus.
»Ich weiß gar nicht, wie ihr das ertragt. Regnet es in Hamburg eigentlich immer?« Er drehte sich um. Sein Lächeln wirkte gezwungen.
»Es regnet nicht, es nieselt. Das ist ein gewaltiger Unterschied.« Julika versuchte, die Stimmung ein wenig zu entspannen, aber ein Blick auf ihren Chef verriet, dass das ein sinnloses Unterfangen war.
Sven hatte nicht den leisesten Wunsch nach Smalltalk.
»Also?«
Maischner blickte zu Boden und wippte auf den Fersen. »Sein Name war Frank Dankert.«
Wenn Sven irritiert war, ließ er es sich jedenfalls nicht anmerken. »Von wem reden Sie?«
»Frederik Dabelstein. Sein richtiger Name war Frank Dankert, und er war beim BKA. Ich kannte ihn von früher, und er ist der Verbindungsmann, mit dem Amelia hier Kontakt aufnehmen sollte. Du erinnerst dich?« Den letzten Satz hatte er an Julika gerichtet. Sie nickte.
Sven sah von einem zum anderen. »Kann mir mal einer sagen, was hier vor sich geht?«

Julika holte schon Luft, um zu antworten, aber Bernd Maischner kam ihr zuvor.

»Der verdeckte Einsatz von Amelia Raschkowa sollte hier abgesichert sein, nämlich durch einen Beamten des BKA. Allerdings haben wir von beiden nie wieder etwas gehört. Meine Vorgesetzten meinten, das sei kein Grund zur Sorge, Dankert/Dabelstein würde sich schon noch melden. Das war unter anderem der Grund, warum ich hergekommen bin.«

»Dann ist der Einsatz also vorher verraten worden?«

Maischner nickte traurig. »Sieht so aus. Verdammt«, er vergrub sein Gesicht in den Händen, »die Aktion war von vornherein zum Scheitern verurteilt, und jetzt haben wir nur noch Tote.«

»Und was weiter?« Sven ließ sich langsam auf eine Ecke seines Schreibtisches sinken.

»Wir müssen mehr über Schieferdecker herausfinden. Ich bin sicher, der steckt in irgendeiner Weise mit drin.«

»Nur weil sein Name in beiden Fällen auftaucht? Und das auch nur am Rande? Ich bekomme aufgrund einer solch dürftigen Beweislage keinen Durchsuchungsbeschluss für Schieferdecker.«

»Nein, wahrscheinlich nicht. Aber es muss einen Weg geben.« Maischner drehte Julika und Sven wieder den Rücken zu. Als er weitersprach, schien es, als spräche er zu sich selbst.

»Es gibt da noch eine Sache, die mich stört. Dankert war lange vor Amelia in Hamburg. Er sollte die Lage sondieren und seine Legende festigen. Schließlich machte er, ungefähr

eine Woche bevor Amelia hier ankommen sollte, eine Mitteilung. Er meinte, er habe eine Quelle aufgetan.«
»Wie das?« Sven runzelte die Stirn.
»Ich habe keine Ahnung, aber ich denke, er hat dieselben Schritte unternommen, die ich hier unternommen habe, das heißt, er wusste über die Firma, die die Frauen ins Land schmuggelt, genauso viel wie ich jetzt. Nur hat er davon nichts an uns weitergegeben. Wahrscheinlich wollte er erst damit aufwarten, wenn er Beweise hatte.«
»Wir wissen, dass er sich mit Manuela Kranz getroffen hat. Kann sie die Quelle gewesen sein?« Julika hatte sich wieder auf die Couch gesetzt. Weit genug von ihrem Chef entfernt.
»Was könnte sie denn gewusst haben?« Maischner wandte sich halb zu Julika um und musterte sie mit gerunzelter Stirn.
»Keine Ahnung. Vielleicht hatte sie ihre Finger mit drin.« Im selben Moment fiel ihr ein, dass Johanna mit Manuela Kranz allein war, und es überlief sie eiskalt. Sven schien den gleichen Gedanken zu haben, denn er wechselte einen schnellen Blick mit Julika.
»Im Bericht steht, dass Frau Kranz bei ihrer Festnahme verstört war.«
»Sie könnte auch eine ziemlich gute Schauspielerin sein.« Sven konnte sich von dem Gedanken, dass Manuela Kranz womöglich kriminelle Ambitionen hatte, nicht so schnell trennen.
Maischner schüttelte den Kopf. »Gesetzt den Fall, sie hat wirklich etwas mit dem Menschenhandel zu tun, dann hätte

sie diesen Mord wohl nicht so stümperhaft begangen und sich dann auch noch schnappen lassen. Nein, ich tippe eher auf den Ehemann. Aber der kann uns ja leider nicht mehr viel sagen. Es ist gut möglich, dass sie die Quelle war. Sie hatte vielleicht etwas über die Machenschaften ihres Mannes herausgefunden.«

»Und gibt es dann weiter?« Sven war skeptisch. »Wollte sie sich damit eine mögliche Scheidung erleichtern?«

Maischner überging diesen Einwurf. Er wirkte etwas lebhafter als noch vor ein paar Minuten. »Was wisst ihr über diesen Kranz?«

»Nicht viel«, Julika zuckte mit den Achseln. »Nur das, was hin und wieder in den Klatschspalten auftauchte.«

»Können wir mehr über ihn herausfinden?«

Julika zögerte einen Moment. »Ich wüsste da jemanden, der uns eventuell etwas erzählen könnte.«

»Wer?«

»Andrea Hansen.«

»Wer ist das?«

»Eine Journalistin und ehemalige Freundin von Manuela Kranz.«

Sven lächelte spöttisch. »Ja, und eine gute Freundin meiner Lieblingspsychologin.«

Johanna war ruhelos. Ihr Puls raste, und es gelang ihr nicht, sich abzulenken. Ein Kreuzworträtsel lag halb fertig auf dem Tisch, den Fernseher hatte sie an- und dann wieder ausgeschaltet. Ihre Gedanken kreisten um das, was Manuela ihr erzählt hatte, und sie fragte sich, wie weit sie noch von der Mordnacht entfernt waren. Wahrscheinlich nicht mehr allzu fern.

Sie versuchte, ihre Eindrücke schriftlich festzuhalten, obwohl ihr klar war, dass sie diese nicht mehr brauchen würde, wenn Manuela unschuldig war.

Aber was, wenn sie schuldig war? Hatte ihre Psyche den ganzen Vorfall, den Mord verdrängt?

Über eine Stunde lief sie im Haus umher, richtete hier ein Kissen, rückte dort etwas zurecht. Sie betrachtete den Nippes, den ihre Mutter im Laufe der Jahre angeschafft hatte. Einiges kannte sie noch aus ihrer Kindheit, einiges war neu hinzugekommen. Ihre Gedanken schweiften ab, und sie fragte sich, ob sie sich jemals die Mühe gemacht hatte, ihrer Mutter näherzukommen, oder war es so gewesen, wie Gerda Jensen angedeutet hatte? Dass sie mehr die Tochter ihres Vaters gewesen war? War das denn normal?

Sie hatte als Kind immer andere Familien beneidet, in denen es herzlich und liebevoll zuging, in denen der Vater die Mutter und umgekehrt in den Arm genommen hatte, in denen die Kinder Teil eines Ganzen waren. Alles Dinge, die sie nicht gekannt hatte.

Ihr Vater hatte mit ihr und ihrem Bruder alles Mögliche unternommen, aber sie konnte sich nicht daran erinnern, dass ihre Mutter jemals dabei gewesen war. Ein Verdacht drängte sich ihr auf. Ein Verdacht, den sie versuchte zu unterdrücken, der aber immer wieder nach oben schwappte, wie eine Welle, die an den Strand schlug.

Sie rief sich das Gesicht ihres Vaters ins Gedächtnis. Immer lächelnd, immer liebevoll, zärtlich mit seinen Kindern. Sie sah aber auch das schmerzliche Lächeln, mit dem er ihre Mutter bedachte und das er nie vor den Kindern verborgen hatte.

Konnte er nicht, oder wollte er nicht? Die zweite Möglichkeit schien so unendlich grausam. Als Kind hatte Johanna unbewusst versucht, dieses Gesicht zu interpretieren, und war immer mehr zu der Überzeugung gekommen, dass ihre Mutter daran schuld war, aber ob sie es wirklich gewesen war, daran hatte sie keinen Gedanken verschwendet.

Sie hatte immer geglaubt, ihre Mutter würde den Zugang zu den Kindern gar nicht suchen, aber Johanna ahnte, dass sie selbst es verhindert hatte. Und ihr Vater hatte das genossen. Er war der strahlende Held gewesen, der Ritter auf dem weißen Pferd …

»Er wollte etwas über meinen Mann wissen.«

Johanna zuckte zusammen, als sie Manuelas Stimme hinter sich hörte. Sie war lautlos die Treppen heruntergekommen, und als Johanna sie ansah, bemerkte sie einen schmerzlichen Ausdruck in ihrem Gesicht. Augenblicklich stellte sie sich, froh ihren eigenen Dämonen zu entkommen, auf Manuela ein.

»Was wollte er wissen?«

Manuela trug eine dicke Wolljacke, und ihre Arme hielten ihren Oberkörper fest umschlungen, so als friere sie.

»Können wir den Kamin anmachen?«

»Sicher.« Johanna verteilte die Asche vom vergangenen Abend und schichtete Holz und Papier aufeinander. Mit einem Feuerzeug, das auf dem Kaminsims lag, entzündete sie das Gebilde. Dann nahm sie auf dem Sessel Platz, auf dem sie schon am vergangenen Abend gesessen hatte. Manuela näherte sich langsam und setzte sich ebenfalls, allerdings so vorsichtig, als bewege sie sich auf dünnem Eis. Wahrscheinlich war es auch so.

Sie saß auf der Sesselkante und verschränkte ihre Hände fest ineinander. Ihr Blick richtete sich auf das zögerlich aufflackernde Feuer und gab die Sicht frei auf eine Vergangenheit, die noch nicht allzu lang zurücklag, ihr aber bis zu diesem Moment verborgen geblieben war.

»Eines Tages sprach mich beim Shoppen in der Stadt ein Mann an und stellte sich als Frederik Dabelstein vor. Er gab an, ein Privatermittler zu sein, der im Auftrag eines potenziellen Geschäftspartners von Karl-Heinz handelte. Er solle sich über seinen Lebenswandel informieren. Mir kam die ganze Geschichte sehr fadenscheinig vor, aber sie kam mir gelegen, denn ich selbst hatte ja den Verdacht, dass mein Mann eine Geliebte hatte. Er lud mich auf einen Kaffee ein, und ich folgte ihm bereitwillig, denn offen gestanden war ich ziemlich neugierig.«

Sie machte eine Pause und blickte auf ihre Hände, die sie unablässig knetete. Johanna wusste, dass sie ihr Hilfestellung geben musste.

»Was dachtest du, was er wirklich wollte?«

Manuela lachte kurz und bitter auf. »Ich dachte, dass er der Ehemann ebendieser Geliebten sei und Bestätigung suchte, vielleicht sogar in mir eine potenzielle Verbündete sähe. Und so schien es auch zu Anfang. Er fragte mich, wo mein

Mann seine Abende oder die Tage, die er nicht in der Stadt, sondern angeblich auf Geschäftsreise war, verbrachte. Und so kam ich zu dem Schluss, dass Karl-Heinz tatsächlich etwas mit einer anderen Frau hatte. Bis zu jenem Tag.«

Johanna ließ alle Therapieansätze sausen und wagte es, Manuela ganz gezielt zu befragen.

»Welcher Tag?«

Manuela schüttelte langsam den Kopf. »Ungefähr … ungefähr vor drei Wochen. Er rief mich an und meinte, er müsse mir etwas zeigen. Ich traf mich mit ihm in der Stadt, wir trafen uns immer an belebten Orten, und er zeigte mir Fotos.«

»Was für Fotos?« Johanna hatte sich in ihrem Sessel nach vorn gebeugt. Das gab ihr die Möglichkeit, leiser zu sprechen und trotzdem von Manuela verstanden zu werden. Sie hatte im Laufe ihrer praktischen Arbeit festgestellt, dass eine leise Stimme mehr auszurichten vermochte als eine laute.

»Bilder von Frauen. Misshandelte Frauen, tote Frauen. Er erzählte mir, dass er Polizist sei und diese Frauen suche. Und er sagte, dass Karl-Heinz mit diesen Frauen zu tun habe. Dass er in seinen Häusern Bordelle unterhielte, in denen die Frauen zur Prostitution gezwungen würden. Ich konnte es kaum glauben, doch dann fiel mir ein, dass er, als er in finanziellen Schwierigkeiten war, plötzlich, von heut auf morgen, über sehr viel Geld verfügt hatte. Zuerst wollte ich nichts davon hören, aber alles ergab einen Sinn.« Sie hörte auf, ihre Hände zu kneten, und schlang stattdessen ihre Arme wieder um ihren Oberkörper.

»Was ergab einen Sinn?«
»Als er plötzlich wieder flüssig und die Insolvenz abgewendet war, war der Innensenator sehr häufig Gast bei uns im Haus, und ich bekam mit, dass dieser ihm mehrere Objekte zum Kauf vermittelte, die Karl-Heinz dann an eine Firma vermietete, die wiederum dem Innensenator gehörte. Es war reiner Zufall, dass ich das mitbekam, und ich machte mir zunächst keine Gedanken darüber, bis Herr Dabelstein mir diese Geschichte erzählte und ich zu meinem Entsetzen feststellen musste, dass mein Mann nichts anderes als ein Zuhälter war.« Ihre Stimme brach, und eine einzelne Träne lief ihr über das Gesicht. Johanna war sich sicher, dass sie nicht darüber weinte, dass ihr Mann auf Abwege geraten war, sondern dass sie von dem Blut und den Tränen anderer Frauen gelebt hatte. Gut gelebt hatte.
»Verstehst du«, sie wandte sich mit einer verzweifelten Geste an Johanna, »ich hatte mich nie für die Geschäfte meines Mannes interessiert, und dann musste ich erfahren, dass er ein Verbrecher war.«
»Was genau wollte Dabelstein?«
»Beweise. Ich sollte ihm eine Diskette mit den finanziellen Transaktionen meines Mannes besorgen, und das tat ich.« Sie schwieg. Sie betrachtete ihren rechten Daumennagel und begann ihn geradezu zwanghaft zu reiben.
»Wie hast du das gemacht?«
»Wie schon?« Manuela lachte unter Tränen kurz auf. »Ich wartete einen Abend ab, an dem Karl-Heinz nicht zu Hause war, und ging an seinen Computer. Er hatte ihn nicht besonders gesichert, weil er wusste, dass ich da nicht range-

hen würde. Ich hatte Zeit, schließlich kam er immer erst spätabends wieder, und endlich hatte ich, was ich suchte.«
»Und dann hast du Dabelstein angerufen?«
Manuela schüttelte den Kopf. »Nein, er rief mich immer an. Wir verabredeten eine Zeit, und dann rief er über mein Handy an, nie über unseren Festnetzanschluss. Soweit ich das mitbekommen habe, wechselte er ständig die Geräte. Er kaufte diese Karten-Handys und benutzte sie nur ein- oder zweimal, dann warf er es weg und kaufte ein neues.«
»Wann solltest du ihm die Diskette übergeben?«
»In jener Nacht. In der Nacht, in der er getötet wurde.«

»Wir haben in Dankerts Telefonspeicher zwei verschiedene Nummern gefunden. Eine in Hannover und eine in Frankfurt. Was hat es damit auf sich?«
»Lassen Sie mich raten. In Hannover war es Maria Sonnenfeld, in Frankfurt der Zeitschriftenvertrieb Hollstein. Richtig?«
Sven nickte.
»Der Zeitschriftenvertrieb Hollstein ist nichts anderes als eine konspirative Firma des BKA. Dort sitzen Leute, die Informationen sammeln, auswerten und weitergeben. In Hannover wurde dieser verdeckte Einsatz, der ja nun leider schiefgelaufen ist, überwacht. Für jeden Außenstehenden war Maria Sonnenfeld einfach eine Bekannte von Dankert. Insider nannten ein Kennwort und wurden dann an die Verantwortlichen weitergeleitet. Er hat sich sowohl bei

der einen als auch bei der anderen Nummer regelmäßig gemeldet, und zwar über fast drei Monate, die Zeit, die er in Hamburg war. Dann, plötzlich, brach der Kontakt ab.«
Es war fast genauso, wie Sven es sich vorgestellt hatte, nur konnte er mit diesem Wissen jetzt nichts anfangen. Es blieb weiterhin offen, wie er vorgehen sollte – er hatte alle Möglichkeiten ausgeschöpft. Es gab nur eine Chance: dass Manuela Kranz sich erinnerte und sagte, wer der Mörder war. Wenn sie es nicht selbst gewesen war.
»Chef, lassen Sie mich mit Andrea Hansen sprechen.«
»Sie wollen noch mehr Menschen mit in diese Geschichte hineinziehen?«
»Sie steckt doch schon bis zum Hals mit drin.«
Es widerstrebte ihm, eine Journalistin mit ins Boot zu nehmen, aber vielleicht konnte die Hansen ja tatsächlich etwas beitragen.
»Also gut, aber Sie verraten ihr nur das, was unbedingt nötig ist, klar?«

Andrea hatte den Eindruck, bereits eckige Augen zu haben. Sie saß schon seit Stunden vor ihrem Monitor und quälte sich durchs Internet. Was hatte ein Freund von ihr einmal gesagt? Das Internet ist das größte Lexikon der Welt, und es stimmte. Sie versuchte noch immer, Antworten auf die Fragen, die der Mord an Dabelstein und Kranz aufgeworfen hatte, zu finden, und war kurz davor aufzugeben, als das Telefon klingelte.

»Hansen.«
»Frau Hansen, hier Julika Gebhardt.«
»Frau Gebhardt. Ist etwas mit Johanna oder Manuela passiert?« Es durchfuhr sie ein eisiger Schreck.
»Nein, nein, alles in Ordnung. Ich wollte Sie in einer anderen Angelegenheit sprechen.«
»Nur zu.«
»Aber Sie müssen mir versprechen, Stillschweigen zu wahren, sonst bringt mein Chef uns beide um.«
»Das heißt, Sie wollen etwas von mir und als Gegenleistung bekomme ich nichts?«
Julika lachte leise am Telefon. »So ungefähr.«
Andrea seufzte. Ihr war klar, dass es hier auch um Manuela und Johanna ging, also willigte sie ein. »Also gut. Was wollen Sie?«
»Woran wir interessiert sind, ist Klatsch und Tratsch.«
»Wir?«
»Mein Chef und ich.«
»Diekmann ist an Klatsch interessiert? Was ist los? Wird der Mann alt?«
»Nein, aber wir kommen nicht weiter und dachten, dass Sie uns ein paar Informationen liefern könnten, die uns vielleicht weiterbringen. Wir brauchen einen neuen Ansatz.«
»Schießen Sie los.«
»Könnten Sie hierher ins Präsidium kommen?«
»Jetzt gleich?«
»Wenn es Ihnen möglich ist?«
»Gut. Ich bin gleich da.«
Als sie eine knappe halbe Stunde später das Polizeigebäude

in der Nähe des Stadtparks betrat, wartete Julika bereits in der Halle auf sie. Sie heftete ihr einen Besucherausweis an die Jacke und schob sie zum Fahrstuhl.
»Seit wann spricht Diekmann freiwillig mit einem Journalisten?«
»Wenn er verzweifelt ist, ist er zu allem fähig.«
Als der Fahrstuhl kam, stiegen sie ein und fuhren schweigend hinauf in die siebte Etage, in der die Mordkommission untergebracht war. Beide fühlten sich ein wenig unbehaglich.
»Wie geht es Johanna? Haben Sie schon etwas von ihr gehört?«
Julika schüttelte den Kopf. »Ich persönlich nicht, aber ich glaube, sie hat mit dem Chef telefoniert. Kommen Sie hier entlang.«
Sie legte der Journalistin leicht eine Hand an den Rücken und dirigierte sie zu dem Büro, in dem Diekmann auf sie wartete.
Beide Männer standen, als die Frauen den Raum betraten. Andrea kannte Diekmann, aber der andere Mann war ihr unbekannt. Er hatte ein freundliches, offenes Gesicht und war Brillenträger. Einer der wenigen Männer, dem eine Brille tatsächlich stand. Die meisten Männer sahen mit Brille geistig irgendwie unterbelichtet aus, fand sie.
Er kam mit ausgestreckter Hand auf sie zu und lächelte.
»Frau Hansen, nehme ich an? Mein Name ist Maischner.«
Sie lächelte zurück und schüttelte ihm die Hand, sagte aber nichts. Diekmann nickte ihr nur leicht zu.
Presse und Polizei. Zwei Welten prallten aufeinander. Ge-

wöhnlich war als Puffer zumindest die Polizeipressestelle dazwischengeschaltet.

»Frau Hansen, nehmen Sie bitte Platz.« Diekmann wies ihr mit der Hand den Stuhl direkt vor seinem Schreibtisch zu. Während sie sich setzte, die Jacke über dem Arm, begann er bereits zu sprechen.

»Eines möchte ich vorwegschicken. Alles, was hier besprochen wird, muss vertraulich behandelt werden. Ich möchte davon morgen nichts in der Zeitung lesen.«

Sie nickte und ließ eine kurze Musterung seitens Diekmanns über sich ergehen.

Was fand Johanna nur an dem Kerl? Er mochte ja gut aussehen, aber das machte den Macho in ihm auch nicht wett. Andrea bemühte sich, ihn nicht allzu unverblümt zu mustern.

»Wie Sie wohl mittlerweile auch schon wissen, ist Karl-Heinz Kranz ermordet worden.«

»Das pfeifen ja die Spatzen von den Dächern. Was soll die Geheimniskrämerei?«

Diekmann ignorierte die Frage und fuhr fort. Andrea begann sich zu ärgern.

»Was erzählt man sich über Kranz?«

Andrea blickte misstrauisch von einem zum anderen. »Vieles, aber nichts, was man beweisen könnte. Wenn irgendetwas davon in die Medien käme, könnten wir alle einpacken.«

»Wie gesagt, alles in diesem Zimmer bleibt vertraulich.«

Andrea sah Julika an, und die nickte ihr zu.

»Also gut«, sie legte ihre Jacke beiseite und lehnte sich

zurück. »Vor ein paar Jahren war der Typ pleite. Er stand kurz vor der Insolvenz, aber dann«, sie hob theatralisch die Hände, »stieg er wie Phönix aus der Asche. Plötzlich hatte er wieder Geld, und alles war gut.«

»Woher hatte er das Geld.«

»Tja, jetzt kommt der Moment, in dem ich mich um Kopf und Kragen reden könnte.« Sie seufzte. »Aber egal. Also, kurz bevor der große Geldregen auf ihn niederging, wurde er öfter in der Begleitung unseres Innensenators Julius Hintze gesehen. Man munkelt, dass der ihm Projekte unter der Hand vermittelte, die Kranz dann wieder vermietet oder zu überhöhten Preisen verkauft hat.«

»An wen?«

»An verschiedene Firmen, meist jedoch an eine.«

»Und zwar?«

»Die First Security GmbH. Angeblich eine Sicherheitsfirma.«

»Angeblich?«

»Bei meinen Recherchen habe ich bisher nichts finden können, was einen aktiven Betrieb dieser Firma belegen würde.«

»Wer steckt dahinter?«

»Jetzt wird es interessant. Der Geschäftsführer ist ein gewisser Matthias Warnke. Der wiederum ist der Bodyguard, die rechte Hand, oder wie immer Sie es nennen wollen, unseres Innensenators. Sämtliche Leibwächter dieses Herrn sind in der Firma angestellt.«

»Also doch eine aktive Firma?«

Andrea zuckte mit den Achseln. »Wie man es nimmt. Sie

scheint nur für diesen einen Auftrag zu existieren. Andere Jobs werden nicht angenommen. Ich selbst habe dort angerufen und vorgegeben, dass ich einen Sicherheitsmann für meine vermeintliche Villa bräuchte. Ich wurde gleich abgewimmelt.«

Julika riss die Augen auf. »Wann haben Sie das denn gemacht?«

»In den letzten Tagen war ich nicht untätig. Auch ich versuche, Licht in das Dunkel zu bringen, denn wie Sie vielleicht wissen, war Manuela Kranz vor Jahren eine Freundin von mir.«

Diekmann wandte sich an Julika. »Versuchen Sie, etwas über diesen Warnke herauszufinden.«

Julika wandte sich schon zum Gehen, als Andrea fortfuhr. »Das brauchen Sie gar nicht erst zu versuchen. Der Mann hat keine Vorstrafen. Er ist vor ein paar Jahren unehrenhaft aus der Bundeswehr entlassen worden und dann für einige Zeit verschwunden. Der Grund seiner Entlassung wurde nicht öffentlich gemacht, aber es wird sich erzählt, dass er einen vorgesetzten Offizier bei einer Schlägerei schwer verletzt hat. Jedenfalls wurde das Ganze unter Verschluss gehalten, und als eine Art Deal flog Warnke raus. Dafür gab es kein Strafverfahren. Was da wirklich gelaufen ist, weiß anscheinend keiner. Man munkelt, dass er in Russland untergetaucht war. Als er wieder auftauchte, übernahm er den Schutz von Hintze. Zeitgleich wurde die Firma gegründet.«

»Wer gründete diese Firma?«

Andrea legte die Hand an die Stirn. »Irgendein windiger

Notar und Steuerberater. Der hat so einen merkwürdigen Namen. Warten Sie Schäfer …«
»Schieferdecker.« Maischners Stimme war kaum mehr als ein Flüstern.
»Richtig. Schieferdecker. Der war es.«
Diekmann wagte einen weiteren Vorstoß. »Sagt Ihnen die Firma Hotel und Gastronomie Service GmbH etwas?«
Andrea dachte einen Moment nach, schüttelte aber dann den Kopf. »Nein, nicht dass ich wüsste. Aber wie gesagt, ich bin auch erst ein paar Tage an der Sache dran.«
Diekmann streckte seine Beine aus und drehte sich in seinem Schreibtischstuhl hin und her. Die Hände hatte er vor dem Bauch verschränkt.
»Damit hätten wir die Verbindung zwischen Schieferdecker, Kranz und unserem Innensenator. Und ich fürchte, gerade Letzterer wird uns große Probleme bereiten.«
»Die Verbindung besteht zwar nur über Schieferdecker, aber ich bin sicher, dass Ihr verehrter Herr Innensenator in der Sache mit dem Menschenhandel drinsteckt. Das würde auch erklären, warum uns diese Mistkerle immer einen Schritt voraus sind. Und vor allem, warum Frank Dankert und Amelia Raschkowa tot sind.« Maischners Stimme hörte sich bitter an. Es war deprimierend, auf diese Weise boykottiert zu werden.
»Wer sind die beiden?« Andrea sah von einem zum anderen. Julika wich ihrem Blick aus, und die beiden Männer schienen ihre Frage nicht gehört zu haben.
Diekmann schwenkte zu Maischner herum. »Dass Julius Hintze mit in der ganzen Sache drinsteckt, können wir

nicht beweisen. Wir haben, wie Sie ganz richtig gesagt haben, Schieferdecker als einzige Verbindung. Er hat die Firma gegründet, die als Deckmantel für den Menschenhandel dient, und er hat die Security-Firma gegründet, die den Innensenator beschützt. Das dürfte wohl kaum reichen, um gegen Hintze vorzugehen.«

»Was brauchen Sie denn noch?« Der Mann von Interpol schlug mit den flachen Händen auf den Tisch und blitzte Diekmann wütend an.

Diekmann ließ sich nicht aus der Ruhe bringen. »Eine selten blöde Frage, meinen Sie nicht? Selbst Ihnen müsste doch der Begriff ›Beweise‹ bekannt sein, oder?«

»Wer sind Raschkowa und Dankert?« Andrea ließ sich nicht so leicht abschütteln.

»Ich fürchte, Frau Hansen, dazu können wir Ihnen zum jetzigen Zeitpunkt nicht viel sagen. Nur so viel«, Diekmann sah, wie Andrea gerade empört antworten wollte. Er hob beschwichtigend die Hand und brachte sie zum Schweigen, bevor sie anfing zu sprechen. »Nur so viel: Wenn wir die ganze Angelegenheit klären können, stelle ich mich Ihnen zur Verfügung, bevor andere Reporter ihre Nase in den Wind strecken.«

»Ehrlich?« Andrea war verblüfft.

»Ehrlich.«

Maischner dachte laut. »Wenn wir beweisen könnten, dass Schieferdecker in direkter Verbindung zu Hintze steht, könnten wir einen Beschluss bekommen.«

»In was für einer Verbindung?«

»Finanziell, geschäftlich, was auch immer.«

»Wie wollen Sie das beweisen?«

Maischner zuckte mit den Schultern. »Ich habe keine Ahnung.«

»Also gut«, Diekmann stand auf und versuchte die Unterlagen auf seinem Tisch zu ordnen, »heute werde ich den Richter nicht mehr erreichen können, aber gleich morgen früh stehe ich bei ihm auf der Matte und zeige ihm, was wir haben. Richter Klauck ist bekannt für seinen Todesmut. Vielleicht bekommen wir den Beschluss. Aber bis dahin«, er zeigte mit dem Finger auf Maischner, »halten Sie die Füße still.«

»Herr Diekmann?« Frau Jungmann war leise hereingekommen und blieb in der halboffenen Tür stehen. »Herr Kolding vom BKA ist auf dem Weg hierher.«

Es juckte Johanna in den Fingern, Sven anzurufen, aber sie wollte Manuela nicht aus dem Tritt bringen und beschloss, das Gespräch fortzuführen. Sven konnte sie nachher noch anrufen.

»Hast du sie ihm übergeben?«

Manuela schwieg eine ganze Weile, und Johanna war sich nicht sicher, ob sie sie gehört hatte, aber schließlich hob die junge Frau den Blick und sah die Psychologin verzweifelt an.

»Ich weiß es nicht.«

»Woran erinnerst du ich?«

»Ich hatte diese Verabredung. Ich hatte Dabelstein seit einigen Tagen nicht gesehen. Er meinte bei unserem letzten Telefonat, es sei zu gefährlich und er würde mir die Eintrittskarte für das Musical per Post zuschicken.«

»Warum zu gefährlich?«

»Ich habe keine Ahnung. Er meinte, er müsse aufpassen. Jedenfalls weiß ich noch, dass ich mich umzog und losfuhr.«

»Wie?«

»Mit dem Taxi.«

»Und dann?«

Wieder Schweigen. Krampfhaft rieb sie ihren Daumen. »Ich weiß es nicht mehr.« Manuela ließ den Kopf auf eine Hand sinken und schloss die Augen. Als sie den Blick wieder hob, sah sie müde aus.

»Ich weiß es nicht.« Ihr Blick war verzweifelt, sie wollte sich erinnern. Es war Zeit, eine Pause zu machen.

»Hast du Hunger?« Johanna war aufgestanden und stand vor Manuelas Sessel.

»Nein, ich glaube nicht.«

Johanna hockte sich vor die junge Frau und nahm ihre Hand. Sie war eiskalt. »Es hilft keinem von uns, am allerwenigsten dir, wenn du nichts isst. Du hast heute sehr viel geleistet, und du solltest aufhören, dir den Kopf zu zerbrechen. Der Rest wird kommen, da bin ich sicher.«

»Und wenn ich es gar nicht will?« Ihr Blick war flehentlich.

»Was meinst du denn? Willst du, oder willst du nicht?«

Manuela wandte den Blick ab. »Ich weiß gar nichts mehr. Die letzten Tage waren der blanke Horror. Ich meine, we-

nigstens weiß ich jetzt, wer ich bin, aber ich weiß immer noch nicht, ob ich eine Mörderin bin oder nicht.«
»Es könnte Notwehr gewesen sein, falls du es warst.«
»Aber trotz allem hätte ich einen Menschen getötet.«
»Überstürz nichts. Lass uns eine Pause machen. Ich schlage vor, dass du mit Kochen dran bist.«
Manuela sah sie entsetzt an, und Johanna musste lachen. »Nichts Dramatisches. Ich dachte an Fertigpizza aus dem Backofen. Hast du Lust?«
Manuela musste lächeln. »Weißt du was? Die beherrsche ich sogar perfekt.«

Es war eigentlich alles reibungslos gelaufen. Kaum hatte er die Vollmacht in der Hand gehalten, hatte ihm der Leiter des LKA, Makowiak, auch schon die Unterlagen aus Kranz' Haus ausgehändigt. Zumindest hatte er das gedacht. Nachdem er sich einen groben Überblick verschafft hatte, war er zu der Überzeugung gelangt, dass Diekmann ihm etwas vorenthielt. Er hatte die Sicherstellungsverzeichnisse mit dem verglichen, was vor ihm lag, und hatte keine Ungereimtheiten entdecken können. Allerdings waren die Verzeichnisse von Diekmann unterschrieben, und soweit er wusste, hatte der an der Durchsuchung gar nicht teilgenommen. Der Mann legte ihm nur Steine in den Weg. Er hatte es satt, sich von einem kleinen Landespolizisten in die Suppe spucken zu lassen. Daher war er am Kochen, als er in Diekmanns Büro stürzte.

»Es fehlt doch was, oder nicht? Wo haben Sie es?«
»Guten Tag, Herr Kolding. Wo ist denn Ihr Gefolge? Wie war doch gleich sein Name? Müller?«
Erst jetzt registrierte Kolding, dass Diekmann nicht allein war. Diese Polizistin, seine rechte Hand, war da und eine andere Frau. Wahrscheinlich eine aus seinem Dunstkreis, aber die kannte er nicht. Den Mann, der neben Diekmann stand, kannte er jedoch sehr wohl.
»Ach nein, Herr Maischner.«
Der Angesprochene nickte. »Herr Kolding.«
Koldings Stimme wurde gehässig. »Wieso laufen wir beide uns eigentlich immer über den Weg?«
»Vielleicht weil wir an demselben Fall arbeiten?«
Beide Männer musterten einander, und die Blicke zeugten nicht von Kollegialität. Es war unverkennbar, dass die beiden sich nicht mochten.
»Was kann ich für Sie tun?« Diekmann fand, dass es an der Zeit war, sich einzuschalten.
»Ich vermisse etwas.«
»Und das wäre?« Diekmanns Stimme klang zuckersüß.
»Sie wollen mir doch nicht allen Ernstes erzählen, dass Sie in Kranz' privatem Arbeitszimmer keinen Terminkalender, keinen Hinweis auf private Konten, keine Notizen gefunden hätten.«
Diekmann zuckte nur mit Schultern. »Alles, was wir gefunden haben, wurde Ihnen ausgehändigt.«
»Jaaa.« Kolding hatte Mühe, Diekmann nicht am Kragen zu packen und über den Tisch zu ziehen. »Unterlagen über Versicherungen, Aktien et cetera. Und wo ist der Rest?«

»Welcher Rest?« Das blöde Grinsen des Mannes brachte Kolding noch mehr in Rage. Wenn das überhaupt möglich war.
»Sie haben das betreffende Verzeichnis unterschrieben. Waren Sie bei der Durchsuchung dabei?«
»Nein.«
»Und warum dann Ihre Unterschrift?«
»Ich habe mir, in Anbetracht der Tatsache, dass Sie die Unterlagen einsehen wollten, alles vorlegen lassen und abgezeichnet. Schließlich wollen wir ja keinen Fehler begehen, nicht wahr?«
Kolding war kurz davor zu explodieren. Er bemühte sich um einen ruhigen Ton.
»Das werden Sie bereuen. Sie mach' ich fertig. Nichts, aber auch gar nichts wird mich daran hindern, diese Sache aufzuklären, das schwöre ich Ihnen.«
Er hatte sich schon umgedreht, als er eine Stimme hinter sich vernahm.
»Wenn es denn so wäre.«

Unter dem Vorwand, Wein aus dem Wagen zu holen, war Johanna zum Telefonieren hinausgegangen. Sie wollte nicht, dass Manuela das Gefühl bekam, sie würde alle Informationen an die Polizei weitergeben, wenngleich dem so war. Mit klammen Fingern wählte sie Svens Nummer und wartete auf das Freizeichen. Es klingelte dreimal, dann hörte sie die vertraute Stimme. Zu ihrer eigenen Überra-

schung musste sie feststellen, dass es ihr augenblicklich besserging.
»Diekmann.«
»Sven, hier ist Johanna.«
»Alles in Ordnung?«
»Ja, pass auf.« Und sie erzählte ihm in Kurzform, was Manuela ihr mitgeteilt hatte. Sein anschließendes Schweigen irritierte sie.
»Hast du mir überhaupt zugehört?«
»Ja, habe ich. Das deckt sich mit dem, was wir gerade herausgefunden haben. Aber es sieht noch schlimmer aus.«
»Wie schlimm?«
»Sehr schlimm. Johanna, hast du die Möglichkeit, woanders unterzukommen?«
»Was soll das? Es wissen nur du, Julika und Andrea, wo wir sind.«
»Mir wäre wohler, wenn wir alle es nicht wüssten.«
»Sven, was geht hier vor?« Sie spürte, wie die Angst in ihr hochstieg.
»Hör mir jetzt gut zu. So wie es aussieht, steckt Julius Hintze hinter der ganzen Sache.«
»Unser Innensenator?« Johanna konnte es nicht fassen. Sie hatte schon einiges erlebt, aber das erschien ihr nun doch zu abstrus.
»Ganz genau, und ich möchte dich bitten zu verschwinden.«
»Wer weiß noch, wo wir sind?«
»Niemand. Trotz allem …«
»Sven, denk doch bitte einmal nach. Manuelas Bild kam in

allen Zeitungen und auch im Fernsehen. Wenn ich mit ihr in ein Hotel gehe, ist es eine Frage der Zeit, wann die Polizei anrückt.«

»Das mag sein, aber …«

»Bitte, ich denke, dass wir hier am besten aufgehoben sind. Ich habe auch die Waffe durchgeladen.« Den letzten Satz sagte sie mit einem unterdrückten Lachen, aber das schien bei Sven nicht zu wirken.

»Johanna, an der ganzen Geschichte ist nichts Lustiges. Also gut, verrammel das Haus und warte auf meinen Anruf. Hast du mich verstanden?«

»Ja, okay.«

»Ach, und Johanna?«

»Ja?«

Sie wartete einen Moment, aber Sven schien mit sich zu ringen.

»Ach nichts.«

Er hatte es sich einfach nicht verkneifen können, aber als der Satz raus war, wusste Maischner, dass es ein Fehler gewesen war, Kolding zu verunglimpfen. Er verließ eilig Diekmanns Büro, und da dessen Handy klingelte, war der abgelenkt und kümmerte sich nicht um seinen Abgang.

Das hatte ihm gerade noch gefehlt. Kolding in Hamburg. Mit dem Mann an den Hacken würde es Probleme geben, das wusste Maischner, aber egal, er hatte nicht mehr viel Zeit.

Diekmann wollte am folgenden Tag den Staatsanwalt aufsuchen, aber so lange konnte er nicht warten. Er hatte genug über Schieferdecker herausgefunden und wusste, wo dessen Firma war.
Maischner kaufte sich einen Stadtplan und fuhr ins Hotel zurück. Er duschte, bevor er essen ging. Er musste warten, bis es dunkel genug war, bis er sicher sein konnte, dass Schieferdecker nicht mehr in seinem Büro war. Er würde die U- und S-Bahn nehmen, also konnte er sich noch einen Drink an der Bar genehmigen. Zwar brauchte er einen kühlen Kopf, aber wenn er bedachte, dass er hier seine Existenz aufs Spiel setzte, dann brauchte er etwas Stärkeres als Kaffee. Er schaute auf die Uhr. Es war kurz nach sechs Uhr abends, und ein Notar und Steuerberater vom Kaliber eines Wolfgang Schieferdecker war sicherlich nicht mehr im Büro. Ein Kontrollanruf bestätigte diese Einschätzung. Der Anrufbeantworter schaltete sich ein.
Er ging auf sein Zimmer und zog sich um. Schwarze Jeans, ein schwarzes Sweatshirt, schwarze Jacke. Die schwarze Strickmütze verstaute er in einer der Jackentaschen. Die würde er erst später brauchen. Bevor er das Zimmer verließ, klopfte er seine Taschen ab. Als er das kleine Etui mit den Dietrichen ertastete, nickte er zufrieden. Alles da.
Er verließ das Hotel gemächlich und ging zur U-Bahn-Station Stephansplatz. Er stieg in die Bahn Richtung Norderstedt-Mitte und fuhr drei Stationen bis zum Eppendorfer Baum. Irgendjemand hatte ihm mal erzählt, Hamburg hätte mehr Brücken als Venedig, und es schien zu stimmen. Er wanderte den Isebekkanal entlang, bis das Haus in Sicht

kam, in dem Schieferdecker seine sogenannte Kanzlei hatte. Alle Fenster waren dunkel. Er ging bis zur Hellwigstraße, er hatte sich den Weg mit Hilfe des Stadtplanes genau eingeprägt, und bog dann links in die Isestraße ein. Vor der Hausnummer 17 war alles ruhig. Er blickte sich noch ein paarmal um, um sicherzugehen, dass er niemandes Aufmerksamkeit erregt hatte, und holte sein Dietrichset heraus. An der Eingangstür rechnete er nicht mit einer Alarmanlage, aber er hatte keine Ahnung, wie es oben im dritten Stock aussehen würde. Darüber würde er sich Gedanken machen, wenn es so weit war. Das Schloss hatte er schnell geknackt, und als er sich im Schatten des Hausflures versteckt hielt, lauschte er mit angehaltenem Atem, aber es war nichts zu hören. Er huschte schnell die Treppen hinauf und fand in der dritten Etage nur ein Büro. Das von Schieferdecker. Er nahm seine kleine Stablampe zwischen die Zähne und holte einen stiftförmigen Gegenstand aus der Tasche, mit dem er den Türrahmen abtastete. Er prüfte das Türschloss und wählte den entsprechenden Dietrich aus. Plötzlich glaubte er, ein Geräusch zu hören, und er hielt einen Moment inne. Das Geräusch kam von unten, und er schlich zum Treppenaufgang, um hinunterzuspähen, konnte aber nichts entdecken.
Wahrscheinlich spielten ihm nur seine Nerven einen Streich. Er schlich zurück an die Tür und machte sich mit dem Dietrich an die Arbeit. Er führte den schmalen Stahlstift in das Schloss ein und versuchte mehrere Positionen. Als er schließlich die richtige Position gefunden hatte, hörte er kurz mit seinen Bemühungen auf und zog die Strickmütze aus der Tasche. In Höhe der Augen waren zwei Schlitze ge-

schnitten. Auch wenn es keine Alarmanlage gäbe, so wäre möglicherweise eine Videoüberwachung eingerichtet, und der wollte er keinesfalls zum Opfer fallen. Erneut vernahm er ein Knacken, das nur von den alten Holztreppen herrühren konnte, aber er öffnete die Tür, verschwand dahinter und schloss sie sofort wieder. Er blickte eine Weile durch den Spion, konnte aber nichts mehr entdecken. Die Nerven, dachte er. Keine Alarmanlage, keine Videokamera, aber er blieb vorsichtig. In dem Büro waren die Jalousien heruntergelassen, aber seine Augen hatten sich schnell an das Dunkel gewöhnt. Geradeaus war der Empfang, dahinter das Büro der Sekretärin. Der Flur war mit dickflorigem Teppich ausgelegt und verschluckte seine Schritte. Er tastete sich vorsichtig den Gang entlang und öffnete die Tür zu dem Zimmer des Notars.

Schieferdecker hatte den Monitor offenbar nicht ausgemacht, denn hinter dem Schreibtisch waberte ein grüner Schatten an der Wand. Maischner setzte sich davor und berührte die Tastatur. Sofort flimmerte der Bildschirm auf und offerierte ihm verschiedene Programme.

Plötzlich vernahm er ein Klicken. Dieses Mal hatte er sich nicht getäuscht. Er glitt von dem Stuhl, auf dem er gesessen hatte, in die Dunkelheit und kauerte sich hinter einen Aktenschrank. Er tastete mit der Hand nach der Waffe, die ihn unter der Achsel drückte, und zog sie hervor. Er konnte fühlen, dass jemand näher kam, auch wenn er nichts hörte. Alles war still. Maischner hielt die Luft an und wartete angespannt, als plötzlich das Licht aufflammte. Sein Versteck war nun nichts mehr wert. Noch bevor er reagieren konnte, sah er eine Waffe auf sich gerichtet. Er blickte zu dem Mann hoch, der ebenso maskiert war wie er selbst.

»Einbrechen ist eine schlechte Angewohnheit, aber ich denke, für diese Lappalie werden Sie sich nicht verantworten müssen.«

Maischner wusste, dass er etwas tun musste, sich fallen lassen, sich gegen die Beine des Mannes werfen, irgendetwas, aber für den Bruchteil einer Sekunde war er wie gelähmt. Als der Schuss fiel, wartete er auf den Schmerz, aber nichts geschah. Sein Angreifer hatte sich erschreckt umgedreht, und diesen Zeitpunkt nutzte der Interpol-Mann, um sich gegen ihn zu werfen. Der Mann stöhnte kurz, taumelte rückwärts und verlor dabei die Waffe. Ein zweiter Mann näherte sich von der Tür her.

Sven Diekmann.

»Haben Sie wirklich gedacht, ich würde Ihnen trauen, Maischner?«

Vertrauen ist gut, Kontrolle ist besser, hatte Sven gedacht. Er hatte Maischners Anspannung und auch seine Wut gespürt. Vielleicht waren die Gefühle des Mannes unprofessionell, aber sie waren menschlich und nachvollziehbar. Allerdings war er sehr schnell verschwunden, und Sven war sicher, dass der Mann nicht abwarten würde, ob Sven einen Durchsuchungsbeschluss für Schieferdecker bekäme oder nicht. Es war relativ einfach, Maischners nächsten Schritt zu erahnen, vielleicht hätte er, Sven, an seiner Stelle dasselbe versucht.

Er hatte außerdem die Feindschaft zwischen ihm und Kolding gespürt, und die Angst, dass dieser Fall, der Maischner so sehr am Herzen lag, in den Untiefen des BKA versickern und vielleicht nie geklärt würde, belastete den Mann zweifellos. Es gab also nur eine Möglichkeit.

Nachdem er Julika nach Hause in den verdienten Feierabend geschickt hatte, fuhr er zu Schieferdeckers Büro und stellte das Fahrzeug in sicherer Entfernung ab. Er hatte sich dagegen entschieden, Maischner vor dem Hotel aufzulauern. Damit würde der Mann rechnen, er würde aber nicht mit einer Überwachung von Schieferdeckers Büro rechnen. Sven konnte sich an allen zehn Fingern ausrechnen, wann ungefähr Maischner zuschlagen würde, und er behielt recht.

Die Person, die sich dem Haus unauffällig näherte und schließlich darin verschwand, war dunkel gekleidet, aber an der Statur und auch am Gang erkannte er ihn. Er wollte eigentlich warten, bis der Mann das Gebäude wieder verließe, als er eine zweite Person sah. Als auch diese Gestalt das Haus betrat, schrillten in Svens Kopf sämtliche Alarmglocken. Er konnte sich kaum vorstellen, dass Maischner einen Komplizen hatte. Da es sich um ein reines Geschäftshaus handelte, würde nach Büroschluss niemand mehr herkommen. Sven hatte lange genug hier gestanden, um beobachten zu können, wie in allen Büros die Lichter ausgegangen waren. Jemand wollte dem Polizisten in die Suppe spucken. Er wartete, bis die zweite Person im Hausflur verschwunden war, und öffnete die Wagentür. Geduckt, ohne recht zu wissen, warum, rannte er zur Haustür und fand sie unverschlossen vor. Er drückte die Tür auf und lauschte ins Treppenhaus hinein, und erst als er sicher sein konnte, dass beide Personen in dem Büro waren, rannte er hoch. Glücklicherweise hatte er, bevor er seinen Beobachtungsposten bezogen hatte, sich informiert, in welchem Stockwerk Schieferdecker seine Räumlichkeiten hatte. Sven bemühte sich zwar, einigermaßen leise zu sein, allerdings war das nicht oberste Priorität. Ohne anzuhalten, lief er in die dritte Etage und öffnete die Tür. Aus dem hinteren Büro fiel Licht in den Flur, und der dicke Teppich machte es möglich, sich vollkommen lautlos in dem Büro zu bewegen.

Er näherte sich vorsichtig der Zimmertür, und wenn die Situation nicht so ernst gewesen wäre, hätte er gelacht. Ein maskierter Mann bedrohte einen ebenfalls maskierten Mann, der zwischen einem Aktenschrank und der Wand hockte.

Sven schoss.

Bernd Maischner zog sich mit der einen Hand die Mütze vom Kopf. Seine Haare waren schweißnass, seine Brille leicht verrutscht. Mit der anderen Hand richtete er das Gestell auf seiner Nase zurecht und seufzte tief.

»Das war verdammt knapp, Herr Diekmann.«

»Sie scheinen einen ziemlich ausgeschlafenen Schutzengel zu haben.« Die Waffe auf den Mann am Boden gerichtet, näherte er sich ihm langsam. Mit einem Tritt beförderte

Maischner den am Boden liegenden Revolver seines Angreifers aus dessen Reichweite.
Sven stand nun auf Armeslänge von dem Mann entfernt.
»Auf die Knie und Hände hinter den Kopf.« Der Mann folgte den Anweisungen langsam und bedächtig.
»Sie haben ihn nicht einmal getroffen.« Maischners Stimme klang fast empört.
»Wir brauchen ihn lebend. Mein Gott, Maischner, wo haben Sie Dienst gemacht? Im Gaza-Streifen?«
Mit einem Ruck riss Maischner dem nun knienden Mann die Maske vom Kopf. Sven erkannte das Gesicht sofort. Er hatte es diverse Male in der Presse gesehen, immer einen Schritt hinter dem Innensenator.
»Matthias Warnke, wie ich annehme?«
»Ganz recht.« Die Stimme des Leibwächters klang ruhig, fast ein wenig amüsiert. »Und Sie haben recht, Sie brauchen mich lebend.«
»Was wollten Sie hier?«
»Verschiedenes, aber primär sollte ich für den Chef den Mann von Interpol aus dem Weg schaffen.«
»Für den Innensenator?«
»Ich sagte für *den* Chef, nicht für *meinen* Chef.«
»Erklären Sie mir den Unterschied.«
Warnkes Kopf wandte sich langsam Sven zu. Er lächelte ihn an. »Verschaffen Sie mir erst einen Platz im Zeugenschutzprogramm.«
Sven sah ihn ungläubig an.
»Das kann nicht Ihr Ernst sein, außerdem habe ich dafür nicht die Befugnis.«

Warnke drehte sich weg. »Dann kann ich für Ihre Freundin, diese Psychologin, wahrscheinlich auch nichts mehr tun.«
Sven fühlte, wie sich ihm die Kehle zusammenschnürte. Also hatte er recht gehabt mit seiner Sorge. Irgendetwas lief hier gerade verdammt schief.
»Was wissen Sie?«
Warnke sah ihn wieder an. Lächelnd, abwartend.
Sven überlegte kurz. »Also gut, ich sage Ihnen zu, mit dem Staatsanwalt zu reden, wenn Ihre Informationen wertvoll sind.«
»Man sagt, Sie seien ein fairer Bulle, und mehr werde ich wohl nicht bekommen, oder?«
Maischner schaltete sich ein. Er konnte seine Wut nicht mehr unterdrücken, als er sich zu dem Mann hinabbeugte.
»Oh doch, eine Kugel, du mieses Schwein. Ich werde …«
»Maischner, halten Sie die Klappe.« Sven befürchtete, die Kontrolle über beide Männer zu verlieren.
»Also?« Er wandte sich wieder an Warnke. Der ließ sich nicht lange bitten.
»Es geht hier um organisierten Menschenhandel.«
»Das wissen wir bereits.«
»Innensenator Hintze, der Mann, für den ich seit drei Jahren arbeite, ist, nennen wir es, der ›Zweigstellenleiter‹ in Hamburg.«
Sven log, ohne rot zu werden. »Auch das wissen wir.«
Warnke schien für einen Moment überrascht, fasste sich aber gleich wieder.
»Dann wissen Sie auch, dass er die Ermordung von diesem BKA-Mann angeordnet hat.«

Sven gab erneut vor, Bescheid zu wissen. »Und die von Kranz.«
»Nein, das war der Chef persönlich. Dieser *hit* wurde von einem Spezialisten von außerhalb durchgeführt.«
»Wer ist der Chef?«
Warnke lächelte noch breiter und nannte genüsslich den Namen.

Manche Leute waren doch zu blöd. Mittlerweile wusste jedes Kind, dass man sich nicht wirklich verstecken konnte. Die Funkzellenpeilung hatte ihm gezeigt, wo die Psychologin und Manuela Kranz sich aufhielten. Statt ein Münztelefon zu benutzen, hatten sie doch tatsächlich das Handy gebraucht.
Zu jeder anderen Gelegenheit hätte er die Fahrt an die Ostsee genossen, aber unter diesen Bedingungen, bei überfrierender Nässe und die Zeit im Nacken, machte das alles keinen Spaß. Zu vieles war bereits schiefgelaufen, als dass er sich jetzt einen Verkehrsunfall leisten konnte.
Mühelos fand er die richtige Abfahrt, und als er das Ortsschild sah, atmete er erleichtert auf. Er blieb am Fahrbahnrand kurz stehen, schaltete die Innenbeleuchtung ein und sah noch einmal auf seine detaillierte Karte. Trotzdem fuhr er dreimal an der Einmündung vorbei. Niemand war auf den Straßen zu sehen. Er konnte sich kaum vorstellen, dass jemand tatsächlich in diesem Kaff Urlaub machte. Weder im Sommer noch im Winter.

Bevor er aus Hamburg losgefahren war, hatte er überprüft, ob Johanna Jensen in einem der Hotels oder Pensionen abgestiegen war, aber dem war nicht so. Also hatte er sich auf die Ferienhäuser konzentriert und einen Treffer gelandet. Es gab ein Ferienhaus, das einer Gerda Jensen gehörte. Der Mutter.

Er fuhr bis ans Ende der kleinen Sackgasse und stellte sein Fahrzeug so ab, dass er ohne zu wenden wieder losfahren konnte. Er verglich die Hausnummern mit seinen Notizen und machte sich auf den Weg. Vorbei an dunklen Hauseingängen kam er schließlich zu dem einzigen beleuchteten Haus in der ganzen Reihe. Er verkniff sich ein Lächeln, trat näher und klingelte.

»Sie bleiben hier. Ich schicke Ihnen Verstärkung.« Sven versuchte nicht in Panik zu verfallen, aber er wünschte, er könnte fliegen. »Und ich rate Ihnen, Maischner, machen Sie keinen Scheiß. Die Kollegen sind in wenigen Minuten hier.«

Noch während er die Treppen, immer zwei Stufen auf einmal nehmend, hinunterrannte, alarmierte er bereits die zuständige Wache, mit der Bitte, Julika zu informieren. Er hielt sich nicht lange mit Erklärungen auf und wählte schon die nächste Nummer.

Johanna ging nicht an ihr Handy.

Sie zuckte zusammen, als es klingelte. Ihr erster Impuls war, die Tür nicht zu öffnen, aber dann erinnerte sie sich daran, dass Sven angekündigt hatte zu kommen, um mit Manuela zu sprechen.
Sie öffnete, und vor ihr stand ein Mann mittleren Alters in einem dunklen Anzug. Er hatte zum Durchsuchungskommando ihrer Wohnung gehört.
»Guten Abend, Frau Dr. Jensen.«
»Guten Abend.« Johanna sah ihn fragend an.
»Mein Name ist Kolding. Ich bin vom BKA. Sie erinnern sich vielleicht, wir hatten bereits das Vergnügen.«
»Kommen Sie herein.« Sie trat einen Schritt beiseite, um Kolding hereinzulassen, und schloss hinter ihm die Tür. Sie ging vor ihm her ins Wohnzimmer und bot ihm einen Platz an.
»Möchten Sie etwas trinken?«
»Nein, wir haben keine Zeit. Ich soll eigentlich nur Sie und Frau Kranz von hier wegbringen. Es wird zu gefährlich, und Sie sollen woanders untergebracht werden.«
Johanna runzelte die Stirn. »Davon hat mir Herr Diekmann nichts gesagt.«
»Nun«, Kolding lächelte freundlich, »darum hat er mich ja gebeten, Sie abzuholen. Er hatte keine Zeit, und es haben sich neue Indizien ergeben, denen er persönlich nachgehen wollte.«
Die plötzliche Erkenntnis traf Johanna wie ein Hammerschlag. Sie spürte, wie Panik in ihr aufstieg. Sie schluckte krampfhaft und versuchte, sich nichts anmerken zu lassen. Sven hätte sie ganz bestimmt selbst angerufen, und keines-

falls hätte er jemandem ihren Aufenthaltsort genannt. Es galt jetzt, Zeit zu gewinnen, und die Lüge kam ihr leicht über die Lippen. Sie hoffte nur, dass Manuela im oberen Stockwerk jedes Wort mithörte.
»Es tut mir sehr leid, aber Frau Kranz ist nicht da. Sie wollte spazieren gehen. Ich erwarte sie allerdings jeden Moment zurück. Wenn Sie einen Augenblick warten wollen, rufe ich Herrn Diekmann an.«
Sie drehte sich um und ging zu ihrer Handtasche, die auf einem Stuhl in der Essecke lag. Der Weg kam ihr unendlich weit vor. Mit zitternden Händen kramte sie nach ihrem Handy, dabei fiel ihr Blick auf die Waffe, die in der Tasche obenauf lag. Sie zögerte zu lange.
»Lassen Sie das, Frau Dr. Jensen.« Koldings Stimme hatte sich verändert und klang nun kalt. Langsam drehte sich Johanna um. Er hatte eine Waffe in der Hand, die er auf sie richtete. »Stellen Sie das Handy aus und geben Sie es mir. Und ich bin sicher, Frau Kranz ist oben. Kommen Sie, begleiten Sie mich.« Mit einem Rucken des Kopfes wies er in Richtung Treppe, und Johanna gehorchte. Er stieß ihr kurz mit der Waffe in den Rücken und trieb sie so vor sich her. Langsam nahm sie Stufe für Stufe bis sie auf dem oberen Treppenabsatz stand. Oben war es dunkel, und sie konnte nichts hören.
»Gehen Sie weiter.« Er gab ihr wieder einen Stoß mit der Waffe, und sie stolperte nach vorn. Plötzlich hörte sie einen Schrei, und etwas schoss an ihrem Kopf vorbei. Johanna ließ sich fallen und hörte ein Poltern, als krache ein schweres Möbelstück die Treppen hinunter. Wieder ein Schrei, dieses

Mal von einem Mann. Dann war es ruhig. Die Stille wurde nur von einem krampfhaften Schluchzen unterbrochen. Manuela hockte auf der obersten Stufe und sah hinunter. Johanna rappelte sich auf und sah ebenfalls nach unten. Dort lag Kolding, mitten in den Trümmern dessen, was einmal ein Stuhl gewesen war. Seine Glieder waren seltsam verrenkt, und er rührte sich nicht. Entweder war er tot oder aber zumindest bewusstlos. Seine Waffe lag neben ihm. Johanna wollte schon hinunterlaufen, als sie einen Knall hörte und dann noch einen. Für Sekunden war sie geblendet von einem hellen Blitz, der aus dem Wohnzimmer nach oben drang. Fast gleichzeitig, so schien es, sprach jemand mit ihr.

»Frau Dr. Jensen? Ist alles in Ordnung?« Sie schlug sich mit der Hand gegen die Stirn. »Ja, ich glaube schon.« Dann hob sie den Blick und sah in ein freundliches, entfernt vertrautes Gesicht.

»BKA. Mein Name ist Müller.«

So voll wie an diesem Abend war das Haus noch nie gewesen. Johanna musste kichern, als ihr dieser Gedanke kam. Wahrscheinlich war es eine hysterische Schockreaktion. Macht nichts, dachte sie, das hatte sie sich redlich verdient. Sie saß in einem der Sessel und betrachtete das Treiben um sich herum. Manuela saß ihr gegenüber und wurde von einer Beamtin vernommen.

Der Notarzt kümmerte sich um Kolding. Er war am Leben,

aber soviel Johanna gehört hatte, hatte es ihn schwer erwischt. Außer einem gebrochenen Arm und einem angeknacksten Arm hatte er wohl erhebliche Verletzungen an der Wirbelsäule davongetragen. Sie blickte zu Manuela und konnte nicht anders, als sie bewundern. Johanna fragte sich, ob sie selbst genauso geistesgegenwärtig gehandelt und einen Stuhl als Schlaginstrument benutzt hätte. Die Beamten des BKA waren durch die Terrassentür gestürmt, und Johanna überlegte, wie sie ihrer Mutter die zertrümmerte Scheibe erklären sollte.

»Kann ich etwas für Sie tun?« Müller stand vor ihr und blickte auf sie hinab. Johanna lächelte. Das Ganze kam ihr irgendwie bekannt vor. Sie erinnerte sich daran, wie Sven sie in einer ähnlich spektakulären Aktion aus einer alten Fabrikhalle gerettet hatte. Auch damals hatte sie plötzlich ganz ruhig mitten im Chaos gesessen und sich gefragt, wie es dazu hatte kommen können. Sie hoffte nur, dass ihr derartige Notlagen nicht zur Gewohnheit werden würden.

»Nein, alles in Ordnung. Sagen Sie, hatten Sie schon mal ein Déjà-vu?« Als sie seinen verwirrten Gesichtsausdruck sah, winkte sie ab. »Na, macht nichts. Vergessen Sie es.«

Ständig kamen und gingen Leute. Notarzt und Sanitäter, Spurensicherung, zivile Beamte, schwerbewaffnete Uniformierte, die ihre MPs noch vor dem Bauch hielten, als erwarteten sie den Dritten Weltkrieg. Johanna hatte keine Ahnung, wie lange sie dort gesessen hatte, als Sven hereingestürzt kam.

Die Jacke offen, die Haare wirr, bleich im Gesicht. Er blieb ratlos mitten im Raum stehen und betrachtete entsetzt, was dort vor sich ging.

»Sven?« Sie war erstaunt. Eigentlich hatte sie ihn jetzt nicht mehr erwartet, aber wahrscheinlich war er noch nicht informiert worden. Er drehte sich um und entdeckte sie.

»Johanna.« Er stürzte auf sie zu und kniete vor ihr nieder.

»Ja.« Sie lachte. »Aber würdest du bitte aufstehen? Die Leute kommen ja auf dumme Gedanken.«

»Herr Diekmann?« Müller stand plötzlich hinter ihm. Er lächelte ihn breit an. Sven richtete sich auf. Er konnte sein Erstaunen nicht verbergen. »Patachon.«

»Bitte?« Müller zog die Augenbrauen hoch.

»Insiderwitz. Tut mir leid, ich weiß nicht wann, aber irgendwie habe ich den Faden verloren.« Er betrachtete Müller genauer. Er konnte kaum glauben, dass das der Mann war, der hinter Kolding hergedackelt war wie ein kleiner Hund und dessen Gesichtsausdruck zwischen dumm und geistesschwach changiert hatte.

»Wenn Sie wollen, kläre ich Sie und Frau Dr. Jensen auf. Hier«, er machte mit dem Arm eine ausholende Geste, die das ganze Haus einschloss, »hier ist so weit alles unter Kontrolle. Also, was wollen Sie wissen?«

»Ich fürchte, mir fehlt der chronologische Ablauf der ganzen Geschichte.«

Müller kratzte sich am Kopf. »Das kann ich mir vorstellen.« Er drehte sich um und zog sich einen Stuhl heran. Die Ellenbogen auf seinen Oberschenkeln abgestützt, ließ er die Hände zwischen den Knien baumeln. Sven hatte kurzentschlossen auf dem Fußboden neben Johannas Sessel Platz genommen.

Müller begann.

»Vor ein paar Jahren stellten wir fest, dass vermehrt junge Frauen aus Osteuropa und Asien unter Vorspiegelung falscher Tatsachen in den Westen gelockt und hier an Bordelle verkauft wurden. Wir schlossen uns mit Interpol kurz und gingen den Spuren nach. Auf russischer Seite kassierte die Mafia, auf deutscher Seite hatte sich anscheinend eine neue Organisation gebildet. Wir bekamen recht schnell heraus, wer in den einzelnen Städten das Sagen hatte, nur in Hamburg nicht. Also beschlossen wir, eine verdeckte Ermittlerin einzusetzen.«

Sven nickte. »Das ist mir bereits bekannt.«

»Gut. Als diese Sache schiefging und mit zwei Vermissten, das heißt mit zwei Toten, endete, dämmerte uns, dass die ganze Operation im Vorfeld verraten worden war, und wir mussten davon ausgehen, dass es sich bei dem Maulwurf um einen ranghohen Polizisten aus Hamburg handelte. Maischner von Interpol setzte sich ab und ermittelte auf eigene Faust. Was zuerst aussah, als liefe es aus dem Ruder, erwies sich als Segen, weil es nämlich jemanden auf den Plan rief, von dem wir ohnehin vermuteten, dass er Dreck am Stecken hatte.«

»Kolding.«

Müller nickte. »Ganz genau. Kolding war bereits in Verdacht geraten, aber ihm konnte nie etwas nachgewiesen werden. Es reichte nicht einmal, um ihn aus dem Dienst zu entfernen. Jedenfalls riss er sich plötzlich um diesen

Fall, und zwar exakt zu dem Zeitpunkt, als Dabelstein beziehungsweise Dankert ermordet wurde. Allerdings sollte er jemanden an die Hand bekommen, den er erstens nicht kannte und der sich zweitens im Hintergrund hielt.«

»Sie.«

»Korrekt. Ich mimte den Volltrottel, und Kolding fühlte sich in Sicherheit. Ich habe ihn die ganze Zeit überwacht und kam schnell hinter die Verbindung mit Ihrem Innensenator und mit dem Finanzchef der Organisation Wolfgang Schieferdecker.«

»Hintze hat seinen Bodyguard Matthias Warnke mit dem Mord an Dabelstein beauftragt, richtig?«

»Richtig. Warnke ist ehemaliger Bundeswehrsoldat und hatte irgendwann Kolding kennengelernt. Wie und wann, das müssen wir noch klären. Jedenfalls arbeitete er primär für Kolding. Sein Aufgabengebiet umfasste die gesamte Schmutzarbeit. Er persönlich wollte Hintze mit Sicherheit irgendwann beerben, aber das hat sich wohl erledigt.«

»Und Kolding ließ Kranz umbringen.«

»So ist es. Kranz war von Hintze angeworben worden. Eine, wie sich herausstellte, für ihn fatale Entscheidung. Sie halfen Kranz nach seinem finanziellen Desaster wieder auf die Füße, dafür kaufte er Häuser, die er als Bordelle weiterverkaufte oder vermietete. Vornehmlich an Hintze. Damit konnte er dann seine mehr oder minder legalen Immobiliengeschäfte wieder zum Laufen bringen. Allerdings war Kranz ein Weichei. Er erzählte Hintze, dass er vermute, seine Frau wisse zu viel. Dabelstein/Dankert war wohl schon aufgeflogen, und so kamen sie schnell auf seine Verbindung zu Manuela Kranz. Matthias Warnke nahm sich einen Trupp Schläger aus seiner Sicherheitsfirma und verfolgte die beiden. Bei der geplanten Übergabe der Diskette brachten sie meinen Kollegen um und drehten alles so, als sei Manuela Kranz die Mörderin. Die Amnesie war das Sahnehäubchen.«

»Was ist mit dem Innensenator?«

»Den haben Kollegen von mir vor circa«, Müller sah auf seine Uhr, »einer halben Stunde in Haft genommen.«

»Schieferdecker?«

»Ebenfalls in Haft.«

»Warnke?«

»Zeugenschutzprogramm. Er kann uns beziehungsweise Interpol und der russischen Polizei noch einiges erzählen. Aber die Mafia würde das nicht zulassen. Haben Sie noch Fragen?«

Sven brachte sie nach Hause, und eine Zeit lang fuhren sie schweigend. Es war Sven, der das Wort ergriff.

»Ich habe mir Sorgen gemacht.«

»Danke.«

»Wofür?«

»Dafür, dass du dir Sorgen gemacht hast.«

»Jedes Mal, wenn du mit von der Partie bist, gibt es Schwierigkeiten.«

»Wirfst du mir das etwa vor?«

»Schließlich hast du Unruhe in die Sache gebracht, und zwar indem du Manuelas Flucht aus dem Krankenhaus organisiert hast.«
»Organisiert erscheint mir nicht der rechte Ausdruck.«
»Ich wollte nur höflich sein.«
Die nächsten fünfzig Kilometer herrschte wieder Schweigen.
»Johanna, das hätte schiefgehen können.«
»Ja, dieses Mal hast du ganz schön lange gebraucht. Hätte ich mich auf dich verlassen müssen, wäre ich jetzt tot.«
Mit einer Vollbremsung kam er vor ihrem Haus zum Stehen.
»Willst du mir das jetzt vorwerfen?«
»Tja, nun sind wir quitt.« Sie sah ihn an, und er erwiderte ihren Blick. Plötzlich packte er sie am Nacken und zog sie zu sich. Ihre Nasenspitzen berührten sich fast, und er musterte sie einen kurzen Moment, bevor er sie küsste. Er zog sie enger an sich heran, und Johanna spürte seine Leidenschaft. Als er sie schließlich losließ, fuhr er sich mit der Hand durch die Haare.
»Verdammt.«
Johanna räusperte sich. Sie traute ihrer Stimme nicht ganz. Sie bemühte sich, ihre Verlegenheit zu überspielen.
»Ich sollte dich jetzt ohrfeigen.«
Er sah sie an und lächelte. »Das solltest du wohl.«

»Ich habe Ihrer Mutter die Zeitung noch nicht gegeben. Ich dachte, sie sollte es besser von Ihnen erfahren als aus der Zeitung. Schließlich soll sie sich ja nicht aufregen.«

Johanna lächelte die junge Lernschwester an. Von ihr bekam die Mutter also die Zeitungen. »Danke, Schwester Kathrin, das war wirklich rücksichtsvoll. Ist sie wach?«

»Ja, gehen Sie nur rein.«

Johanna klopfte kurz an die Zimmertür ihrer Mutter und trat ein. Gerda Jensen saß aufrecht im Bett und las in einem Buch. Als sie hörte, wie sich die Tür öffnete, sah sie auf.

»Johanna.« Sie lächelte und nahm ihre Brille ab. »Du bist schon wieder zurück? Hattest du ein paar nette Tage?«

Johanna musste an die zertrümmerte Terrassentür denken und lachte. Sie nahm sich einen Stuhl und schob ihn dicht an das Bett .

»Ja, Mama, hatte ich.«

Danksagung

Klar, dass es auch dieses Mal nicht ohne die Hilfe anderer ging. Dirk R. Meynecke, mein Agent, scheint noch immer unverbrüchlich an mir festzuhalten, auch wenn ich ihn manchmal zur Verzweiflung treibe. Ich werde mich bessern. Versprochen.

Meine Lektorin Maria Hochsieder hat genügend Humor, um auch meine schlimmsten Schnitzer mit einem leichten Achselzucken abzutun, und sie verliert weder ihre Geduld noch ihre Nerven.

Auch einen ganz lieben Dank an meine beste Freundin Antje Ocko. Sie ist die Erste, die meine schlechte Laune zu spüren bekommt und sie geradezu mannhaft erträgt. Dieses Mal hat sie mir in ihrer Eigenschaft als Krankenschwester zur Seite gestanden und dafür gesorgt, dass Johannas Mutter am Herzen operiert werden konnte und dies auch überlebt hat.

Und nicht zuletzt ein Riesendankeschön an meinen Sohn Chris Kevin, der mittlerweile in das Alter kommt, in dem er über manche Szenen die Nase rümpft und mir einleuchtend darlegt, warum ich sie umschreiben soll. Ich liebe dich.

Karen Rose

Todesschrei

Thriller

Er hat eine Vorliebe für mittelalterliche Folterinstrumente, und für seine Kunst überschreitet er jede menschliche Grenze. Er lässt seine Opfer um ihr Leben schreien. Doch dann heftet sich Detective Vito Ciccotelli an seine Fersen. Als die Polizei von Philadelphia auf einem verwilderten Grundstück eine Leiche findet, wird Sophie Johannsen, Archäologin und Spezialistin für mittelalterliche Kunst, um ihre Mithilfe gebeten. Schon bald entdeckt Sophie mehrere Leichen und noch mehr ausgehöhlte Gräber. Die Polizei hat es offenbar mit dem privaten Friedhof eines Serienkillers zu tun. Und noch während sich Detective Vito Ciccotelli fragt, warum der Mörder die Toten wie mittelalterliche Grabfiguren drapiert, nähert sich der Täter seinem nächsten Opfer …

Knaur Taschenbuch Verlag